U0105944

# 数字媒体资产管理系统

[德] 安德列斯·毛特 ／ 彼得·托马斯　　著
Dr Andreas Mauthe / Dr Peter Thomas

宋培义　严威　译

Professional Content
Management Systems
Handling Digital Media Assets

中国传媒大学出版社

# 目　录

# 序　言

内容管理正逐渐成为媒体领域众多工作的基础。一些媒体的创建和分发过程可以由那些能够在特定环境下管理内容的系统来完成。然而，随着越来越多的、支持不同媒体类型和使用环境的类似系统被开发出来并进行部署，冠名为内容管理系统（Content Management System，CMS）的解决方案出现了过剩。这些方案中，既有相当简单的、基于 PC 的文件管理应用程序，也有复杂的、能够处理所有媒体数据、集成大量设备的应用系统。在制作和广播环境中处理高质量的视听内容是最苛刻的内容管理领域之一。本书集中介绍了专业媒体制作、开发和传输过程与内容及内容管理系统有关的所有方面，不仅包括多年行业经验的汇总，还考虑了系统的研发和标准化要求。因此，它集合了以广播和 IT 领域为主的不同领域的用户和系统的观点，以及内容管理领域内的专业产品、研究成果和标准化工作。

本书并不重点讨论内容管理在网络应用方面的细节，因为这需要专门的应用才能满足该特殊领域的独特需要，而是将网页作为需要专业内容管理系统处理的媒体类型之一，在书中进行探讨。此外，文件管理也不是本书的主要内容，本书只是将文件作为系统所要处理的另一种内容形式来考虑。本书关注的内容对象包括音频、视频、文本和结构化媒体对象等，这些都是现今富内容组织所必须制作和管理的。本书的重点在于媒体和广播业务。但是，随着越来越多的机构（如图书馆、教育机构和大型社团组织等）需要管理高质量的内容，本书所讨论的概念、原理和系统对它们也是适用的。

本书从理论研究和实际问题 2 个方面介绍与内容相关的工作流、编码原理及相关标准（特别是基于 MPEG 的格式和基于 DV 的格式）、元数据原理及相关标准（如 MPEG－7、Dublin Core、SMPTE 元数据字典，以及 XML、MOS 和 SOAP）和文件格式等内容。本书的核心部分是内容管理系统的体系架构和基础结构。此外，本书还讨论了系统集成和应用。

## 本书的写作过程

本书的2位作者都在多媒体和内容管理领域工作多年,参与了很多内容管理系统的开发工作,在专业制作及广播环境的内容处理和管理方面积累了大量的知识。开始的学习过程是很艰难的,因为这个领域的很多方面都需要去理解,包括一些技术问题,如相关的编码格式、标准、设备特性、系统特点等,但更重要的是要理解工作流和用户需求。很多研究项目(由 European Commission 和德国政府资助)促进了这个过程。在这些项目中,不同的利益集团联合起来一起探索所有有关内容管理的问题。作者意识到,尽管在不同的领域以及内容管理的不同方面有很多的经验,但是这些经验并没有被总结在一起。当不同的团体聚集在一起,需要达成一个共识时,这一点尤其重要,其中既有在广播和 IT 领域从事内容管理系统的开发、实施、运行和维护工作的技术人员,也有富媒体组织内的操作人员(如编目员、新闻记者、编辑及制片人等)和管理者。因此,我们决定将近些年积累的知识组织在一起,提供一个涵盖专业多媒体内容管理的所有问题和解决方案的综述。

本书旨在把这些相关的领域和方面融合在一起,既是一本专业内容管理系统的教科书,也是这方面的一个纲要,既解释了基本原理,又介绍了系统的细节。

## 本书面向的对象

本书面向从事多媒体内容的处理和管理工作的专业人士、学生,以及对该方面感兴趣的读者。本书的主要内容包括媒体编码与处理、元数据与文件格式、数据与存储管理、分布式多媒体系统、系统集成及应用。本书的目标读者是 IT 及广播领域的工程师、归档员、编目员、媒体内容管理人员,以及所有与处理、开发和维护内容管理系统工作相关的人士。

此外,本书还能帮助身处数字时代的媒体行业和富媒体组织中的决策人员,如媒体和广播领域的专业人士、经理等,更好地理解内容管理方面的问题。本书详尽地解释了所有必要的概念,使读者能够对内容管理项目有整体的理解,并能了解其潜在的缺陷。

## 感谢

首先,我们要感谢那些在诸多项目中与我们合作,使我们对媒体内容管理所涉及的诸多方面有更多认识的人,他们中有 European Commission 资助的 EUROMEDIA、OPAL 和 DIVAN 项目的合作伙伴;德国地方政府资助的 FMS 项目的合作伙伴;在各种项目中为我们出谋划策、与我们一起工作的合作伙伴；还有从事 EBU 和 SMPTE 标准化工作的专家。在与他们的讨论中，我们有了更深的认识。另外，我们还要特别感谢多年来实践我们的想法、与我们一起开发了许多系统的同事们。如果要把这些年来作出贡献的人们的名字全部列出来的话，那将是相当长的一串名单，所以我们决定不这样做。我们知道那些优秀的人们知道他们正是我们要感谢的人。

　　最后，我们还要郑重感谢这些年来支持、鼓励我们的人，尤其是我们的朋友与家人，因为他们经常要容忍一个常常都很忙碌、时间总是被工作和项目占据的人。

安德鲁·莫思

彼得·托马斯

# 第1章　概　述

信息的建立、表示和交换，以及信息载体的收集、组织和存储是一个很古老的行业。图书馆和档案早就存在于古埃及、巴比伦、中国以及所有先进的文明古国。这可被认为是处理媒体和保留信息的早期文化发展的一部分。因此，可以说内容管理已有上千年的历史，只是在当今的信息社会里，需要处理的信息量、信息产生的速度、媒体的种类及使用的格式有所不同。在19世纪到来之际，连续媒体（如电影和音频）被增加到传统的离散媒体格式中。在20世纪的最后20年，新的数字多媒体格式（如数字音频和视频，还有网页和超文本文档）出现了。所有这些不同的媒体格式都要在产生它的组织内部管理，包括进行各种形式的内容处理、存储和传送。

现在，另一个影响内容管理方式的趋势是，内容的建立不再是线性过程。内容是从代表不同媒体和信息种类的文章中集合而来的。原始的电影胶片、电影工作样片、现存的档案材料和附加的纪录都被用于建立视音频媒体对象。数据单、脚本、生产计划和过程指令等各种类型的文档伴随着内容生产过程产生出来。在整个内容生产过程中，信息周转的时间必须大大减少，同时，所有参与的小组都要能够访问和使用内容的各个组成部分。因此，内容管理系统并不是最终的存储库，而是内容建立和传送的中心环节。

在最近几年，我们可以体察到媒体产业的变化。随着万维网的出现，传统印刷媒体、广播电视公司和娱乐公司之间的区别变得越来越模糊。大多数媒体公司都拥有自己的网址。广播电视公司不仅可以通过已建立的渠道传播，而且可以利用数字广播电视技术进行传播。还有，音乐唱片和视频在当今不仅通过传统的零售商销售，也可通过电子渠道推销。事实上，内容（尤其是信息）不同于金融产品，它是可以进行电子处理和传送的商品。

此外，越来越多的非媒体组织正面临着怎样处理他们的内容的问题。大的企业有采用多媒体存储的促销材料和公司档案,教育机构正在用的视听报告材料也需要管理。博物馆、旅游景点、乡镇和城市也要处理不断增加的、需要保存的内容。还有,电信公司也正由纯网络提供商发展为服务公司。他们一致认为媒体和娱乐市场是一个有增长潜力的领域。为了抢占这个市场空间,他们必须管理媒体并提供其所需的信息。因此,内容管理不仅仅是传统媒体产业要解决的问题,也是各类研究机构和组织要解决的问题。

然而,这种普遍存在的、无所不含的通用内容管理系统迄今为止还未出现。许多产品自称是内容管理系统,声称能够提供一般的或至少是基本的内容管理支持。然而,他们都是在某一特定行业内开发的,因此都集中在某些方面且具有某种特色。直到现在,还没有哪一种开发出来的平台既可用于小型研究所的内容管理,又可用于支持富内容的组织的媒体生产过程以及档案管理。由于不同的应用要求千差万别,建立这样一个通用系统的可行性便更加值得商榷。

本书涉及专业媒体生产、处理和传输环境中的内容(或者叫媒体资产)管理的所有方面。重点关注广播电视产业,但也考虑其他富内容的组织需求;论述了从媒体进入到系统、经过生产的各个阶段到最终的文件归档等整个工作流中的每个环节;并且介绍了主要的媒体格式和编码原则,讨论了系统中内容的表示方式;在后面的章节中还介绍了元数据标准和框架。本书的核心是探讨内容管理系统的体系结构和基础结构。既然这样一个系统是现存环境和可能建立的操作的一部分,那么整合应被作为一个很重要的方面加以考虑。应用是系统最可见的部分,因此理应对它们做适度的介绍。本书的最后讨论了未来的发展趋势。

进一步细化一下,本书做了以下的组织和讨论:

- 第1章的余下部分定义了内容的概念,介绍了问题的范围。对内容管理所能发挥重要作用的不同领域进行了讨论。

- 第2章介绍了处理内容的不同组织和个人,并讨论了与内容处理和管理的环境相关的许多工作流。这些工作流包括非媒体生产领域,如电子商务、教育和培训、市场营销等的内容管理。

- 第3章探讨的重点是内容管理系统所要管理的相关媒体格式,包括介绍基本编码和压缩原理,讨论相关的视音频格式和它们的结构。重点是标准化的、公开的格式,这些格式通常是媒体生产和广播电视产品的基础。这一章还对图像和结构化文档的格式进行了大致描述。在这一章最后部分介绍了自动化媒体生产过程的原理,这些原理是视频、音频和语音分析工具的基础。

- 第4章集中讨论了有关内容和元数据的表示法。为了管理媒体并借助媒体工作,在进行表示和描述时要考虑所有相关的观点。本章的第一部分讨论了系统内表示内容的不同方式。接下来介绍了相关元数据的描述方案和标准。在这个领域存在大量的首创,因此,了解它们的原理以及能够区分它们的目标和结构是很重要的。最后,还对相关元数据传输和交换标准的进行了讨论,如 XML 和 SOAP。

- 第 5 章集中讨论了文件的格式,这些格式都是与特殊的内容生产和管理相关的。文件格式包括实际的媒体编码格式和相关内容的描述性信息。本章主要讨论人们为专业系统建议的格式,同时也对涉及的其他多媒体文件格式进行了讨论。

- 第 6 章提出了一个内容管理系统的体系结构。这个结构框架包含了在专业环境中进行内容管理所要求的所有要素。这个体系结构包含许多核心的要素、服务和处理内容及与系统交互所需的应用组件,并对不同的组件进行了详细的讨论。这个体系结构不是一个蓝图,而是一个参考的框架,该框架包含了与内容管理相关的主要组件。

- 第 7 章解释了内容管理系统的基础结构和它的各种不同的组件。体系结构专注于组成内容管理系统的软件模块,而基础结构表示组成内容管理系统和主机的不同软件模块的物理系统要素,也包括实际的内容(如以素材形式表示的媒体和描述性的元数据)。接下来详细讨论了不同基础结构的要素是如何支持管理和生产过程的。此外,操作方面的考虑如项目移植、成本和规模策略也在本章中进行了适当的讨论。

- 第 8 章讨论了系统整合问题。在一个内容丰富的组织中,内容管理系统是更大的结构中的一部分。在已建立的运营系统中,必须考虑遗留下来的内容以及现存需要整合或至少是需要协调的组件。更进一步说,内容管理系统未来可能将成为运营系统的中心。而且,也将有许多其他的系统会用于内容的生产和分配,例如演播室自动控制系统、非线性编辑系统、新闻工作室系统等。本章将会解释如何对它们进行整合或协调。

- 第 9 章给出了与专业内容管理系统相关的应用组件的一个总览。它介绍了基于组件的应用设计的概念,因为内容管理系统的应用需要高度的灵活性和可配置性。本章还简要介绍了一些用于建立实际应用的模块,然后列举了一些应用程序结构的例子用于解释用户是怎样把不同的需求放于系统中的,以及工作流是怎样被反映到应用程序中和它的用户界面上的。

- 第 10 章展望了内容管理的未来发展趋势。首先,简要介绍了相关的原创思想和标准化方面的工作。其次,总结了专业内容管理领域所取得的经验。最后,讨论了这一领域的未来发展方向。

## 1.1 什么是内容

通常,内容一词是指任何种类的音频、视频、声音或者文本信息。在这种情况下,一个具体的媒体类型表示的内容可能有一个既定的表示周期(如一段视频或音频广播)。然而,在系统的环境中,内容具有永久存在和可获得的特性,即内容可以根据需要访问,或者在系统的某些特定时间去获得。内容可以按部分或整体的形式去生产、转换、传递、消费和交易。

内容的一般特征是很宽泛的,并没有给出任何量化的描述,也没有具体说明其不同要素。然而,这却反映了目前对这一词汇的通常用法。内容在被使用时具有不同的内涵(取决于上下文)和不同的方式,有时会描述完全不同的概念。

为了解决这个问题,电影与电视工程师学会(Society of Motion Picture and Television Engineers,SMPTE)和欧洲广播联盟(European Broadcasting Union,EBU)成立了一个特别任务组,专门用于解决内容和内容管理的相关问题。这个工作组在定义内容一词时是以媒体产业为背景来确定它的要素的。

根据工作组的定义,内容包括:

- 素材。
- 元数据。

这里,素材是指原始的节目原材料本身,通常以图片、声音、文本、视频等方式存在。素材含有实际的消息或者信息,被称为媒体。然而,媒体这个术语也被用于表示物理的载体,例如录像带、CD 等。既然素材指的是一般意义的概念,并且它独立于物理载体,因此必须对它进行清楚的区分。本书决定使用"素材"(Essence)——这个较为专门的术语来特指编码的信息,它直接表示了实际的消息。按照 EBU 和 SMPTE 对素材的定义方式,本书通篇使用"素材"这一术语。

第二个内容要素是元数据。它被用于描述实际的素材和它的不同表示形式。元数据可做如下分类:

- 与内容相关的元数据,它给出实际内容或主体的描述。
- 与素材相关的元数据,它用于描述可用的格式、编码参数和记录的具体信息。
- 与位置相关的元数据,描述内容的位置、数量和载体等的状况。

与内容相关的元数据包括正式的数据(如标题、副标题、存在的时间和演员表等)、索引信息(如关键字、图像内容描述和分类等),以及有关专利的数据(如专利所有者、获得的专利权等)。

根据不同的应用环境和领域,内容的2个组成部分(素材和元数据)具有不同的相关性。实际的素材用于使用和操作,元数据则用于描述、查找和检索内容。因此,在所有的应用中,元数据起着关键性的作用,即通过它实现对内容的挑选而不是表示(如应用在内容的生产过程、销售及个性化内容的传递中)。

一个既可以管理素材又可以管理元数据的系统被称作内容管理系统。管理素材的主要任务是对高容量、高带宽和一部分对于时间敏感的数字化数据的存储、管理和传递。在专业环境中,也包括对专业化生产和广播电视系统的集成(或协调)。内容管理并不局限于某个具体的部门,如档案库,它遍及一个内容丰富的组织中的所有部门。

元数据的管理主要涉及描述、存储和定位信息系统以及数据库中与内容相关的数据。除了传统的人工注解,还包括增强的元数据描述和通过如视频分析和语音识别工具等自动过程产生的索引信息。

### 1.1.1 内容和知识产权

知识产权(Intellectual Property Rights,IPR)和数字版权管理(Digital Rights Management,DRM)属于相关领域,当在一起考虑它们时就形成了一个自我包含的问题域。版权管理包含2部分,版权管理(与内容对象相关的版权描述和版权文档)和版权保护。

对于版权情况不明确的内容在商业环境中是不能使用的。不遵守法律、契约规则和IPR而去使用内容可能会引起严重的问题。一个不了解其相关知识产权的内容对象对于一个组织来说是不具有任何价值的,因为它不能被开发。只有当版权明确,一个内容对象才能被展示、广播或交易。因此,当一个内容对象的所属权对一个组织是确定的时候,它就变成了一项资产,就能用于商业开发。

有些人甚至认为一个不具有适当版权的内容对象就是一项负债,因为必须要对它存储、管理和保存,但却不能在公共场合使用它。当然,保留不具有合适的知识产权的内容可能还有其他原因。例如,有许多研究所负有保留国家文化遗产的责任,因此他们所管理的内容对象就属于这一类。然而,这并不意味着他们有任何权利去开发这些内容。还有其他一些更为注重实效的保留内容的原因,它们对这些内容也不具有合适的版权或者版权不明确,例如,一些特殊的内容在某个特定的情况下可能会变得引人注目。有人认为只要在实际广播开始之前能明确版权的使用权就足够了,但为了方便快速地访问它们,他们会在自己的系统内保留一份这些内容对象的副本,即使在原始契约终止后也是如此。

根据这些考虑,在内容和资产之间要有一个明确的区分。本书主要论述内容和它的管理。内容对象也可以成为资产,在不考虑版权的情况下,同样也可以应用管理过程。然而,为了确保可信的、定义良好的术语的使用,我们在整本书中使用"内容"来表示这个定义。

### 1.1.2 内容管理系统与 DAM-S 和 MAM-S

有许多不同的系统被称为内容管理系统。例如除了媒体生产支持系统之外,还有一些处理网页的系统也被称为内容管理系统。另一方面,人们在谈论数字资产管理系统(Digital Asset Management System,DAM-S)和媒体资产管理系统(Media Asset Management System,MAM-S)时,实际指的是针对视音频内容的管理,如前面所定义的素材组件和元数据。这样做的目的是为了强调一个事实,即这些系统处理的对象都具有很高的价值,或者至少这些对象是以高质量、高容量的格式编码的。在此处使用前缀"数字"和"媒体"是为了将这些对象与金融资产相区别,因为在资产管理系统(Asset Management System,AMS)中也要对后者进行管理。

经过慎重考虑,本书选择了"专业内容管理系统"作为标题,因为版权的管理并不是这里所描述系统的固有部分(只是其中一方面)。这里的"专业"是指这些系统是在一个企业或组织范围内对内容进行专业处理的平台,包括许多系统和设备、大量的格式及支持内容的生产、处理和传输的工作流。我们在谈到内容管理系统时决定不使用前缀"数字",因为本书所讨论的系统也包含有这样的内容对象,即它们的素材可能是以模拟格式存放在磁带库的架子上的。

然而,选择"处理数字媒体资产"作为副标题是为保证潜在的读者能立即意识到这个主要的专题领域。尽管数字媒体资产并没有完全得到管理(如同知识产权没有得到完全管理一样),然而内容管理系统还是处理和管理了它的部分内容。而且,与完全的数字化、无带式的内容生产和管理环境相比,在使用数字多媒体格式时,这些系统所具有的潜力还有待开发。

因此,本书的重点是内容和内容管理,包括在系统环境中管理素材及相关元数据所需的所有应用系统和工具。建立这样一个系统的主要目标是,为系统内整个生命周期的对象管理提供一个一致的和综合的观点,同时还包括维护素材和相关元数据间的关系以及不同版本的相同内容对象间的关系。此外,这样的系统必须提供一种信息和对象(素材)交换的接口,用于系统的自动控制或版权管理。

## 1.2 应用范围

尽管人们对于内容的关注已有很长时间了,但随着内容数量的增长以及人们对获得内容需求的增加,使得人们对内容的管理和查找提出了更高的要求。由于数字化格式和数字生产工具的出现,使得不使用物理载体(如录像带)而进行全数字媒体的生产成为可能。这也使得合作、交流和对内容的商业开发有了新的途径。内容管理在这个过程中起着很重要的作用,因为它为处理数字媒体提供了平台。对内容管理的要求使得应用程序的数量稳步增长。为了确定对潜在系统体系结构的需求,研究不同的应用领域以得到一个对各种用例的总体思路是非常重要的。

这部分会给出一些在不同领域中的关于内容管理的例子,以此来较为详细地说明相关问题,并指出在何种场合,内容管理系统都能对内容处理提供有用的支持。这些例子可能是不全面的,但它会给出一个与内容管理相关的不同领域和需求的较好的概述。

### 1.2.1 电视、广播和媒体生产中的内容管理

目前,在广播电视中对内容管理的应用主要集中在档案管理以及诸如新闻、体育和时事等节目的制作上。在档案管理中,内容管理支持内容对象的分类并方便检索。分类的任务是通过使用分析方法和自动索引工具来提供自动检索信息(如关键帧和关键字)。这些工具也可以对不同的电影镜头进行视频分段,允许文档快速地使用预先限定的分段结构和关键字,并对内容对象的副本进行浏览。因此,一个概要的文字描述是必要的。这些关键帧和可供浏览的副本对非纯文本文档的描述增加了新的特性,因为它们给内容提供了附加的视听部分。

为了查找内容,通用的查找工具必须支持传统的本地数据库的查询,这种查询包括能进行全文本搜索。由于存在很多数据库,这些数据库必须通过内容管理系统进行集成。这里的集成指的是支持结果一致的多种方式的查找。允许视听查找的(如图像相似性检索、通过哼唱查找等)先进查找工具也是某些先进的内容管理系统的一部分。为了开发具有这种能力的多媒体系统,在任何适当的时候,理想的结果都应该包含一个对素材的视听的表示(如关键帧、浏览、预览和预听副本)。必须通过帧和时码准确地表示连续媒体,以便能够对原始内容对象的内容进行检索。内容管理系统必须能对在线、近线和离线的素材进行综合管理。必须要有专门的应用工具,使得专业用户(如档案管理员)和非专业用户都能够访问这些内容。

在生产的过程中,内容管理系统必须与广播电视的控制和制作工具,如演播室自动控制系统、新闻工作室系统和非线性编辑系统等,进行高度地集成。应用界面必须与记者、编辑工作系统的桌面环境实现无缝整合。在这个环境中,不允许对应用系统进行改变。内容条目在内容管理系统中进行管理;然而,它们也必须和其他系统(如新闻机构)的对象以及新闻工作室系统的节目条目进行链接。这不仅对数据,对元数据也是如此,这暗示着必须能跨系统进行查找。新节目条目的生产必须要求进行帧和时码准确的内容选择,这通常是通过对生产条目的低码率副本的预览来完成的。根据条目的选择来传递制作素材,实际素材的制作是在非线性编辑系统上完成的,这种制作发生在内容管理系统的控制之外。由于内容被不同的系统共享,对一个具体内容条目的控制引用和频繁的传递就会发生。因此,将特殊的演播室服务器、非线性编辑系统和其他广播电视设备通过接口、消息或文件交换进行集成是很必要的。有许多的数据库要么进行集成,要么进行同步。存储管理必须控制在线和近线系统(包括专业广播电视存储系统)各不相同的存储环境。

音频和广播电视制作及归档的需求与视频和电视的需求是很相似的,尽管还要集成其他的设备,并且这类应用系统的集成也是不同的。

一个较新的领域是网页内容的制作和归档。除了集成的应用不同外,在这种环境中的数据率和存储要求要小得多。一个特殊的问题是要选好与其他网页进行超链接的方式。尤其是对于归档素材而言,这些链接很可能已经过期了。因此,归档的深度一定要建立好,即必须决定归档文件中包含哪些参考页面并且哪些地方的链接已不能用了。除了这一点,对在这种环境中的内容管理并没有太多的要求。

## 1.2.2 非媒体组织中的内容管理

不属于媒体制作和传播行业的组织也要对不断增长的内容进行处理。例如,公司的档案或大型企业的营销部都有需要管理的内容。像博物馆或教育机构等组织,如大学和高等教育学院,也有很多内容需要进行存储和管理,以方便各种具有不同使用权限的人进行检索。这种环境中对内容管理的需求不如媒体制作环境中那么迫切,它们也需要与具有潜力的大型第三方应用程序和系统,如企业资源计划(Enterprise Resource Planning, ERP)、过程计划系统及远程媒体学习平台等,进行集成。

一种随时都有海量视听内容产生的应用领域是通过在建筑上或公共场所内使用的 CCTV 监测仪来获得安全的服务。由于在这种环境中产生的大量数据不能通过个人去观察,所以电子的或自动化工具便可帮助对内容进行识别和分类。例如视频分析、外貌和物体识别及个人身份确认。

本质上,这些应用领域的需求与广播电视和媒体制作都是很相似的,然而在工作流和需要集成的第三方系统上却有很大的区别。这意味着其核心的功能必须被压缩,而且必须通过一些足够灵活的方法给各类组件和第三方系统提供标准接口。核心问题是如何解决好与其他应用系统、数据管理系统和媒体/素材处理系统的集成。

### 1.2.3　高级媒体服务中的内容管理

在新媒体传播应用和服务中也需要内容管理,并且它逐渐在跨组织的范围内应用(如支持内容交换和协作)。

诸如此类应用的例子有内容交换和协作性的内容生产支持。许多要求(如不同组件和第三方系统的整合、跨系统查找和数据管理)与内部内容管理过程是很相似的。然而,与传统的内容管理应用相比,这些系统中的许多内容都是分散在一个很大的地理范围内的,这对存放于每个合作伙伴地址内的素材的存储更是如此。在安全的环境中,副本可以被放置在不同的位置,当然还要考虑到知识产权方面的问题。

另一类应用是采用电子商务应用系统销售内容。在这种情况下,重要的是内容管理功能与销售及后端办公体系结构(如订货系统、账单系统和 ERP 系统)的整合。而且,内容的电子传输方式必须要求与所有的客户进行高带宽的连接。目前,还没有一种通用的、可行的系统结构来支持这类传递方式。

对于通过高速网络连接到内容所有者和分销商的大型内容存储中心而言,目前正在探索外购内容管理的可能性。这种方式能保证规模经济和不同内容领域里的潜在共同合作。迄今为止这种理念还无法实现,因为总体来说内容管理系统是大规模的(规模经济不能应用),而且可利用的通信设施不支持高带宽、大容量的操作。在这种情况下的系统需求(除了内容管理系统的基本需求外)主要与安全和内容保护相关。如果内容管理是外包的,必须确保被授权的第三方能够访问内容。

涉及内容管理的其他领域是个性化内容传送和远程教育。在前面的例子中,内容的元数据必须附带更多的信息以便可以根据个人的喜好进行挑选应用,这种应用环境需要对数据挖掘工具进行整合。远程教育也需要对内容管理与现有工具进行整合。这些应用的显著特点就是用户间高度的交互活动。而且,内容可能被存储在系统内不同的位置,因此需要进行分布式存储和内容管理。

## 1.3　内容管理:问题阐述

上面所讨论的例子给我们一个关于内容管理系统需求的印象。应用是系统中最可见的部分，它所支持的工作流决定了系统大部分的功能。然而，其他需要考虑的重要方面则是来自于系统中需要管理的不同素材格式特征方面的需求。而且，元数据和它在系统中表示的方式也是很重要的方面。还有，为了从内容管理系统中获得最大的效益，必须对很多外部系统和设备进行整合或者协调。所有这些构成了必须满足的一系列需求。

如此庞杂的一系列需求是不太可能在一个单一的体系结构中得到满足的。理想的情况就是内容管理系统被设计成一个完全分布式管理方案的框架，用于内容的处理和管理。通过在一个内容丰富的组织内进行系统的实际安装就建成了一个数据交换中心，用于素材和元数据的管理和分配。因此，在考虑到特殊需求、使用各方的权限和进行日常操作的不同用户群的情况下，内容管理系统需要提供对信息和素材的便利访问。

为了理解问题的范围和明确本书的视角，接下来的部分将更为详细地介绍对内容管理系统的需求。这个讨论是根据各领域需求来进行的。

本书的重点是有关内容丰富的组织使用企业级的系统，用于内容的生产、处理和分发。这些大规模的系统为与内容相关的所有操作提供平台。因此，工作组和小型应用的具体要求并未被明确地加以考虑。但在很多情况下，本书提出的方法和开发方案对于这类应用领域也是适用的。

### 1.3.1　媒体和素材的处理需求

内容管理系统的目的是为多媒体对象（或素材）如数字视频、音频、图片、图像和网页等的管理提供一个平台。在一个内容丰富的组织（如广播电视公司）中，会遇到大量的素材以及各种各样的媒体类型和格式。并不是所有这些内容都是数字化的，也就是说系统必须支持全数字化的操作，同时也要能够处理"架子上"的材料。

然而，系统面临的真正挑战是对大量的高质量、高带宽格式的需求。例如，一个10万小时的中等规模的视频文档材料就包含多种格式的对象，从大约4Mb/s的广播质量格式（如 MPEG - 2MP@ML 基本格式）到超过 25Mb/s 标准的生产格式（如DVCPRO），到更高质量的格式甚至是 270Mb/s（依据 ITU R BT 601 - 5 编码的）未压缩的视频格式。假设平均带宽为25Mb/s，那么像这样的文档存储需求就已经达到1PB以上。内容长度的变化也是非常大的，从2分钟的新闻短片到90分钟的故事片。通常这些数据必须进行实时处理，有时甚至希望比实时通信更快。对那些在生产中重用内容的组织，典型的内容管理系统必须提供许多功能，以允许从归档内容中进行局部内容的挑选和将局部内容恢复出来传输到所选择的目的地。这意味着内容管理系统在内容归档时必须清楚所有文件和编码格式。由于现在仍有许多不同的技术被用于媒体生产,许多传递和传送过程也要求文件和编码格式的转换,因此需要通过将标准的 IT 体系结构与标准的广播电视体系结构和网络连接起来以进行完善,当组织的生产中心分散在不同的遥远的位置时,可能还包括广域网间的传输。

除了这些高质量的视频格式外,一个内容丰富的组织也必须能处理其他数据,如音频、图像、图片和文本。对音频的要求是从几 kb/s 到 1.5Mb/s(PCM 编码的音频是44.1kHz)甚至更多。低码率的浏览和预览格式通常要与高质量的格式保持连接,而且通过关键帧和其他多媒体的格式,使内容对象的表示被进一步加强。

在理想情况下,内容管理系统应该能够存储、处理和管理各种不同的媒体类型和格式,而不管它们的编码方案或任何其他的具体特征。基于 IT 的系统特别适合这种情况,因为它们的实质是以位和字节来处理文件。然而,内容管理系统必须对媒体处理和传送提供先进的技术支持,视频和音频必须以文件流的形式传送,采用自动分析过程提取有关媒体对象的附加信息。这些只有在系统知道具体媒体的结构和特征及编码格式时才能实现。除非素材的存储涉及为特殊格式提供优化,否则内容管理系统应该是与格式无关的。

## 1.3.2　元数据建立和处理的要求

在生产、广播(或传送)和归档过程中,内容管理系统必须方便内容的处理和使用。在这种环境中,一个最重要的任务就是最大限度地使用现存材料,以使生产成本最小化。这可以通过直观的用户界面所提供的便利访问、根据视听反馈来进行查找和其他重要的人机交互来实现。然而,用户界面和应用程序只是其中一个方面,查找结果的质量主要取决于用于描述材料的元数据的质量。因此,分类过程的质量起着至关重要的作用。

内容管理系统要能够提供这样的工具,这些工具是在基于计算机的内容分析的基础上,能自动地从自身内容中提取出一系列元数据。此外,由内容管理系统来支持大部分重要元数据的创建也是非常重要的,即通过有经验的、合格的分类员和档案员输入描述性信息来建立元数据。这些专业人员通常都具有与内容相关领域的知识,因此能够确保那些描述性信息的质量。

传统上,几乎所有的元数据都是由档案或分类部门在材料归档时创建和输入的。这意味着,在很多情况下,早期创建的信息(例如制作细节或新闻工作室系统信息)要么丢失了,要么必须通过手工方式重新输入系统以保证其档案元数据的存在。这就增加了分类部门工作员工的负担,使他们没有太多时间从事深度索引这样的创造性工作。因此,内容管理系统应该在内容对象的整个生命周期中收集和保存元数据,包括从前期制作、检索、编辑、制作、后期制作、电台播放唱片直到归档和重用。这意味着内容管理系统应该：

- 自动产生尽可能多的元数据以丰富内容而无需增加人们的工作负担。
- 通过提供应用程序来支持周期内的各个步骤参与到全媒体的使用周期中。
- 当内容在周期内移动时，保留元数据的完整性，使分类的员工在需要时能很容易地评价和修改所有的元数据。

### 1.3.3 用户需求举例：电视生产应用

有许多不同的行业和领域都配置了专业的内容管理系统。然而，目前配置内容管理系统最为流行的领域是在广播电视和媒体生产行业。下面是对这个领域用户需求的调查，它给出了用这种系统工作的用户需求的一个描述。本书稍后将会详细介绍在其他领域非常相似、有时又有些不同的需求。

#### 1.3.3.1 整合生产

从基于 VTR 到基于服务器的制作系统的变化要求来使用自动系统存储和传送素材。这反过来又要求有一个内容管理的体系结构。在这种环境中，需要考虑的是从有效素材（包括相关的技术性和描述性的元数据）开发出至关重要的实际素材和要素以及它们的分类过程。人工产生和收集内容信息是非常昂贵和费时的。因此，必须将内容管理系统集成到编辑和生产过程中，以避免生产过程中有用信息的丢失。

#### 1.3.3.2 素材管理

把一个视频流当成没有任何特殊的语法或语义的一大堆字节是不够的。一些基本的控制信息的功能是必要的，包括转码到不同的格式。而且，流中所包含的有效元数据对文档用户必须是可访问的。因此，内容管理系统必须能够应用信号压缩来处理新的数字视频格式，并能够提取和解释相关的编码元数据（如视频参数、压缩方案等）。

#### 1.3.3.3 浏览

为了节省带宽和存储容量并减少生产服务器的负载，要求在桌面上能够观看和操纵高码率的格式。对两种不同程度的浏览方式要区分开来：用于粗编浏览的编辑决策列表（Edit Decision List，EDL）和用于内容观看和摘录筛选的内容浏览。

EDL 浏览有以下属性：

- 帧率与原始高码率材料的一致。
- 时码的帧准确表示。

- 帧准确导航。
- 质量水平适合生产粗编稿。
- 编码方法提供的图片质量必须等于或高于 VHS 或 MPEG-1。
- 编码方案必须标准化且为行业所支持。
- 必须能在标准的 PC 机上运行。
- 时码必须是浏览格式编码的一部分。

与之相比,内容浏览在帧的准确性和时码方面就不具有那么严格的要求了,但是它在评价和选择材料上仍然是一个有价值的工具。内容浏览具有非常低的比特率预览质量的特征,然而其基本特征模式功能(如实时重放、快进和快退)必须是可用的。由于这种素材版本在某些情况下是面向公众的,因此一个非授权的商业化保护系统(如版权保护系统)是十分必要的,而且其编码方案应该与因特网技术相兼容,例如,内容浏览应该支持流和文件传送。此外,它应该是可升级的,能为不同种类的传输渠道提供最优化的服务,能够适应最有效的传输渠道的比特率的变化,包括通过流服务器进行自动的服务质量(Quality of Service,QoS)管理。

### 1.3.3.4 信息管理

信息管理主要是解决元数据的处理和索引库的合并。元数据的处理覆盖了整个材料的生命周期,从创建点到归档点。唯一资料标识符(Unique Material Identifier,UMID)在整个生命周期对素材进行标识,更多的是唯一标识符代表了内容对象。元数据在通过自动分析过程导入时自动产生,同时与内容相关的现存元数据被自动提取。自动化工具应该支持元数据生成的整个过程。在这种环境中,使用标准的格式是非常重要的。

内容管理系统应该能提供不同元数据的描述方案,包括遗留数据库的数据模型以及各种标准编码方案。即使在一个系统内,支持多数据库和使用不同数据模型的信息系统也是必要的。

### 1.3.3.5 用户界面需求

用户界面对于一个内容管理项目的成功起着很关键的作用。既然内容管理系统是内容处理的一个通用平台,有许多具有不同技能和背景的用户要与系统进行交互。因此,应用程序界面必须同时支持专业用户和非专业用户。不同的用户界面是解决各类用户组不同需求的一种方式,界面必须符合人机工程学并且能够满足特殊用户的任务要求。

搜索界面必须要考虑最好的 IT 实践。为了服务于截然不同的用户组,搜索界面必须支持不同的搜索理念。例如,全文本搜索是一种支持非技术用户的方式,相比之下,档案员、分类员和媒体管理者就非常愿意用本地界面直接锁定搜索和进行属性搜索。无论在内容管理系统内采用何种搜索技术,系统保持可扩展性和对新的搜索技术的开放性都是很重要的。

### 1.3.4 操作需求

既然内容管理系统是所有与内容相关操作的中心,满足操作系统的要求是很关键的。标准化操作对系统提出了很多要求。内容管理系统在一个内容丰富的组织内所发挥的作用可与操作系统(Operating System, OS)相比拟,即除了信息管理,它也为其他服务和组件提供一个平台和主机。在这种情况下,必须要考虑到下面的操作要求:

- 提供与文件系统相同的存储、组织、查找和检索资产的方式。这意味着内容管理系统必须允许文件的存储、迁移、重命名和删除。而且,必须能以目录树的形式组织文件,能以合适的系统命令查找它们,能用应用程序来访问它们。
- 提供系统范围的中心服务,如用户管理、域名服务、资源保留及其他内容。这与操作系统提供的管理和系统管理能力是相似的。
- 提供运行服务的方式,这些服务包括可以访问内容管理系统内归档的资产、可以操作资产或提取信息。这种方式扩展了内容管理系统的能力,就如同运行在操作系统顶层的邮件收发后端程序或后端服务扩展了操作系统平台的功能一样。
- 提供了在系统顶层运行应用程序的方法,允许对系统内存储的信息和材料的访问,支持工作流中所有的相关步骤。这一点可与应用程序建立和运行于操作系统顶层的方式相对照。因此,内容管理系统允许对系统性能的访问。

具有这些性能的内容管理系统可为所有与内容相关的管理任务提供支持。因此,它不仅是部署于一个具体组织单元的一个组件,而且能为一个内容丰富的组织提供理想的服务。

既然内容管理系统在诸如广播电视机构这样的组织中是任务的关键,因此必须保证系统具有较高的有效性。还必须采取措施来避免由于系统出现问题而导致的停工期,并且能以不影响系统操作的方式处理可能的失败。

### 1.3.5 系统需求

在大多数情况下,企业范围的内容管理系统可以被引入到现存组织环境中,而这种组织环境处理内容已有一段时间了。因此,内容管理系统不是一个全新的概念,必须将现存系统结构和操作及以往的系统考虑进去。内容管理系统必须提供定义良好的界面,以允许将现存技术和方案容易地整合到整个框架中。考虑到现存的操作,内容管理系统的引入必须是逐步的,因此良好的界面是必要的。为了达到这个目的,最好的方法是逐步由现存系统过渡到新系统。在这种环境中，主要任务之一就是集成一些重要的可借鉴的系统，如集成现有的数据库或信息系统、制作系统、新闻工作室解决方案或某种中间产品。

此外，内容管理系统必须对进行集成的组件实行开放，这些组件可以来自其他供应商所提供的用于特定任务的专门设备和仪器，这些组件形成了整合的内容管理体系结构的一个重要组成部分。先进的日志、索引或搜索引擎就是其中的例子。必须能够很容易地将这些技术集成到整体解决方案中。

为了支持地理位置上分散的大企业（如国家广播电视公司），内容管理系统也需要支持组织的远程合作，例如本地或地区演播室或分部工作站。此外，一个组织的内部结构也要求支持分布式操作，例如不同的组织单元（如编辑办公室等）都保留有它们自己的内容。分布式也是处理系统伸缩性问题的一种方式。

因此，内容管理系统的主要需求是：

- 开放性：解决方案必须提供定义良好的界面以使以往的系统和第三方系统的集成更为便利。
- 模块性：解决方案必须是灵活的和基于组件的，必须提供一个清楚详细的功能说明书，以说明哪个功能需要由哪个组件来提供支持。
- 分布式：解决方案必须支持分布式处理，以允许集成不同地理位置的系统和系统组件并可以对其进行更好地升级。

这些需求如何得到满足不仅取决于技术设计，也取决于内容要素或信息结构的特征。例如元数据，开放性是指在不考虑它们的数据结构和内容表示时，独立系统之间进行的信息交换，这意味着必须存在一种标准化的通用的元数据格式以用于这种交换。软件的开放性不仅是指开放的界面，还指这些产品必须是可扩展的和向后兼容的，而且它们应该支持迁移管理策略。

## 1.3.6　系统结构方面的需求

以上所讨论的需求已经涉及到了系统结构。考虑到所涉及的大量组件，一个高度模块化的系统结构（即可以通过添加服务特殊需求的模块来进行扩展的一种系统结构）将确保在技术改进时通过替换个别的模块来使投资的利益受到保护，这样的结构也是可升级的，能满足不断增长的功能及系统规模扩充的需求。

不同内容管理系统组件的生命周期的差别是非常大的。因此，整个文档系统的顺序移动是不现实的或者是非常昂贵的。一个由定义良好的功能和界面模块组成的开放系统，是保护投资利益的唯一有效的解决方案。还必须保证在系统升级时，对内容的无缝导入和导出不会受影响。此外,通过使用标准化的界面来确保不同系统组件的可交互操作性。内容管理系统相关的交互式操作问题涉及不同的供应商解决方案、不同的文档模块、服务和客户、归档和生产以及新旧归档系统,所有这些都要解决好。

### 1.3.7 需求摘要

以上考虑给出了问题域和在富媒体组织企业环境中对专业内容管理系统的大多数需求的一个总览。这样的内容管理系统必须能够管理全部数字媒体格式,并能容易地访问编码数据。在已建立了内容管理系统的组织内,内容管理系统也必须能同时处理传统的录像带和数据磁带,必须能轻易地实现从视频格式到文件格式的转换。内容管理系统的主要目标是更好地支持生产过程,使这种过程更有效率,并且为向基于服务器技术和数字格式过渡的无磁带环境提供一个平台。在这个过程中,内容管理系统还必须在 IT 行业与广播电视行业之间提供接口。服务器的配置要求能自动存储和支持检索。

对描述性数据(即元数据)的管理是一个关键的方面,因为它提供了在系统中查找内容和开发内容的方法。内容管理系统的主要目标之一是允许重用和商业开发。这也意味着应用程序和用户界面必须适合专业人员操作系统的特殊要求。尽管内容管理系统是一个平台,它的任务和功能在于内容管理(即它应该在这种背景下工作),用户界面仍然是最显眼的部分,因此该界面对于系统的成功至关重要。

当内容管理系统能通过商业的途径有效地解决问题时,它就能对投资提供积极的回报。这意味着内容管理系统必须支持企业内重要的业务过程和工作流,它必须能灵活地适应新的工作流。将内容管理系统引进一个组织会改变它的业务过程和工作流,内容管理系统应该支持用户从旧的工作流向新的工作流迁移。许多与内容相关的业务过程都要考虑计划、起草、试运行、获取、注释、查询、检索、收集、传输、编辑、正式批准和传递。内容管理系统应该参与到这些过程中,并且通过添加业务过程对象的相关元数据和提供对现有内容对象的便利访问方式来支持这些过程。

最后,仅靠内容管理系统本身并不能解决所有问题,但是将内容管理系统与其他应用程序和系统连接后就能做到。这样的应用程序和系统的例子有数据库和信息系统、制作系统、新闻工作室系统、自动化系统、记录和显示系统、企业资源计划系统和版权管理系统。因此,内容管理系统必须提供与这些系统接口的方式,允许跨平台搜索、检索、采集和传送,包括元数据和素材的交换,并且提供消息和事件处理能力,使工作流能跨越系统界限。这种能使企业有效地实现其业务过程的整体解决方案就是一个和谐一致的系统,在这个系统中,通过与其他系统的连接并保证无缝的跨系统的工作流,内容管理系统发挥着重要的作用。

# 第 2 章　与内容相关的工作流

　　内容管理系统主要是一个多媒体对象的知识库。然而，无论从商业还是文化角度看，它的价值体现在使内容的开发更为便利。为了做到这一点，内容管理系统必须提供应用程序模块和接口，以便为内容的开发、创建和利用提供优化的支持。依据组织处理的内容及其与处理和使用内容相关的环境，需要不同的工作流来支持。

　　内容丰富的组织（尤其是广播电视公司）目前是内容的主要用户，因此也是内容管理系统的主要用户。考虑不同用户组的不同需求和内容管理系统结构的工组流过程是非常重要的。认识到内容管理系统的巨大潜力并能将它方便地引入组织而不产生冲突是极为关键的。因此，分析潜在的商业过程对于内容管理系统的开发者和内容丰富的组织本身都是重要的。

　　每个行业和研究机构都有关于内容处理的特殊结构和工作流。各个组织虽然有所不同，但是它们基本的工作步骤大多都是相似的。除了广播电视公司和媒体生产机构外，其他使用内容管理系统来支持业务和工作过程的重要领域有电子商务系统的内容销售、教学和培训系统以及支持营销和销售活动的系统实现等。本章所给出的例子将有助于组织在考虑引入内容管理系统时应该明确的一些重要问题。

## 2.1　谁在处理内容

　　在富媒体组织内（如广播电视公司、生产和后生产机构、电影制片厂、出版社、图书馆和多媒体档案室），几乎每个人都在直接或间接的处理内容。有些人生产和处理内容，也有一些专业人士会涉及与内容有关的管理和法律问题。而且，其他一些组织也越来越多地处理大量的内容，例如，营销和公共关系公司必须管理视听材料和文本材料。大的产业公司、用户公司和服务公司都拥有文档、多媒体培训和营销材料，这些文档和材料都要在企业内部进行管理。在这种环境中，对内容及其管理不再是操作的核心。而且，对需要大量的人处理的内容进行有效的管理会在诸如营销和员工发展这些领域产生优势。

在一个组织内部，各种不同的专业小组在处理和管理着内容。他们对于内容、访问内容和相关信息的要求有不同的理解，这是由于他们的角色、权利和兴趣的不同所决定的。不同的用户组有对相关内容的特殊要求。这种信息的访问和呈现一定要考虑特殊用户，有时是个人的特殊需求。处理内容的小组包括生产员工、总监、创作总监、新闻记者、编辑、工艺编辑、后期生产编辑、编目人员和档案人员，还包括只处理元数据和相关信息的行政管理人员。下文将讨论不同的用户组和他们在处理内容时的作用，讨论将结合他们在内容生产和管理中参与生产、呈现和管理任务的程度。

### 2.1.1　生产中的内容访问

在内容创建过程的前期生产和生产阶段，对两种主要的用户组要加以区别，即"艺术家"（如制片人和导演）和"手艺人"（如摄像师、音响工程师、制片助理和编辑等）。前者关注理念和创造性的工作，包括研究工作、生产计划和剧本。在内容创建过程中，一系列关于内容对象的原始元数据被创建。理想情况是这些信息应该在内容管理系统的环境中创建。这些信息应该被保存起来，并且在内容对象的整个生命周期都与其联系在一起。而且，在生产过程中产生的信息（如生产注解）应该和内容保存在一起。起初，这类用户组对内容的访问是纯文本的，诸如剧本（自由文本）和计划文档（包括时间规划、工作计划和预算）。在生产阶段，主管和编辑也要在这个过程中审查工作。因此，他们必须能够有效地访问原素材和作注解（这些也是应该保存在内容管理系统中的元数据）。生产中的审查过程可以由非专业化的代理来完成。在这种情况下，必须确保浏览的副本能真实地表现原始材料，对内容的访问必须容易且直观。既然这个小组常常和广播电视生产工具打交道，那么应用界面应该采用类似的风格并提供类似的功能。

生产员工（如摄像师和音响工程师）产生新的内容。传统上，在生产过程中主要生产素材（即视频和音频素材）。然而，在这个阶段理想的做法是，这些素材应该加上与生产相关的元数据的注解。在原始素材的导入阶段，这种元数据就应该能被传到内容管理系统中。为了保证这个任务的工作负荷最小，内容管理系统应该能够自动检索到尽可能多的信息。例如，生产媒体可以通过设备的设置去获得，位置和时间参数可以用 GPS 模块得到。

在生产中稍后的阶段，编辑人员将这些素材进行编辑和润色工作，但要使用专门的设备来访问和处理素材,这个过程在内容管理系统的控制之外进行。因此,在这个工作步骤中创建素材和元数据,而在这步工作结束或偶尔在这步工作进行中必须要将创建的素材和元数据导入到内容管理系统中。这些元数据包括编辑注解和编辑决策列表(Edit Decision List,EDL)。为了提供最优化的支持,内容管理系统必须与本地的生产工具进行集成,不同工具间的结合点和接口必须要定义好。这种用户组的访问必须是直接的,而且要格外关注所生产的相关信息和素材。理想的情况是,内容管理系统的应用界面应该与本地生产工具集成以便允许在给定环境中实现无缝操作。

## 2.1.2　文档和分类中的内容访问

在内容管理中一个核心的任务就是内容的档案化和分类,这是归档的传统任务。许多训练有素的助理、分类员和档案员处理内容深度化的文档和素材的保存。从内容进入内容管理系统的那一刻起,就要求有大量的描述信息能对内容进行搜索、查找和检索。最初的文档处理通常是由所谓助理来完成的,他在素材进入系统时就对其进行实时注释(如代理片、工作样片和原素材等)。这类用户要求能快速方便地访问内容,即任何与新来素材和浏览副本(即帧和时码准确的原素材的副本)相关的初始元数据必须即时可用。既然注解必须实时产生,那么应用界面就必须为这些用户的需要量身定做。

由档案员进行深入分类的任务也必须有内容管理系统的支持。人们要求直接对组织的文档数据库进行访问。而且,对内容详细的自由文本的描述也要在这种环境中能实现。对于连续媒体(如视频和音频),这种描述是应用时码特别指明内容的某些片断。档案员和分类员的工作可以由约束单词表或分类词汇集这样的工具来支持,这些工作通常是有针对性的,因此对不同的组织必须进行具体的实现和编写。其他先进的工具如视频分析和关键词定位也逐渐出现,它们作为辅助工具来帮助实现归档过程,可以为材料的档案提供附加的信息。然而,由于目前这些自动工具并不能提供百分之百的准确性,因此工作人员还必须对这些信息进行修正。

在这种环境中,对素材的处理在不断地变化着。迄今为止,素材都存储在物理载体上,即视频或音频磁带上。在这种情况下,归档的任务是将这些载体存储在一个可控的环境中,并且通过将逐渐受损的载体上的素材备份到新载体上来保护内容。而且,磁带格式和设备有一定的生命周期,旧的格式或许要被替换掉,因为原有的设备、备件和训练有素的操作员都不可再用。因此,备份过程也经常涉及到将素材向新载体所对应的新格式的迁移。这些备份工作要花费很大的成本,并且多媒体档案要占用大量的存储容量。在新出现的内容管理系统中采用数字化格式,这种编码格式和素材的物理载体是分离的。素材的拷贝能被在线存储在磁盘上或磁带上。这里的磁带不一定是音频或视频磁带,也可以是存储在自动化磁带库中的数据磁带。素材的实际存储和检索过程完全是自动的,这其中也包括用于保存或格式转换要求的自动备份过程。在系统中可以保存多个备份,在线存储于服务器和近线保存于磁带库。尤其是可以在任何需要的时候创建和删除在线备份。这也改变了我们对内容对象的理解。现在,一般内容对象是由它的物理载体(即磁带)来表示。将来,要想清楚地知道素材和其物理载体的位置已不太可能,因为它在系统中不同的地方会有多个副本和多种不同的格式存在。因此,内容对象的概念变得更加抽象,这对归档工作也会带来影响。越来越多的焦点将会转移到对内容对象的逻辑表示(即档案化)上,而不是媒体的物理处理上。

### 2.1.3　内容的搜索和检索

内容的价值在于对它的开发(即表示和使用)。因此,在内容管理系统中必须能够容易地对内容进行搜索和检索。传统上这是归档的任务,它提供诸如中介研究这样的服务,搜索和检索取决于专门的文档工具(如数据库)和特殊的文档程序和语言,要求具备专业知识。随着内容的不断增长和对内容进行访问的用户的不断增长,搜索程序必须更加直观和容易处理。在内容管理系统内搜索内容的用户有记者、编辑、研究人员、营销专家,(在开放系统中)甚至还有公众。因此,搜索和检索最为重要的方面是具有简单和友好的用户应用界面、搜索结果的规范表示以及对用户角色访问权的考虑。搜索工具必须允许非结构化(即全文本)的搜索和专业数据库的搜索。此外,随着媒体处理工具的出现,将来使用诸如图像相似性检索或哼唱查询这类搜索将成为可能。因此,系统也要为这些新的搜索操作提供界面。

在结果单中内容的表示主要是文本形式的。然而,这类信息也通过原始素材高码率的副本或视频关键帧、浏览和其他视听摘要的形式变得越来越丰富了。理想情况下,搜索和结果表示的界面应该是可配置的,以适应用户组和个人用户的具体需要。选择的过程也包括粗编,它可使用户标记内容的某些部分以便进一步的处理。

搜索内容的用户应该有不同的权限用于对内容进行查看和检索。在一个专业的环境中,这种权限包括将素材副本(或被选择的部分)自动迁移到生产或广播电视设备中。有些用户可能只被允许查看低质量的副本。在网络环境中,为了防止收看的用户存储这些内容的副本,其下载的内容可能是流的形式的。

### 2.1.4　与内容相关的管理和经营任务

在富媒体组织内,有大量专业小组处理与内容相关的管理任务。这些小组是金融计划和会计部门、法律部门以及生产和节目计划。这些人需要访问与内容对象相关的状态、成本或法律问题的所有相关数据。通常他们已经在使用特殊的应用程序和软件工具（如企业资源计划系统、数字版权管理系统和节目计划系统等）。他们对内容的查看也仅限于文档某些方面的内容对象的元数据部分。他们几乎不需要对实际内容、素材本身或任何带有元数据的视听代理的描述性信息的访问。

然而，这些用户正在产生和使用的信息的某些部分也应该存在于内容管理系统中，例如，关于具体内容对象的版权状态的说明或者能访问关于某个项目的财政摘要的说明。另一方面，与内容管理方面相关的用户或许也要从内容管理系统中获取信息，例如，关于内容生产或重用的信息就是这些用户所感兴趣的。因此，不同系统中的信息必须能够交换。或者，应该提供（限制性的）访问系统中特殊部分存储的关于内容对象的特殊信息。在这种情况下，就期望在应用水平上有一种集成的方式，即用户应该只使用一种应用程序，而第三方系统也用该程序来表示和查看信息。

## 2.1.5　内容管理者的角色

内容管理系统目前用于协助各种用户组处理内容。它被看做是一种辅助工具来支持现存工作流并方便那些与内容打交道的用户的工作。然而，内容管理系统也改变了内容处理的方式，而且新的系统和（硬件和软件）组件需要专业的服务和维护。

既然内容管理系统包含数据库和海量存储技术、PC 和服务器系统、通信网络和广播电视设备，那么就需要有掌握工作流和处理内容过程的技术全面的人员。而且，需要有人专门从事内容管理系统内的文档工作和实际的内容管理。许多与内容处理和管理相关联的内容管理任务都与传统的档案员、编目人员和广播电视工程师密切相关。然而，既然内容的处理正成为操作的核心部分，这就需要有一个内容管理者专门负责系统和存储在系统中的内容。这样一个内容管理者的关注点有两部分，其必须既关注技术和工程问题，同时也要关注内容和工作流，前者指的是系统和体系结构的技术维护，而后者涉及的是对处理过程和用户处理内容的实际支持。

不同的部门和个人都要对组织内的内容管理系统的操作负责。随着这种系统的逐渐被采用，对于系统和其内容上的一条清晰的责任线必须要建立起来，这件事应给予重视。内容管理者在这种环境中将起到重要的作用，因为他要对提供跨部门服务的系统的操作负责。不只是考虑体系结构和 IT 任务，内容管理者的工作也包括对内容的实际处理（即内容管理的非技术部分）。

根据系统和组织规模的大小，内容管理者的角色可能被分为实际的内容管理者或更多专注与内容相关方面的分类编辑（如素材和媒体处理、系统资源和提供等）以及与系统维护方面(如硬件,软件和网络维护)相关的内容管理系统工程师。这些新的角色如何被集成到现存的组织结构中去,将取决于在引入内容管理系统后的工作流的变化。

## 2.2 广播电视中的工作流

在广播电视行业中,内容的创建和供给过程正在发生变化。这是由于引入新的输出渠道、新的数字生产方式和对快速创建高质量内容需求的增长的结果。而且,当今技术的发展也使得工作流的集成比以前更有可能。

通常,内容创建的过程开始于节目的计划、传送方案和生产计划。在这个阶段,一些初始的元数据已经被创建了。这些元数据将在实际节目生产的过程中不断被丰富,而且在内容对象的整个生命周期中都与它相关联。

接下来,将从电子新闻采集(Electronic News Gathering, ENG)组、外部机构和内部生产中获得的材料导入系统,并与新的或已经存在的内容对象建立起关联。在导入过程中,对内容的初始注解就按照惯例产生了。这项工作要么通过所谓的助理来手工完成,要么通过特殊的提取、索引和注解工具自动产生。这些信息(理想情况是实时产生的信息)支持基本查询,甚至允许在内容导入时进行搜索和检索。因此,同时进行合适的、最新素材的选择与对这些素材的记录是可能的。

编辑访问内容管理系统主要是查询元数据。对所需信息的搜索是通过使用全文本或结构化搜索及查询操作来完成。搜索产生一个结果单,它包含新导入的材料和文档中已存在的内容。

分类部门负责对选择的内容进行完全的和详细的描述以便于长期存档。分类者创建或增加正式的和与上下文相关的内容描述并根据需要来精炼现存元数据,他们的职责也包括核实通过自动工具所提取的注解的质量。

版权和特许部门添加关于内容版权和内容知识产权(Intellectual Property Rights, IPR)状态的特定元数据。目前,与内容相关的法律条文的复杂性使得在资产管理系统(即也处理 IPR 的内容管理系统)中进行自主的资产管理较为困难。得到内容 IPR 状态的更实际的方法是优化内容管理系统和版权部门之间的信息交换,明确版权的拥有者和法律状态。

在后期生产中创建好的内容形成了节目用于传送,这就形成了内容项目新的(或最终的)版本,它要被输入内容管理系统中。形成的节目素材以后可整体重用或者选用其中的片段进行新的生产。在这个阶段所创建的元数据(如 EDL)也应该被传送到内容管理系统中。

此外,内容管理系统还要维护在传送过程中所收集的信息。那些负责节目交换和节目产品营销的其他实体也要创建附加的元数据,这些元数据在内容管理系统中应当是有效的。

接下来的部分是关于工作流模型,这些模型描述了广播电视内容创建和传送的过程,而且给出了导入和录入工作流、检索工作流的较为详细的描述。这两个工作流是广播电视产业内容生产和开发过程的基本构建模块。

### 2.2.1　顺序的和以内容为中心的工作流模型

传统的内容创建过程遵循一种推进式模型,如图 2.1 所示。内容创建开始于计划和草稿阶段,在此形成最初的想法并设立项目。在得到认同后,进一步形成项目的细节并计划实际的生产过程。在生产(记录和分析)和后期生产(综合、组合和打包)的每一步,都要对内容进行处理,并将该步工作完成后的内容传递到下一步。这种工作步骤间的传递主要发生在物理载体上(如磁带)。接下来的步骤一直到归档都和内容的传送有关。而且,步骤间传递内容的主要媒体是在一个物理载体上。这也意味着当内容最后到达归档时,内容主要包含实际的素材和极少的元数据要素。在文档中,素材是通过有效的元数据和通过检索内容所能得到的信息来进行归档的。最后,内容被存储起来。这种方法的缺点是:它是一个完全的顺序工作流,不能够对内容或信息进行一个具体工作步骤以外的有关生产过程的访问。而且,不同的工作流步骤传统上是用不同的独立的系统来完成的,这些系统不能够共享元数据,许多创建过程的元数据便在这条链中丢失了。结果,当内容对象最后进行归档时,这些元数据就需要用人工方法进行恢复,将其重新输入到数据库中。

**图 2.1　线性推进工作流模型**

新出现的内容管理系统由于具有更高的集成性使得内容创建的过程更加便利,从而使得这个过程由顺序推进式模型向以内容为中心的拉动式模型发展,如图 2.2 所示。在这个模型中,内容是内容管理系统的操作核心,所有在生产过程中所创建的信息都被存储在内容管理系统中。在整个内容创建过程中,内容管理系统成为创建和使用所有与内容相关信息的中心枢纽。这些信息会随着每一个工作步骤的进行而不断更新。这些内容并不是在一个工作步骤处理完成之后就传递到下一步的,只有当一个具体工作流程的终止信息出现才会传递到接下来的处理过程中。工作的进度能被所有访问内容的人员观察到。这种方法允许快速的生产,甚至对内容项进行并行的操作都是可能的。既然在创建过程中的所有信息都被存储在内容管理系统中,这里就有有关内容对象的更为丰富的元数据集。便捷和快速的内容访问也方便了对现存内容的重复使用。

**图 2.2   以内容为中心的拉动式工作流模型**

在 EBU 和 SMPTE 工作组中,对以内容为中心的工作流模型进行了更为详细的分析,并且还专门考虑了在这种环境中发生的数据流。该模型对元数据流和素材流进行了区分。这个模型如图 2.3 所示,图中的内容管理系统处在不同工作步骤的中心,这些步骤是发生在广播电视内容的生产和传送过程中的。

在初始的生产步骤中,元数据在不同的实体间创建和交换。在交互和授权期间,不需要对素材进行直接的访问。在细化阶段,可对现存内容进行查看,或许还可以挑选其中的内容用来进一步生产使用。新的素材在记录的过程被导入系统中,在生产、后期生产和传送的过程中被使用,素材在接收时离开系统。在不同的工作步骤中,素材可能会改变,在每个步骤中又会产生进一步的元数据。无论在内容管理系统中的哪个工作步骤,当素材和元数据发生改变时,它们也会得到相应的更新。

## 2.2.2   基本广播电视工作流

在广播电视的内容管理系统中,工作流是基于两种基本的处理过程的,即导入和标引工作流,搜索、查询和生产工作流。

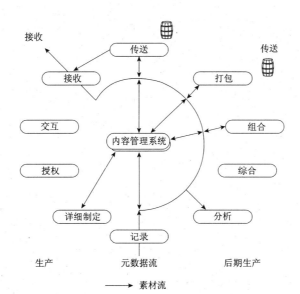

**图 2.3　在以内容为中心的处理模型中的素材流和元数据流**

## 2.2.2.1　导入和标引工作流

　　内容在获得时就被引入内容管理系统中,这个过程也称为导入(素材直接记录到系统中)或输入(预先记录好的素材被放入内容管理系统中)。内容可以从不同的媒体和载体中获得,如磁带、电缆和卫星。素材经过合适的编码器进行了数字化后,被记录在服务器和/或录像带上。从这一点看,素材在系统中是可用的,而且能够回放和通过演播室网络传送到其他的位置。除了对高码率素材的记录,还将低码率的预览流创建和记录在服务器上,实际的记录过程可以做到完全自动化。在导入的过程中,新进入的素材能被自动地分析,并创建出索引信息和视听辅助信息如关键帧、快速浏览等。图 2.4 给出了一般的导入和标引的工作流模型。根据导入环境的不同,图中可能会有一些附加的步骤或细微的变化。然而,基本的工作流步骤对于大多数导入过程都是类似的。

　　在图 2.4 中,导入起始于素材的数字化和自动录入。高码率和低码率的预览和浏览副本在同一时间被创建。素材被记录在不同的设备和存储媒体上,这些设备和存储媒体都受内容管理系统的控制。

　　素材的编码和记录格式取决于所使用的数字化和记录设备。理想的情况是,在数字化和记录正在进行的同时,只要内容一到达,就能进行即时访问。从而在记录的过程中,就能保证通过助理对内容进行手工注释。这个过程称为标引,它对于提供一些有关内容的初始化信息以便于搜索是必要的。

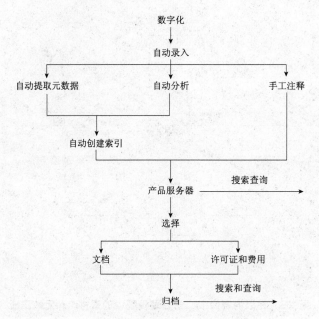

**图 2.4　工作流导入和标引**

在对新进入内容进行标引、自动提取元数据和自动素材的分析过程中,下列信息被提取和存储在内容管理系统中:

- 自动提取的元数据附有导入信号,该信号包含编码参数、视频文本和在场消隐期(Vertical Blanking Interval,VBI)中所带有的其他数据。
- 通过自动素材分析所提供的诸如编辑点、关键帧、演说者、面孔和关键字等信息。
- 在标引过程中通过手工方式输入的文本描述。标引过程要遵循语义规则,该规则由使用标引过程的组织来制定。
- 利用先前自动提取信息的智能工具所提供的附加信息,通过语义描述的标准使之得到加强。

手工标引在这种环境中(尤其是自动分析工具,如语音识别,仍然不能为专业媒体生产环境提供所需的准确率)具有非常重要的作用。在生产过程中,手工标引创建了最初的手工产生的信息,这有助于成功的搜索和对文档的进一步细化。因此,对标引工作是有一个较高的要求的,这种要求除了需要具备文档的分类知识,还要对编辑们的需求有一个很好的理解,因为正是这些编辑来评估新进入的素材与他们生产的相关性。

对于记者和编辑来说,即使当初始标引过程还在进行时,他们也能够立即使用刚刚进入的素材和所创建的元数据。因此在生产过程中,素材和元数据是能够即时访问和使用的。

经过一段时间,档案员会选择一些相关的、适合于长期保存的素材。这种选择的标准不仅仅是它的历史价值和为了将来生产相关的资料,也包括已经取得的内容使用权的种类。在这个过程中,选择的内容要更为详细地归档、记录其 IPR 的状态、标记对象归档的永久性。永久归档的素材就不能再从系统中删除了,以供将来在广播电视和生产中使用。

### 2.2.2.2　搜索、查询和生产工作流

第二个基本的工作流过程是对内容的搜索、查询、选择以及在生产环境中的准备。不考虑内容创建过程中想法的形成、选择和最终转变成一个详细的描述方案,实际内容的使用(重用)阶段开始于对内容的搜索和查询请求。这个过程是由编辑或记者完成的;在更为复杂的研究案例中,档案方面的专家可能也要参与其中。

搜索和查询产生的点击单,用户可对其进行查看。每个点击提供有关内容项的信息,该内容项是由元数据、关键帧和预览视频和/或音频组成的。这种信息支持在内容生产中对所用素材的选择。图 2.5 显示了在搜索、选择和生产过程中的工作流步骤。

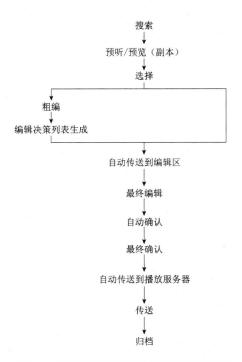

**图 2.5　从搜索和查找到最终确认的工作流**

利用点击单中找到项目的预听和预览副本能方便实际的查看和选择过程。还可能利用预听或预览的副本和粗编材料选择相关的片段而不仅仅是选择基于项目的生产素材。利用粗编作为选择工具会得到粗编单所表示的片段和相关节目要素的清单。为了使素材的选择尽量精确,粗编应该精确到帧而且应该参照时码,时码在顺序草稿编辑的过程中能被用到。粗编单被用来自动传递从内容管理系统中选择的要素到非线性编辑系统中。在这里完成最终的节目编辑和确认。这些过程发生在内容管理系统的控制之外,即第三方系统,而第三方系统不需要与内容管理系统进行紧密的集成。

最终的确认指的是正式的接受过程,由责任编辑依据技术的、法律的和文脉上的标准来完成。在这些工作步骤都成功地完成之后,新的节目项就被传递到播放服务器上(在节目直接播放的情况下)或其他的存储媒体(如节目要在后续阶段使用)。生产过程的最终步骤就是节目的存档。

素材的物理迁移要么由内容管理系统自身来执行(如果有合适的控制软件去实现的话),要么由责编、分类员或内容经理来控制执行,这取决于系统的结构和环境。

这种工作流的一个关键方面就是编辑阶段的确认过程。这里的确认内容是指来自不同装配部分的节目项的物理创建。乍一看,限制档案到样片或原素材是有优点的。然后新的节目投稿仅需要通过 EDL 参考它们而不需要创建新的项目。例如,这将使文档中存储素材的容量最小化,因为只有第一代素材被使用。然而,在实际中这种假设会有很多明显的缺点,这些缺点使得实现这样一个实际的确认过程是不可行的。反对这种方法的重要论点有:

• 无论如何,元数据允许对原始材料的追踪。

• 在传送过程中,如果传送系统需要从 EDL 的片段中在线安装节目就会增加失败的风险。

• 表示一个节目项所要求的所有链接管理是极为复杂的。链接上的信息丢失会导致所有节目的完全丢失。从已经编辑过的素材中创建第二代和第三代节目项会变得更加复杂。

• 如果节目以这种方式分成片段,节目片段就可能被分散在大量的服务器上和大容量存储系统的磁带上。这意味着当从文档中检索一个节目时,需要访问大量的磁带以便将所有需要的节目片段放到播放服务器上来重建完整的节目。

因此,潜在的最小化档案容量和确保对素材访问的这种益处是以较低的操作安全和较差的系统响应为代价的。因此,在生产链中,人们强烈建议只将内容作为物理确认实体被迁移到下一步。

### 2.2.3　内容管理对广播电视工作流的影响

内容管理系统的引进不仅支持现存的工作流,也为创建新的工作流提供潜力。人们并不期望将内容管理系统引入到广播电视组织后会导致已建立的工作过程立即发生根本性的变化。然而,某些工作步骤的重要改变将会在一开始就发生。例如,在内容文档中引入实时标引和革新方法已经对编辑和分类工作产生了重要的影响。

建立一个与生产链紧密结合的元数据产生链和使内容在系统中自动迁移将改变每个员工的工作,也会最终形成新的工作职位说明。

标引过程(即录入材料的手工注释,现今通常是由助理来完成)由员工和对编辑们的需求有详细了解的分类员来共同完成。这种变化转变了编辑人员到分类人员和档案部门的责任。另一方面,希望归档人员及编辑人员都具有研究的技能,尽管在有复杂查询的情况时仍然需要归档人员提供帮助。

生产过程中对元数据的自动提取将使分类员从日常的操作(如手工录入现存元数据)中解脱出来。因此分类员能较早地参与到内容的生产过程中,如标引阶段。他们也能从事更有质量和挑战性的任务,如概念描述。

## 2.3　电子商务系统中的工作流

数字内容是能被整体用于电子贸易的少数产品之一,即提供、订购和传送全都能在数字领域内完成。两种基本的与内容相关的电子商务交互必须被区分开来,即B2B和B2C过程。B2B是包括在公司和组织间交易内容的所有商业过程,B2C是将内容通过公共通信网络如因特网或有线电视提供给更为广泛的公众。这两种情况的主要差别是得到内容的方式和在涉及到存储、带宽和访问时对基本系统体系结构的要求。这一部分集中论述商业过程和提供内容操作的内部工作流,主要集中于B2B过程。B2C工作流要么与广播电视工作流相似(即按预定的内容传送的情况),要么与B2B电子商务交易接近(即视频点播的情况)。尤其是B2C对基本系统体系结构的需求可能要高于B2B的情况,但是基本的过程和工作流是一样的。

如图2.6所示,提供内容的电子商务系统结构可被分成两个主要的部分,即内容管理系统后端和电子商务前端。内容管理系统后端的任务是由电子商务系统提供所有与内容管理相关的操作。它也涉及到订购的实现,即鉴定订购合同后完成内容的传递。电子商务前端所包含内容对象的界面有提供商(由代理商表示)、搜索功能、电子商务模块(用于处理客户请求)和后端办公室(协调订购过程和实际的实现)。系统的

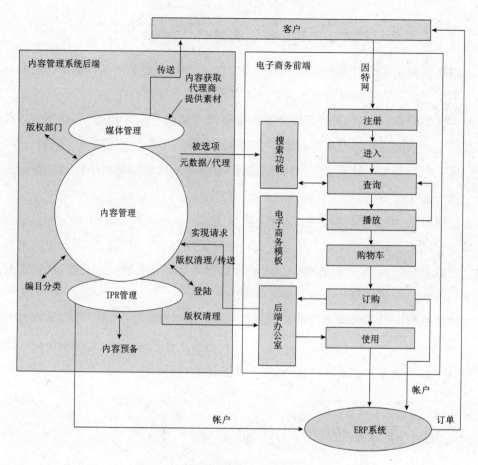

**图 2.6　内容管理和电子商务系统结构**

这一部分也与负责订单和会计的 ERP 系统相连。

分离成两个子系统的原因是出于安全和商业过程的考虑。这里的内容是商业对象,即实际用于交易的资产,它必须被保护以免受侵害和任何可能的误用。因此后端系统应该是不能从外部进行访问的。相反,电子商务的前端必须是对公众开放的,并且要吸引尽可能多的潜在客户,因此它是一个可以通过公共网络访问的系统,也可能引起企图欺诈系统的注意。

从商业过程来讲,通常不会有这种情况,就是一个内容丰富的组织(如含有销售部门的广播电视公司)的所有内容应该或能够同时提供。例如,该组织可能不具有内容管理系统中所有内容项目所必需的 IPR 出售给外部的合作伙伴。某些素材可能只能保留在后端便于其在其他情况下被使用(如组织自有频道的广播电视),而且要经过一段时间后才能被出售。因此,在版权验证后就需要有个灵活的选择过程。此外,并不是所有用于内容管理的元数据都与内容销售有关。只有那些与销售有关的子集元数据才可被客户访问。内容销售也需要向客户积极地展示对象。因此,在选择用于销售的内容时,应该事先考虑展示的项目。

由于系统只关注内容的销售,因此实现一个带有两个模块(即内容管理系统和电子商务模块)的系统可能是一种选择。然而,对这种解决方案的优缺点要仔细斟酌。在任何情况下都必须确保实际的内容对象(即高码率的素材和所有的内部元数据)受到保护。

### 2.3.1　内容管理系统后端的工作流

内容管理系统后端有两个主要的工作流:系统的录入、文档化和素材的管理;对电子商务前端请求的应答。

#### 2.3.1.1　录入、文档化和内容管理

电子商务系统的内容管理系统后端工作流与广播电视运行的工作流是相似的。素材通过不同的渠道(如磁带、天线和卫星等)进入系统。系统开始记录引入的素材,创建低码率的版本,用一些基本的元数据注释素材,并通知 ERP 系统有新的内容进入。内容的初始文档也包括所获得的版权登记,这些版权形成了销售业务的基础,因为只有获得版权的内容才能被用于市场营销。

初始的注释(即标引)和深度的文档化可以分开进行,因为(如在广播电视中)当某些信息首次出现时(如关于政治、商业和股市的实际信息等),可能是非常有趣的,因此应该将其尽快地提供给顾客。根据提供方式的不同,在提供内容之前可能要对内容进行处理和准备,这是个标准的编辑过程,该过程也提供摘要等。在广播电视公司,这项工作与新闻和技术的实现过程密切相关。

分类涉及到系统内深度的文档化。在电子商务系统中,以一种反映目标客户群的技术和知识的方式完成文档化是非常重要的。潜在的客户应该能够直接搜索和检索内容。例如,如果为医生和医学专家提供医学方面的内容,文档就应该使用合适的专业术语,然而如果普通大众是这些内容的目标群,文档就应该使用能被具有普通医学常识的人所理解的术语。版权文档必须记录合同的细节,以保证版权和 IPR 受到尊重,这项任务通常由一个单独的版权管理系统来实现,该系统连接到内容管理系统。

高码率素材(即素材)的管理是在一个媒体管理模块的协力下完成的。这是一个用来控制媒体在系统间迁移的组件,并且也负责实现电子订购。管理素材需要对存储子系统的控制和对素材技术质量的控制,包括根据需要将副本迁移到其他的存储媒体。内容管理过程是运行的中心,它的基本特征与那些在广播电视中遇到的情况是相似的。

### 2.3.1.2 实现和传送

电子商务系统的内容管理系统后端的一个主要任务就是请求的实现。这种请求是由电子商务的前端产生并通过电子方式传递到内容管理系统,它包含内容 ID 和传送信息。在传送之前,要对版权的状况进行确认。这种信息也被传送到电子商务前端用于清算账目和账单。如果一个具体客户所请求内容的所有版权都是清楚的,内容管理系统就能继续进行内容的传送。

根据内容的类型、系统(内容管理系统、通信网络和客户端)的性能和客户的偏好,有不同的传送内容的方式。例如,音频内容可以通过现存数据网络如因特网实现电子传送。高码率的视频内容需要宽带或卫星连接。在这种环境中,媒体管理组件将控制内容的传送。内容也可以通过传统的方式如邮件或快递服务的方式传送。在这种情况下,素材必须被复制到磁带上,然后打包并邮递,这需要人的介入。

传送过程的信息会被记录在 ERP 中。

## 2.3.2 电子商务前端的工作流

电子商务前端系统交易内容的两个不同过程要被区分开来,即用于销售的内容对象的选择和表示过程和实际的销售过程。这些过程的本质与任何其他电子商务系统中的过程都是类似的。在内容管理系统中最有趣的就是发生在电子商务前端和内容管理系统后端之间的交互过程。

### 2.3.2.1 内容的选择和表示

内容的选择是个积极主动的过程,由负责销售活动的员工来完成。这种选择是通过主动搜索内容管理系统后端,得到在特定的背景和时间要提供给顾客的内容来完成的(如有关人物或事件的素材在周年纪念前就变得非常相关)。如果电子商务系统要提供与当前的事件和正在发生的事务有关的内容,那么只要有最新的内容就必须尽快地提供。因此,应该有一个指示器指明内容已经到达系统并且可以提供给顾客。这可以和后端的内容准备阶段并行地进行。

在选择过程中,(子集的)描述性元数据的副本和素材的低码率的副本被放在电子商务的前端。客户能在电子商务系统中主动地搜索所需要的内容。既然前端是"商店"的店面,它就应该主动向顾客提供产品并引导他们购买。因此,在设计系统的部分时需要考虑所提供内容的种类、它所代表的组织和目标客户群体。

### 2.3.2.2 销售过程

在用户访问电子商务系统前,通常需要先进行注册,通过这个过程可以获得顾客的详细信息并存储到系统中。用户注册之后就可以登录，搜索具体的内容或查看提供的项目。这种查找不仅包括描述性的元数据，也可以观看和/或收听内容的浏览副本。根据提供商政策的不同，这些查看的内容可能是关键帧、快速浏览的内容、内容对象的短样片，也可能是以低质量提供的整个项。如果想要的项找不到，还应该可以提炼或改变搜索。用户可以购买全部产品项和片段，因此，应该能够选择和标记顾客愿意购买的产品项的片段。这种功能可由粗编来支持，这类似于生产过程中对内容选择的支持。用于出售的产品项（或产品项的片段）被顾客选择并放在购物车中，这一过程将顾客的详细信息和所要购买内容对象的细节联系起来。根据内容和顾客的种类，需要给出一些如何使用所购买内容的细节。例如，在 B2B 的环境中，必须确保用于某种使用的所有 IPR 都是有效的，且是合同的一部分。

顾客方通过主动决定购买过程来预订购物车中的内容商品。订购会引发从电子商务后端办公室到内容管理系统后端的一个信息，这个信息包含顾客和所要购买商品的详细情况。通过 IPR 管理使版权状况再次得到确认，（如果版权很明确）传送过程就可以开始。接下来会有一条信息返回到电子商务后端办公室以确认销售，这条信息和使用方式会传到 ERP 系统，该系统具有处理账目和账单的业务。使用信息对于清算账目是必需的，因为这在内容的专业使用方面是一个影响价格的因素。给顾客开出账单是 ERP 系统的任务之一。

## 2.4　公司和其他组织中与内容相关的工作流

大的公司、教育和政府组织也越来越多地要处理视听内容。内容在下面三个主要的领域起着重要的作用，即档案部门，用于培训和员工发展的部门，以及营销和销售领域。这些领域的视听文档与其他类型的多媒体文档都是紧密相关的，工作流和处理过程也与 2.2 所描述的广播电视组织中的文档是类似的。这些领域带有对商业的直接影响，同时必须考虑的附加方面是培训、教育和员工的发展以及对营销和销售的支持。培训、教育和员工的发展对于教育、政府和公司机构很重要，而在营销和销售领域采用内容管理系统主要是出于商业考虑。

### 2.4.1　培训和电子教育中的内容管理

诸如视频、音频和互动节目这样的电子媒体越来越多地被用于教育和培训。它们已由课程和讲课中视频和音频的使用延伸到远程媒体的课程中。这些系统的结构类似于前面介绍过的带有内容管理系统后端和专门的电子学习前端的电子商务系统。

然而,与电子商务系统相比较,这个前端模块本身并不能存储任何数据,只能进入内容管理系统后端进行内容的检索。

在内容管理系统后端,课程资料被处理、存储和用于有效的使用。一门课程从音频、视频、文本、幻灯片和网页等方面进行组合。也有一些程序是通过与用户直接交互的形式来决定内容的表示。在这种环境中,课程内容的表现方式是由计算机程序决定的,在学习课程过程中由该程序引导学生,但并不一定是线性的表示。然而,有限数量的内容对象和其可能的组合与一个具体的课程模块相关。因此,只要有学生访问,每一个课程可以准备所有相关的模块来演示。

对于远程媒体和电子教育系统,将内容对象用原子模块表示是非常重要的,即课程的基本组件。课程本身要么用一个类似于 EDL(据此能控制表示)的脚本来表示,要么通过计算机程序来控制演示,也允许交互。有专门的程序用来进行课程内容的创建和汇编。因此,一门课程和其所有相关的内容对象一起被导入内容管理系统中,或该门课程与系统中现存对象的参考内容一起被导入内容管理系统中。这些参考内容是课程元数据的一部分。

在创建的过程中,需要访问存储在内容管理系统中的内容的情况有两种,即当新的课程是由现存内容组合时和当在演示过程中要对课程加注解时。后一种情况类似于将现有内容变为更新版本,这种情况发生在内容管理系统的控制之外,这可被认为是顺序重新导入后的一个导出版。为了支持从现存内容创建新的课程,必须将内容管理系统应用模块和课程创建平台进行集成。这种集成要么允许对其他模块的引用,要么允许拷贝新课程所需要的内容。

演示要么通过预定的广播/多点传送,要么根据需求通过对不同课程模块检索的程序。后一种情况是用户与远程媒体学习平台进行交互。这个程序访问内容管理系统,请求一个专门的内容模块来演示。在这种情况下,重要的是内容管理系统能主动准备出所有的课程模块,一旦第一个课程模块被请求,那么所有的课程模块都可以被请求显示。

## 2.4.2    在营销和销售中与内容相关的工作流

作为营销资料的视听内容的重要性和成本正在增长。越来越多的社团组织开始自己来管理这类内容,而不是将它留给代理商和创建内容的生产部门来管理。除了保持材料受控和能够容易地重新使用,这种方式也帮助协调了不同组织单元和产出渠道的营销和销售活动。而且,它允许对(不可预测的)事件的快速反应。图 2.7 所示是社团组织中与营销和销售相关的内容管理系统。

图 2.7 团体营销和销售中的内容管理系统

法人组织具有不同的组织结构,这主要取决于它们所在的商业行当、它们的商业目标和组织的历史。然而,营销和销售活动中的一系列任务与大多数大型法人企业都是相同的。特别地,这些任务发生在营销部门,经过获得、分发和销售这些环节。除了内部的部门,还有营销代理机构、(后)生产部门和印刷商店提供内容和对系统所需的访问。资料的不同发布渠道有电视、广播、印刷媒体和新近的 Web 和报摊系统。在这种环境中,需要考虑的相关工作流有营销中的计划、创建和制作阶段,以及发送内容到不同的渠道上。

### 2.4.2.1 营销和销售的内容创建

在营销和销售中,内容的唯一作用就是促销产品和支持销售过程。内容的创建过程与营销活动中开发产品是并行的。在产品的生命周期中,营销和销售资料得到进一步开发,并实施所设计的用于促销产品的新活动。营销部门负责活动的创意。在这个阶段,外部代理商可能也已经加入进来。初始阶段可与电视节目生产中的计划和写草案阶段相对照。在新的理念形成过程中,应该对旧的资料进行分析和思考。理想地,这些资料在内容管理系统中是可得到的,通过元数据和预览副本可进行快速地查看。有关新活动的注释、脚本和协议应该被存储在内容管理系统中。这些资料的一部分对于其他部门(即分发和销售)也应该是可用的,以便尽早地通知这些部门有关新的活动。获取部门在这个时候也必须参与,以便获得属于产品一部分的任何第三方组件的细节。

活动发展的下一个阶段就是材料的收集,例如商业内容的磁带化,照片、标语的开发等。这项工作通常是由代理商来完成的,代理商与生产部门和后期生产部门及印刷商密切配合。内容管理系统是中心内容的枢纽和知识库。从最初的构想到最终的战略,在不同阶段所开发的不同部分和版本被存储在内容管理系统上,并通过内容管理系统进行交换。外部的合作者必须能够访问相关的项目和内容对象。因此对基本系统和通信基础设施有较高的要求。在系统的环境中,不同的用户组只能访问他们被授权查看项目的某些部分和内容对象,通过对不同用户规定的权限来限制它们的读写访问。为了更好地支持创建过程,通信基础设施必须支持对高质量视听素材的交换,如果做不到这一点,那么预览操作只能基于低码率的预览副本,高码率的素材可以用传统方法输入到磁带上。

在开发过程的阶段,从最初的概念和可选择的建议到广告素材的最终确定会有多次的反复。在这种情况下,项目的过程观点是非常关键的。内容管理系统与工作流引擎和项目计划模块的集成也有助于工作进程。

不同国家和语言的译本可被并行地创建。这些可能是与主要活动相连接的子项目。在这些子项目中,这些国家和地区的营销部门可以提供他们自己的资料。

在开展营销活动的最后阶段,发行和销售部门应该更加密切地参与其中,因为他们直接受到活动的影响,而且必须实施活动的某些方面。他们需要访问营销资料的最新版本来制定自己的战略。而且,不同国家和地区的发行和销售组织必须能够查看和订购他们需要的营销资料。

### 2.4.2.2　内容发行

要用资料的最终版本来为不同的使用渠道提供营销材料。电视和广播中的广告节目在电视和广播播出计划之前的时间就被传送到广播电视公司。这种传输能通过磁带、卫星传输或文件传送来完成。对于印刷媒体,广告必须被及时地发送到杂志社和报社。而且,如果广告传单和信息资料已经印刷好,就应将它们发放到销售和发行机构以备进一步使用。内容管理系统可以提供所有这些处理过程,但这是一个主动的传递过程,而不是直接的播放。

在网络和报摊系统使用的营销资料情况有所不同。人们可以根据需要以一种互动的方式显示资料。通常这些资料被设立在类似于内容管理系统的组织自有知识库的顶层。然而,将这些系统与在营销活动开发阶段使用的企业内容管理系统进行直接集成不是一个明智的选择,理由还是涉及电子商务系统的安全和处理过程的考虑。虽然这些系统对公众是开放的,但企业的内容管理系统应该受到保护从而免遭非法入侵。而且,营销资料应该可以自动释放,且只有那些经过许可的资料才能在网上和报摊系统中被访问。

# 第3章 素 材

　　素材是内容以不同形式和格式的物理表示。它能够被生产、改变、存储、交换、传输或者播出。各种各样用途的素材需要使用大量的用于不同目的的素材格式。一个能够表示所有不同的媒体类型（比如视频、音频、文本、图像和图形等）、满足所有不同需求的通用的素材格式是不存在的。然而，一个理想的内容管理系统应当是独立于媒体和格式的，例如它应当能够操作和管理所有的媒体类型和素材格式。实际上，内容管理系统并不仅仅是一个存储文件的仓库，它还必须理解文件结构、媒体语法、甚至特定部分的语义。除了纯粹的文件检索外，内容管理系统还提供媒体索引、自动信息检索和流媒体等功能和服务。即使是对于部分文件检索，系统也需要理解一些媒体类型和文件格式。因此，为了开发和使用内容管理系统，我们必须了解有关的素材格式以及它们的特点和特征。

　　此外，为了能够访问不同的媒体类型和素材格式，为特定目的选择最合适的媒体类型和素材格式，我们必须审视特定应用背景下的需求和约束。表示特定信息的媒体类型通常是事先决定的，但内容对象编码格式并非如此。针对各种媒体类型的编码和（数字）表示制定了大量的编码方案和标准。富媒体组织必须仔细地选择最适合的操作和满足其要求的格式。因此，对编码方案的基本原理、功能以及它们背后特征的基本理解是十分重要的。

　　在一个内容管理系统中，不同素材格式扮演的角色都具有两面性。一方面，它们代表被操作和管理的对象。素材的特点决定了特定的功能是否能被实现以及如何实现。另一方面，素材在内容管理系统中用于表示内容。目前，在内容管理系统中有多种不同的素材格式用于生产和表示，以及对内容的纯粹的表述。要仔细考虑每一个任务的特定需求，才能保证要求的功能能够最好地被实现。

　　内容管理系统除了对素材进行纯粹的管理外，还可以通过自动检索来获得内容的附加信息，产生一个内容对象的新的表示。例如，视频分析程序允许切点和编辑点检测，以生成内容对象的一个浏览型或情节串联图板形式的浓缩版本。转码处理可以从一种格式生成另一种格式的内容副本，以更好地符合某种要求。

本章讨论内容管理系统中与素材相关的话题，主要介绍基本原理、概念和最重要的标准，另外还讨论素材的处理过程，其中将解释主要相关技术的原理。

## 3.1　素材的不同形式

在广播环境中，素材被定义为节目原材料，比如实际的节目项目。素材被更广泛地定义为内容对象的组成部分，它被用来表示采用多种编码格式的实际信息或消息（比如字面意思的内容）。相对应地，元数据是描述内容对象的关于数据的数据（见第4章）。因此，素材是直接表达和传递信息、创意、意图或印象的所有形式的媒体。

对于不同的媒体，素材会拥有不同的形式，如视音频、视频、音频和文本形式的素材元素等。此外，素材可以组成结构化的格式或文档。在一个内容管理系统中，管理和经营功能是最受关注的，例如与格式有关的问题。内容的解释留给处理素材的用户来做。

内容管理系统管理与内容对象有关的各种各样的素材，不同的格式适用于不同的目的。高码率素材格式通常要求更高的带宽和更大的存储能力。因此，大多数内容管理系统使用低码率的素材来代替高码率素材用于浏览和选择。但并不是所有的格式都适合这么使用，最重要的是要准确地表示出原始内容。

### 3.1.1　基本素材元素

基本素材元素是基础组成部分。内容项目被表示为特定的基础素材（或媒体）类型，例如音频、视频、图像、图形和文本等。不同的媒体类型（例如音频、运动图像）可以组合。然而，这种组合建立了一种固定的联系，它不能够表达为需要选择的相关链接，而是一种一对一的相互关系。

素材元素可以根据它们的时间和表示特征进行分类。这种分类与用于多媒体系统的定义类似，是根据人类感知媒体的方式得出的。总的来说，分为离散型（例如非时间相关）和连续型（例如时间相关）2种媒体或素材类型。一个连续的媒体流由连续的、与时间相关的信息单元描述，这种与时间的相关性是指媒体（或其不同部分）对于用户的呈现。在这种情况下，媒体具有时间属性。为了向用户提供易于理解的信息，连续媒体的呈现必须发生在特定的时间限度内。例如在PAL制视频中，每秒必须25

帧,每一帧必须在1/25秒内按照正确的顺序呈现,否则一个个帧所表示的信息就是无效的,系统也会被认为是失败的。然而,不同于那些由于超时而会导致严重损坏的实时系统(例如反锁制动系统),在处理连续媒体时,一定的错误率是被容许的,甚至是可以被忽略的。因此,可以根据素材及其处理结果来定义错误率,在这个容许范围内,素材及其处理结果是可以接受的。连续媒体素材的这种与时间的相关性是由时间线及其相联系的时码来表示的。基本的连续媒体素材元素有视频、音频和运动图形。

相反,离散媒体没有内在的时间要求,其表示的内容也与呈现时间无关。离散媒体有文本、图像和图形。

### 3.1.2 结构化素材格式

除了基本素材元素外,内容管理系统还必须管理结构化的素材格式,例如网页、XML文档和多媒体文件。在结构化素材格式中,基本素材元素或其他结构化素材元素通过引用和链接组合在一起。结构化素材格式的不同组成部分之间通过建立一种关系来管理和决定信息的表示。例如,Web页面中的链接指向其他相关素材,这些链接也代表了基本组件之间的关系。

结构化素材格式间的关系不仅仅由明显的引用来建立,还可以由不同基本元素相联系的时间约束来建立。例如,绝对或相对的时码能够被指派给连续的基本素材元素,也可以被指派给离散的基本素材元素。在后面那种情况下,这决定了结构化素材格式中的离散媒体模块所表示的信息在什么时间呈现给用户。对离散媒体模块所施加的这些时间限制与连续媒体元素的时间限制相似。实际上,这些限制只在结构化素材格式所表示的特定内容对象的语义环境中才是有效的,而不像连续媒体那样是固有的。

管理结构化素材格式的挑战在于保持它们所表示信息的有效性和连续性。由于与结构化素材格式所表示的内容对象有关的不同的基本模块可能会被单独存储或被其他对象引用,因此它们就有可能会被重新部署和改变。这些改变并不会导致结构化素材对象中的引用和链接的改动,从而不会出现不一致的情况。在内容管理系统中,处理结构化素材格式时必须考虑到这一点。为了保证内容对象的完整性,内容管理系统必须明确地管理结构化素材对象的外部链接,防止可能导致内容对象的不一致操作。

### 3.1.3 高码率和浏览格式

为了评价素材格式对制作、显示和存储的适用程度,关键是考虑素材格式的技术属性和应用场合。在为特定目标和特定系统选择某种素材格式时,应用实例提供了额外的选择标准。技术特征限制了素材的使用和管理,这反过来又对可能的工作流产生了影响。例如,高码率、高质量的视频通常都是高比特率的。以目前的通信和存储技术来说,所有用户直接使用这些格式是不可行的,必须使用替代格式(例如浏览格式)来准确地表示原始的素材。是否选用高码率格式是由质量、制作、广播和存档等方面的要求来决定的。相对应地,对低码率格式的需求来自于需要支持的工作流和内容管理系统基础架构。

为了检索和选择内容,对可选材料的快速准确地预览和审看是很重要的。在一个典型的处理视音频材料的工作流中,对视频内容的初选是基于关键帧的。接下来通过对所选视音频片断的低码率副本的浏览(听和看)来具体选择特定的内容。为了能够在专业环境下应用浏览副本,必须支持像标准的特技模式那样的某些功能(如快进、快退和逐帧往返等)。而且,因为需要快速访问浏览材料,浏览信号应当被高度压缩以节省网络带宽和存储空间。然而,有时情况并不完全相同,例如,内网用户浏览视频的数据传输率可以达到 1.5Mb/s,而通过拨号连接的用户数据传输率也许只有 64kb/s。因此,我们需要能够根据系统能力提供相应质量水平的可调节的比特率编码。

在内容管理系统中,使用低码率的浏览副本和高质量的材料是通行做法。在内容管理系统中为规范、选择和使用合适的浏览格式定义了 2 种方法:

- 在代码层面定义和使用可以相互操作的、通用的标准格式或格式集。这保证了遵循良好规范的质量和功能,但是限制了跟随技术进步的选择自由。

- 能够无缝地处理和显示多种格式的应用组件的开发。这在某些情况下可能会限制质量和功能,但能够充分利用技术上的进步。

这 2 种方法都是有效的,在开发和实现内容管理系统时都应该考虑到。总的来说,内容管理系统应当能够在保持互操作性的同时支持多种格式,并利用新格式的长处。EBU 和 SMPTE 发表了一份浏览交换格式(Browsing Interchange Format,BIF)的技术要求。这份技术要求的目标是阐明低码率浏览格式所必须满足的条件。

### 3.1.3.1 基本 BIF 要求

BIF 格式试图用于媒体专业人员的浏览和选择,因此必须具备以下基本特征:

- 视频(准确的帧和时码以及颜色)。
- 双声道音频。
- 与内容有关的元数据(包括访问权限、IPR 管理和保护信息)。
- 与材料有关的元数据(时码、唯一 ID 等)。

BIF 应当支持流和文件传输,而且应当提供技术功能以支持促进至少 2 种常用的浏览模式:编辑决策列表(Edit Decision List,EDL)和非常窄带浏览。

EDL 浏览器是一个允许人们查看内容和选择合适片段进行进一步制作的工具。这种格式允许材料的选择和 EDL 的生成。它也应当允许以浏览质量的水平、基于 EDL 无缝地查看选择好的内容。例如,这种选择有可能是一个新节目条目的草样,而不是随机的收集。为了支持 EDL 的生成,需要合并视音频流中的时间戳(或时码),而在 BIF 中也需要这样。每一帧的表示要能强制性地生成一个准确的 EDL。更进一步,要求有与帧同步的音频,因为编辑决策常常基于声音事件。对于工作站终端的预览窗口,分辨率达到标准清晰度电视视频信号的四分之一就足够了。这种方式比 SDTV 有更高的容错率。

窄带浏览格式应当允许偏远的地方通过带宽相对较低的广域网(例如 Internet)或拨号连接来进行远程内容浏览。在这种情况下,数据率应当是可调整的。64kb/s 的数据率应当足以满足这种应用场合。为了实现这一点,分辨率和压缩效能之间必须要有一个折中。不必将每一帧都保留,同样,保留与帧同步的音频虽然更好,但也需要舍弃。对于这种类型的视频浏览,数据流并不一定需要是连续的。这种方式也会有很高的容错率。

## 3.2 编码和压缩基础

为了评价在内容管理系统中放入不同素材格式的可能性和要求,了解其特征和工作原理是很重要的。一些基本的编码、压缩的概念和技术对所有的素材类型都是一样的。大多数编码和压缩方案(甚至专有格式)都是这些基本过程的组合。因此在讨论具体的编码和压缩格式之前,应该了解这些基本原理和技术。

### 3.2.1 编码:从模拟到数字领域

基于计算机的内容管理系统的素材记录和处理通常包括模拟到数字的转换,这个过程叫做编码。模拟技术中的信息是连续的信号表示,而数字技术中的信息则转变成为二进制数字表示的数值。在这个转换过程中会发生信息丢失,因为连续值的每个独立的表示值只能是近似的。图 3.1 展示了模拟信号(波形)如何被表示为许多的数字值。该过程的信息丢失是不可避免的,我们必须接受这个事实。

数字格式的质量依赖于每个离散值所表示的尺度间隔或者间隔时间,还有用来表示每个值的比特数。前者被称为抽样,后者被称为量化。抽样率是模拟值(例如,一个

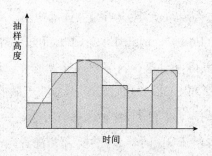

图 3.1 波形和抽样波形

连续的波)被抽样的比率。抽样率越高,量化中用来表示每个独立数字值的比特数越多,与原值的近似性也就越大,因此数字化信息的质量也就越好。ITU-R BT 601－5的国际视频标准指定了模拟到数字转换的国际标准。

## 3.2.2 压缩:缩小比特率

数字化会产生相当高的数据率,数据量很大。应用 ITU-R BT601－5 标准的4:3电视视频信号的比特率是 270Mb/s,每小时的视频就有 121.5GB。为了缩小比特率,从而降低带宽及存储的要求,要采用压缩技术。压缩通过去除比特流中的冗余数据来减少比特数。减少媒体中的某些属性,接收器(如人的感官)是很难察觉到这些信息的缺失的。无损压缩和有损压缩是可以区别出来的。对于无损压缩,解压后的数据和原始数据完全一致;而对于有损压缩,解压后的数据流和原始数据不一样,因为某些信息被删除或者近似化了。

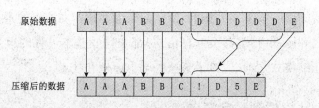

图 3.2 游程编码的例子

压缩技术可以分为熵编码、源编码和混合编码方案。熵编码是一种无损压缩技术,而且不使用任何特殊媒体或者流式特性。在熵编码中,数据被认为只是一系列的比特。图 3.2 是熵编码方案的例子,它表示了游程编码是如何运作的。游程编码替代了实际的编码模式,它用跟随在码后的标记(只需要一次)和其出现的次数代替了序列。因为游程编码模式有一个最小步长,因此只有重复次数超过最小步长要求的部分才会被编码。图 3.2 里面用感叹号来表示已经编码过的码序列标记。很明显,此时只有重复超过3个字母的码适合用游程编码法。其他的熵编码形式有向量法、模式置换法、霍夫曼编码法和算术编码法。

源编码法(和熵编码法相反)利用了人类感官的特性(如眼睛和耳朵)。与原始信号相比,源编码法压缩质量有所下降,因此这种方法是有信息丢失的,但却可以保持较高的压缩率。例如,在全部声音内容中,删除人耳无法听到的部分音频信号,或者对视频信号中的色彩信号(而不是亮度信号)进行二次抽样(这源自于人类视觉对明暗程度比对色彩更加敏感)。更具体的例子是插值和转换编码(把数据转换到另外一种更适合压缩的数学域)。

大多数压缩标准采用混合编码技术,例如,结合熵编码和源编码的 JPEG、H.261、MPEG-1、MPEG-2 和 MPEG-4 等。根据不同的标准和目的要采用不同的压缩技术。

对于连续媒体,压缩方案有时候也利用连续数据流中的空间冗余信息和发生在相邻信息单元中的临时关系。在这种情况下,不是整个对象被编码,而是来自帧之前或之后的表示相同信息单元的相关信息被编码(即对象上存在变化和差别的相关信息单元才被编码)。例如对于视频来说,有些帧并不是完整的帧,只有这个帧和其他1~2个帧的不同处被编码。因此,为了完全解码这样的帧,所有与其相关的帧都要被计算在内,而且要预先解码。MPEG标准就应用了这种技术(见§3.3.2)。

## 3.3  视频

视频是内容管理系统的重要组成部分,系统需要处理、存储和管理不同的数字视频格式。存储和通信的需求对系统的底层和基础结构的要求非常严格。视频也要频繁地交换到其他第三方系统上,此时互用性具有重要的作用。此外,低码率的视频可用来浏览资料并查证系统中可用的内容。要仔细地选择这些格式以便在给定的技术和资金条件下更好地表示视频的质量。因此,了解视频编码和压缩的基本原理以及主要的视频格式是很重要的。

这一节将介绍主要视频格式的基本原理。视频制作中最主要的格式是基于MPEG 或者 DV 编码的。内容管理系统中采用的大量的视频格式都基于这2种标准。

### 3.3.1  视频编码:基础和原理

视频图像是用像素(图片元素)表示的,它们是图片中的最小单元。图像比例给出了图片的宽度与高度的比例,一般宽高比是 4∶3。因此,垂直分辨率等于图像高度之内能够显示的像素数,水平宽度能显示的像素数等于垂直分辨率乘以图像比例。NTSC 制式中有 525 行、700 列。

彩色影像由红、绿、蓝 3 种信号(RGB)组成。这 3 种信号通常分别显示,它们混合在一起就定义了色彩。在传输信号的过程中采用了另外一种由 1 个亮度信号和 2 个色度信号(YUV)表示的方法。YUV 编码并不分离色彩,而是将亮度(Y)从彩色信号(U 和 V)中分离出来,这是根据人类的感官对亮度比对色度更加敏感的原理。因此亮度信息更加重要,而且能用更高的带宽编码。这种组件编码带宽的不同通常表示为亮度信号和色度信号之间的比率。

对于连续移动的图像,如果帧频在每秒 15 帧以上,人类眼睛是无法区分单个帧的,这种特征被应用于表示运动图像。欧洲 PAL 制式标准使用 25Hz 的复制率(每秒 25 帧),而美国 NTSC 制式标准则使用 29.97Hz(每秒 29.97 帧)。为了使移动画面没有闪烁,刷新率要在 50Hz 以上。如果采取控制闪烁的措施也可以使用更低的刷新率。例如,电视画面可以分成两半,每半都有相应的扫描线。两半画面用替换的方法交替传送信号。每半画面以 2 倍的速率被扫描(50Hz 或 59.94Hz)。

为了用计算机处理视频或者用计算机网络来传输,图像要从模拟制转为数字制。最基本的步骤是抽样、量化和编码。对于视频,灰度(或彩色)级在这个过程中被抽样到一个 M×N 的点阵数组内。接下来,连续的值根据点阵数组映射到表示量化区间的离散值(如分成 256 个区间)。

视频编码是处理画面不同色彩成分编码的过程。对编码来说有 2 种可选方案:抽样和编码整个模拟视频信号(如复合编码);或者对亮度和色度信号分别编码(如组件编码)。前者将所有信号都转换到数字域;而后者,则是对亮度和色度信号分别数字化。为了使不同的信号同时被转换,可以使用多路转换技术。

因为可以对亮度和色度信号单独抽样,对于更为重要的亮度信号可以用更高的抽样率(如 13.5MHz),而 2 个色度信号只需要用亮度信号抽样率的一半来抽样(6.75MHz)即可。这种亮度抽样率为 2 个色度值抽样率的 2 倍的抽样方法被称为 4∶2∶2 抽样。

在 8 比特量化和亮度抽样值每行 864、色度抽样值每行 432 的情况下,除去空白区间间隔后的累加率为 261Mb/s。为了减少数字化视频的初始比特率,某些格式采用不同的抽样频率和每行抽样率,这样会在压缩前就已经影响到数字化视频的质量。表 3.1 给出了一些主要格式的抽样率和频率的概况。

**表 3.1　编码标准**

| 格式 | 信号 | 抽样频率/MHz | 抽样/行 | 行数 | 数据比率/Mb·s⁻¹ | 累计比率/Mb·s⁻¹ |
|---|---|---|---|---|---|---|
| 4∶4∶4 ITU 601 | R | 13.5 | 864 | 625 | 108 | 324 |
| | G | 13.5 | 864 | 625 | 108 | |
| | B | 13.5 | 864 | 625 | 108 | |
| 4∶2∶2 ITU 601 | Y | 13.5 | 864 | 625 | 108 | 216 |
| | Cr | 6.75 | 432 | 625 | 54 | |
| | Cb | 6.75 | 432 | 625 | 54 | |
| 4∶2∶2 | Y | 13.5 | 720 | 576 | 83 | 166 |
| | Cr | 6.75 | 360 | 576 | 41.5 | |
| | Cb | 6.75 | 360 | 576 | 41.5 | |
| 4∶2∶0 | Y | 13.5 | 720 | 576 | 83 | 124.5 |
| | Cr | 6.75 | 360 | 576 | 41.5 | |
| | Cb | | | | | |
| 4∶2∶0 SIF | Y | 6.75 | 360 | 288 | 20.7 | 31.1 |
| | Cr | 3.375 | 180 | 288 | 10.4 | |
| | Cb | | | | | |

## 3.3.2　基于 MPEG 的格式

ISO/IEC JTC1/SC29/WG11 中的运动图像专家组（Moving Pictures Expert Group，MPEG）自 1988 年以来一直在发展关于视频编码的标准。相关的视频标准有 MPEG－1、MPEG－2 和 MPEG－4。不同的标准制定的时间不同，针对的应用范围也不同。但是它们有很多共同的基本原理，属于同一个格式家族。

### 3.3.2.1　MPEG－1

MPEG－1 标准创建的最初目的是定义一种适合数字化存储技术的格式（如 CD）。该标准由 3 个主要部分组成：MPEG 视频、MPEG 音频（见 §3.4.2）和 MPEG 系统（定义如何多路复用和同步音频和视频）。MEPG－1 音视频数据流定义的编码的平均带宽是：视频编码部分 1.1Mb/s，音频编码部分 128kb/s（支持立体声）。因为 MPEG－1 的原始应用领域是用于存储媒体，所选择的压缩方案更适合于不对称压缩过程。在这种情况下，压缩能力比解压更强。

与大多数压缩方案不同的是 MPEG－1 标准并不指定编码器，而是定义 MPEG－1视频和音频比特流的语法和语义，因此也就指定了 MPEG－1 流的形式。

只要是 MPEG-1 对应的解码器就能够解码这样的比特流。

### MPEG-1 中的抽样和量化

MPEG-1 中压缩的起始点是一个用所谓宏块作为基本组件的 YUV 图像。一个宏块被分为 16×16 的亮度抽样数组(分为 4 个 8×8 模块),和 2 个 8×8 的 Cb 和 Cr 色度抽样数组。然后这些 8×8 的块由二维的图像域转换为采用离散余弦变换(Discrete Cosine Transformation,DCT)的频率域。该过程的结果是图像中的每一个块都产生一组 64 DCT 系数。这种在该系数组的左上角表示的灰度和色彩值被称为 DC 系数,其他值则被称为 AC 系数。

接下来将量化应用于 DCT 系数中,在这一过程中实际数值被映射到整数值上。不同的量化步骤和值反映出使用的 DC 和 AC 系数的相关性。有一种量化步骤设 DC 值为 8,并设 2 所乘得的 31 个量化步长的偶数值,从 2 到 62,为 AC 的值。量化值取值范围从 -255 到 255。人们使用一个普通的亮度和色度值的量化表。关于 MPEG-1 量化的更多信息可以参考 Hung(1993)。

量化之后,MPEG-1 采用了熵编码的方式来减少初始比特率。MPEG-1 也定义了各种游程水平的可变编码。

### MPEG-1 帧类型

为了实现高压缩率,MPEG-1 不仅将单帧信息进行压缩,而且也会参考前一帧和后一帧的编码信息,这种方法被称为帧间编码。此时要考虑 2 个互斥的要求:一方面,要保证最大程度的压缩,此时大块的信息仅被编码一次,同时也关联到其他帧;另一方面,应该能够随机访问一个视频流,流中的帧只有在不涉及其他帧的信息的时候才可以被随机访问。

在 MPEG-1 中,定义了 4 种不同类型的帧,可以根据它们与其他编码帧的相关程度来区分。在 MPEG-1 流中,这些类型的帧的组合影响压缩率和 MPEG-1 的流能够被随机访问的间隔时间。该 4 种帧类型是 I、P、B、和 D。

- I 帧(帧内编码图像)是在视频序列中,图像编码不参考任何其他的帧。I 帧的压缩与联合图片专家组(Joint Photographic Experts Group,JPEG)的压缩方案类似。

- P 帧(预测编码图像)需要之前的 I 帧或者 P 帧信息。为了解码该 P 帧,它之前的 I 帧或 P 帧需要提前解码。帧内的参考区基于宏块。运动补偿预测根据先前相关帧来预测当前帧变化的区域。运动矢量表示了特定宏块从其在相关帧中的原始位置运动到当前 P 帧内特定位置的趋势。

- B 帧(双向预测编码图像)需要先前的和之后的 I 帧和(或)P 帧的信息。一千

B 帧表示的是与其相关帧的不同之处，它不能被用作其他图像的参考。应用运动补偿的插值法来寻找与前一帧和后一帧(I 或 P 帧)匹配的宏块。

- D 帧(DC 编码图像)是为快进和快退功能定义的帧。D 帧是内编码的(如 I 帧)，但只有 DC 参数被编码。D 帧也不被用作参考帧。

MPEG－1 的帧间编码说明画面的很大区域从一帧到另一帧不发生变化。因此在之前和之后的宏块中已经编码的信息只需要被引用，而不需要再次编码。B 帧可以实现最高程度的压缩。P 帧压缩率也比帧内编码的 I 帧要高。图 3.3 描述了不同帧之间的关系。

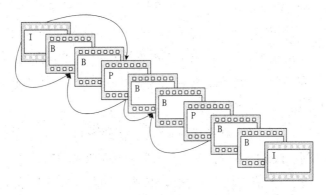

**图 3.3　MPEG－1 I、P 和 B 帧的图片组**

一个视频流中的不同帧类型的数量和出现频率取决于图片组(Group of Pictures，GoP)。GoP 定义了 2 个 I 帧中间 P 帧和 B 帧的数量和顺序。为了达到高压缩率，大多数图片应该是 B 帧。然而，随机访问每个单帧却需要只有 I 帧的流。因此需要权衡压缩率和随机访问视频流的能力。I 帧的数量也影响到视频流的错误恢复能力。如果一个 I 帧损坏或者缺失，则视频流中的所有接下来的 P 帧和 B 帧都不能被正常解码。实践证明，一组顺序为 IBBPBBPBBI... 的画面组是适合的，因为在这个顺序中的每 9 个帧中(每 330 毫秒)就有一个可随机访问的帧。

人们定义了 2 个不同的标准交换格式(Standard Interchange Formats，SIF)(根据 PAL 和 NTSC 命名)。为了和 MPEG－1 标准兼容，人们规定了其中必须要支持的一个最少参数集合，称为限制参数集(Constrain Parameter Set，CPS)。

### 3.3.2.2　MPEG－2

MPEG－1 被定义为一种适合数字化资源存储技术的格式。由于它规定了一个最大数据率(1.5Mb/s)，在现有技术条件下对于给定的质量不会有显著的提高。因此 MPGE－1 不适合于高质量的应用要求。为了满足媒体制作和电视的高质量视频的要求,人们定义了 MPEG-2。MPEG-2 标准是 ISO/IEC、ITU-TS、ITU-RS、EBU和 SMPTE 联合制定的结果。

MPEG-2 标准的目的是为音视频信息在很大的分辨率和比特率的范围内提供有效的编码。根据 ITU-R 601 考虑到更高画面分辨率的要求,MPEG-2 规定了最高100Mb/s 的数据率。MPEG-2 标准甚至考虑了 HDTV。此外,它提供了适合交互多媒体服务的特性,如交互电视的随机访问、技巧模式(如快进、快退和慢放等)和多轨音频等。MPEG-2 考虑的另一个问题是通过有损耗的信道传输视频。

MPEG-2 和 MPEG-1 标准有同样的基本编码原理。压缩源是数码视频流(如先前的数码流)。与 MPEG-1 一样,MPEG-2 也只定义视频流的语法和解码语义,而不是编码过程。同 MPEG-1 中定义的一样,有 4 种不同的画面帧(I、P、B、和 D帧)。压缩过程中画面被分解为 8×8 的宏块,每个块用 DTC 来变换、量化和之字形扫描,还有运动评价和补偿。熵编码的步骤采用可变的游程编码。因此 MPEG-1 标准中的所有基本技术也用在 MPEG-2 中。

然而和 MPEG-1 不同的是,MPEG-2 也支持隔行扫描的视频压缩。这是由MPGE-2 的 2 种不同的画面模式——场画面(场单独被编码)和帧画面(每个隔行扫描的场组成一帧,被划分为宏块,然后被编码)来实现的。在该情况下,MPEG-2 也为之字形扫描出现的非最佳情况提供了一种替换扫描模式。当邻近的扫描线来自于不同的场时,可以造成运动画面场景上的不连续。

**MPEG-2 的分层编码**

为了提供更好的可扩展性,MPEG-2 允许视频信息在不同层进行编码。不同的层相互叠加。从所谓的基本层开始,每个层都去完善前一层生成的画面的质量。MPEG-2 定义的分层编码模式有:

- 空间可扩展性模式:这种模式允许视频在不同的水平和垂直分辨率范围内被编码。所有的层组合成完整解析度。支持的分辨率有:352×288 像素、360×240 像素、704×576 像素(同 ITU-601 一样)和 1.250 行 16×9 亮度水平的HDTV 分辨率。此时的色度抽样是亮度抽样值的一半(如 4:2:2 抽样)。这种特性允许不同质量的视频同时传送,如标准电视和 HDTV。

- 时间可扩展性模式:这种模式下的基本层包含了低帧率的序列。增加的层将视频补充为全帧率的。此时,层间的不同帧类型的区分是很重要的,例如 I、P、B 帧在视频序列中的分布不仅仅和 GoP 有关,也和不同层有关。

- 数据分区模式:在这种模式中数据根据优先级被编码。例如,高优先级的流包括:低频 DC 系数和运动矢量头。这样可以传递不同质量的视频到不同的用户,而且也支持渐进式图像的生成。

- 信噪比可扩展模式(Signal-to-Noise Ratio scalability,SNR):这种模式允许基本质量版本画面的编码。增加的层负责全质量图像所需要的信息。

### MPEG-2 类和级

为了支持用户的专业应用以及不同的格式,该标准定义了一系列扩展类。这些类支持不同的色度抽样模式,如4:2:0、4:2:2和4:4:4。一个类将一个支持全部MPEG-2语义子集的编码特征集具体化。继承的类是由之前的类组成的。除了类,该标准还定义了支持许多画面格式的区别空间和时间分辨率的级。表3.2给出了该标准定义的类和级。

表3.2 MPEG-2 的类和级

| | 简单类 | 主类 | 信噪比可分级类 | 空间可分级类 | 高级类 |
|---|---|---|---|---|---|
| | (没有 B 帧,4:2:0,不可扩展) | (B帧,4:2:0,不可扩展) | (B帧,4:2:0,信噪比可扩展) | (B帧,4:2:0,信噪比可扩展) | (B帧,4:2:0或4:2:2,空间或信噪比可扩展) |
| 高级 1920×1152×60 | 未定义 | ≤80 Mb/s | 未定义 | 未定义 | ≤100 Mb/s |
| 高-1440级 1440×1152×60 | 未定义 | ≤60 Mb/s | 未定义 | ≤60 Mb/s | ≤80 Mb/s |
| 主级 720×572×30 | ≤15 Mb/s | ≤15 Mb/s | ≤15 Mb/s | 未定义 | ≤20 Mb/s |
| 低级 352×288×30 | 未定义 | ≤4 Mb/s | ≤4 Mb/s | 未定义 | 未定义 |

MPEG-2标准只定义了可能的类和级的复合子集,以支持特定的应用。例如,定义 MPEG-2 的主类是为了支持视频在2~80Mb/s 范围内传输。在电视制作中,时常用到 MPEG-2 中的4:2:2类;而 I、B 和18Mb/s 的 GoP 则适合于新闻收集和制作。特效制作则适合使用 50Mb/s 的仅有 I 帧的 GoP。

### MPEG-2 传递

除了定义视频和音频编码,MPEG-2 标准还说明了如何组合不同的成分(在MPEG-2 系统规范中)。该标准定义了2个数据流,称为 MPEG-2 传输流(设计用来同时负载多个程序)和 MPEG-2 程序流(设计用来支持软件中的系统处理)。程序流优化了多媒体的应用,同时也考虑了兼容 MPEG-1。传输流特别考虑了在数据可能缺失的情况下的应用,考虑的应用范围从视频电话到数字电视,支持的网络范围从光纤、卫星、有线、ISDN 到 ATM 网络。

传输流由固定大小的包序列组成,包头都有定义包的标识。许多程序流都可以转换为 MPEG-2 的传输流(如视频和音频流)。包定义标识区别属于不同流的包。与时分复用不同的是,这种方法允许任何时候在传输流中插入子流的包。

与文件格式(见第 5 章)相似的是,传输流可能对应一个包含多个视频和音频磁轨成分的单多媒体流(如表示电视节目)。这在 MPEG-2 中被称为单节目传输流。多节目传输流可以由单节目传输流组合并且可以包含其他数据,如控制信息、具体节目信息和元数据。图 3.4 所示为 MPEG-2 多节目传输流的结构。

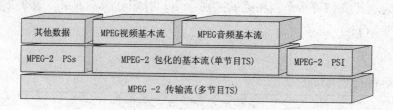

**图 3.4   MPEG-2 多节目传输流的结构**

### 3.3.2.3   MPEG-4

MPEG-4 正式名称为视音频对象编码,它比 MPEG-1 和 MPEG-2(注重编码和压缩方面)的范围更加广泛。起初,MPEG-4 的主要目标是定义一个比常规编码技术更能大幅度提高压缩率的标准,后来变成包含从移动电话到交互多媒体应用再到媒体制作和播出的多媒体应用和设备的需求。可预见的媒体和技术领域的交合点(如通信、计算、电视和娱乐部分)是该标准的重要驱动力。该标准中设想的视音频应用部分的功能定义如下:

• 支持基于内容的交互,包括多媒体访问工具、基于内容的操作和比特流的编辑、混合、合成数据编码和优化的临时随机存取。

• 通过改进的编码效率和多路数据流编码而优化的压缩。

• 在不同环境下(从高速专业网络到低带宽、易出错的无线通讯)支持普遍的访问,但是也考虑了内容对象和基于内容的可扩展性。

MPEG-4 指定了一个基于以上功能的工具集和一个需求集。这个集包括:

• 系统需求。

• 自然视频对象需求。

• 合成视频对象需求。

• 自然音频对象需求。

• 合成音频对象需求。

- 传送多媒体集成格式（Delivery Multimedia Integration Format，DMIF）的需求。
- MPEG-J（定义 JAVA 应用引擎）的需求。
- 多用户环境的需求。
- 动画框架的需求。
- 知识产权管理和保护（Intellectual Property Management and Protection，IPMP）的需求。

表3.3 给出了 MPEG－4 标准主要部分的概况。这个表表明了该标准的实际延伸和界定，可见视音频对象的编码只是其中一个方面。然而，有效的压缩是这个标准的核心问题。标准的第二和第三部分涉及的是视频和音频的编码及相关问题。标准的第十部分是有关高级视频编码问题。

**表 3.3  MPEG－4 标准部分**

| 部分 | | 说明 |
|---|---|---|
| Ⅰ | 系统 | 指定场景描述、多路传输、同步、缓冲管理及知识产权管理和保护。 |
| Ⅱ | 视频 | 指定自然视频和合成视频对象的编码。 |
| Ⅲ | 音频 | 指定自然音频和合成音频对象的编码。 |
| Ⅳ | 一致性测试 | 指定比特流和测试 MPEG－4 执行装置的一致性条件。 |
| Ⅴ | 参考软件 | 包括 MPEG－4 能被用来执行相关产品的大部分软件和抽样执行。 |
| Ⅵ | 传送多媒体集成框架（DMIF） | 指定多媒体流通过普通传输技术的会话管理协议。 |
| Ⅶ | 优化的视频参考软件 | 包括视频工具的软件和抽样的执行，例如快速的运动估计、快速的全局运动估计和稳定快速的主题生成。 |
| Ⅷ | 基于 IP 网络的 MPEG－4 | 指定 MPEG－4 的内容和一些基于 IP 的协议之间的映射。 |
| Ⅸ | 参考硬件说明 | 用于 MPEG－4 工具的便携式的、综合或模拟的、高速集成电路硬件描述语言。 |
| Ⅹ | 高级视频编码 | 用于基于 H.264 视频编码的视频语法规范和编码工具。 |

MPEG－4 支持从 2kb/s 到 24kb/s 的语音编码和从 5Kb/s 到 1Gb/s 的视频编码。视频格式可以是逐行的或使用隔行扫描，分辨率也可以从 QCIF 到 4K×4K 的分辨率变化。MPEG－4 是一个适用性很强的标准，它支持基于内容的编码功能，如视频对象/形状编码的分离解码、面部和身体的模拟，以及二维和三维的网格编码。合成对象包括文本、图形覆盖、面部模拟及物体。该标准假想自然的和合成的对象能被集成在同一画面场景中。

**MPEG－4 面向对象的编码**

在面向对象的视频编码中,视音频场景由画面、声音和影音对象(称作 AVO, Audiovisual Object)等基本元素组成。这些对象可以是任意形状,并进行空间和时间延伸。表示 AVO 的已编码数据被加载在单独的基本流上。AVO 由对象描述符来描述(OD),并且包含了其(固定的)时间和空间位置和比例的信息。AVO 的本地坐标系统通过这些信息操作 AVO。

一个画面场景由各种各样的 AVO 组成。组成该场景的信息存储在场景描述等信息里。它定义了空间和时间的位置以及 AVO 之间的关系、动态行为和该场景中有可能出现的交互信息的种类。场景描述符是场景的一部分,包括了指向不同 AVO 对象描述符的指针。这些指针表示了场景和基本对象之间的连接。作为一种正式的场景描述语言,MPEG－4 定义了场景的二进制格式(Binary Format for Scenes, BIFS)。BIFS 提供了二维和三维的功能集以及文字和图画的功能集。而且 BIFS 还支持基于用户操作事件的交互使用。图 3.5 表示了基于对象的 MPEG－4 场景组成的例子。

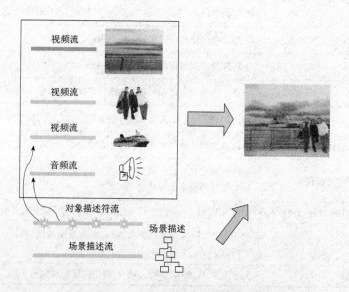

**图 3.5　一个基于对象的场景组成例子**

与 MPEG－1、MPEG－2 一样,MPEG－4 没有具体化编码器,而是指定了它产生的比特流和解码过程。视频编码方案是基于动态补偿混合的 DCT 编码。与 MPEG－1、MPEG－2 相比较而言,其动态解码和补偿工具以及文本解码工具共同促成了一个标准化的基于模块的解码器。因此该标准可以与 MPEG－1、MPEG－2 相兼容,但该标准在视频编码的算法上有了提高,例如压缩效率和容错率的提高是

MPEG－4 的主要改进内容。

通过增加形态解码工具,该标准转向一种基于对象的视频编码解决方法,例如,编码内容不需要是规则化的,而可以是任意形态的。一个编码对象的 MPEG－4 比特流可以在一个层级结构中描述。该层级结构的顶层是由可视化对象组成的可视化序列。而可视化对象被定义为由亮度和色度值以及其形状定义的图像序列组成的视频对象平面序列。

### MPEG－4 非视频部分

为了更好地支持电信、计算机模拟和多媒体产业的新兴服务,MPEG－4 标准考虑了如支持阿尔法混合和场景细节多层编码的要求。这在 MPEG－4 的视觉纹理编码(Visual Texture Coding,VTC)中有具体考虑。它提高了纹理压缩效率(在很大质量范围内),并支持随机访问部分或全部场景对象。因此它用不同水平的复杂度规定了各种编码模式。为了实现更有效的压缩,使用了小波变换和零树编码。小波变换代替了 DCT,因而使图像在高质量压缩中有非常好的压缩属性和开发结构。

### MPEG－4 类和级

为了减少一个解码器支持所有可能的应用工具的复杂性,MPEG－4 也定义了类和级。对每个类所支持的工具集都有具体定义。而级则设置如所需内存、对象数目、比特率等的复杂度的范围。因此所支持的类和级要具体化到每一个 MPEG－4 解码器,同时也要保证系统间的交互操作。类和级的组合具有一个定义良好的一致性。

MPEG－4 把比特流和解码器一致性区别开来。当一个流中只有类定义的语义元素时,以及当类和级的组合定义的参数在范围之内时,该流就被认为是比特流兼容的。当解码器能够解码所有允许的语义元素中的值(静态兼容),并且对在所需地点的所有类和级所支持的根据语法和语义的解码操作有相应的资源(动态兼容)时,则解码器是兼容特定的类和级的。在面向对象的编码环境中,类和级并不定义每一单个对象的最大复杂度,它只是具体化了一个场景中所有对象的复杂度边界。需要注意的是,当对一个具体的视频解码器考虑复杂度的时候,一个场景中对象的数量和它们的复杂度都要被考虑。

### MPEG－4 的对象类型

除了类和级,MPEG－4 还指定了对象类型。它们定义了编码一个场景中的对象所需的工具类型和对象类型之间结合的规则。除此之外,对象类型指定了对象的句法和语义。表3.4给出了矩形视频和任意形状视频的对象类型概述。

表 3.4　MPEG－4 视频对象类型

| 编码类型 | 对象类型 | 说明 |
|---|---|---|
| 矩形视频 | 简单类型 | 定义一个能够恢复错误的、任意高度/宽度比例的矩形自然视频对象。编码工具基于 I 帧和 P 帧。 |
| | 高级实时简单类型 | 实时编码的简单对象类型的超集。定义一个监测信息的反向通道,如流量、分辨率和错误率。 |
| | 高级的简单类型 | 增加工具来提高压缩效率,例如 1/4 像素运动估计、全局运动估计和 B 帧。 |
| | 精细可扩展<br>(Fine Granularity<br>Scalability, FGS)类型 | 对高级的简单对象类型进行了增强。 |
| | 简单可扩展类型 | 对简单对象类型提供了时间和空间的可扩展性。 |
| 任意形状视频 | 核心类型 | 增加了二进制形状编码和 B VOP 的简单对象类型的超集,支持用额外的 P VOP 来进行时间扩展。 |
| | 核心可扩展类型 | 增加了矩形时间和空间扩展以及基于对象的空间扩展的核心对象类型的超集。 |
| | 主要类型 | 增加了对渐进材质、灰度形状、单色画面和交织内容的编码。 |
| | 高级编码效率类型 | 与不包括单色画面的主要对象类型相似,增加了编码效率工具例如 1/4 像素运动补偿和全局运动补偿。 |
| | N 比特 | 等同于核心对象类型,扩展了用于亮度和色度平面的 4～12 比特的可变像素深度。 |
| | 简单演播室类型 | 高质量视频 I VOP 对象,支持任意形状和阿尔法平面,类似于 MPEG－2 语法。 |
| | 核心演播室类型 | 等同于 P VOP 增强的简单演播室类型。 |

**MPEG－4 视频类级**

类决定了一个场景中可以使用哪种类型的对象。例如,它们定义一个允许的对象类型表。表 3.5 给出了一个矩形视频和不规则视频的视频类,同时也说明了一个类的级数量。

**表3.5 MPEG-4视频类级**

| 编码类型 | 视频类 | 说明 |
|---|---|---|
| 矩形视频 | 简单类 | 为复杂性和比特率非常低的视频使用。只接受简单类的对象类型。<br>级数量:4 |
| | 高级的简单类 | 互联网流应用。接受简单类和高级的简单类的对象类型。可扩展电视尺寸图片和质量。<br>级数量:6 |
| | 精细可扩展类 | 对简单类和高级的简单类增加FGS对象类型。<br>级数量:6 |
| | 简单可扩展类 | 对简单类增加可扩展性。接受简单类和简单可扩展类的对象类型。<br>级数量:2 |
| | 高级实时简单类 | 增加实时特性,例如对于高级简单类实施反向通道和相适应的密码。接受简单类和高级实时简单类的对象类型。<br>级数量:4 |
| 任意形状视频 | 核心类 | 使用媒体特性的互动服务。接受简单类和核心类的对象类型。<br>级数量:2 |
| | 核心可扩展类 | 是简单类和简单可扩展类的一个超集,加强了核心类的可扩展性。接受简单类、简单可扩展类、核心类和核心可扩展类的对象类型。<br>级数量:3 |
| | 主要类 | 为电视广播服务,支持渐进、交织材质。接受简单类、核心类和主要类的视频对象类型。<br>级数量:3 |
| | 高级编码效率类 | 加强了编码效率,例如以全局运动补偿1/4像素运动补偿为基础。接受简单类、核心类和提高的编码效率类的对象类型。<br>级数量:4 |
| | N比特 | 用于监控和医疗应用。接受简单类、核心类和N比特的视频对象类型。<br>级数量:1 |
| | 简单演播室类 | 生产内容和演播室的使用。接受简单演播室的对象类型。<br>级数量:4 |
| | 核心演播室类 | 加强简单演播室类。允许简单演播室类和核心演播室类的对象类型。<br>级数量:4 |

不同的类规定了将要应用的反映对质量和带宽要求不同的比特率。例如,简单的类定义了一个0级比特率为64kb/s,3级比特率为384kb/s。高级的简单类型范围更广:从适合因特网应用的128～768kb/s到适合更高质量应用的3～8Mb/s。主要的类为高清电视相关服务定义的最高比特率为38Mb/s。最后,为了制作需要,在简单演播

室类中规定比特率为 180~1 800Mb/s,而在核心演播室类中规定的最高比特率为 900Mb/s。

目前很少有产品支持 MPEG-4 编码的视频。因此,还不可预知 MPEG-4 今后是否能影响媒体并占据主导地位。然而,在内容管理系统中应该能够处理 MPEG-4 视频。

### 3.3.3 基于 DV 的格式

数字视频(Digital Video,DV)最初的考虑是消费类产品的数字磁带记录格式,后来被应用到专业领域。目前有 2 种标准:由国际电工委员会(International Electrotechnical Commission,IEC)制定的原始 DV 标准和由电影与电视工程师学会(Society of Motion Picture and Television Engineers,SMPTE)发布的专业 DV 标准,它指定了 DV 的特征和功能。

DV 规范不仅包含视频编码的内容,还包含一些磁带议题,如磁带错误的修正等。本节的重点是专业 DV 标准规定的实际编码功能。

#### 3.3.3.1 DV 格式:编码基础

和 MPEG 一样,DV 压缩也是基于离散余弦变换(Discrete Cosine Transformation,DCT)的。然而,和 MPEG 不同的是,它只使用帧内压缩。DV 的压缩率取决于一帧内的运动,值约为 5:1。这取决于场内压缩(如画面中有很多地方相同,同时又没有很多运动时就能达到更高的压缩率),结果是可变比特率。因为 DV 编码视频流需要连续的比特率,所以采用了一种可适应帧内空间压缩的方法,如场景内移动的增多也引起空间压缩增加。DV 编码由三级层结构构成。首先,画面帧被分成矩形的块,之后这些块被分成 278×8 的 DCT 宏块。

一般使用者用的 DV 信号部分用 4:2:0 的格式,抽样率为 13.5MHz,8 比特编码。对于专业应用,品质将调整成为 4:1:1。

考虑 NTSC 视频的例子,压缩视频数据的一个帧由 10 个轨道和 138 个数据块组成。每个数据块包含 76 字节的视频数据和 1 字节的头数据。每秒 29.97 帧的速度相当于 25.146Mb/s 的视频率,因此对于 ITU-R BT601 非标准 4:1:1 编码视频的 125.5Mb/s 的数据率来说,也就等于 5:1 的压缩率。

视频数据的错误改正机制(内部)和文件(外部)奇偶编码给予视频数据以改正单个比特错误的能力。对于大块的数据,可以使用更加复杂的错误修正方案,如 Reed-Solomon。

除了视频部分以外,编码的流也包含辅助视频数据(Auxiliary Video Data,VAUX),它包括记录数据和时间、闪屏速度、透镜参数、色彩平衡和其他镜头信息。额外的元数据和视频编码信息共同保存是很有利的。

### 3.3.3.2 根据 SMPTE 的 DV 专业压缩

SMPTE 标准 306M 和 314M 定义了 DV 编码视频和音频的内容、格式、视频记录方法和相关音频以及辅助信息的记录。SMPTE 306M 只处理 25Mb/s 的视频,而 314M 则处理 25Mb/s 4:1:1 的视频和 50Mb/s 4:2:2 的视频。

该标准定义了 1 个视频信道和 2 个独立的音频信道,能够对 25Mb/s 的 DV 进行独立编辑,也为 50Mb/s 的 DV 定义了 1 个视频信道和 4 个独立的音频信道。该标准还同时考虑了 2 种电视制式 NTSC 制(525 线 480 动态线,每秒 29.97 帧)和 PAL 制(625 线 576 动态线,每秒 25 帧)。

SMPTE 306M 考虑了存取素材在盒式 6.35 毫米磁带上。该记录使用了螺旋轨道,每个轨道包含原始轨道信息(Intial Track Information,ITI)(包括开始同步信息和轨道信息)、音频部分和次级编码部分(包括时间控制码数据和一些可选数据)。帧的记录具体化为 NTSC 制 10 轨道,PAL 制 12 轨道。

音频部分由音频前同步码、音频同步块和音频后同步码(除了实际的音频数据、音频辅助数据、纠错部分和检测信息以外)组成。实际音频数据是音频同步块的一部分。和音频相似,视频部分也有视频前同步码、视频同步块及视频后同步码。视频同步块由 149 个数据同步块组成。

对于音频编码来说,该标准具体化了包含 72 个字节音频数据的数据包。每 2 个(或 4 个)音频信道完全一致,但是可以独立工作。音频输入信号以 48kHz、16 比特量化而抽样,并与视频信号锁定。音频信号以 NTSC 制每帧 1602(或 1600)的抽样率和 PAL 制每帧 1920 的抽样率被处理。音频帧的延续时间和相应的视频帧的延续时间相同。对基于内部和外部的奇偶性错误检测和改正操作也进行了定义。

该标准的视频编码部分区别了 4:2:2 抽样的 50Mb/s 的 DV 视频和 4:1:1 抽样的 25Mb/s 的 DV 视频。编码过程开始于输入的模拟视频信号,该信号以 13.5MHz 的亮度信号和 6.75MHz 的色度信号抽样(在 4:2:2 抽样的情况下)。对于 DV25,所有每行的 720 个亮度像素被处理,但是另外的 360 个色度像素却被抛弃,因此是将 4:2:2 抽样信号过滤成 4:1:1 的抽样信号。对于 DV50 则始终保持 4:2:2 的抽样信号。

接下来的抽样应用了 DCT。对于 DV25,应用 1 个宏块中的 4 个亮度信号的

DCT 块,2 个色度信号的 DCT 块。而 DV50 使用 1 个宏块中的 2 个亮度信号的块和 2 个色度信号的块。对于 NTSC 制的 DV50 每帧有 2 700 个宏块,DV25 每帧有 1 350 个宏块。而 PAL 制的 DV50 每帧有 3 240 个宏块,DV25 每帧有 1 620 个宏块。

抽样和 DCT 之后,DCT 的协同加权系数被量化成为 9 比特字节并区分了量化步骤。所谓的视频片段由 5 个被压缩的宏块组成。然后一个视频片断又被压缩成为 385 字节的数据流。在压缩过程中,应用了熵编码和各种游程编码。

为了 DV25 编码视频的转换,为 NTSC 制定义了每帧 10DIF 的序列,为 PAL 制定义了每帧 12DIF 的序列。而 DV50 则采用 2 个每帧 10(或 12)DIF 序列的信道同时转换。

### 3.3.4　内容管理系统中的视频格式

在内容管理系统中,要管理很多不同的视频格式,其中大部分将是基于 DV 或者 MPEG 标准编码的数字化格式。然而应该注意的是,目前视频制作和处理中仍有很多模拟或者基于磁带的格式在使用。尽管这些格式不能在无磁带的工作流中使用,但是它们仍应该得到管理。目前的视频记录格式包括:

- 模拟组件格式,如 BETACAM、BETACAM SP 和 M-2。
- D-2、D-3 数字复合格式。
- 数字 BETACAM 数字组件格式(用本地数据率约为 90Mb/s 的压缩格式)。
- D-5 数字组件格式,根据数字演播室标准 ITU-R BT 601-5 透明记录 10 比特数字视频(不使用视频压缩)。

新的数字视频磁带记录格式通常基于 DV 或 MPEG-2 标准的压缩算法。已有的应用如下:

- 数字组件格式 DVCPRO(使用 4:1:1 抽样和基于 DV 视频压缩标准,网络数据率为 25Mb/s)。
- 数字组件格式 BETACAM SX(使用 4:2:2 抽样和 MPEG-2,IB 帧视频压缩方案,网络数据率为 21Mb/s)。
- 数字组件格式 D-9(Digital S)(使用 4:2:2 抽样和基于 DV 视频压缩标准,网络数据率为 50Mb/s)。
- 数字组件格式 DVCPRO50(使用 4:2:2 抽样和基于 DV 视频压缩标准,网络数据率为 50Mb/s,和 D-9 格式一样)。
- 数字组件格式 DVCAM(使用 4:2:0 抽样和家庭 DV 视频压缩标准,网络数据率为 25Mb/s)。

- 数字组件格式 D-10(MPEG IMXTX)(使用 4：2：2 抽样和基于 MPEG-2 4：2：2 P@ML、I 帧视频压缩标准,网络数据率为 50Mb/s)。

为了明确内容管理系统中视频的需求,需要考虑在具体系统中实际应用的格式。大体来说,不同的格式可以达到不同的目的,如低比特率浏览格式是用来预览材料的。然而,浏览的应用越复杂,用户对浏览的要求就越高。目前认为,双声道音频已经够用了,但是在多种语言的节目中需要很多不同语言的音轨,因此这些类型的格式要支持目前和将来所需的特性。

数字广播格式的比特率可以根据转换信道的不同而变化,通常是 4～8Mb/s。这些格式目前都是基于 MPEG-2 标准的。在制作中很多格式支持不同的带宽和质量水平,所以选择何种格式取决于制作者的需要和制作环境。大体来说,这些格式的带宽从新闻制作的 18Mb/s 到特征特写的 50Mb/s 变化。内容管理系统要合理处理这些格式并且提供尽可能快速和更好的访问方式。从质量角度来说,无压缩(或无损压缩)的视频是最好的,然而,此时的存储和通信就很困难。表 3.6 给出了常用格式的概况、传输率和存储要求。存储要求以 100 000 小时的视频量计算,因为这是中型广播的最常用数量。在这种情况下还要考虑并行的很多格式的使用。

**表 3.6　视频格式和质量级**

| 质量级 | 格式 | 传输率 | 存储要求 1 小时 | 存储要求 100 000 小时 |
|---|---|---|---|---|
| 浏览 | Real 视频<br>MPEG-4 高级的简单类 | 128kb/s | 58MB | 5.8TB |
| 试播 | MPEG-1 | 1.5 Mb/s | 680MB | 68TB |
| 广播 | MPEG-2 MP@ML | 4 Mb/s | 1.8GB | 180TB |
| 新闻制作<br>(可访问每一帧) | MPEG-2 4：2：2 P@MLGOP：IB | 18 Mb/s | 8.1GB | 810TB |
| 制作<br>(可访问每一帧) | MPEG-2 4：2：2 P@MLGOP：I<br>DVCPro 50 | 50 Mb/s | 23GB | 2.3PB |
| 未被压缩的 4：3<br>(只有视频信号) | SDTV,ITU R BT 601-5 | 166 Mb/s | 75GB | 7.5PB |
| 未被压缩的 | SDTV,ITU R BT 601-5(包括空白) | 270 Mb/s | 121.5GB | 12.15GB |

严重影响内容保存的一个因素被称为生成缺失问题。这种影响是指在制作过程中的每一步当其参与到材料的解码和重新编码时,素材的质量都会降低。使用有损压缩方法,每次材料被解码、处理和重新编码时都会发生质量的降低。这些情况甚至在高带宽的格式中也会发生,如 MPEG-2 的 4：2：2 P@ML 和 50Mb/s 时的

DVCPRO50。在不同种类制作和通讯基础结构中,这种情况是严重的问题。另一个在存储时有可能发生的有关格式的主要问题是,过时格式不能再被处理,它和存储器恶化一样是每年都会发生的、可以预见的内容缺失的原因。

有很多视频专有格式的编码和压缩技术并没有完全完成,例如 Real 视频作为一种浏览和因特网传输格式或者基于动态 JPEG 制作的格式被广泛使用。这些格式应该在内容管理系统中被有效地管理,可是这些格式的功能和交互性在系统中却受到了限制,例如只能用本地工具流化、操作和处理专有格式。当不知道编码格式和结构时,素材编码成的专有格式只能被当作文件使用。只有当能够处理这种格式的工具可以被集成进内容管理系统中作为服务或应用组件时,才能进行更加复杂的交互操作。因此选择视频格式的准则之一就是支持这个格式的工具是否可以容易地被集成到系统中去。

## 3.4　音频

和视频一样,音频可以被归类为连续媒体素材类型,如时间应该被看做是显示的语义中的一部分。和视频一样,音频在内容管理系统中被管理并且通常用低码率的副本来表示(音频)内容。音频和视频的许多参数标准都相同,不同的是音频对于量化方面的要求(如带宽和存储要求)比较低。不同的应用领域使用了不同的音频格式。在内容管理系统中这些数据必须被管理、转化到第三方系统中,并且(在应用层)展示给用户。音频在系统中可以是视频的一部分也可以是独立的组成部分。

在这一节介绍音频编码和主要压缩标准的原理和基础。

### 3.4.1　音频编码:基础和原理

声音是通过物质的震动而产生的,同时也引起周围介质的压迫震动(通常为空气)。震动产生了规则频率(周期)的波,它通过空气传播,当到达人耳时,人们就听到声音。声音的频率是周期值的倒数,单位是赫兹 Hz(周期每秒)或者千赫 kHz(1kHz＝1 000Hz)。人耳能够听到的频率范围是 20Hz～20kHz。音调的大小取决于振幅(波偏移平均值的幅度)。

为了数字化地表示声波,可以用模数转换器(Analog-to-Digital Converter,ADC)来抽样,抽样率的单位也是 Hz。标准 CD 抽样率是 44.1kHz(即声波以每秒44 100样点进行抽样)。ADC 的反向过程是数字到模拟的转换(Digital-to-Analog Conversion,DAC),它把数字信号转换成声波。应用 ADC 量化之后,接下来的数字化数据就可以被压缩了。不同的音频格式能够达到不同的目的。例如,电话的音频以 8kHz 抽样、8 比特 $\mu$ 编码量化,而 CD 质量的音频用 16 比特的线性脉冲编码模式 (Pulse Code Modulation,PCM)。从以上论述可知,决定数字音频质量的 2 个因素是抽样率和抽样量化程度。

　　CD 质量的数字立体声音频的数据率是:

　　$2 \times 44\ 100$(每秒)$\times 16$(比特)$= 1\ 411\ 200$(比特每秒)

　　应用其他脉冲编码模式可以得到质量无损的结果。

　　波形格式(WAVE)常作为无压缩的数字立体声音频的参考格式。WAVE 基本上是一种文件格式,它定义了可以作为文件的一部分的编码音频。而更重要的是,它定义了数据怎样打包成为一个文件和能够被转化为文件的元数据的类型。标准明确提到适合 WAVE 的 2 个编码规则(MPEG 和 PCM)。无压缩音频的 WAVE 编码模式是以上提到的以 44.1kHz 的抽样和 PCM 编码、双声道 CD 质量的立体声音频。另一种常用的无压缩格式是 48.0kHz PCM 编码的无压缩音频,它被用在数字音频磁带 (Digital Audio Tape,DAT)上。

## 3.4.2　基于 MPEG 的音频格式

　　MPEG 不仅定义了有多元音频的标准视频,也独立定义了音频。所有相关的 MPEG 编码标准(例如 MPEG - 1、MPEG - 2 和 MPEG - 4)都涉及音频。

### 3.4.2.1　MPEG - 1 音频

　　具体的 MPEG - 1 音频编码与压缩数字音频 CD 和数字音频磁带(Digital Audio Tape,DAT)是兼容的,它们都是 44.1kHz 或 48kHz 抽样,16 比特量化。此外还定义了 32kHz 的抽样频率。

　　在 MPEG - 1 中定义了 3 个不同的层,每个层代表不同的编码、解码复杂度和表现水平。层与层之间向下兼容,例如高级的层必须能解码低级层的 MPEG - 1 音频信号。音频文件通常编码成为 MPEG - 1 的第三层,因此被称为 MP3。

　　压缩开始于利用快速傅立叶变换(Fast Fourier Transformation,FFT)的频率转换。在此过程中,频谱被分成 32 个没有插帧的分波段。接下来计算每个分波段的音频信号的放大。与 FFT 同时进行的是用心理声学模型来定义每个分波段噪波,该过程的结果决定了量化过程。分波段的噪波水平越高,量化水平就越高。层 1 和层 2 的量化用 PCM,层 3 的量化用霍夫曼编码,而最终的压缩步骤用熵编码。

　　MPEG - 1 中定义的音频编码有单信道、2 个独立信道、双信道立体声和混合立体声。后者中的冗余信息可以去掉，以达到较高的压缩率。对于每个层的编码信息流都定义了 14 个不同的比特率（根据其不同的比特率索引）。每层的最小值是 32kb/s，最大值各不相同。第 1 层允许的最大比特率为 448kb/s，第 2 层允许的最大比特率是 384kb/s，第 3 层是 320kb/s。第 3 层还可以支持可变的比特率。第 2 层对于不同的信道有不同的限制要求。

### 3.4.2.2  MPEG-2 音频

MPEG-2 标准包含和提高了 MPEG-1 音频标准。例如，它也支持 16kHz、22.05kHz 和 24kHz 的抽样率（MPEG-1 抽样频率的一半）。这使比特率降低到 64kb/s 以下，同时 MPEG-2 的音频部分标准用相对低的比特率支持多信道。有多达 5 个的全带宽声道：左、右、中间双环绕声道以及一个提高低频质量的声道，而且还支持多达 7 个信道的不同语言。

### 3.4.2.3  MPEG-4 音频

MPEG-4 为语音编码、通用音频编码、音频语义和语音合成定义了一种扩展工具。MPEG-4 音频（和视频部分相似）是面向对象的，它支持音频场景通过多重音频对象（语义的或者自然的）而创建。和 MPEG-1 以及 MPEG-2 中定义的一样，自然音频对象是从样本波形中产生的。和视频的方式相似，不同的音频流组合成为一个音频场景。

语音编码部分是特别为口语单词的有效编码设计的，它可以节省带宽、优化网络通信能力和节省存储量。因为只有语音需要编码，所以可以使用更有效的编码技术，其中杰出的有代码激励线性预测方法（Code Excited Linear Prediction，CELP）和 MPEG-4 谐波矢量刺激编码方法（Harmonic Vector Excitation Coding，HVXC）。CELP 所产生的比特率是 4~6kb/s，而 HVXC 编码的比特率是 2~4kb/s。

MPEG-4 标准的一般音频部分是将自然音频输入信号的重新制作。MPEG-4 的代码部分基于 MPEG-2 优化编码技术，具有更好的压缩能力和纠错机制。而且它还支持很低的比特率和非常低的延迟。另外，它利用大步骤的可伸缩音频编码和比特分割编码算法实现了比特率的可扩展性（例如在接受有效信息时，还可以解码比特流的子集）。

MPEG-4 还定义了音频的类、级和对象类型，具有通用音频、语音、语音和通用音频、语意音频和语意语音的扩展类型列表。表 3.7 给出了一些选定的音频对象类型的摘要。

**表 3.7　MPEG－4 音频对象类型**

| 音频类型 | 对象类型 | 说明 |
|---|---|---|
| 语音 | CELP | 以 CELP 为基础,支持可扩展编码。支持的样本率:8～16kHz;比特率:4～16kb/s。 |
| | Error-Resilient CELP | CELP 对象类型的错误弹性版本。为更高的效率提供压缩。 |
| | HVXC | 以 HVCX* 编码为基础,提供参数表示。支持样本率:8 kHz;比特率:2～4kb/s。 |
| | Error-Resilient HVCX* | HVCX* 对象类型的错误弹性版本。 |
| 通用音频 | AAC Main | 用知觉噪音成型来提高以 MPEG－2 AAC 为基础的主要类。5 个完全通道加上一个低频率通道。 |
| | AAC Low Complexity(LC) | AAC Main 的低复杂版本。 |
| | Error-Resilient AAC(LC) | AAC LC 的错误弹性版本。 |
| | AAC Scalable Sampling Rate(SSR) | 基于 MPEG－2 AAC SSR 类。 |
| | AAC Long-Term Prediction(LTP) | 基于 AAC Main,用长期预测扩展。 |
| | Error-Resilient AAC LTP | AAC LTP 的错误弹性版本。 |
| | Error-Resilient AAC low-delay | 提供低延迟,支持错误弹性。用于低比特率、低延迟音频编码。 |
| | Twin VQ | 使用固定比率量化,操作比 AAC 更低的比特率。 |
| 语音和通用音频 | AAC Scalable | 支持联合缩放比例,包括 TwinVQ 和 CELP,支持单音和立体声音频(只有 2 个通道)。 |
| | Error-Resilient AAC Scalable | AAC Scalable 的错误弹性版本。 |

＊译者注:原文如此,宜为 HVXC。

　　MPEG－4 音频类定义了比特流和解码器的一致性范围。MPEG－4 中定义的类比对象类型要少。MPEG－4 的音频级是根据复杂度单元来定义的(处理器和 RAM 的复杂度)。MPEG－4 还限制了特殊类型的对象,作者可以在一个音频场景中以不同的复杂度来使用不同的对象类型,只要总体复杂度不超过所定义的该级的复杂度。表 3.8 给出了通用音频、语言和通用音频的类型定义。

**表 3.8　MPEG－4 音频类**

| 音频类型 | 音频类 | 说明 |
|---|---|---|
| 通用音频 | 移动音频网络互联类 | 允许 ER AAC LC、ER AAC LD、ER AAC Scalable 等对象类型,不包括语音编码器,用于除语音编码外的高质量的音频。<br>级数量:6 |

| 音频类型 | 音频类 | 说明 |
|---|---|---|
| 语音和通用音频 | 可扩展类 | 允许 AAC LC、AAC LTP、AAC Scalable、TwinVQ、CELP、HVCX 对象类型,用于高质量、低比特率的互联网应用,也用于支持广播应用。<br>级数量:4 |
| | 高质量音频类 | 允许 AAC LC、ER AAC LC、AAC LTP、AAC Scalable、ER AAC Scalable、CELP 和 ER CELP 对象类型。供高质量自然音频编码使用。<br>级数量:8 |
| | 自然音频类 | 允许 AAC Main、AAC LC、ER AAC LC、AAC LTP、ER AAC LPT、AAC SSR、AAC Scalable、ER AAC Scalable、ER AAC LD、TwinVQ、CELP、ER CELP、HVXC 对象类型,包含所有的自然音频编码工具。<br>级数量:4 |

### 3.4.3 内容管理系统中的音频格式

标准音频格式(如 44.1kHz 和 48kHz 的 PCM 编码音频和 MPEG 音频)的带宽和存储要求比同样类型的视频要求要少,因此被认为更易管理。然而,这些格式同样要被整合到内容管理系统中,并且内容管理系统要对其制作和传输所需的工具和应用给予支持。

MPEG 的音频编码器支持整个范围的声音压缩,其中最主要的是 MPEG-1 的第 3 层(MP3),因为它是目前网上流行的音频格式。基于 MPEG-4 的音频系统的相关性是显而易见的,同样也存在其他方式的音频编码格式,如 Real 音频或流式音频。然而,随着 MP3 的风靡,它们的实用性已经减弱了。

对内容管理系统的另一个挑战是具有更高抽样率和量化区间的新格式的出现。在专业系统中,96kHz 的抽样率将可能成为标准。内容管理系统在处理音频和处理视频时的情况一样,必须应付多种多样的格式和需求。

## 3.5 图片、网页、文本和其他素材格式

除了视频和音频,内容管理系统还要管理其他很多媒体类型(主要是离散媒体类型)。与视频、音频的情况相似的是,图片、图表和文本等的媒体类型都有很多种格式。例如文本文档就可以被编码为无格式 ASCII 文本、Microsoft Word、FrameMaker、

RTF 和 PDF 等。另外,内容管理系统也需要管理一些表示幻灯片、项目计划或计算表单等需要特殊(通常是私有的)格式编码的文本文档。此时内容管理系统的主要功能是索引这些文档以使它们能被检索,以及集成本地应用程序或应用视图以为用户提供原始形式的文档。文档查询索引的问题由可处理多种格式的全文检索引擎来解决,提供本地应用程序和视图的问题要结合第三方的应用综合解决。

内容管理系统管理的其他重要的素材类型是网页中的图片和结构化文档。

## 3.5.1 图片

图片是可视化的照片或图像。它们描述具体的二维情形,没有时间限制(它们属于离散的媒体类型)。在内容管理系统中,图片由数字图片格式或指向外部图片的链接来表示。本书中只讨论相关的数字图片格式。在技术层面上,图片被认为是平面区域每个点的光线强度功能值的反映。为了数字化地表示这些值,需要对它们进行抽样和对抽样值进行量化。数字图片本身就成了表现量化值强度的数字值矩阵。图片的抽样点是画面元素(如视频中),即像素。图片的数字表示可能会很大。一张和 NTSC 制电视画面大小一样的图片的分辨率为 640×480 像素矩阵。以 8 比特和 256 灰度水平存储该单色图像需要空间大小约为 300kB,因此和在视频中一样,需要压缩图片来减少表现时需要的比特数。最常用的图片格式是 JPEG、GIF、TIFF 和 BMP。

### 3.5.1.1 JPEG

JPEG 标准是由 ISO 和 CCITT 联合组成的联合图片专家组制定的。JPEG 定义了彩色和单色图片的编码和压缩方法,以及含有实际图片数据、编码表和编码参数的交换格式。如果编码器和解码器在相同环境中使用,就不需要编码表和编码参数。

JPEG 标准具体化了 4 种基本模型(每一种还有变体):

- 缺失序列 DCT 基本模型,即每个 JPEG 工具都支持的基本处理模型。
- 扩展的缺失 DCT 基本模型,是对基本处理模型的增强。
- 无损模型,支持原始图片信息的精确复制和重组,但是压缩率低。
- 分层模型,包含不同分辨率的图片,并应用以上 3 种 JPEG 模型的算法。

这些模型的基本编码和压缩步骤相同(如图 3.6)。不是每个模型都应用所有的技术,如基本处理模型用分块、MCU、FDCT、步长和霍夫曼编码方法。

JPEG 定义了一种很普遍的图片模式。图片准备阶段的源图片由至少一个、至多 255 个组成部分或者平面组成。这些组成部分的像素可能不同,如它们可以表示不同颜色(RGB)、明暗或者色度信息(YUV)。像素的表示也是可变的,每一个像素由值

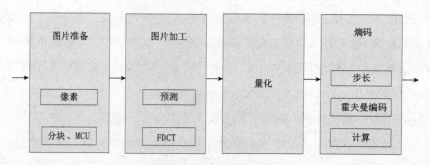

**图 3.6　JPEG 压缩步骤**

为 0 到 2P-1 的 P 个比特来表示。图片的所有组成部分的所有像素要以相同数目的比特数编码。JPEG 缺失模型中每个像素用 8 或 12 比特表示。无插帧数据单元的处理命令是从左到右、从上到下，然后未压缩的图片样本被归组成 8×8 像素的数据单元。

基准模型的图像处理在 8×8 的像素组中，使用前序离散余弦转换（前序 DCT），将二维图片值映射至频率域内。这种转换要进行 64 次，这一步之后所有 DCT 的系数要用 64 个输入口的量化表进行量化，每个输入口对应一个 DCT 系数的量化。量化和 DCT 过程都是有缺失的。接下来应用熵编码，在基准模型中的熵编码使用霍夫曼编码方法。

扩展的缺失模型支持高抽样精度（最高 12 比特）。另外，还使用了扩展的量化方法，从而实现渐进式代替顺序的图像显示。前者使得图片更加清晰，后者使得图片自上到下显示。扩展的缺失模型可以使用熵编码。

在无损模型中，预备处理的图像的每个像素的数据单元每像素精度在 2～16 比特之间。处理和量化步骤是基于根据相邻样本预测样本值的预测技术。

### 3.5.1.2　GIF

图形交换格式（Graphic Interchange Format，GIF）最初由 CompuServe 开发，以支持与平台无关的图片交换。GIF 使用无损压缩方案，支持在一个文件中插入多幅画面。

GIF 图片总是编码为比特流。逻辑屏幕描述符定义了编码过的图片大小、位置和色彩表类型，而且也定义了可操作的全局、局部色彩表和指向该表的像素色彩指针。像素色彩用特殊的算法压缩（称为 Lempel-Ziv-Welch），该算法可以检测和处理可变长度的比特模式。该比特模式在表中以短比特的形式表示，出现频率最高的比特模式以最短的比特表示。

GIF 图片由以下部分组成：

- 头，包含 GIF ID 和算法版本号码。
- 应用部分，支持生成图片的程序的版本和名称信息编码。
- 尾部，标示 GIF 流的结束。
- 控制部分，控制后续图片块的显示。
- 图片部分，包含图片头、可操作的色彩表和像素信息。
- 注释部分，包含每个图片块的附加（文本）介绍信息。
- 平面文本部分，支持图片中出现的文本信息的 ASCII 编码。

在 GIF 图片中，控制部分、图片部分、介绍部分和平面文本部分可以重复和排列。GIF 也支持简短动画和图片序列的编码。GIF 只适用 8 比特的色彩表，所以不能应用于高质量的图片。

### 3.5.1.3 TIFF

标签图像文件格式（Tagged Image File Format，TIFF）是微软公司和 Aldus 公司联合开发的。TIFF 的目标是提供可移植的、与硬件无关的图像编码。它有 2 个组成部分，称为基准部分和扩展部分。基准部分定义每个解码和显示的应用程序都必须支持的一些特征，扩展部分定义其他的附加信息。TIFF 支持在很大范围内的色彩模型：从黑白图像到单色图像再到复杂色彩图像、RGB 图像等。与 GIF 相似，TIFF 也有以下几个部分：

- 头字典，定义字节顺序、版本号码以及含有其他图片或部分的参考信息。
- 结构部分，定义编码技术和标记域的数量。
- 字段，定义图片编码块（行、对象、单元和块）以及它们的特征（压缩技术、分辨率和校准）。
- 数据字段，定义前面没有定义的图形对象。

TIFF 支持的压缩技术有游程编码、霍夫曼编码、Lempel-Ziv-Welch 压缩和 JPEG 压缩方法。TIFF 是一种广泛应用的格式，它还支持不同分辨率的图像编码，如预览格式和高清格式图片。

### 3.5.1.4 BMP

位图格式（Bitmap Format，BMP）是基于 RGB 色彩的一般图像格式。它也被用于单色和黑白图像的编码。BMP 格式定义了 2 个主要部分：头和数据部分。前者被称为位图信息（BITMAPINFO），定义了图片大小、色彩深度、色彩表以及压缩技术。数据部分含有每一行中的各个点的像素值。色彩深度可取的值有 1、4、8 和 24。色彩深度值为每像素 4 和 8 比特的图片压缩方案采用游程编码方法,而色彩表中的其他相关信息值则采用特殊的编码算法。

### 3.5.2 结构化文档

结构化文档是内容管理系统中的又一种重要的媒体类型,它的发展主要由 2 方面促成:印刷媒体工业和网域。另外,超文本和超媒体也对结构化文档语言和标准的发展有一定的影响。与一般文档格式相比(RTF、MS Word 或者 PDF),结构化文档的特点是使用标记语言并链接到扩展文本和信息。对于内容管理系统来说这是一项特殊的挑战。

这里主要考虑的标准是 SGML、HTML 和 XML。后者在 §4.5.2 与元数据编码、传输和交换一起介绍,因为它主要应用于这些领域。

#### 3.5.2.1 SGML

标准通用标记语言(Standard Generalized Markup Language,SGML)是由美国出版协会支持开发的。它的基本思想是文本的书写不含有任何格式,而使用标记来标明标题、段落等文本元素。利用 SGML 可以实现文本显示的灵活可变性。标记结构对文本文档的自动处理也很有利。SGML 定义了一个框架,在这个框架中定义了标记的语义,标记的出现频率和解释留给处理 SGML 文档的应用程序来进行。SGML 是面向对象的,包括类、对象、类和对象的层级及继承等。它还允许指定 SGML 文档的处理指令信息。

文档的分析和格式化过程是分开的。标记决定了文档的结构,而显示的部分也常和结构有关。因此,格式化文档时要考虑文档设计的内容。

SGML 中定义了 4 种标记类:

- 描述性标记,决定了文档的结构,形式为〈start-tag〉文本元素〈/end-tag〉。
- 实体引用,是在显示文档的时候代替实体元素的引用设定。
- 标记声明,定义能够被进行引用的实体。
- 处理指令,是和格式化指令一样的程序指令,并且能够支持在文本显示的同时显示其他媒体类型,如音频、视频。

SGML 只定义了语义,而文档类型定义(Document Type Definition,DTD)则定义了句法。文档风格语义和规格语言(Document Style Semantics and Specification Language,DSSSL)则规定了显示标准。

### 3.5.2.2 网页和 HTML

随着万维网的普及,内容管理系统更加需要管理好网页文本。网页是包含文本、图片、图表、声音和视频元素的电子文档,甚至还有一些小的可执行程序。这些文档存储在服务器上,从而用户可以进行检索。网页的不同元素不需要在网页内部被编码,但是可以链接到相关网页。因此,一个网页可能需要链接很多相关的素材元素。为了在内容管理系统中管理网页,需要定义扩展文档。例如,与网页有关的图片、视频或者音频可以被当作是文档的一部分,而到其他页面的链接可能在现有结构之外,只需当作引用项目。因此,用内容管理系统处理网页时,确定结构深度是很重要的。例如,相关的链接元素的范围应包含在存储和管理的处理过程之中。

网页是由超文本标记语言(Hypertext Markup Language,HTML)制作的。HTML是一种定义了如何显示文档的简单标记语言。与 SGML 文档相比,HTML 文档是由标记构成的结构简单的 ASCII 文本,这些标记可以被认为是控制命令。HTML文档结构由3部分构成:文档类型定义、文档头和文档主体。在 HTML 文档中可以编码元信息,它不显示给用户但是可以用来声明作者信息、版权信息,或者将网页信息提供给 Web 搜索引擎。表3.9给出了常用的 HTML 标记。

**表 3.9  HTML 标记举例**

| 标记 | 说明 |
| --- | --- |
| 〈HTML〉…〈/HTML〉 | 声明一个 HTML 文档 |
| 〈Head〉…〈/Head〉 | 封装文档开头 |
| 〈Title〉…〈/Title〉 | 定义文档标题 |
| 〈Body〉…〈/Body〉 | 封装文档主体 |
| 〈Hn〉…〈/Hn〉 | 定义 n 级标题 |
| 〈B〉…〈/B〉 | 显示主体 |
| 〈I〉…〈/I〉 | 以斜体显示 |
| 〈LI〉…〈/LI〉 | 表中项目的开始/结束 |
| 〈BR〉 | 回车 |
| 〈P〉 | 新的段落 |
| 〈HR〉 | 包含一条水平线 |
| 〈IMG SRC = "imagead"〉 | 用所给地址装载一个图像 |
| 〈A HREF = "URL"〉…〈/A〉 | 用引号内所给的描述链接到另一文档 |
| 〈! ----〉 | 注释 |

从表中可以看到,有些标记需要有开始和结束标记来封装声明的元素,否则会出

现语法错误。

HTML 中可以使用所谓的样式表来声明元素的显示方式。应用样式表来分开实际内容和显示内容。层叠样式表（Cascading Style Sheet，CSS）可以精确定义网页的显示格式。内容管理系统同样也要管理网页的样式表，HTML 对样式表的引用也要被正确管理。

## 3.6　素材的处理

素材的处理包括视音频、音频和视频对象的自动管理，可被用作附加元数据的信息检索以及便捷的输入和检索过程。相关的工具有：视频分析工具、音频分析工具（如语音转为文本的工具和关键字定点）或者图片相似性检索工具。该类的其他程序有：转码工具或者将素材分段的特殊工具。

### 3.6.1　素材处理的应用程序和服务

有很多工具支持素材处理和语义信息的自动检索，不同工具针对素材处理的不同方面。不仅它们的处理精度在内容管理中十分重要，它们是否能够或者怎样被应用于内容管理系统中也是很重要的问题。

总体来说，相关工具是应用型或者是服务型。它们完全自动地处理素材，并可以将这些工具根据其处理的特定媒体的具体性质和特征进行分类，从而提取出语义信息。

- 内容分割（时间和空间）工具和应用程序：根据具体参数如镜头数（时间分层）、特定区域，或者图像中的对象（空间分层）将连续媒体对象分割。
- 元数据生成工具：根据特定素材对象的特性或者可分析的特征（如运动检测）来产生元数据。
- 自动内容描述工具：如语音标识工具，根据语音或者检测的关键字生成清楚的显示描述。
- 索引工具：根据最普遍的模式对素材对象进行分类，如面部标识工具和程序分类工具。
- 基于内容的检索工具：利用素材的特征进行内容查询，如画面相似性检索。

### 3.6.2　素材的处理：基本原理和方法

大部分的素材处理工具是利用数学、统计或者不同媒体的某些可计算特征和属性的随机分析方法。它们对文件、声音、图片或可视视音频信号进行整体操作或者在给定时间内对特定部分分别操作。素材处理过程的基础构成部分有：

- 特征提取。
- 特征解析。
- 查询引擎。

图3.7以部分工作流的方式给出了以上的组成部分。特征提取部分包括所有的处理原始视听材料和利用对象化的手法提取低水平特征的处理过程（如色彩直方图、频谱分析以及主要动作幅度分析等）。通常来说这些特征并不传递任何能被人们直接认知的信息，因此需要更进一步的处理。特征解析部分就是完成这方面工作的，它能解析特征或者特征组合的值（在一定出错范围内），尽量将目标观察和逻辑判断进行匹配（如画面的上半部分主要是浅蓝色的，下半部分主要是绿色的，因此判定它是在户外拍摄的）。这种操作可以对某些内容特征进行人们可以理解的描述，但是这种解析要基于某些试探方法，因此有可能导致错分类。更多先进的方法考虑了媒体的语义方面。

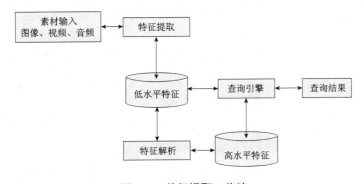

**图3.7 特征提取工作流**

另一种直接应用音频、视频和视音频素材的低水平特征的方法是相似性检索。此时用户要求搜索引擎检索与已给定信息相似的信息条目，然后引擎根据用户提供的信息提取特征值，并与已检索的内容进行特征分析和提取后存储的特征值进行相似性匹配。这也包括从对象相似性度量的比较中提取的相似值。低水平的工具和一些同样考虑内容语义的高水平的工具共同使用，可以得到更加准确的结果。

声音和音频分析是应用随机分析对声音效果、光谱封装和音素进行操作。大体上它可被分为一般声音处理（发现和分类流中出现的声音）、音乐分类（乐器类型和主题识别）和语音分析（提供语言监测和标识、语言定义、关键字标记和脚本翻译）。例如，语音标识就使用了声音指纹鉴定方法。语音分析的原理是基于不同特征值的比较。

将音频流中提取的特征值和用户例子的相关值作比较,从而识别出一个说话者或者词。语音分析过程有 3 个步骤:

- 声音和音素分析。
- 句法分析,从声音分析中改正错误。
- 语义分析,也帮助改正错误。

依赖于说话者的声音的分析引擎通常产生的效果比不依赖说话者的分析工具要好,这是因为可以使用附加参数。总之,没有哪种语音分析工具可以产生 100% 正确的效果。

静态图像分析是用色彩特征分析、区域分段、文本特征分析和面部检测(可以被认为是特殊的文本特征分析)来得到图像内容的信息。图像标识技术有广泛的应用,如应用在 OCR 工具或者手写文字标识中。图像标识技术的 3 个特征是色彩、文本和图像边缘。可以根据这些特征的相似性来查找图像,或者根据某些特征的出现频率利用统计或者随机方法来标识图像。但是这些纯粹的技术分析方法并不能揭示图像确切的内容和语义,还需要知道对象在图像中的位置和区域。

图像标识过程有 6 个步骤:格式化、背景分析、标识、分组、提取和匹配。背景分析过程评价了信息模式并且清除干扰(噪波);接下来标签标识了信息模式,把它分成单元,组成一个可视化实体(主要使用边缘检测方法);分组步骤将单元组成的实体组成为更大的实体;在提取步骤中,从每个在分组步骤中产生的实体中提取出一个参数列表(如区域、方向、空间和环线位置等);匹配步骤匹配标识实体和已被认知的对象,这最后一步决定了图像中不同的相关对象的翻译。

视频分析工具使用为声音和图像分析开发的分析机制来进行基本分析,它还使用视频序列中的运动信息来决定视频的特定事件。例如使用场景转换、消解和擦除等效果和效果检测来决定视频中的拍摄转换。使用这些信息可以产生一个原始的剪接列表。某些效果,如消解和擦除效果,甚至很难和其他视觉效果区别开来,因此,它们的准确率比简单效果要低很多。可以将运动和轨道评价用于决定视频中对象的运动。所有这些信息可以用于产生视频的可视化摘要。当画面内容中有很大变化时会提取出关键帧。此时的情况与人的视觉感受没有很大关系。例如,在体育场的场景中包括很多运动,画面表现也就有很大不同,然而这些信息并不一定是相关的。提取出的关键帧可以以多种方式排列以给出视频内容的快速预览。此时经常运用情节串联图板或者马赛克技术。

另一种由视频分析产生的可视化摘要是所谓的浏览。它们是基于视频分析结果的简单视频摘要,如编辑在一起的简短的视频片段,可以给出视频内容的快速预览。

更复杂的工具甚至考虑了伴音和单独的音轨的编辑以产生连续的视音频摘要。

### 3.6.3 内容管理系统中素材的处理工具

富媒体组织中需要处理的内容数量越来越多,因此使用自动处理过程来支持内容的标识和存档就变得更加重要。音频、视频和图片由基于计算机的工具和应用程序自动处理以提取语义甚至基本句法信息的特性。然而提取出的信息并不是100%正确的,因此需要仔细考虑处理素材的工具在什么环境中配置、它们提供信息的准确率的高低、还要附加什么人工操作和过程来更有效地使用这些工具和应用程序。目前只有辅助设备提供存档处理,而且还需要专业操作人员来运用。

内容的检索也可以由自动处理程序支持,如图像相似检索和蜂音搜索。此时需要重点考虑用户的需求。例如编辑或者记者检索一个图片数据库,使用样本图片查找一位政治人物的图片,它需要检索到在不同时间、从不同角度拍摄的同一人物的照片。然而目前大多数工具会返回包含相似形状、文本和颜色的图片,有时甚至和要检索的人物图片相去甚远。为了避免这种令人失望的情况,需要管理用户的需求,而且这些工具要用在真正适合使用的地方。

另一个需要考虑的情况是如何将自动处理工具和应用程序用于内容管理系统结构中。它们将文件、数据流或者视音频信号作为输入部分,产生的结果是关键帧集合、视听材料或者元数据信息。这些结果必须和实际内容对象相联系,并要能够在内容管理系统中被处理。另外,如图像相似性检索引擎等工具可以产生内容对象的命中清单。这些命中清单需要与存储在内容管理系统中的实际内容对象相关联。因此自动处理工具和应用程序只有在全面集成于内容管理系统中才能真正发挥作用。

# 第4章 内容的表达和元数据

内容管理系统的核心是它管理的内容对象。内容管理的主要任务是在对象的生命周期内优化内容的处理和开发。对象的生命周期是指从内容的获取、制作、传输,到归档和存储的过程。内容对象在系统中怎样存储和表示对于检索和应用处理是至关重要的。然而内容的表示并不只与内容对象本身有关,还与内容对象所处的使用环境有关。因此,内容的表示模型应该考虑到这个因素,从而提供一个内容数据和信息的各种处理过程的抽象。

元数据是内容管理系统中不可或缺的部分,它被定义为"有关数据的数据"。元数据在从不同方面描述内容对象时考虑了不同的观点、方面、工作流、处理程序和存在的信息模型,这对于在需要时随时管理、搜索、查找、检索内容信息是很重要的。因此,内容的描述和描述的质量对内容管理系统提供快速便捷的查找内容的能力是很重要的。元数据要考虑不同的用户角色和与系统的交互运行,以及提供相应的视图。理想的内容管理系统支持所有的原始材料进入系统的创建处理过程和描述过程,以及所有相关工作和内容的分配、处理过程。这种情况下需要考虑的不仅是与内容的直接交互工作,还包括相关领域,如统计计算、权限管理和程序计划。

除了纯粹的描述和检索以外,元数据还管理着内容的内部组织和对外组织关系方式。因此,优化实际的交换和信息的转译交换都需要一定的标准。因为标准通常只提供大致的共同特征说明,标准本身并不能提供个体组织所需要的具体功能支持。因此,标准只能覆盖对于具体功能和主题背景很重要的特定方面。

目前已经开发出了很多数据模型、内容描述方案以及内容的表示和描述的参考模型。它们通常从不同角度描述内容,因此不是完全可比较的。不存在通用的内容描述方案。在内容管理系统中,针对不同方面的应用要使用不同的内容表示方案。本章给出了根据不同环境描述内容的概念。接下来介绍了元数据的结构和元数据方案应该捕获的信息。本章还介绍了元数据的交换和数据模型，介绍了许多主要表示模型和描述方案，以及元数据的编码和交换协议，给出了该领域目前的发展概况。另外，本章还说明了目前在不同环境下表示元数据的不同方法。具体方案或者模型的适合程度还要视其在具体实例中的使用情况而定，本章的讨论将有助于形成这种评价。

## 4.1 内容的表示

内容对象的核心是素材，即包含实际信息或思想的部分。然而有时候内容的信息比内容对象本身还要重要，例如有关内容的所有管理任务。甚至在生产工作流中具体的元信息（元数据、摘要和低码率的素材版本）要比内容对象本身更重要（2.2.1节）。在这种情况下就需要选择适当的方法和适合的元数据，以表示对与内容对象有关的各种工作流和管理程序给予最好的支持。尽管数据模型、内容表示和工作流的详细信息根据不同的内容和不同的组织而不同，但是主要的内容特征和用例是大致相同的。

媒体对象（视频、音频轨道、图片等）可以被表示成为所谓的"代理"。代理对应于基于特定环境的特定方面的内容的具体视图。代理更加强调特定特征，表示特定视图或可视化的具体属性，因此更容易访问。代理可以有不同的媒体形式。视音频内容可以用多媒体代理来表示（综合使用不同媒体类型来表示）。其他代理有：摘要、编辑决策列表（Edit Decision List，EDL）、数据库记录等。图4.1展示了一些常用代理。代理可以被归类为文本代理、数据库代理和多媒体代理。

纯文本代理是有关内容的文档，包括摘要、产品文档（如产品单）、校本、EDL、日志文件（例如和时码有关的文本转换语句和注解）、合约、法律文档等等。这一组代理包含了一般文本中表示内容或者内容的特定部分的所有文档类型，可以对这些文档建立索引以便查找。

数据库代理是存储于数据库管理系统（Database Management System，DBMS）的全部内容的表示。DBMS的特性是可以管理巨大数量的数据。内容对象被表示成为一种抽象模型，称为"数据模型"。数据模型存储于数据库中。所有相关特征由一个结构化文本表示器来采集，它能够优化简便查找，并重新按照属性查找。文本和数据库代理通常和元数据有关。元数据定义为描述核心创作媒体对象数据的数据，这种媒体对象包含创作者需要传递的实际信息。

多媒体代理是表示如低码率副本、视听摘要和不同媒体类型的组合内容的表示方法。内容的低码率副本可以不用实际接触材料就能预览，因此能在窄带宽的链接上传输，在低配置的设备上输出。视听摘要是视听内容的组合，这些摘要通过显示素材的

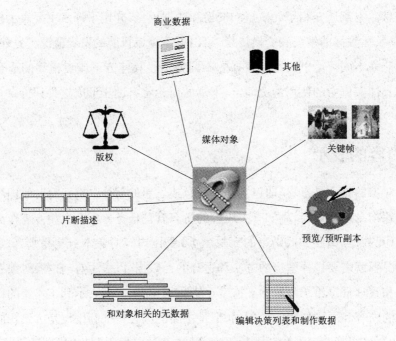

**图 4.1 媒体对象和代理表示**

一部分而提供了素材的纵览,典型代表有关键帧或浏览。视听摘要通常通过自动分析程序自动提取和编译。不同媒体类型的组合可以通过链接文本、图片视频和视听信息提供实际内容的更好的总览。例如,情节串联图板就是包含内容描述信息和片断的关键帧和时码的组合,还有与低分辨率素材副本有关的文字材料等。如果内容对象是连续媒体类型,那么不连续的媒体内容表示部分也有与内容对象时码有关的时间参数。

　　广义的多媒体代理可以被看做是元数据,它们有附属的特征而且主要对象是优化内容的表述和检索。多媒体代理的文本部分显然是元数据描述内容对象的一部分。可视化摘要也有描述的特性。然而,低码率内容副本则是不带有描述信息的对素材的表示。


# 4.2　元数据:内容的描述

　　元数据用来描述内容并在系统和系统组件中表示内容,它要遍布整个媒体制作的工作流程,从预制作到存档。另外,它还要容纳权限不同及对内容不同方面感兴趣的不同用户组。因此,对于内容的描述,有不同的方面和目的。

　　元数据最初在计划阶段产生,在内容对象的整个生命周期内被使用和不断修正。使用元数据的阶段有:生产、传输、媒体管理和其他开发过程。元数据要捕捉程序计划、生产计划(包括原材料、个人计划和相关贡献的参考),还有计划阶段的编辑准备(绘制、调查、收集和情节串联)。元数据应用的其他程序和用例包括:文档撰写、IPR、许可证、分析数据和位置相关数据(存储管理、位置 ID 等)。另一组元数据是有关内容的使用和开发的,通常这部分包括传输历史记录、程序交换和程序材料的数据和内容销售的信息(市场信息)。新一类的元数据是有关在互联网上使用的内容的数据,此时的数据记录是有关历史访问记录、负责人员(版主或者编辑者)等方面的。

元数据必须捕获和描述过多的特征和工作流,因此存在处理元数据的不同方案和(子)系统。元数据可以根据它所描述的实体来进行分组,有关于对象和关于片段的元数据。关于对象的元数据包括所有以描述媒体对象的特定特征为主题的元数据,而关于片段的元数据用于描述由于空间或时间界限(如图片边界和时码)所分割的内容对象的一个部分。

## 4.2.1　关于对象的元数据

关于对象的元数据将内容对象作为一个整体描述。部分关于对象的元数据是内容描述(主题、作者、导演等)、相关组织数据(如项目位置、责任编辑办公室等信息)、内容标识和参加团体(处理内容的个人或组织,及其关系、角色和权利)。另外,关于内容的元数据包括技术元数据和所有商业过程(包括媒体制作的所有工作流步骤)。

关于对象的元数据通常存储在数据库中,有时也存储在结构化文件中,以全文检索引擎建立索引,以便于检索。内容对象的相关文档(如注解和合同)也可以以电子形式存储和建立索引来方便搜索。当文档需要像元数据一样存储于硬盘上时(如文章的法律文件),这些文档的相关资料可以(有时是必须)存储于内容管理系统的数据模型之中。

### 4.2.1.1　工作流和内容描述

为了便于内容管理,内容的特征要被获取为结构化元数据。这可以使用描述对象(实体)本身和对象间链接的提取程序来完成。此时,工作流是要考虑的最主要的处理过程。元数据通过工作流被合成,因此,这些工作流定义了内容生命周期特定点所产生的元数据。然而,元数据的产生和标记是由系统定义的。本节介绍一些一般的与内容管理有关的工作流(如内容获取和解析、制作、存储以及归档)。具体的分析需要根据实际的组织及其系统和工作流才能进行,这需要在处理内容的系统中独立进行。

元数据可能在生成的时候就被处理并联系到一部分素材上。记录的位置(比如通过 GPS 得到的)、日期、时间等信息在产生记录时就自动与材料相关联了。然而,通常在输入和解析过程中,内容进入系统,元数据与内容对象建立关联。

理想情况下,大多数在这个过程中加入的元数据被自动处理。这些信息有:材料相关参数和自动分析程序检索的数据。这个过程中收集到的元数据被编入元数据集合,这些集合的结构有赖于特定系统的实际数据模型。

在查找阶段收集的典型元数据主要是与材料相关的,包括:

- 视频源格式。
- 视频压缩格式。
- 音频源格式。
- 音频压缩格式。
- 记录参数(摄像和话筒设置)。
- 生产信息。

在上载过程中,加入元数据可以用来标识内容,同时也用来支持快速检索和提供一个初始水平,该信息通常要手动输入系统。上载过程中加入的典型的元数据有:

- 生产序号。
- 标题。
- 日期、时间和位置。
- 源名(如机构名称、摄像者等)。
- 剪辑描述(画面内容的文本摘要)。
- 起始或结束标志(磁带或文件的剪辑)。
- 拍摄质量。

不同的系统、部门和用户都参与了制作过程,这表现在其产生、引用和用来检索的元数据中。这些不同的系统有服务器组件(上载、制作和播出服务器)、制作条目的记者和编辑、最终内容条目的编辑、提供材料的归档和编目的归档部门。在所有这些处理过程中,额外的元数据被制作出来,并且与内容对象相关联起来。下面的元数据集即表现了后期制作和非线性编辑的典型的关于对象元数据集的例子:

- 文献开始或结束。
- 时码。
- 副标题。
- 授权信息。
- 电子 VTR 卡。
- 剪辑者、编辑者和制作人的名字等。

附加元数据可能被制作和搜集在另外的元数据集合中,如编辑集合、传输集合、描述集合等等。这些元数据集合更加明确地指向具体的任务和工作流步骤。

一旦材料被制作好之后就可以被分发播出。在广播系统中，分发播出是根据节目单进行的，并且被记录在播出节目（Program as Broadcast，PasB）中，此时相关数据有：

- 首播日期。
- 首播时间。
- 播出频道。
- 统计信息（观众或听众数量）。
- 重播信息。

内容条目的生命周期最后一步是分类和深层编目。在这一步中，内容被分类和详细描述，以便查找、访问和复用。在制作过程中，添加的元数据在这一步中被修正和整合。应用的分类方案有赖于媒体类型和具体组织结构。这个过程中添加的典型数据有：

- 目录表。
- 编目时间。
- 题目分类。
- 节目关系。
- 摘要。

在这一步产生了详细的内容描述，也就是关于片段元数据的一部分。

### 4.2.1.2　关于权利的元数据

知识产权（Intellectual Property Rights，IPR）是关于对象元数据的一种特殊类型，它和内容的开发以及内容管理过程有紧密联系。然而，IPR 通常是在内容管理系统之外的独立的版权管理系统中被管理，这是由于内容管理系统还没有覆盖到复杂组织的结构和法律领域。版权管理系统维护着 IPR 体系、合同信息和其他与内容对象有关的法律文档。版权管理系统管理的信息要和内容管理系统中内容对象的信息联系起来。

IPR 描述了特定内容对象的所有权和使用限制。这些权限有可能很复杂，通常需要专业人士的解释。该版权有所有权（作者、作曲者、导演、摄影师等）、演出权（演员、音乐家等）、个人版权和其他很多版权。在使用（重用）作品时要充分考虑版权拥有者的具体权利。因此要妥善保管内容对象的法律文档并及时更新。

除了要考虑所有权、用户限制之外，还要考虑以下版权：

- 地域限制（通常指地理限制）。

- 传输和传播方法(通过电视、电影、广播和网络)。
- 传输和传播时间(先于或后于某一天)。
- 使用期限。
- 用户(传输者)数量。

不仅要注意内容管理系统中和数据有关的某些基本版权,还应该注意在内容对象中享有其他版权的对象内容。然而,因为组织和法律原因,这些只能是象征性的。内容管理系统的用户要从法律部门得到更多有关版权的信息,以便在能用到内容的情况下保证尊重所有的版权。

### 4.2.1.3 数据模型和元数据

数据模型在内容管理系统中非常重要,它们使得关于对象的元数据在数据库系统中得以结构化的表达。本书不涉及对于数据模型的详细讨论,然而在内容管理系统中了解其基本概念和原理是重要的。

数据模型是带有描述数据和操纵它的一组操作的集合的(数学)形式。数据模型已经发展了数年,有很多结构化表示信息的方法。有实体关系模型、网络模型、层级模型、关系模型和面向对象模型。实体关系模型利用实体关系图和概念化的方案自然地对组织进行描述。此时的实体是可标识的对象,它们之间的关系表现在同一模型中的不同实体间的关联上。网络数据模型和实体关系模型相比其所有关系仅限于二进制编码、多对一的关系。在层级模型中实体之间的关系以层级关系来组织。

关系数据模型是面向"值"的。根据关系来定义操作,其结果是产生关系。在关系模型中,操作可以很容易地组合和串联。关系模型中的数学概念是集合理论关系,是关于域列表的笛卡尔乘积的一个子集。

对象在面向对象的模型中是有特定地址的记录。对象可以编入复杂结构并且被定义类别和层级。类型可以有不同特征的子类型。和关系模型相比,面向对象的模型不易组织,这是因为面向对象的模型使用了抽象数据类型,并且不支持对其他操作结果的进一步操作。

评估了表示内容的数据模型的不同的有利方面和不利方面,Stonebraker 提出了建议(图 4.2 所示的分类)。这个分类用数据复杂度和根据特定任务查询适合的数据模型的相似复杂度作为参考。对于结构简单的数据和简单查询,存储在文件系统中的索引文件被认为是适当的。对于简单查询和复杂数据可以采用面向对象的数据模型。根据这个分类,关系数据模型应用于简单数据结构的复杂查询;而在查询和数据都很复杂时,要应用对象关系数据模型。后者是针对内容的,其结构相对复杂,因为工作流的量很大和需要支持的用例众多,其检索也相对复杂。

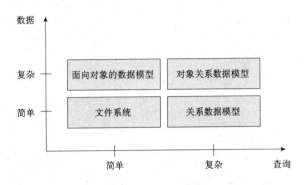

**图 4.2　Stonebraker 建议的数据模型分类**

　　然而,除了要选择适合的数据模型和相应的数据库系统,还应考虑其他重要条件,例如,现有的数据库可能需要扩展或者要集成到内容管理系统中去。另外还应考虑现有组织中的专家经验,其中最重要的是备选数据模型方案要能够获取所有相关数据和程序。因此,开发内容管理系统的组织应该考虑到全面的特征、用例、工作流和过程,从而获取相关的元素和属性。另外,实体以及过程之间的关系和链接也应考虑在内。完成这些工作之后(考虑所有的相关实体和关系之后)才可以开发适合的数据模型。

　　内容管理系统具体的数据模型的核心是具有所有相关特性的内容对象、任务、工作流以及表征实体。数据模型要考虑所有相关对象的元数据。内容对象之间的不同关系和可能出现的互操作都表现在数据模型中。另外,具体组织的工作流步骤和不同用户的角色也应该反映在数据模型中。图 4.3 展示了将元数据用于加强内容创建阶段工作流的例子,它可以用于开发这个方面的数据模型。

## 4.2.2　关于片段的元数据

　　除了描述对象的元数据,还有描述片段(传统的由时码控制或者由区域参数控制的片断)的元数据。片断描述的优点在于对内容对象进行深度编目的自由度和灵活性很高,它可以对重大事件的详细描述进行编目。另外,它能够支持对于内容对象具体部分的检索,并且能够定位到具体部分。

　　片段能够表示内容对象的不同逻辑部分。片段可以是根据空间的或者是根据时间的,前者是指内容对象的具体区域或者(如 MPEG - 4 中一样)内容对象的某个具体对象;后者则指时间片段由对象 ID 和开始以及结束时码(或者开始时码和片段时间长度)为标识。媒体对象的时码以时间线为参考。图 4.4 表示了应用时间线的时间片段。

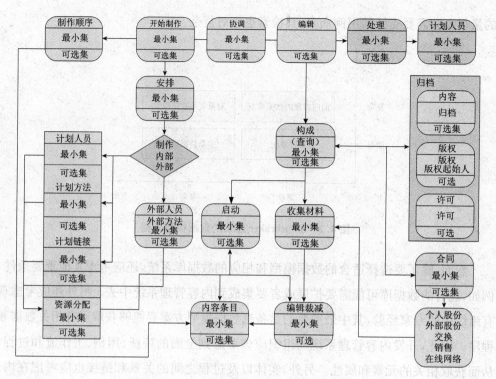

**图 4.3　内容创建的不同阶段**

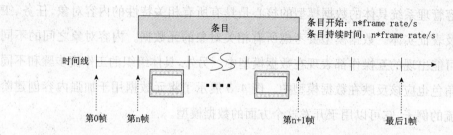

**图 4.4　应用时间线的连续媒体对象时间片断**

　　时间线可以是片段相关的逻辑构造。素材的物理时间线要联系到文档程序逻辑时间线上。标识任何副本上的具体片段的能力要独立于素材的存储格式以及内容的集成和组合之外。

　　利用时码进行内容的逻辑分解通常在日志页面进行，它给出了内容条目的图像描述。时码用来定位内容对象时间线上的特定事件。它以自由文本方式或者分类文档和词典方式来详细描述。

　　添加面向时间注解的有效概念是分层结构。分层结构以在界定整个媒体对象的各个部分分段处添加锚点的方式，来利用媒体对象的时间、空间本质特征，锚点处可以链接到详细的描述。例如，时间层结构应用时间参数（和各自的时间线有关）来指向音频或者视频对象的某个具体部分。然而,和传统的日志记录相反的是每个层可以有具体的主题和描述主旨。单个的描述可以集中在特定概念上,如图像描述、关键字、相似标题文本、出场人物等。每个层都可以根据与层的片段相关的时码来独立分段,这些片断不需要和媒体对象的其他片段或结构(如拍摄结构)相互关联。利用自动分析和特征提取工具,自动检索到的信息可以关联到以时码作为层限定的特定的层,这样就补充了以手动进行的文档编目。因此,利用文档分层法,专家们可以和自动生成的文档联合操作。

在连续媒体中,片段描述和与时间无关的文本信息以及与时间有关的视听信息相联系。一些多媒体内容管理系统联合应用视听信息和文本信息在情节串联图板中产生基于片段的文档。此时,关键帧、层的描述和时码联合产生图像内容的纵览,同时也连接到预览视频的一个副本。这种技术综合了不同媒体类型生成媒体对象的真正多媒体描述。

图 4.5 给出了层结构文档的例子。如关键字、相似标题文本、版权和图像内容描述等元数据,在不同层级被描述,每一层级有完全不同的时间线,只需保证有共同的参考点(即开始点)即可。

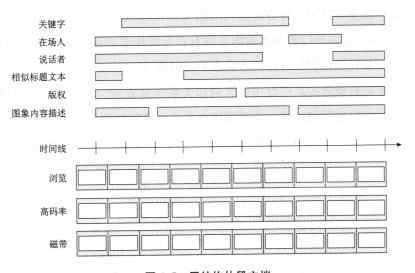

**图 4.5　层结构片段文档**

在检索过程中,联合的层有时要准确地标识出用户感兴趣的片段。例如,当要查找在特定地点某人在另外一个人在场时所做的发言,用户则可以查找"在场人"的层中参与者的姓名,查找"相关主题"层中引用的原文,查找"地点"层中具体的位置。联合输出的结果将准确指向需要的片段。

同样的方法可以应用于空间层结构。此时图像被分为不同的部分,然后单独描述,这些部分可以是对象或者只是媒体对象的某个区域。

编目和检索上的花费在很大程度上有赖于具体组织中对内容文档采取的策略。如果在文档组织上付出的努力能够让用户更快地找到需要的内容条目或者片段(或者查找全部),那么就可以提高文档的重用性。

### 4.2.3　逻辑内容结构和内容层级

内容对象通常和其他对象以及其他层级的部分有联系,如节目集和节目系列。所以除了表示具体内容对象的元数据以外,这种结构和层级也要反映在内容管理系统中。可以定义以下的层级结构:

- 镜头(如传输中的帧序列)。
- 节目条目(组成大单元的单个实体,如新闻故事、采访、演出等)。
- 节目(由逻辑相关的节目条目组成的节目块,构成相同传输或节目时间表实体)。
- 节目集(相同生产的节目组,如电视剧)。

镜头由片段描述,节目条目由相关对象的元数据充分描述,然而节目和节目集需要单独考虑。描述节目的一种方法是利用相关条目的链接和相互关系。但是这样还不够充分,因为有关内容收集的元数据并没有在层级中表示出单个条目的特征,因此在很多情况下节目要以它们自己的方式表示成对象。

层级中不同对象的关系可以用层级树和关系图来表示。图 4.6 的层级树用于表示节目条目和节目的层级关系。关系图用来表示更松散的关系,如关于某个事件或者主题的新闻故事组。从图中可以看到,根据不同的内容结构和组织,对象层级可以有多于两到三层。

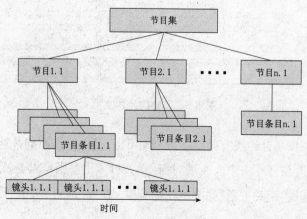

**图 4.6　层级树**

开发这些层级关系可以定位检索到层级的具体某一级。例如，如果用户要检索整个节目，但是起始的检索结果是关于节目条目的，那么可以利用层级关系来找到所需结果的对象或者片段。

## 4.2.4 对象引用

对象引用在内容管理系统中有重要地位，因为它们明确标识了内容对象。它们是元数据的一部分，但是将元数据与素材联系起来。除了将内容对象作为一个实体进行标识以外，它们也能够引用到不同的内容组件（如素材对象），将内容对象的不同表示链接起来。另外，它们还可以用于链接相关的内容对象。为了实现内容交换，这些引用要基于特定的标识。它们至少应该在组织中能被单独标识，在组织间也应该能够单独标识。此时就需要全局的、唯一或者注册的标识符。

区别系统内部标识符（如数据库密码）和内容对象的标识符是很重要的。前者只能标识具体系统中的对象，这在内容管理情况下是不够的，因为同一个内容对象在不同系统中会有不同的表示，每个系统注重于不同方面（如财务、知识产权、节目信息等）。由于对象引用表示对象不仅仅是一个具体的实例化，因此它们有更加广泛的应用。

除了特别标识内容对象之外，标识符可以包含关于内容对象来源的附加信息，其所有权、起始信息、注册团体等将被编码在标识符中，并有各种方案可供选择，以下列出一些：

- 对象特性标识符，是本地组织内部的特性唯一标识引用。对象特性标识符的概念也可以用于简化遗留系统到内容管理系统的集成。这些标识符不能在定义范围以外通信和使用。

- 唯一资料标识符（Unique Material Identifier，UMID），是为了标识素材条目而提出的。UMID 由 SMPTE 定义标准化，其格式允许纯粹基于本地信息自动生成全局唯一标识符。即在该领域记录时就生成 UMID。标识的粒度（同一 UMID 标识了多少视频帧和音频抽样）一方面有赖于预期使用，另一方面有赖于媒体存储元数据的能力。UMID 也标识素材条目和节目条目以及相关素材之间的关系。

- 唯一节目标识符（Unique Program Identifier，UPID），是为了传统的节目条目和相关版权的声明而提出的。UPID 有法律意义，因此最好选择正式的、注册的标识符。例如，在国际标准视听数字注册机构注册的国际标准视听数字（International Standard Audiovisual Number，ISAN），就长时间拥有唯一标识符。在该过程中附加信息集合(如有关注册组织的)也被注册机构记录下来。

其他的参考程序是处理具体方面的问题的,特别是有关时间的,这对注册时间、创作、生产和传输事件是很重要的。例如,和时间相关的参考有:

- 时间参考,是一般的结构化时间戳,它用来表示内容对象和真实世界或者媒体流的协调时间之间的关系。

- 真实世界时间表述,是需要同步元数据和基于实时事件的素材条目所必需的。例如,当一些素材版本被单独获取的时候,它们能够通过和初始信息相关的获取时间日志而进行同步。因此,特别版本的索引可以利用真实世界时间表示,自动传播到其他所有版本。适合表征真实世界时间的格式,有关于参考时间或者地理时间的时间单元计数的格式或者是日期时间格式。前者通常由计算机操作系统实现,因为其支持时间跨度的简单计算;后者是人们可以阅读的时间和日期格式。

- 媒体流时间,是以开始时间(第一帧)为参考点的具体内容对象为参考的相关时间。在得出的时间线中,事件可以以图示形式给出,例如关于时间的内容逻辑描述、时间片段或者组成元数据。如果 UMID 没有联系到帧,那么媒体流时间在条目中标识剪辑(如为了片段文档)的作用是很重要的。媒体流时间可以被表示为标准 SMPTE 时码或者帧单元或者样本单元的位移和持续时间。由于时间计算的基础和设备的内部时钟有关,所以,以上两种都不是真正有效时间的表示。这里还没有考虑设备的偏差。如果素材版本没有在有效时间控制下生成,那么描绘同一节目的不同素材版本的时间线是复杂的问题。例如,如果一个素材版在播出中被记录,它的延续时间有可能和来源节目的时间不同,因为会有商业插入时间和淡入淡出时间等等。

有很多其他的对象引用内容对象的内部标识符。在内容管理系统中很重要的还有媒体定位器,它用来标识给定的条目(素材或者元数据)的位置。在基于 IT 的系统中,它们可以根据 W3C 的定义表示为统一资源定位符(Uniform Resource Locators,URL)。当引用到传统媒体时,物理地址必须根据统一语义赋予。在诸如内容管理系统这样的复杂系统中,推荐执行适宜的定位服务,这些服务应能跟踪内容对象从一个地址到另一个地址的移动。

## 4.3　获取和交换元数据

元数据的作用是使得内容可访问、易于查找和可以交换。尽管在某些情况下,元数据包含的很多信息可以独立存在,但总的来说,它是用来支持交互功能和实际媒体或者素材的处理过程的。因此,元数据的综合查找、检索和交换对内容管理系统中的交互作用很重要。

### 4.3.1　元数据的检索和查询

内容管理系统要提供特别的查找功能,以便能够获取与内容管理系统进行互操作的不同数据库和信息系统的信息。大多数用户不能熟练使用数据库也不熟悉数据模型或者内容在数据库中的表达。另一方面,对于专业用户,如存储人员和媒介管理者,他们使用原始的数据库查询能最快得到结果。因此,系统应提供不同的查询元数据的方法。以下介绍几种查询方式:

- 全文检索,支持以自然语言检索系统。查找通常经过索引后的文件(有时候是结构化文件)或者使用 DBMS 的全文检索功能进行。
- 检索标签,构成了根据内容进行检索的结构,如根据名称、地点、日期等。这些概念在不同的数据库中标出了相应的属性。如果元数据存储在结构化文档中,标识过的元素也在查找范围内。
- 检索片段,只在片段描述中进行查找。如果使用了分层的文档模型,也可以限制在表示具体层的概念中查找(如出现的人物和地点)。
- 本地检索,是直接应用于本地数据库的查找,考虑了数据模型、检索语言、数据库的具体限制和功能。

从很多数据库和信息系统中检索数据的操作是普遍的,所以需要支持联合查找和确定结果。如果内容对象归档在多重系统中,那么结果的确定通过 ID 匹配来进行。结果显示给用户的方式有赖于用户的角色和应用的角色。数据库和全文检索引擎可以用其本地接口进行检索。利用 XML 消息传递来转换信息是另一种取得该类信息的可行办法。

### 4.3.2　元数据的交换

除了直接存取之外,元数据可以在组织内部或者组织之间进行交换。元数据在组织中被交换以支持媒体制作和其他商业过程的工作流。在系统集成的更高级阶段,这种元数据交换会随着数据库和信息系统通过各种应用程序的直接存取而渐渐失去意义。商业对商业的元数据交换出现于相互合作的组织间和媒体的销售中。此时元数据以商家间的传递、接收和交互操作来实现交换。根据对参数数据模型和信息系统的应用，在元数据交换之上，使用标准数据模型、元数据字典、交换协议等是可行的。图4.7展示了组织间交换元数据的步骤。为了交换元数据，需要对其在无参数数据模型中进行编码。然而，一般的数据模型不能保证交换的元数据在两边都有相同的翻译元素和翻译值。这可以由参考标准或者参考一个由相关概念、元素及其属性和值的共同字典来保证。为了传输，元数据需要进行序列化并使用标准传输协议和封装格式进行编码。

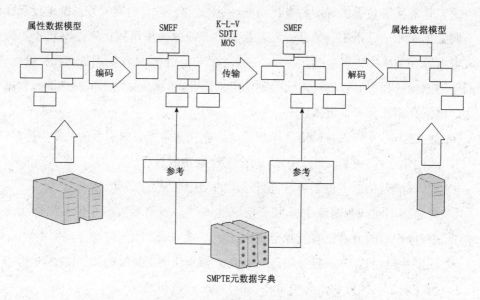

**图 4.7　组织间元数据交换**

在该领域中，对用户层面的元数据刚刚被考虑到，它提供媒体在传递和接收时的附加信息（如在数字广播中），此时元数据的应用也支持有限的互操作。

## 4.4　元数据描述方案

为了描述内容对象，有必要考虑它的用途以及结构和内容参数。客观综合地描述包含所有特征并支持所有富内容组织的（如公司级的数据模型）工作流，似乎并不可能实现。有很多类似的这样综合描述方案的定义，但是没有一个能够完全满足所有不同组织和用户对于内容处理的要求。

这些描述方案和数据模型是分析工作流和针对具体组织设计数据模型和方案的很好的参考。另外,它们还可以被用于支持系统和组织之间的内容交换,例如它们使得素材和描述型元数据(如图 4.7)易于交换。接下来的内容要回顾一下目前最重要的描述方案和数据模型,以便总揽一下所提出的不同元数据模型。它们在具体系统、项目和工作流中的关系则需要单独考虑。

## 4.4.1 SMEF 和 P/META

标准媒体交换框架(Standard Media Exchange Framework,SMEF)由英国广播公司(British Broadcasting Corporation,BBC)媒体数据组开发。SMEF 最初被认为是 BBC 的数据模型,但是后来发展成为交换模型。因此它并不代表整个 BBC 标准数据模型的应用,而是要捕捉所有相关实体、工作流和 BBC 中处理程序的参考模型。SMEF 覆盖了整个内容生命周期,包括媒体制作和所有处理广播媒体的过程。具体来说,有以下部分:

- 计划、蓝图和委托。
- 内容创作。
- 宣传和节目日程列表。
- 播出和传送。
- 媒体管理和存储。

尽管 SMEF 并不致力于提供所需要的详细内容,但它有可能是目前广播电台中最广泛地系统化考虑所有内容生成和管理各个方面的数据模型。SMEF 是正在实行的项目,考虑了 BBC 中项目的输入和 BBC 以外的其他相关组织的项目输入。SMEF 中的定义是组织独立的,因此它适合应用于任何内容丰富的组织。SMEF 覆盖所有的新型或者现有系统的基本信息要求,因此,SMEF 提供以内容为中心的数据定义的初始集合。

P/META 是欧洲广播联盟(European Broadcasting Union,EBU)PMC 项目,它便于节目资料元数据的交换。该组织的目标是发展 EBU 标准交换数据模型(称为欧洲 SMEF)。BBC 的 SMEF 数据模型支持核心信息结构,欧洲 SMEF 也考虑要为欧洲其他国家作出贡献。该工作组也考虑了其他标准化组织的活动,特别是 SMPTE(UMID,元数据字典)、EU INDECES 和 DOI 基金会。

### 4.4.1.1 SMEF 基础

SMEF 数据模型的核心元素是由元数据描述的媒体对象。元数据不仅结合了描述素材参数的数据和相关特征,还结合了素材在节目中的使用(例如通过节目表作为服务输出的一部分)以及管理它们的组织实体。

数据模型被称作实体,定义为组织所拥有的信息。一个实体可以连接一个或者更多的属性。它们描述属于实体的参数键用来区别于单个实体。每个实体和它的子类型用一个唯一键加以区别。

关系表示了实体间的相互关联。因此 SMEF 把实体关系概念当作公式来描述与内容相关的信息和过程。在 SMEF 数据模型中的关系起源于商业过程模型的商业规则定义。SMEF 旨在综合覆盖所有的播出组织与内容有关的商业过程。它是用实体关系图来模拟实体之间的相互关系。

不同实体的属性值通常是动态的(例如数据由于用户操作的变换和删除)。然而,参考数据也可以用在 SMEF 中。参考数据是预先定义好的值和编码,如 ISO 国家码,可以应用在 SMEF 客户端系统。参考数据补充了动态数据。

### 4.4.1.2 SMEF 实体结构

SMEF 中的实体是信息单元,来源于管理和内容处理相关的概念。建立对象模型和处理过程的所有主要的概念,都由 SMEF 中具体的实体列表获得。如果发现实体的缺失,新的实体将要被加入到以后的版本中。实际信息以属性方式表示,支持一个具体的实体。每个实体有独立的属性集合。实体可以有子类型以区别于超级类型。

数据模型的核心是由 EDITORIAL_OBJECT_VERSION 描述的可编辑对象。版本的概念是 EDITORIAL_OBJECT_VERSION 实体的本质部分。例如,同一节目的版本可以预分或者后分成不同版本。可编辑对象定义了 16 个属性,包括特性标识符、标题和副标题、制作时间和制作日期、长度、纲要等。EDITORIAL_OBJECT_VERSION 的子类型包括 PROGRAMME_OBJECT_VERSION(为了表示节目可以是一个传输单元)、MUSIC_SPEECH_SOUND_ITEM_OBJECT 和 OTHER_ITEM_OBJECT。与 EDITORIAL_OBJECT_VERSION 关系很近的实体是 EDITORIAL_OBJECT_VERSION_WORK,它含有整个可编辑对象的制作和开发过程。EDITORIAL_OBJECT_VERSION_INSTANCE 表示为可编辑对象所做的持续或暂时的工作过程,例如一个副本记录的产生。表 4.1 展示了与可编辑对象概念有关的不同实体、它们的属性和可能的子类型。

**表 4.1 可编辑对象实体**

| 实体 | 属性列表 | 子类型 |
|---|---|---|
| EDITORIAL _ OBJECT _ VER-SION | EOV_ID | ITEM_VERSION |
| | EOV_Billing_Desc | |
| | EOV_Colour_Indicator | |
| | EOV_Creation_Date | MUSIC_SPEECH_SOUND_ITEM _OBJECT |
| | EOV_Duration | |
| | EOV_End_of_Speech_Duration | |
| | EOV_In_Credit_Seq_Desc | OTHER_ITEM_OBJECT |
| | EOV_NCS_Slug_Name | |
| | EOV_NCS_Slug_Type | |
| | EOV_Out_Credit_Seq_Desc | PROGRAMME _ OBJECT _ VER-SION |
| | EOV_Sub_Title | |
| | EOV_Suspended_Date | |
| | EOV_Synopsis_Desc | |
| | EOV_Title | |
| | EOV_Transmittable_Ind | |
| | EOV_Working_Title | |
| EDITORIAL _ OBJECT _ VER-SION_INSTANCE | EOI_ID | |
| | EOI_Creation_Date | |
| | EOI_Creation_Reason_Desc | |
| | EOI_Technical_Acceptance_Ind | |
| EDITORIAL _ OBJECT _ VER-SION_WORK | EOW_ID | |
| | EOW_Creation_Date | |
| | EOW_Creation_Time | |
| | EOW_Desc | |
| | EOW_Editorial_Acceptance_Ind | |
| | EOW_Last_Update_Date | |
| | EOW_Last_Update_Time | |
| | EOW_Name | |
| | EOW_Production_Number | |
| EDITORIAL _ OBJECT _ VER-SION_REASON | EVR_Name | |
| | EVR_Description | |

  内容对象之间的联系在内容工作流中是很重要的。在 SMEF 中定义了三种重要的关系或者说关系组（表现了 SMEF 所考虑的三种概念）。SMEF 数据模型中的可编

辑对象可以是表示层级关系的关系组的一部分(例如由节目所组成的系列),这些由 EDITORIAL_OBJECT_GROUP 实体表示。SMEF 中考虑的另一种关系组是如 CD 和记录一样的内容收集。ACQUISITION_BLOCK 实体就是由这样的组定义的。EDITORIAL_OBJECT_ACQUISITION 用来连接两个可编辑对象(如播放列表)。

SMEF 数据模型中第二种重要的与内容对象有关的实体是 MEDIA_OBJECT。它包含一个单独媒体对象普通的和可编辑的元数据,单独媒体对象如音频剪辑、视频片段、文本、图片或者静态元素。因此 SMEF 中的媒体对象可以被认为是基本内容元素。MEDIA_OBJECT 实体有九个属性,大部分和时间、日期概念(如开始日期和时间、捕获开始日期和时间、制作日期和时间)、题目、编辑描述有关。MEDIA_OBJECT 的子类型有 AUDIO_CLIP、DATA(如标题、网页、文本、电子文本数据)、GRAPHIC、SHOT 和 STILL。媒体对象被编组(以 MEDIA_OBJECT_GROUP 为代表)。例如可以用于对事件编组,如足球场上的同一事件的多个镜头。可行的媒体目标类型有动作、传感器、预测和声音。此时这些组不产生层级而产生一个与媒体对象相关的依托才是重要的。

MEDIA_OBJECT 是一个逻辑化的或者可以编辑的内容对象的视图。对象的物理副本(如实际素材)由 UNIQUE_MATERIAL_INSTANCE 实体来表示。它有四个属性(UMID、压缩率、制作时间和制作日期)和三个子类型(DATA_INSTANCE、AUDIO_CLIP_INSTANCE 和 PICTURE_INSTANCE)。SMEF 还定义了与材料或者素材有关的元数据,如编码标准(图像、音频编码标准、压缩方案等),可以用于内容对象素材部分的归档。

这三种实体表示概念紧密相关,要联合使用来表示一个内容对象。它们相关的例子有:EDITORIAL_OBJECT_VERSION 中复用 MEDIA_OBJECT。此时原始 UNIQUE_MATERIAL_INSTANCE 的一个副本和 EDITORIAL_OBJECT_VERSION 相关构成一个相关的模型。

除了处理内容对象之外,所有的处理、归档和管理过程都由 SMEF 捕获。STORAGE 实体和 STORAGE_TYPE 实体描述了素材的物理载体。例如,存储媒体可以是磁带或者其他载体。为了编目和归档,EDITIONAL_DESCRIPTION_SCHEME 实体定义了描述环境。一些 BBC 中使用的描述方案也被 SMEF 采用。因为其他机构也能用 SMEF,所以其他的描述方案也可以在这样的环境下使用。EDITIONAL_DESCRIPTION_TERM 是所有可编辑描述允许模式的参考表。不同的类别被定义成为子类型。例如,一个类型方案同时也是可编辑描述概念的一部分。另外,还有更广范围的实体描述媒体对象的具体方面,例如语言、工作所用的文本、场所、原创音乐、青年分类、故事等。描述模式可以被应用于构成和描述层级。SMEF 也包含处理不同媒体类型（如音乐、静态文本、脚本、软件等）、有关的版权问题和合同问题（如具体的输出途径）的实体。

很多实体被定义用来描述个人和组织在处理内容对象时的不同角色。通用的实体 PERSON 和 ORGANISATIONS 在数据模型中用来表示个人和组织，ROLE 则表示具体人和组织对于内容的具体权利和义务。合同信息也是 SMEF 数据模型的一部分。

播出组织内的不同媒体制作工作流都是由 SMEF 综合发布的，这反映在很多处理与制作有关事务的实体上。例如，委托过程是用 BRIEF、OFFER、COMMIS-SIONED_PROJECT 实体控制的。实际制作过程由在不同步骤中创作的不同版本的可编辑对象和媒体对象来表示。SMEF 也提供媒体文件夹的说明，它可以在制作过程中用来收集材料。另外，数据模型也覆盖了所有与节目时间表和节目传输有关的方面。例如，此时的实体有 DELIVERY_REQUIREMENTS、EMISSION_OUTLET_LOCATOR、CONSUMPTION_LOCATION_TYPE、PUBLICATION_EVENT、PUBLICATION_DEPENDENCIES、TERRITORY、OUTLET（包括 Web）、POPU-LATION_CATEGORY、POPULATION_GROUP。

### 4.4.1.3　SMEF 数据模型

SMEF 数据模型以图表的形式在具体文档中表示。在数据模型图中，实体由矩形框表示，它们之间的连线表示关系。同时它们之间的连线也表现出关系的类型和是否可操作或可命令。图 4.8 所示为版本 1.6 的 SMEF 数据模型的扩展，它表示了一个合同协商过程。

实线所表示的关系作为更详细地描述实体的标识键。在例子中，CONTRACT 由 CONTRACT_LINE 更详细地描述。线后面的标志是发生次数。内部标识符指明在关系中是否需要存在实体。在例子中，CONTRACT 包含一个或多个 CONTRACT_LINE，而 CONTRACT_LINE 要包含在一个 CONTRACT 中。另外，根据例子，一个 CONTRACT 要由一个 PERSON（能够协调 0 个或者多个合同）协商。RIGHT 要包含于一个 CONTRACT_LINE 中，而 CONTRACT_LINE 可能包含零个或多个 RIGHT。

图 4.9 展示了存在于 EDITORIAL_OBJECT_VERSION、EDITORIAL_OBJECT_GROUP 和 EDITORIAL_OBJECT_GROUP_ASSOCIOTION 中的小型关系提取（来自版本为 1.7 的 SMEF 数据模型）。另外还展示了 PROGRAMME_OB-

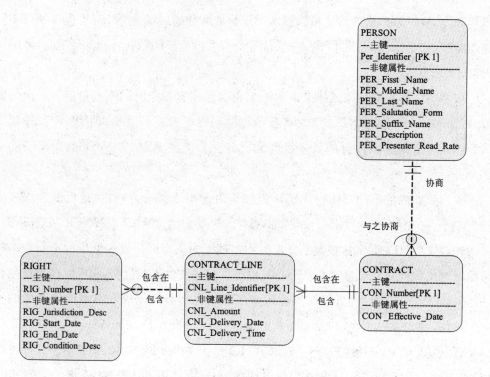

图 4.8　SMEF 数据模型中的合同协商

JECT_VERSION 和 EDITORIAL_OBJECT_ASSOCIATION 的关系。

　　EDITORIAL_OBJECT_GROUP 包含零个或者多个 EDITORIAL_OBJECT_ VERSION，另外 EDITORIAL_OBJECT_VERSION 可以链接到零个或者更多个 EDITORIAL_OBJECT_ASSOCIASION。

　　EDITORIAL_OBJECT_GROUP_ASSOCIASION 是一个实体，它允许可编辑对象编组，并使得这些组成为其他组的一部分，因此就形成了组的层级。每一个对象组的关联可以包括一个或者更多可编辑组或者单个的可编辑对象。EDITORIAL_ OBJECT_GROUP_ASSOCIASION 必须链接自一个 EDITORIAL_OBJECT_ GROUP，并为一个 EDITORIAL_OBJECT_GROUP 或者一个 EDTORIAL_ OBJECT_VERSION 提供链接。因此，根据 SMEF 模型的例子，表示内容对象的可编辑对象是可编辑对象组或者可编辑对象组关联的一部分。可编辑对象可以参考可编辑对象关联，如 EDL。而且，可编辑对象和节目对象版本以及项目版本相链接，因此这个例子表现了 SMEF 中的可编辑对象的背景。

　　以所有的实体及其相互关系来全面地考虑 SMEF 的数据模型不在本书要讨论的范围之内，它是由 SMEF 定义文档来完成的。这个模型考虑了所有相关的工作流和 BBC 媒体数据组所规定的相互关系，以及 BBC 的项目和其他扩展模式。整个数据模型和所

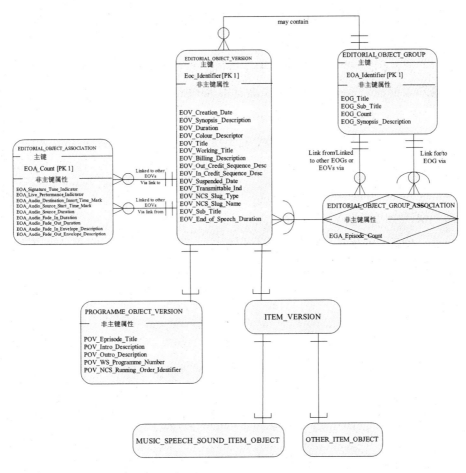

图 4.9 来自于 SMEF 数据模型的 EDITORIAL_OBJECT_VERSION 例子

有相关关系都在定义文档中有所描述。因为涉及范围广泛,所以 SMEF 中用分开的多个表来说明实体之间的关系。例如,这些图表有关于可编辑实体和媒体对象相关实体之间的关系、合同和角色实体之间的关系、所有与输出相关的实体及其关系等。

## 4.4.2 MPEG－7

MPEG－7 是一个由 ISO/IEC 活动图像专家组(Moving Picture Expert Group,MPEG)建立的标准。与其他 MPEG 标准(MPEG－1、MPEG－2、MPEG－4)不同的是,MPEG－7 不是关于内容的视听部分的编码,而是定义了一个多媒体内容描述接口。MPEG－7 的目标是提供一个广泛应用的标准,但并没有规定应用的领域和内容的类型。MPEG－7 定义的元数据应用在不同层面,并且定义了低层和高层的特性。MPEG－7 定义的高层特性包括标题、摘要、事件和使用历史记录等元数据,而低层特性包括配色方案、编码和区域运动轨道等概念。基于 MPEG－7 的描述应该能够独立使用,能够包含复杂的素材,以及与一个或者更多素材版本的联系。MPEG-7的描述处理媒体或载体或素材编码格式中独立的内容对象。

MPEG-7中的一个重要角色是表示接口的工具集,以支持用户对内容的描述和自动系统对素材和媒体的处理。这些工具由 MPEG-7 的三个主要元素组成:描述符、描述方案和描述定义语言(Description Definition Language,DDL)。描述符定义了 MPEG-7 中视听特征表示的语义和句法。在此基础上,描述方案指定了描述这些组件间关系的语义和句法,并且支持多媒体内容的模型化和描述。DDL 定义了MPEG-7 相应的描述工具使用的描述语义,它指定了在 MPEG-7 的描述符和描述方案增强模式中应用的 XML 方案。

内容对象自身的描述以树形结构分层组织。在这个描述树中,节点代表描述信息,而链接表示节点间包含的关系。

如图 4.10 所示,MPEG-7 标准由八个部分组成,它们反映出 MPEG-7 的主要功能。

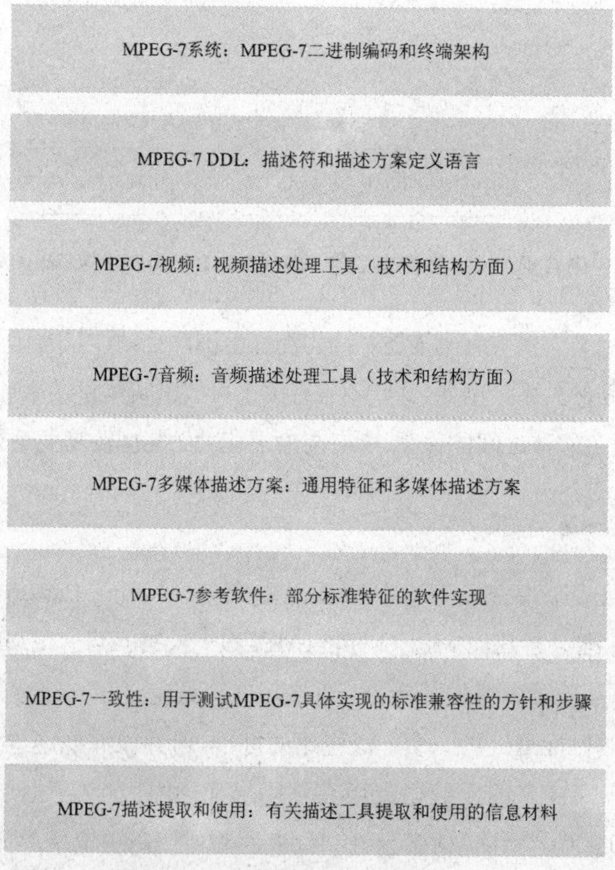

MPEG-7系统:MPEG-7二进制编码和终端架构

MPEG-7 DDL:描述符和描述方案定义语言

MPEG-7视频:视频描述处理工具(技术和结构方面)

MPEG-7音频:音频描述处理工具(技术和结构方面)

MPEG-7多媒体描述方案:通用特征和多媒体描述方案

MPEG-7参考软件:部分标准特征的软件实现

MPEG-7一致性:用于测试MPEG-7具体实现的标准兼容性的方针和步骤

MPEG-7描述提取和使用:有关描述工具提取和使用的信息材料

**图 4.10 MPEG-7 标准的组成部分**

#### 4.4.2.1　MPEG-7 系统

MPEG-7 系统部分定义了编译和处理 MPEG-7 描述的工具,它考虑了有效的传输和存储(以二进制格式)。它还定义了终端结构和标准接口。MPEG-7 中的终端是一个使用 MPEG-7 描述的实体,它可以独立使用或者作为应用系统的一部分。

另外,MPEG-7 系统部分处理描述方案以及二进制或动态描述的表示语言。它用所谓的访问单元(Access Unit,AU)指定了不断增加的描述的传递。AU 和命令结构相似,封装了 MPEG-7 描述(如部分描述树)。MPEG-7 的二进制格式(Binary Format for MPEG-7,BiM)定义为支持内容描述的压缩和流操作,它可以被 MPEG-7 工具直接解析或者转译,或者可以被标识在 DDL 文本描述图中(存在于 BiM 和 DDL 文本描述之间的双向图)。因此,MPEG-7 的描述也可以是人们可阅读的形式。

#### 4.4.2.2　MPEG-7 数据描述语言

MPEG-7 数据描述语言(Data Description Language,DDL)提供了 MPEG-7 文档内容和结构定义的语言。描述符和描述方案必须遵守由 MPEG-7 DDL 定义的句法、结构和值域。为了能够满足个人应用的具体需求,现有的描述方案可以按照语法规则进一步联合、扩展和优化。另外,还应该能够表示描述符和描述方案的关系(结构、空间、时间、时空、概念和继承等关系)。

MPEG-7 DDL 是基于由 MPEG-7 规范扩展而增强的 XML 方案语言。这些扩展可以容纳视听内容描述的具体要求。MPEG-7 DDL 可以被分为以下三个组件:

- XML 方案结构化语言组件,它包含命名空间(指定全局唯一名)、封装定义和描述的方案封套、元素描述(指定类型定义、缺省信息和方案元素的出现频率)、属性描述(支持属性定义)和类型定义(定义内部方案组件)。
- XML 方案数据类型语言组件,它包括植入的基本数据类型(如字符串、布尔、数字、浮点型等)和植入的推导数据类型(从基本类型推导而来的数据类型集合)。
- MPEG-7 的特殊扩展,如数组和矩阵数据类型,以及植入推导数据类型的基本时间点和基本持续时间(基于 ISO 8601)。

#### 4.4.2.3　MPEG-7 视频和音频部分

MPEG-7 视频和音频部分是处理关于视频和音频描述的技术和结构问题的工具。视频描述符被定义为用低级描述符来优化图片或者视频对象的标识和分类,其目的是利用这些信息使得可视化对象可以被编组和分类。基于这些描述符的检索和过滤操作要能够进行带有参数的图片和视频的检索。此时需要注意的是,检索和查找不需要基于文本查询,而是可以应用实例机制的检索(例如,"给出所有含有某个对象的图片"或者"给出具有相似文本域的图片")。MPEG－7 描述符包括:

- 色彩描述符:描述颜色分布、空间输出和色彩结构。
- 文本描述符:描述可视化模式,如均匀性、混色和饱和度。
- 图形描述符:描述可视化对象的形状(基于区域和轮廓描述符)。
- 运动描述符:描绘视频对象中的运动,如镜头移动和对象移动。
- 表面描述符:描述应用的具体表面特征,如人脸识别(基于描述所有可能的表面向量的 48 个基本向量)。

MPEG－7 的音频部分指定了低级特征,也包括高级描述工具。音频工具要被用于应用程序中,如干扰检索、口语内容检索和对音频编辑的支持。

一般的低级工具可以用于任何音频信号,它是音频描述框架的一部分,由分布序列、低级描述符(Low-Level Descriptor, LLD)和规范静音部分组成。表 4.2 给出了 17 种时间和空间音频描述符以及其分组情况。LLD 全面定义了两个子类型:音频 LLD 梯状类型(为单值描述符,如波形量)和音频 LLD 向量类型(为多值描述符,如频谱信息)。

**表 4.2　基本音频描述符**

| 分组 | 描述符 | 描述 |
|---|---|---|
| 基本描述符 | AudioWaveformType<br>AudioPowerType | 描述短暂的强波。 |
| 基本频谱描述符 | AudioSpectrumEnvelopeType<br>AudioSpectrumCentroidType<br>AudioSpectrumSpreadType<br>AudioSpectrumFlatnessType | 描述低频强波频谱和频谱特征,包括频谱重心、伸展性、平坦性等。 |
| 基本信号参数描述符 | AudioFundamentalFrequencyType<br>AudioHarmonicityType | 描述基本频率间歇的信号与谐波信号。 |
| 时间音质描述符 | LogAttackTimeType<br>TemporalCentroid | 描述记录敲击时间和有节奏的信号,效果好的声音。 |
| 频谱音质描述符 | HarmonicSpectralCentroid<br>HarmonicSpectralDevination<br>HarmonicSpectralSpread<br>HarmonicSpectralVariation<br>SpectralCentroid | 描述线形频谱空间的具体频谱特征(包括频谱的质心)和信号的谐波部分的频谱特征(包括谐波的质心、偏差、速度以及变化)。 |
| 频谱基本表示描述符 | AudioSpectrumBasisType<br>AudioSpectrumProjectionType | 描述将发射转换为低维空间的参数,用于混音。 |

高级描述符建立于标准基本层之上,它们为具体应用而定义(如优化检索操作)。声音的标识和索引工具用来索引和分类声音和声音效果,它包括声音类的分类系统和指定声音识别器的工具。口语内容工具并不直接产生简单的文本转换脚本,而是基于每个说话者声音流中的连接词和语调。该工具的目标是支持音频流和注解的口语内容的索引和检索。另外,还有对音乐乐器的描述工具(描述相关的洪亮程度和音色)以及旋律的描述工具。

### 4.4.2.4　MPEG-7多媒体描述方案工具

MPEG-7多媒体描述方案(Multimedia Description Scheme,MDS)工具是关于不同水平的内容描述,它们由一般描述工具和多媒体描述工具组成,覆盖了向量和时间参数,以及文本描述和可以被广泛应用于描述内容的控制词语。多媒体描述工具应用于描述一个以上的媒体,因此也更加复杂。图4.11给出了MPEG-7 MDS的总览和这一部分标准的结构。MDS的主要组件有基本元素、内容描述、内容管理、内容导航和访问以及用户交互部分。

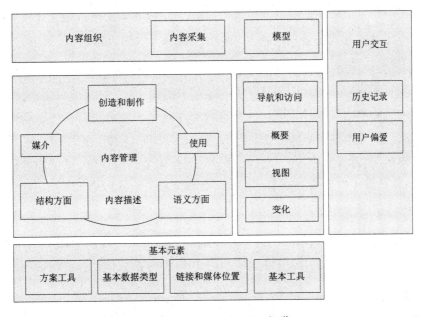

**图4.11　MPEG-7 MDS概览**

基本元素(方案工具、基本数据类型、链接和媒体位置以及基本工具)应用于整个MPEG-7描述方案(Description Scheme,DS)。内容描述组件描述了内容对象的结构和语义,前者包括区域、视频帧和音频片段,它用于描述作为内容对象一部分的片段。这些片段由空间、时间或者时空边界控制。片段描述方案可以是顺序组织的也可以是层级组织的,后者例如编制一个内容表。结构特征可以由 MPEG - 7 音频和视频描述符和文本注解来描述。

MPEG - 7 MDS 的语义方面包括对象描述、事件、关系和抽象概念。它们考虑描述内容对象的实际语义和概念介绍。内容对象被认为是自然叙述性的,因此,MPEG - 7 支持用语义描述的包含在一段内容中的叙述性的类别。语义抽象模型被定义用来描述抽象概念和抽象量。抽象量有两种类型:媒体抽象量(如描述独立于媒体的事件)和正式抽象量(如描述具有地址和可变具体事件的模式)。MPEG - 7 语义描述方案描述的语义实体与叙述性类别直接相关。它们包括了对象的描述(利用对象 DS 和代理对象 DS)、事件描述(使用事件 DS)、概念描述(使用概念 DS)、状态描述(使用语义状态 DS)、位置描述(使用语义位置 DS)和时间描述(利用语义时间 DS)。语义基础定义了这些语义实体的基本类型。需要说明的是,一些语义描述符和实际事件是不一致的。例如,对一个影片的记述可能设置在伦敦(语义位置),在 17 世纪(语义时间),但实际上影片是 2002 年(实际制作时间)在好莱坞(制作地点)拍摄的。语义属性可以使用标签和文本来描述内容。另外,它还考虑内容对象或者片段的参数和特征。语义属性工具也可以描述抽象层面以及时间和空间的语义度量。语义关系可以用标准的或者不标准的方式来表示。例如,标准的表示有代理、被代理、注解、被注解、用户、从属用户等。结构化和语义的描述也可以用一个支持基于结构和语义同时描述内容的连接集合来表示。

对于内容管理的目的,MPEG - 7 定义了一个扩展描述符集合。内容制作信息包括属性,如标题、文本注解(包括制作信息、制作地点和日期)。另外,分类信息(由风格、主题、目的、语言等组成)、回顾和指导信息以及相关材料信息(描述和其他材料的相互连接)也是制作信息的一部分。使用信息包括使用记录(如播出、根据需求传递和 CD 销售等)和财务描述(与制作成本以及收入有关)。权利信息并没有完全包括在内,但是考虑到了存储权利信息的链接和存在的信息模型。媒体描述处理如压缩、编码、存储格式和对管理员的描述(或者原始格式来源)等的媒体信息。所谓的媒体概要描述了内容的副本。

内容的组织表示了大量视听内容对象及其收集组织的分析和修改情况。收集工具描述了对多媒体内容、片段、描述符、概念或者混合内容的收集。其原理是使用内容组织描述符来描述如歌曲唱片的结构。模型工具被分成可能性模型、分析模型和群模型。

内容导航和访问工具要能提供优化发现、浏览、定位可视化的总结和内容的音频印象。导航支持可以是层级的或者是顺序的。视图描述考虑了空间、时间和频率方面等信号不同分解方式。它们应该支持内容在不同视图中的表示（例如，对于多分辨率的访问和进一步的检索）。最后，用户交互描述方案处理与内容使用有关的用户偏爱和使用的历史记录。

#### 4.4.2.5　MPEG-7参考工具和关系

MPEG-7定义了低级和高级描述符的扩展集合，同时也考虑了抽象模型、语义实体、属性和关系。因此定义了MPEG-7相关的基本概念列表。它含有183个概念，包括作者、带宽、特征、合同、版权、时效、编辑、图像、语言等。MPEG-7并没有提出任何具体模型或者方案，而是提供了一个描述内容的标准框架。此时需要说明的是，MPEG-7指定了一个并不包含数据库模型和描述字典的内容描述接口。尽管MPEG-7有全面的解决方案，仍然存在主要语义、语法、媒体表示、MPEG-7一般应用有关的问题。后者与组织的内部复杂度以及在层级文档结构中描述的需求有关。

MPEG-7的参考软件也是标准的一部分。试验模型（eXperimentation Model，XM）是一个具有MPEG-7描述符、描述方案、编码方案和DDL标准特征的模拟平台。有两种类型的XML应用，即服务器（提取）应用和客户端应用（搜索、过滤和转码）。

MPEG-7一致性和MPEG-7扩展性以及描述部分的应用仍在发展之中。前者将包括概要指导和测试MPEG-7插件一致性的过程，后者将提供摘录和选择使用MPEG-7描述工具的材料信息。

MPEG-7力图概括内容描述的全部方面，它与该领域的其他标准有联系，如EBU/P-Meta、SMPTE元数据字典以及都柏林核心。其他相关的标准还有TVAnyTime和W3C。

### 4.4.3　SMPTE元数据字典

电影与电视工程师学会（Society of Motion Picture and Television Engineers，SMPTE）开发了SMPTE元数据字典作为一个捕获和交换元数据的标准。它强调元数据字典不是一个具体的数据模型、编目协定或者描述方案，而只是提供了一个支持系统定义的元数据标记以及元数据元素的通用标签之间的交互操作的框架。在这个框架中，各种处理元数据的组织可以将现存的方案标识在框架结构中，或者发展适合其各自需求的规定。

SMPTE元数据字典定义了特殊的类，这些类由元数据元素组成，它们有共同的特征和属性。类的组织和类中的结构是层级式的。字典中使用了通用标签概念来标识元数据元素。

元数据字典是一个动态、实时的文档，它支持定义新的输入。SMPTE 扮演注册组织者的角色，即它保证了与字典的一般结构和输入唯一性的兼容，只要输入是已经注册的。描述管理流程的文档（MAP）以及工程概要指导（MEG）进一步扩充了标准。作为一个标准体系，SMPTE 可以进行标准的修改和添加。

### 4.4.3.1　元数据字典结构

元数据字典由许多章节（或者子字典）组成，每个章节又分成不同的类。图 4.12 展示了 SMPTE 元数据字典的类结构。可以定义多达 127 种类来处理与内容有关的不同特征。目前有七种标准的类和三种适用于具体组织、内部和试验用的类。

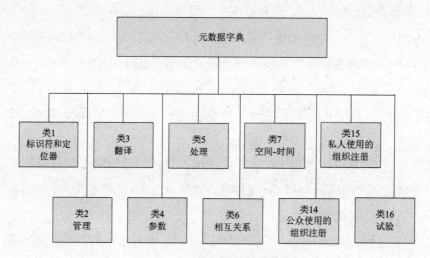

**图 4.12　SMPTE 元数据字典分类**

以下是定义的 7 种标准类：

- 类 1 标识符和定位器，包括与用于描述全部比特流或文件素材的标识信息有关的所有元数据元素。需要特别注意的是，以单个、标准的数字方案进行素材的模糊标识，如用 SMPTE UMID（见 §4.4.3.3）。该类也包括有关元数据元素的标识信息（称为 Meta‑Metadata）。子类有：全局唯一标识符（Global U‑nique Indentifier，GUID）、ISO 标识符、对象标识符、设备标识符、唯一 IPR 标识符、局部定位器和标题等。

- 类 2 管理，包括元数据表示的管理和商业信息，也包括权利信息、使用规则、加密信息和财务信息。其子类有：供应商、权利、财务信息、安全、出版输出、参与团体、播出以及重播统计数据等。

- 类 3 翻译，由描述性信息组成，包括手动的人工生成的描述（如主题和分类），以及由自动素材分析过程检索到的信息。类 3 的信息用于索引、编目、管理查找和内容（或素材）的检索。翻译信息和文本描述（如内容和注解描述、脚本、关键字、分类等）以及低等级技术描述符（如配色方案、文本图、对象形状、表面特征等）共同作用。子类别包括：基本部分（如 ISO 语言编码、长度和时间系统）、描述部分、分类部分、赋值部分以及描述符（及其赋值或计算）。

- 类 4 参数，包括有关镜头、传感器或系统等组成素材和元数据的技术特征的信息，素材和元数据的技术特征也是其中一部分。该类包括制作参数和原始系统设置。子类别有：视频素材编码特征、元数据编码特征、数据素材编码特征、音频素材编码特征、音频测试参数、影片播放特征、基础序列和检测、MPEG 编码特征以及时码特征。

- 类 5 处理，包括描述素材生命周期的处理过程（或者处理结果）。例如，它包括 EDL 参数、所有变化的审计、压缩和解压步骤记录、存储媒体和格式的变化。其子类包括：处理说明、放大器、下载流处理历史记录、调制和增强、音频处理设置以及编辑信息。

- 类 6 相互关系，具体处理对象之间的关系，可以是对象间的关系、任何相连的素材、对象和元数据的关系。其子类包括：一般关系、相关性、素材与素材的关系、元数据与素材的关系、元数据与元数据的关系、对象与对象的关系、元数据与对象的关系以及关系结构。

- 类 7 空间—时间，包括和与内容有关的或与原始镜头、传感器、系统有关的时间、地点、空间方面的元数据。地理空间信息定义了素材的对象、传感器、个体或其他任何组件的绝对或者相对地址。另外，该类也包括时间元素如日期、时码、同步标记、时间关键字和运动矢量参数等。其子类包括：位置和空间矢量、绝对位置、图像位置信息、位移率和方向、抽象定位、具体角度、距离测量、延迟、设置日期和时间、相关时长、绝对时间和日期、操作时间和日期以及权利时间和日期。

还有 3 个类，用来表示在 SMPTE 元数据字典中注册的组织或者试验用的元数据。这些类在字典中与以上 7 种类分开保存和管理。这 3 个类是：

- 类 14 公众使用的组织注册，是为具体组织和个人注册的个体元素定义的。该元数据可以被发布，并且使用元数据字典的任何组织都可以使用它。类 14 是为组织间的个人元数据的交换而设立的，该类元数据的信息放置于元数据字典的某一章节中。它由 SMPTE 注册机构和 SMPTE 管理机构联合管理。

- 类15私人使用的组织注册,包含由具体组织或个人为了内部使用而注册的元数据元素。该元数据元素本身并不是公开的,但是其元数据标签是在元数据字典中注册标识的,因此该类元素就只能让注册的组织来使用。它由SMPTE注册机构和SMPTE管理机构联合管理。
- 类16试验,定义了用于多媒体检索、权限系统的元数据,以及需要新的元数据元素的试验环境。该类元素的定义和使用不需要遵守元数据字典中的定义,该类元数据只能在试验环境和实验室中使用。

### 4.4.3.2 元数据字典元素结构

SMPTE元数据字典定义了属性、集和数据类型的集合体,被称为SMPTE通用标签,以特别标识一个元数据实体。字典定义了属性和属性集合的意义。SMPTE中还注册了(并可以发布)公共标签和属性(类14)。一个条目的标签由两部分16个字节的数值组成,该值独立于语言并且是唯一的,即元数据元素概念的通用表示。前8个字节用于第二个标志进行标引。然后数据元素标记就用来定义元数据元素(或者定义其意义),这样就以层级结构标识出了具体的元数据元素。字典中的元素名称是英文的,另外还使用英文定义了元素所代表的意义,然而这些不能限制字典的通用性。

SMPTE元数据字典指定了作为关于元数据值所需格式信息的元素类型。该定义也给出了元数据元素的边界值,值的长度定义了所允许的字节或者字符长度,它本身是可以变化的。需要重点说明的是,单个数据元素的值可以以不同方式表示,例如文本值可以以ASCII码或者Unicode值来表示。因此,这种表示需要被识别和注册。标签的最后一个值定义了正在使用的表示方式。

元数据字典以节点和叶的形式组成,字典中含有子类的不同类节点定义下一级类节点。节点由没有被赋值的标签来表示。数据元素本身由可以赋值的叶子来表示。

图4.13展示了SMPTE对于一个关键帧集合(06 - 0E - 2B - 34 - 01 - 01 - 01 - 01 - 03 - 02 - 01 - 02 - 06 - 00 - 00 - 00)的通用标签的例子。前八位作为SMPTE元数据字典通用标签的标识顺序。这8个字节对元数据字典中的所有条目都是唯一的。其次8位根据字典的节点和叶子结构标识了字典条目。图4.13中的例子解决了作为"翻译(或描述)—人工赋值(或编目)—索引(或分类,或关键帧)"的结构问题。

为了转换SMPTE元数据字典元素定义了键—长度—值策略(见§4.5.1),或者也可应用XML编码(见§4.5.2)。

### 4.4.3.3 SMPTE唯一资料标识符

唯一资料标识符(Unique Material Identifier,UMID)在SMPTE元数据字典类

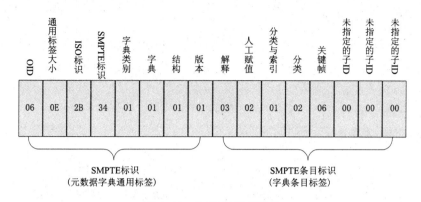

| OID | 通用标签大小 | ISO标识 | SMPTE标识 | 字典类别 | 字典 | 结构 | 版本 | 解释 | 人工赋值 | 分类与索引 | 分类 | 关键帧 | 未指定的子ID | 未指定的子ID | 未指定的子ID |
|-----|------------|---------|-----------|---------|-----|-----|-----|-----|---------|-----------|-----|-------|------------|------------|------------|
| 06 | 0E | 2B | 34 | 01 | 01 | 01 | 01 | 03 | 02 | 01 | 02 | 06 | 00 | 00 | 00 |

SMPTE标识
（元数据字典通用标签）

SMPTE条目标识
（字典条目标签）

**图 4.13 SMPTE 通用标签**

1 中有重要的地位。UMID 是一个本地生成的标识符，因此它具有全局唯一性。它支持内容的明确标识。扩展的 UMID（64 字节）支持单帧粒度标识，是为存储和流技术的广泛应用而定义的，应可以随素材自动生成并且在其整个生命周期内保持与内容对象的关系。UMID 的主要目的是定义和定位存储中的材料，支持整个制作过程中的持续标识、存储和传输、生成元数据和素材的链接。

素材和其相关元数据的共同目的是使用同一个 UMID。然而，这并不意味着 UMID 必须是全部内容对象的唯一标识符，这对于通用的内容管理应用来说是不可行的。因为这要求内容对象只能在数据库中创建（只有在素材存在的时候，UMID 对内容管理系统才是可用的，因为 UMID 是在素材产生时生成的）。如上所述，此时的操作有可能阻止工作流的进行。然而将 UMID 作为用于描述内容对象的元数据集的重要属性来存储是很好的。

UMID 支持 SQL 技术用于素材和元数据的检索。UMID 数据的表示可以分为两部分：

1. 32 - 字节（强制）基本 UMID，它包含的信息包括：

- SMPTE-UMID 的通用标签标识符。
- UMID 长度的长度描述。
- 剪辑的副本（版本）实例数字标识。
- 剪辑的材料数字标识，特殊号码。

2. 32 - 字节（可选）签名的 UMID，包含以下信息：

- 时间或日期，例如制作剪辑的时间（具体到单个帧的时间）。
- 镜头位置和原始剪辑的空间配合。
- 制作国家的国家码。
- 制作组织的组织码。

- 制作人的编码。

基本 UMID 是在一个镜头对镜头的层面进行操作。每次生成一个新记录时，就产生一个独特的 UMID 加入到素材中。需要再次指出的是（很重要），UMID 是自动生成的。

### 4.4.4　都柏林核心

都柏林核心元数据向导计划组织（Dublin Core Metadata Initiative，DCMI）创立于 1995 年，是一个推动广泛传播的交互元数据使用标准的机构。有很多组织参加了这个协会，如 Deutsche Bibliothek、国会图书馆、国家信息研究所、国家科学基金会等。DCMI 发展了元数据词汇来描述资源，因此优化了信息发掘和检索。在都柏林核心（Dublin Core，DC）中的资源是有地址的实体、网络站点、文档集合以及非电子形式的媒体（如物理存储）。

DC 的目标是：

- 简化制作和存储素材元数据集合。
- 通用语义，以支持不同用户的存取和检索。
- 将元素集合翻译为各种语言，推动国际化使用。
- 链接其他元数据集合的元素到 DC 来进行扩展。

都柏林核心在所谓的都柏林核心元数据元素集（Dublin Core Metadata Element Set，DCMES）中指定了 15 种元数据元素的集合。这个描述语义定义的核心集合要适合不同产业、规定和贯串组织的内容描述。表 4.3 给出了 15 个元数据元素的总览。

**表 4.3　DC 元素集 1.1 版**

| 元素 | 定义 | 描述 |
| --- | --- | --- |
| 标题 | 资源的名称 | 资源正式被认可的名字 |
| 作者 | 创造内容的实体 | 个人、组织及创造实体的机构名称 |
| 主题 | 内容的主题 | 关键字、关键字段或描述内容分类的代码 |
| 描述 | 解释内容 | 摘要、内容的表格、生动的陈述或自由的内容描述 |
| 发表者 | 使别人获得此资源的实体 | 个人、组织、发行内容的机构名称 |
| 贡献者 | 为该内容作出贡献的人 | 个人、组织、为内容作出贡献的机构名称 |
| 数据 | 和内容生命周期事件相关的数据 | 建议最好用 YYYY-MM-DD 的数值格式 |
| 样式 | 内容的性质或风格 | 描述总体的分类、功能、风格或聚集度 |
| 版式 | 对要素的物质的或数字声明 | 要素的类型和版式，相适的软件、硬件和显示内容的其他设备 |
| 识别 | 明确的引用 | 正式的 ID，包括 UCI 和 URL、DOI 和 ISAN |

续表

| 元素 | 定义 | 描述 |
|---|---|---|
| 来源 | 原始出处的引用 | 原始出处的引用或识别 |
| 语言 | 资源中需要理解的内容的语言 | 根据 IETF RFC 1766 定义的语言 |
| 关系 | 相关资源的出处 | 相关材料的出处 |
| 范围 | 内容的广度与长度 | 内容控制的词汇的空间、时间及合法范围 |
| 权利 | 内容/元素中相关权利的信息 | 与信息有关的 IPR 版权和一些所有权的声明 |

个人研究所和单个组织是不能产生新的除了 15 种元数据元素之外的都柏林核心元素的。都柏林核心并不限制各个领域的长度。属性/值对用于表示内容对象的特性，都柏林核心可以用不同的语义来表示，特别是用 HTML 和 RDF/XML（使用 XML 的 W3C 资源描述框架）。

## 4.5　元数据交换和传输的标准

为了在组织中和组织之间交换元数据，要在系统间和组织单元间对元数据进行转换。在不同系统的数据交换中，要应用不同的元数据来表示内容对象。因此，在传输中保存元数据的意义，对处理该元数据的不同实体具有参考文档或者具体的转译数据是很重要的。在上下文中，交换的准则是确保系统和组织之间的互用，因此为元数据交换定义了很多标准、传输协议和编码方案。

本节介绍的编码标准和方案都是为了便于元数据在系统间交换而定义的，然而它们的背景和考虑的主要需求是各不相同的。键—长度—值协议的目标是给出一个有效的节省存储和带宽的元数据编码协议，并且为了实现结构化内容的灵活表示和交换而定义了 XML。媒体对象服务器（Media Object Server，MOS）协议是为新闻工作室环境中的信息交换特别定义的。简单对象访问协议（Simple Object Access Protocal，SOAP）是由 W3C 为结构化信息的传输特别定义的。以上两个协议都是基于 XML 的。在具体的系统环境下，了解这些协议的结构、对象和特性，从而选取适合的方法是很重要的。其他技术，如 CORBA 和 TCP/IP 协议，当然也能够用于元数据的传输，然而它们是单纯的传输协议，而元数据还是要根据定义好的元数据编码方案和标准进行编码。

### 4.5.1　键—长度—值协议

键—长度—值（Key-Length-Value，KLV）数据编码协议是由 SMPTE 标准化了的为在系统间传输而对元数据元素进行编码的协议。它支持在各种传输媒体上的元数据变换，为所有应用提供了一个共享交互点。KLV 考虑了 SMPTE 元数据字典（见 4.4.3）的具体要求，而且特别为电视制作环境进行了设计。

该标准定义了使用八位字节级的数据编码（如源于字节的数据编码）来表示元数据和数据组。它使用键—长度—值三位一体，键标识数据类型，长度定义数据值长度，值指的是实际数据本身。也可以在数据集合中使用三位一体的方式。此时 KLV 编码用于集合的元素和集合本身。

### 4.5.1.1 键—长度—值结构

KLV 协议用 16 个字节的全局标签（Universal Label，UL）作为标识键，其后跟随给出数据值长度的数字值。图 4.14 展示了 KLV 编码的基本结构。键是一个全局标签，根据 SMPTE 298M，开头以一个对象标识开始，紧跟着一个全局标签大小。全局标签标识以一个标识组织用的标准的编码开始，其后是 SMPTE 的次级标识符。接下来的字节标识符是注册的类别，如 SMPTE 元数据字典，6 和 7 字节更具体地标识带有版本编号的注册和结构。在全局标签标识中，对特别条目的特殊标识由 9~16 字节表示。

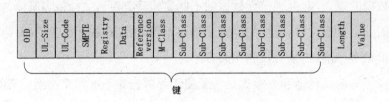

**图 4.14　KLV 编码的基本结构**

长度部分根据基本编码规则（Basic Encoding Rules，EBR）编码。可以根据 ISO 标准使用长度字节的长或短的编码。数据值可以是单个数据或者数据组。

### 4.5.1.2 KLV 数据编码

单个数据的编码应用键来标识参考框架和数据类型、长度以及编码值。因为对于一个描述符有很多种字典提供了表达的方法，所以要选择用哪种方法来表示，（根据所应用的表示键）要选择一个初始的定义表示方法。备选方案在最左边字节由非零值和字典中存储的值表示。

为了支持个体数据元素的逻辑组或者使一组元素可以编码在一起，定义了分组编码方案。该编码方案可以用键单元减少冗余信息。分组编码也可以用于建立数据元素的逻辑组。KLV 编码协议可以用于广义集合、全局集合、局部集合、可变长度包以及定长包。编码效率从广义集合到定长包递增，即广义集合效率最低，定长包效率最高。KLV 分组编码详细介绍如下：

- 广义集合，用来构建一个数据元素和其他 KLV 编码项目的逻辑组。在广义集合中用到了全部的 KLV 编码。

- 全局集合，和广义集合定义方式一样，但是编码效率比广义集合要高，因为它使用共享的键头，这和原始键能够完全恢复的无压缩编码效果一样。

- 局部集合，和广义集合编码方式一样，但是由于使用了简短的局部标识而有了更高的编码效率。这些标识只在局部集合中有意义，它保存了 KLV 数据结构的构架，但是局部标识需要有独立和具体的定义标准来定义其具体意义。同时也要定义局部标识如何映射在广义的标识键值中。

- 可变长度包，用来定义为一个数据元素的深度分组（并且移除了组中所有元素的 UL 键和局部标识）的使用。可变长度包依赖于定义包中数据元素顺序的标准或规范。

- 定长包，不仅移除了 UL 键和局部标识的使用，同时也去除了组中所有单个元素的长度。因此，定长包基于定义了包中数据元素的命令和每个数据元素长度的标准。这样使得定长包成为编码最有效率但也是最不灵活的数据元素编组。

集合和包是由很多 KLV 集合和大包数据的结构编码归组的单个数据元素组成。它们由 SMPTE 注册机关给予注册的广义标识键所定义。由集合编码的数据元素可能不仅仅是一个数据字典的项目，同时可能是其他包和集合的元素；而包只能编码一个数据字典中的一组单个项目，如它们不能使用循环递归编码。键的第 5 个字节定义了集合和包，第 6 字节定义了集合和包的类型。

标签是标识标签自己定义的有意义（或者值）的对象的特殊类型。因此，标签不需要长度域和值域，它们要在特殊的标签字典中被定义。

## 4.5.2  可扩展标记语言

可扩展标记语言（eXtensible Markup Language，XML）是由 W3C 定义，由 SGML（见 3.5.2.1 节）发展而来的非常灵活的文本格式。XML 最初被大型电子出版业使用，现在已用于更广泛的数据范围（特别是网络）。它为数据内容定义了一个容器格式和自动验证结构，如 XML 描述了一个数据对象类（称为 XML 文档）并部分描述了计算机程序处理过程的行为。XML 的设计目标是：

- 在互联网上直接使用。
- 支持广泛的应用。
- 可以与 SGML 相媲美。
- 优化处理 XML 文档的程序开发。
- 最小化的可操作特征。
- XML 编码文档易懂,可以方便、快速地建立。
- XML 文档易被建立。

XML 定义了文档建立的方式、描述了文档的结构、指定了其要包含的实体。XML 文档的关键元素是标记,它以标签的方式存在,最常用的是封装文本元素的开始标签和结束标签。标签被用于结构化文档和部分文档。标签还组成实体和参数属性、描述、文档类型和 XML 声明,以及处理指令和内部别名。图 4.15 给出了一个 XML 结构化文档的例子。

〈? xml version = "1.0"?〉
〈note〉
〈to〉Andreas〈/to〉
〈from〉Peter〈/from〉
〈heading〉Reminder〈/heading〉
〈body〉Don't forget the Content! 〈/body〉
〈/note〉

**图 4.15　XML 例子**

根据标签的定义和文档类型的声明,并没有规定具体的结构,如并没有定义 XML 文档的具体形式、所包含元素的数量、元素的格式,以及判断一个好的 XML 文档的具体标准。XML1.0 定义了一个文档需要包含一个或者多个元素,每个元素都由开始标签和结束标签限定。因此,它提供了一个语义框架以形成完整的能够供检索系统使用的 XML 文档。除了简单元素之外,XML 文档还包含属性,即文档中可以赋值的实体。

如果 XML 文档中没有任何元素的深层定义和量化、没有元素的特征和关系、没有元素在文档中出现的次数统计以及没有给定文档结构中的指定位置,XML 文档就不能被编译。因为没有参考点,所以就不能决定文档是否是完好的和有效的。另外,为了交换 XML 文档中的信息,有必要使所有参与的部分有着和文档内容一样的结构意义和编译方法。可以应用一个 XML 方案来指定 XML 文档元素的特征和关系以及 XML 文档类的属性。信息和文档的分类以及交换由具体的 XML 方案或者文档类型优化。这基本为特殊文档类型定义了一个框架。有很多 XML 方案可以用于定义 XML 文档类型和指定分类。最常用的是文档类型定义（Document Type Definitions，DTD）和 W3C XML 方案。

内容管理中重要的是不仅可以将 XML 应用于文档，还可以将其应用于数据流。因此，除了适合基本的文件转换以外，XML 还特别适用于内容传输。

### 4.5.2.1　文档类型定义

能够指定 XML 文档结构的一种形式是使用 DTD。DTD 是用非 XML 语法写成的，它描述了特定文档类型的文档结构和允许的内容。DTD 基于 SGML 使用扩展的 Bakus-Naur 形式（Extended Bakus-Naur Form，EBNF）。DTD 声明了 XML 的文档类型、元素和属性。因为它主要是定义文档的（即它的中心是文档定义而不是数据定义），所以不太支持多种数据类型。DTD 只声明元素的特征数据而不指定该数据类型。因此，它不能指定数据类型的所属范围和具体元素的属性，它只给出某一个类型的文档所应该包含的结构和元素。

### 4.5.2.2　W3C XML 方案

W3C 最初指定了用 XML 语义的 XML 方案，它不仅定义了 XML 文档和文档类型的结构，还综合了 XML 命名空间、结构方案、数据类型以及继承用法。W3C XML 方案定义（XML Scheme Definition，XSD）的三种主要方案——XML 方案第 0 部分：入门；XML 方案第 1 部分：结构；XML 方案第 2 部分：数据类型。第 1 部分定义了 XML 方案的定义语言，它用来描述 XSD 所定义的 XML 文档的结构和内容组成。第 2 部分描述了一些植入的、基本的数据类型（如整数、日期和二进制数据），并定义了附加数据类型用 XML 方案的定义语言定义的方法。XSD 提供和 DTD 相似的元素类型声明和属性声明的机制，另外它还支持对于最大和最小出现频率的定义。

XSD 和 DTD 最大的不同是 XSD 定义了数据类型列表。XSD 区别了简单数据类型和推导出的数据类型。推导出的数据类型定义了由规则和列表推导出的进一步的数据类型。表 4.4 列出了植入的简单数据类型。

**表 4.4　XSD 简单数据类型**

| 简单数据类型 | 描述 |
| --- | --- |
| String | XML 中的字符串 |
| Boolean | 逻辑值:真,假 |
| Decimal | 任意精度的小数 |
| Float | 单精度浮点数(IEEE 754－1985) |
| Double | 双精度浮点数(IEEE 754－1985) |
| Duration | 持续时间,遵循 ISO 8601 格式 yyyy/mm/hh/minmin/ss |
| DateTime | 时间 |
| Time | 一天当中的时间 |
| Date | 日 |
| gYearMonth | 阳历月和年 |
| Gyear | 阳历年 |
| gMonthDay | 一月当中的阳历日 |
| Gday | 阳历日 |
| GMonth | 阳历月 |
| hexBinary | 任意二进制编码数据 |
| Base64Binary | Base64 编码任意二进制数据 |
| AnyURI | 根据 RFC 2396 和 RFC 2732 的统一资源标识符 |
| Qname | XML 限定名,如 URL 等 |
| NOTATION | XML 1.0 NOTATION 属性类型 |

　　除了简单数据类型,第 2 部分还定义了很多的推导数据类型(如规则字符串、名称、ID、长短字节等)。XSD 定义的命名空间要加 xsd 命名空间前缀。

## 4.5.2.3　XML 处理

　　XML 的一个重要方面是能够自动被解析和处理,而且还包含控制计算机上处理和执行命令的指令。查询处理对检索内容对象的信息很重要。链接被用来提供关于 XML 数据项目设置的关系信息。检索和链接是两个处理复杂信息的基本处理过程。定义特殊的 XML 链接语言(XML Linking Language,XLink)允许在 XML 文档中插入元素,它们可以被应用于生成和描述资源之间的链接。XLink 提供的链接功能是根据全局属性定义的,它可以从其他命名空间链接到链接元素上。XLink 和资源(即有地址的信息单元或者服务)相联系,链接从一个开始资源转换到一个结束资源。所谓的弧提供了转换链接的信息(如方向),它区别了简单链接(提供与 HTML 相似的超级链接功能)和扩展链接。在扩展链接中,其元素可以存储于有扩展属性的元素中,可能有加入链接的扩展源的专用号码。

XML 路径语言(XML Path Language，XPath)通过指定 XML 文档的地址来定义 XML 结构的检索和转换，它提供对字符、数字和布尔计算的基本操作。根据 XPath，XML 文档由层级节点构成，节点树的根节点表示文档实体。树节点有不同类型，包括元素节点、属性节点和文本节点。XPath 定义了一种为不同节点类型计算字符串数值的方法。

检索由根节点开始，根据 XPath 给出的方向进行。检索在文档的抽象逻辑结构上进行而不是在表面语义上。匹配模式的功能在检索过程中很重要(如检测节点是否符合某一个模式)。

除了 XPath，还定义了 XML 查询语言(XML Query Language，XQuery)以支持存储在 XML 文档中的查询操作。XQuery 用于不满足关系模型的文档，并能动态创建文档。XQuery 使用的查询语言要能够用 XML 语法表示。

### 4.5.2.4　XML 和元数据

XML 及其扩展提供了强大的构建结构和处理元数据的概念和工具。然而，XML 并没有提供数据模型或者元数据参考模型。为了使用 XML 来处理和交换元数据，就需要定义这些模型，以 MPEG－7 为例，它使用了 XSD 的扩展版本。因此，定义了资源描述框架(Resource Description Framework，RDF)用来表示有关万维网上的资源、简化交换、文档翻译以及元数据。RDF 是一个描述任何因特网资源如一个网站和它的内容的普通框架，它提供了通用的框架来表示该类信息，但是没有定义词汇和描述参数(如标题和作者)，它还指定了用于名称和描述参数的机器语言以及其描述的资源的类。都柏林核心是 RDF 应用于具体元数据模型的一个领域。

在 XML 中，信息可以被灵活编码，但对于元数据的交换和翻译还不够。这就要求具体的 XML 方案、描述框架以及能够用于编码信息参考的元数据参考模型。只有当 XML、XML 方案描述框架以及能够用于编码信息参考的元数据参考模型等系统同时应用时，才能进行这些系统之间元数据的交换。

## 4.5.3　媒体对象服务器协议

媒体对象服务器(Media Object Server，MOS)协议是由联合印刷组织(Associated Press，AP)领导的工业联盟促使开发的。联合印刷组织的新闻工作室系统 ENPS 参与了 MOS 的联合制定工作。联盟的成员主要是参与广播系统的公司，其目的是发展一种开放式的工业标准以支持媒体制作，特别是新闻的制作及系统的整合。这样的系统包括：视频服务器、新闻工作室系统、自动演播室系统和内容管理系统。

该协议基本上是一个标记过的数据流,它指定了一个分类后完全定义好的 XML 消息集合,用来在 MOS 相关系统中交换信息。每个 MOS 消息以一个根标记"mos"开始,之后是 ID 和消息类型。其后面的数据也是标记的类型。除了定义消息类型之外,为了附加信息的交换,协议也支持 XML 标记的附加值。数据标记是英文格式,同时带有可以包含其他语言的描述性数据字段。对象描述限制于 Unicode UCS-2 文本,格式文本在非结构化的描述领域中是不被支持的。

MOS 消息在新闻工作室控制系统(Newsroom Control System,NCS)和媒体对象服务器(MOS)之间以无方向的模式交换。消息必须被确认,设备在没有接到正或者负的确认信号时不能发送下一个消息。为了支持两个系统的双向通信,两个系统都需要添加 NCS 和 MOS 服务器。在 NCS 和 MOS 之间采用 TCP/IP 协议传输消息。

MOS 协议概括了制作系统中信息交换的很具体的需求集合。它提供了一些可扩展的基本子集,但是并没有偏离(新闻)制作领域的需求。

### 4.5.4　简单对象访问协议

简单对象访问协议(Simple Object Access Protocol,SOAP)是由 W3C 负责标准化的。它是交换结构化信息的轻量级协议,特别是在非集中的分布式环境中。SOAP 最初考虑了网络服务,网络服务是可以使用标准互联网络协议和技术进行存取的互联网服务(如 HTTP、XML、SMTP 等)。SOAP 已经成为在应用程序之间传递消息的标准化协议,它使用 XML 技术定义可扩展的消息框架。SOAP 独立于其他任何程序模型和特殊句法。该协议本身并不处理如可靠性、安全性和路由等问题。SOAP 使用简单的基于 XML 的消息存取,支持独立于系统和平台的信息交换。

SOAP 标准指定了基于 XML 的信息交换信封格式和一系列规则,这些规则规定了如何用 XML 来表示应用程序和平台的数据类型。该信封包含一个可选的头和一个(唯一)主体。头由一个或者多个包含消息处理的信息块构成(包括路由和传递设置、认证信息和事务环境)。消息主体包括用 XML 语义编码的实际消息,它可以含有所需的尽可能多的子节点。XML 消息必须结构良好、限定命名空间,它不应该含有任何处理指令和 DTD 引用。

SOAP 支持两种基本的消息交换,称为请求响应消息和单向通知消息。前者用于远程过程调用(Remote Procedure Call,RPC),而后者用于文档传输等应用。对于 RPC 类的消息,呼叫方法以一个带参数模型的结构来表示,响应信息也模型化为一个单个结构,其中每个返回参数都有一个域,按照惯例响应信息以附带调用的方法命名。

SOAP 交换模型的核心是一个由发送方到接收方的单向封装的传输。消息路径的中间系统在消息从发送方到接收方的单向传输过程中处理消息。然而,SOAP 并没有指定路径本身和参数标准,比如提出用微软的 WS-Routing 协议建立消息路径。

  SOAP 标准的第五部分规定的编码风格定义了应用程序(可能在不同平台下)之间如何通讯,尽管它们的数据类型和表示方式也许不同。这些编码规则是可选的,是可以为事先不知道交换信息类型时的信息交换而定义的,此时有两个重要的概念:值和访问器。值表示了单个数据单元或者在同一个 XML 标签中的数据单元的组合。访问器是一个和值有关的元素。这种关系可以是直接的(同在多引用的访问器中一样)也可以是通过 ID 的。访问器的数据类型可以由三种方法确定:通过引用 XML 方案确定数据类型、通过引用 XML 方案文档为具体元素定义的数据类型、通过引用其他方案文档。XML 方案数据类型由 SOAP 支持。尽管 SOAP 被称为对象协议,但它并没有对象和对象参数的概念,SOAP 的编码规则指定了怎样在 XML 中表示对象。

  作为一个封装协议,SOAP 使用传输协议进行消息传送。此时使用的协议有 HTTP、FTP、TCP、SMPT、POP3 等,因此传输 SOAP 消息有很多种方法。然而,因为是处在网络环境中的关系,HTTP 是目前传输 SOAP 消息使用最广泛的协议。将 SOPA消息映射成 HTTP 时特别考虑了 SOAP 的定义,因为 HTTP 是一个基于请求响应模式的协议,所以 SOAP 到 HTTP 需要自然的匹配。SOAP 的定义说明了 SOAP 消息交换模型如何以 HTTP 形式来表示,例如,SOAP Action 的 HTTP 头在 SOAP 中进行定义,这表明 SOAP HTTP 请求的目标。但是将 SOAP 映射为 HTTP 时还有其他的问题要考虑,其中之一是使用 80 端口(HTTP 最常使用的端口)的安全问题。另外,还要考虑到错误处理和递送等问题。

# 第5章 文件格式

在内容生产中,我们能看到这样一种趋势:大量IT设备对集成生产的支持越来越多了。在这种情况下,文件对于内容的存储和交换就变得越来越重要了。文件比流媒体更便于访问和传输。因此在这种情况下,所使用的文件格式结构、特征和属性就更加重要了。对于内容管理系统来说,能够处理和管理与元数据和素材相关的格式是非常关键的。

文件格式规定了如何对素材和元数据进行存储和交换。人们已定义过许多专门的文件格式。在内容管理系统中,文件是系统中被处理、管理和存储的项目。内容管理系统应该能够管理各种文件(即它应该是与格式无关的)。然而,实际情况是:当内容管理系统要处理文件、从某个文件中检索信息或者对文件执行其他的操作时,它就需要知道它所处理的文件格式。

人们将素材和元数据封装起来而设计成文件格式。文件中的素材是由最基本的部分构成的,例如由视频片段、音频(声道)、图像或文本构成的。这些成分可能是结构化的和按层次排序的。元数据出现在文件头,并且可能会在整个文件中重复出现。根据文件结构的不同,元数据也可能与素材放在一块。

一个文件可能是由多个不同成分(如视频和多个外语声道)构成的一个单独的节目;也可能包含一个更为复杂的结构,如一个节目系列或层次结构的媒体。

总的来说,文件格式专门用于支持不同的素材格式(如 MPEG - 1、MPEG - 2 和基于 DV 的视频格式、非压缩的 PCM 编码音频、MP3 以及 JPEG、GIF、TIFF 等格式)。元数据也能根据不同的元数据标准来进行结构化。图 5.1 所示是通用的 SMPTE/EBU 内容包模型,它是文件格式的一个参考模型。

根据存储在内容管理系统中的媒体的目的和类型的不同,其文件格式也相应有所不同。例如,在创作系统中,文件格式必须支持创建过程;而在传送系统中,文件格式

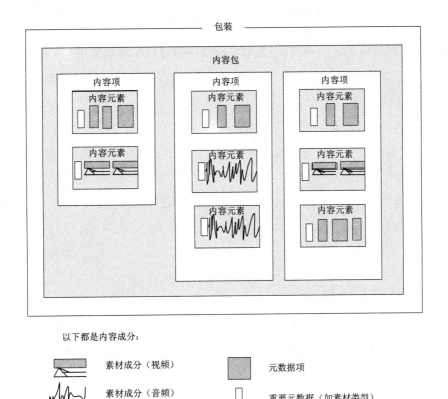

以下都是内容成分:

素材成分（视频）　　　　元数据项

素材成分（音频）　　　　重要元数据（如素材类型）

素材成分（其他数据）　　相关元数据（如时码）

**图 5.1　SMPTE/EBU 内容包模型**

的特点是必须支持多媒体节目的传输和发送。除了某些公司所提出的专门格式，许多标准化组织和兴趣小组也规定了一些文件格式。在下文中，我们将回顾一些公开的文件格式，这些格式都是应内容产业（尤其是广播电视行业）的特殊要求而专门制定的。

# 5.1　媒体交换文件格式

　　媒体交换文件格式（Media eXchange Format，MXF）是行业内的一项创新性工作，开发出该文件格式的目的是用于节目资料的交换。MXF 是一些主要的标准化组织和兴趣小组共同开发的，即 Pro-MPEG 论坛和 AAF 协会。而且，EBU P/PITV（完成了电视制作打包接口的 PMC 项目）组和 G-FORS 成员也主动地参与到了 MXF 的开发中。

　　MXF 规定了用于存储不同素材格式的多媒体容器的封装（如 MPEG - 2 格式、基于 DV 的格式或 ITU 601.5 非压缩视频格式）。它支持在服务器之间进行内容（即素材和元数据)的交换,也包括支持磁带流和文档操作。MXF 允许对部分文件进行传送,支持对素材的随机访问,而且它也允许对在传输过程中可能发生的中断进行恢复。因此,MXF 规定了一种文件格式,这种格式在许多情况下都可以使用,而不仅仅只是用在某个特定的场合。

一个 MXF 文件的素材库可以是结构化的,它们可以包含一个完整的资料序列或其中的片段,也可以包含相同的或不同的素材类型的片段。MXF 完全遵循 SMPTE 336M 键－长度－值(Key-Length-Value,KLV)数据编码方式(见 §4.5.1)。MXF 文件中的所有数据(即元数据和素材)都必须是 KLV 编码的。MXF 和 AAF(见 §5.2)可交互操作,对 AAF 导出到 MXF 和 MXF 导入到 AAF 的操作也进行了定义。

### 5.1.1  MXF 文件结构

一个 MXF 文件是一个结构化的文件,由文件头、文件体和文件尾组成,如图 5.2 所示。元数据可被放置在文件头、文件尾和作为分区元素(也可以是文件体的一部分)。

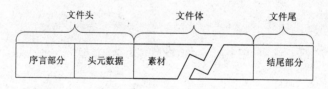

**图 5.2  简单的 MXF 文件**

MXF 文件必须包含有文件头,文件头有一个可选的插入部分、文件头分区包、文件头元数据和可选择的索引表。SMPTE 通用标签形式的唯一标识符被用于文件头和整个文件中,以方便在文件库中识别 MXF 操作模式、描述性元数据和素材体。

文件体由存储在 MXF 文件中的素材元素组成。在文件体中,可以有一个或多个素材体。如果有一个以上的素材体,那就使用分区元素来对它们进行划分。除了实际的素材外,素材体中也包含相关的元数据。文件体不是必选的,例如只含有元数据的 MXF 文件就可以没有文件体。

文件尾放在文件的结束部分。文件尾必须有的部分是尾分区包。在文件尾中,会再次重复文件头的元数据,并且用于随机访问的索引信息也会被保留。

除了基本的文件结构,MXF 定义了 5 种结构元素:

- 扇区:是一个位对齐的存储块。

- 分区：定义了头部、尾部和文件体的区分。
- 容器：规定了不同素材类型的封装。
- 磁道：表示了顺序和它们的临时关系。
- 包：定义了相关磁道的一个容器（定义成作品、材料、文件和源包）。

通过对 MXF 文件的分区可以构成不同复杂程度的文件。例如，具有多个分区的文件能被用于对素材流的交叉存取或允许部分文件的恢复。

索引表用于对素材快速和非顺序的访问。这种访问是利用字节偏移量从指定地址到达素材流内的任何一点，这就方便了部分文件的检索。被参照的素材就可以被交叉访问或者成为一个单独素材要素的一部分。一个索引表只能为一个素材容器编索引。不同的素材类型，如图片、声音、区域码、交叉访问的帧编码和位速率可变的素材，都能通过 MXF 索引表描述。索引表可以放在 MXF 文件的不同的部分（即头部、文件体和尾部）。如果索引表是在不工作的状态下创建的，它就会被放在文件的尾部。索引表也允许对内容进行临时重排序，正如在 Long GoP MPEG 中所使用的那样。

放在文件尾部的随机索引包用于查找分布在 MXF 文件中的各个部分。它给出各个部分关键字的第一个字节，通过解码器访问索引表来找出索引表所指向的部分。随机索引包是 MXF 文件中的一个可选项目。

图 5.3 所示是 MXF 文件的一个例子，它有多个部分和可选组件。它有 2 个素材容器。头部元数据在文件尾部再一次重复，文件尾部还包含一个随机索引包。插入序列是用作填充字节或作为同步字节。例如，插入部分用于和 BWF 文件一起使用（见 §5.3.1），此处 BWF 头部先于 MXF 头部，这样就使该文件看上去像一个 BWF 文件。MXF 解码器会忽略插入序列。

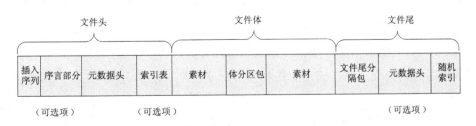

**图 5.3　带有分区和可选要素的 MXF 文件**

## 5.1.2　MXF 中的元数据

在 MXF 文件头部指明的元数据，被分为结构化元数据和描述性元数据 2 类。结构化元数据是由 MXF 标准定义的，而描述性元数据是为了能够兼容不同的描述性元数据方案,作为插件定义的。

头部元数据能在文件体和文件尾部重复。元数据的重复支持了重要元数据的恢复,例如当传输被中断或在传输中途加入应用程序时。MXF 的 KLV 编码使得在整个文件中重复元数据要素更为容易。在不同部分重复的元数据通常与头部的元数据是一致的。然而,在开放头部的情况下(如当 MXF 文件是在录音过程中创建的时候),头部元数据的每一次重复都是一次更新的复制,它由一个更高的生成号来标识。文件中最高的生成号代表了主版本号。

### 5.1.2.1　结构化元数据

结构化元数据部分总是位于头部元数据的第一部分。结构化元数据定义了 MXF 文件的性能和它是如何构建的。除了必须让所有的解码器知道的那部分结构化元数据之外,也可以将本应放在 MXF 外的元数据放在 MXF 文件内。这种元数据被称为暗元数据,它不需要被所有与 MXF 相容的解码器解释。那些不能识别它的解码器将忽略这些暗元数据。

结构化元数据集的不同组成部分被顺序地放入头部元数据中,并通过使用强参照(即一对一的关系)或弱参照(即一对多的关系)进行连接来构建一个逻辑数据模型。

MXF 文件的结构化元素被反映在结构化元数据中。结构化元数据对资料、文件和源包进行区别。这些结构允许由现有的部分灵活地创建一个内容项,或使用不同的素材部分来合编一个内容对象。资料包是通过定义文件的输出时间线来表示实际项目的一个要素的。它拥有一个定义来源的磁道(该来源指明了开始和所谓的输出编辑单元率)和一个规定输出持续时间的序列。一个序列有一个或多个与之相关的源片段。源片段将包链接到实际的源资料。它们参考其他的包、素材描述符和素材容器(即实际的素材)。文件包和源包的结构形式大致相同(即它们都有磁道、序列和相关的源片段)。这种包的层次思想使之能够通过现有的内容要素去创建内容。下面以定义的广播电视公司促销节目输出的资料包为例来说明。资料包表示了全部促销的片断、控制同步和由源包定义的源片段的放演顺序。资料包参考文件包,文件包表示了来自于不同节目的资料,这些节目形成了促销节目的一部分。源包最后描述了最初用于不同电视节目的 MXF 文件。源包不仅参考素材容器,也用于存储关于节目是如何被获得的信息,如用于最初记录项目的磁带格式。

某些元数据要素能在不同的包中出现,除了实际值之外,还必须考虑出现的环境。例如,资料包中的时码是连续的,它是专为文件的播放定义的时码。相比较而言,文件包中的时码磁道表示了相关素材容器中的时码。

源片段是包中的基本实体。顺序的源片段是邻接的,因为 MXF 只支持剪辑编辑模式(MXF 不包括视频和音频效果的元数据描述)。因此,当序列组参考多于一个源片段时,源片段的访问顺序就变得非常重要了。

### 5.1.2.2 描述性元数据

描述性元数据主要载有与内容相关的面向用户的元数据。一个 MXF 文件可以包含一个以上的描述性元数据方案。这些元数据方案被定义为插件,因此其可以支持 MXF 标准过程之外的各种不同的描述方案。

在日内瓦 MXF 方案中,定义了一组描述性元数据。特别是这些描述性元数据包括一组产品描述性元数据(包含描述性元数据集合,提供识别和标注信息的项目)、一组场景描述性元数据(描述内容资料中的事件和活动,这些资料是面向片段的)和一组样片描述性元数据(与内容生产相关的元数据,如拍板或场记板信息)。

## 5.1.3 操作模式

MXF 能对任意复杂程度的内容文件进行组合。根据各种其他文件组件的组成,这种方式能够适应对内容文件的所有要求。然而,这将会产生非常复杂的文件。为了处理这种复杂性,可通过定义操作模式来表示某一个复杂类。实际的操作模式不是根据标准定义的,而是当需要时在各自的文档中定义的。

标准只定义了包含 2 个组件的通用操作模式,即操作模式轴和操作模式限定词。前者有 2 个维度,即项目复杂性和包复杂性。后者定义了对所有操作模式都相同的文件参数。

用于给操作模式分类的二维轴有 3 个复杂性等级。项目复杂性的不同种类定义如下:

- 单个项目:只包含一个资料包源片段的文件,其资料包源片段的持续时间与文件包中源片段的持续时间相同。
- 放映表项目:含有多个相互排斥项目(带有可选的音频淡出/淡入)的文件,不同的资料包源片段的持续时间和各自的文件包的持续时间有一对一的关系。
- 编辑项目:带有一个或多个剪辑编辑的若干项目的文件,除了各自的文件包,资料包源片段可以来自任何地方。

还有 3 种不同的包复杂性等级定义如下:

- 由单个资料包所表示的单包,用于在某一时间访问单个源包。
- 由单个资料包所表示的组包,可以在某个时间访问一个或多个源包,这些源包共享一个公共同步时间线。

- 由2个或多个资料包所表示的可替换包,它们每个都能够在某一时间访问一个或多个文件包。例如对不同语言版本有不同的资料包。

项目和包复杂性的组合构成了一个复杂性矩阵,该矩阵给出了依据标准定义的表示通用操作模式特征的各种可能情况。图5.4所示是通用的操作矩阵,它含有操作模式轴和9种不同的类,这样标准以外所定义的实际操作模式就能按类分组了。应用程序能使用这种分类来说明它们符合的操作模式。

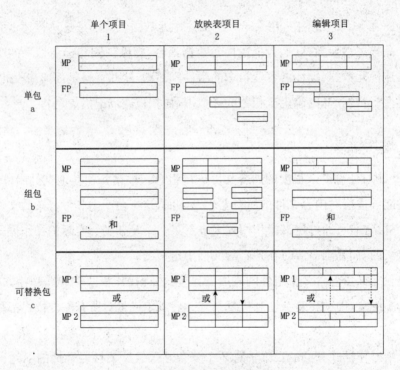

图 5.4　通用的可操作模型轴

目前正在制定不同的操作模式。对 MXF 操作模式 1a(单项、单包)的建议在 Devlin(2002)中给出。图5.2中所示的一个简单 MXF 文件的结构等同于用于简单程序的 MXF 操作模式 1a。它含有表示 KLV 编码分区包的文件开始的序言部分。头部元数据包含直接访问文件的结构化元数据和描述性元数据。文件体包含在单个素材元素中(也可能是被交叉访问的素材元素)。在文件尾,结尾部分用 KLV 分区包来结束文件。文件尾部也能包含文件元数据的重复随机素材包,它定义了指向文件中不同部分的指针。

除了 MXF 操作模式 1a,其他的直到 3c 的操作模式正在具体确定。操作模式 2a 被定义为组合素材对象应用于类似列表单方式编辑的节目,而操作模式 3a 允许将只剪辑编辑应用于源包。在这些情况下,视频和音频总是交叉的。操作模式 1b 到 3b 类似于操作模式 1a 到 3a,它们之间的差别在于操作模式 1b 到 3b 可以访问多源包,即允许非交叉的视频和音频。操作模式 1c 到 3c 通过允许在可替换源包间的选择来加强这种功能,即在单个 MXF 文件中提供多种语言版本。

## 5.2　高级制作格式

高级制作格式(Advanced Authoring Format,AAF)也是在行业驱动下提出的,以利于跨平台多媒体文件格式的发展。已成立的 AAF 协会致力于促进和开发 AAF 技术。该协会的创建成员是 Avid、BBC、CNN、Discreet、Matrox、Microsoft、Sony、Turner Entertainment Networks 和 inter alia。

AAF 是一种通用的多媒体文件格式,用于跨平台的数字媒体(即素材)和元数据的交换,以及在系统和与 AAF 相容的应用程序之间的交换。它并没有被设计成流素材格式。它既考虑到本机的捕获和回放过程,也支持大数据对象的灵活存储。AAF 专门考虑了内容的创建和制作过程的要求。在这种情况下,非常重要的是,能同时访问一个或多个源素材文件,也能容易地对素材进行操作或编辑,并能对产生的结果按顺序存储在 AAF 相容的文件中。在这个过程中会产生元数据,该元数据必须与创建的多媒体项目一起存储在 AAF 文件中。

AAF 面向的应用是电视演播室系统(包括非线性编辑、服务器、效果处理器、自动化系统和内容管理系统)、后期制作系统(包括离线编辑器、图片和生成系统、图像操作应用程序、含有多声道混合器和采样器的音频制作系统)和高级多媒体制作工具(例如 3D 生成工具、内容重装应用程序等)。

AAF 支持素材和(某种类型的)元数据的互换。因此,AAF 指明了一个表示内容对象的结构化的容器。容器的素材部分可以包含音频、视频、静态图像、图形、文本、动画、音乐和其他多媒体数据。AAF 的元数据部分与如何结合和修改所包含的素材组成的信息有关,也与素材的创建及所包含的有关素材特征的附加信息的方式有关。组合信息准确地描述了音频、视频或静态图像在表示内容对象时是如何被结合或修改的,这被看成是创建性元数据的一部分。创建过程的历史记录被保留在 AAF 文件中(包括时间、日期和版本)。在 AAF 文件中,也能特别声明某种素材是如何从其他(原始)资料中得到的。在这种情况下,在 AAF 文件中保留对其他外部文件的参考也是至关重要的。

与多媒体内容和电影的创建相关的是可扩充的视频和音频效果结构,它包括一系列内在的基础效果扩展集合,这些效果通常用于视听材料的编辑过程。

### 5.2.1 AAF 文件结构

一个 AAF 文件包含一个头部对象(与相关对象)、包(由不同的对象组成)和素材数据。图 5.5 所示是一个 AAF 文件的例子。

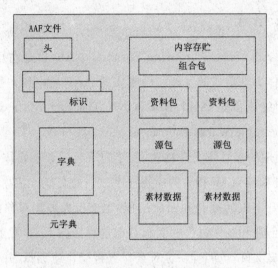

**图 5.5 包含包和素材对象的 AAF 文件**

每个文件只有一个头部对象,该对象用于说明在文件中存储数据的字节顺序、最后一次修改的日期和时间、AAF 标准所涉及的版本号、一个字典对象(存储所有定义)和一个内容存储对象。

字典中包含类的定义、属性定义、类型定义、数据定义、参数定义和效果定义。在 AAF 描述说明中没有定义的必须在字典中加以定义。AAF 也允许扩展定义,例如对新的效果、新的元数据类型和新的素材类型进行扩展定义。

AAF 文件中的包是一个具有唯一标识符的对象,它描述了素材和素材成分之间的关系,即它由与素材相关的元数据组成。

包有一个或多个槽,每个槽都与一种类型的素材有关,每个槽都是分开标识的。每一种槽定义了一种具体的素材数据和时间之间的关系。有用于离散媒体的静态槽(如静态图像和文本)、用于连续媒体带有固定时间参考的时间线槽(如音频、视频、时码)和用于描述不规则时间关系的事件槽(如 GPI 或交互事件)。

在 AAF 中对不同包的类型都进行了详细的说明。物理源包描述了素材的起始源(即素材成分获得的源头)。文件源包描述了数字素材数据(如 MPEG - 2、WAVE

和 JPEG）。资料包用于文件源包定位，也用于描述应该如何对单个素材元素同步或交叉操作。组合包中含有素材应该如何表示的创造性决策，例如，它包括素材成分的顺序和位置、修改或组合素材成分的效果；又例如，它能在组合包中详细说明在 2 个素材片段之间的迁移。

## 5.2.2　AAF 中的素材

一个 AAF 文件能存储多种类型的素材。这些素材类型包括：

- 不同格式的视频编码，如 MPEG、RGBA 和 YCbCr。
- 不同格式的音频编码，如 Broadcast WAVE。
- 不同格式的静态图像，如 JPEG、GIF 和 TIFF。
- MIDI 音乐素材。
- 不同格式的文本。
- 复合格式，如 DV、MPEG 传输流。

素材描述符（在源包中）描述了素材格式的细节。一个素材描述符是一个抽象类，用于描述素材数据的格式。素材描述符用于描述存储在素材数据对象或引用的非容器文件中（所谓的文件描述符）的素材，也用于描述物理媒体源。

对于连续媒体，时码对于素材的描述至关重要。在 AAF 文件中，时码要么用来作为一个参考点的起始时码，要么包含在一个时码数据流中。也允许使用非连续时码，这在复合媒体对象环境中特别重要。

## 5.2.3　AAF 类模型和类层次

AAF 的功能描述是面向对象的。在 AAF 的功能描述中，定义了类层次和类模型，它们用来描述多媒体成分和数据。其主要目的是提供封装多种类型的素材和元数据机制。

一个 AAF 类通过定义可能包含的信息种类以及它应该如何被使用和解释来说明一个对象。AAF 的类可以继承，但一个类只能从一个直接的超类中继承。

在 AAF 的类层次中规定了 2 个根类，即交换类（Interchange Class）和元定义类（Meta Definition Class）。基础 AAF 类的扩展可以在文件的 AAF 头部对象的类字典和定义中进行定义。

## 5.3 BWF 和其他的多媒体文件格式

在多媒体领域中,有多种(多是专有的)文件格式。大多数文件格式集中在素材能以某种结构化方式存储在某种系统环境下。例如 AVI(用于存储视频)、Quick Time(用于回放和流媒体)、Adobe Photoshop 格式(主要用于存储静态图片)、MS DirectX(用于 3D 图像的优化)、AVID 的开放媒体框架(Open Media Framework,OMF)和高级流格式(Advanced Streaming Format,ASF)等。目前还没有适合于所有多媒体应用的通用文件格式。例如 AVI 不支持组合信息和辅助信息(如时码信息)的存储,其他格式不允许存储压缩的素材数据等。专有格式的缺点是它们只考虑某些需求,并且有时并不公开。内容管理系统必须能够存储和处理这些文件,但是处理和提取它们中存储的信息又是一个必须针对每种格式单独完成的特定工作。

内容管理系统必须能够处理上面已经介绍过的主要用于专业环境中的格式,还要处理用于音频的 BWF 格式和许多其他的开放多媒体文件格式。微软与 IBM 合作一起定义了资源交换文件格式(Resource Interchange File Format,RIFF)用来作为一个基础的标记文件结构,许多多媒体文件格式都是基于该文件结构的。RIFF 专门考虑了记录和回放多媒体数据以及在不同平台之间交换多媒体数据的需求。RIFF 的基本构建模块是由含有编码媒体数据的元数据和实际编码素材本身的块组成,而且用注册表表单定义 RIFF 的格式。这张表单包含 PAL(一种表示逻辑色板的文件格式)、RDIB(RIFF 设备独立位图格式)、RMID(RIFF MIDI 格式)、RMMP(RIFF 多媒体电影文件格式)和 WAVE(原始的波形音频格式)。富文本格式(Rich Text Format,RTF)定义了使用 7 比特 ASCII 码字符的编码格式文本和图片的标准方法,RTF 格式也属于 RIFF 兼容文件格式的系列。

大多数多媒体文件格式都带有元数据。然而,在大多数情况下,这些元数据是用来描述素材编码和处理过程的。因此,许多这样的格式可能只适用于已定义的专门用途,而不能作为素材交换和描述性元数据扩展集的通用多媒体文件格式。

### 5.3.1 广播波形音频文件格式

波形音频文件格式(Waveform Audio File Format,WAVE)最初是由微软和 IBM 共同定义的。由 EBU 定义的广播波形音频文件格式(Broadcast Wave Format,BWF)是基于这个最初定义得到的。WAVE 是一种用于从微软 RIFF 中提取音频数据的文件格式。BWF 针对原始的格式,定义了一些专用于广播的扩展格式。

BWF 文件中的 2 种编码类型已有明确的规定，即脉冲编码调制（Pulse Code Modulation，PCM）音频和 MPEG-1 音频。前者是无损编码的 CD 音质，而后者是标准的 MPEG-1 编码音频。在 BWF 文件中也可以使用其他的编码类型。因此，一个扩展的波形格式结构被用来对这些编码类型的某些参数和特征加以详细说明。

　　BWF 文件的基本构建模块包含具体的信息：一个标识域和一个长度域。在 BWF 文件中，有用于不同信息位的不同种类的块。图 5.6 所示是 BWF 文件的结构。

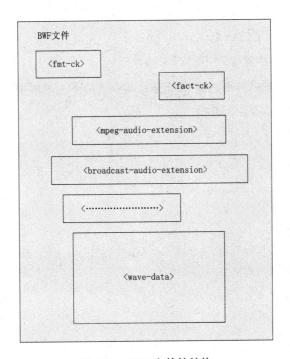

**图 5.6　BWF 文件的结构**

　　〈fmt-ck〉是必需的 WAVE 格式块，它定义了波形数据的格式。在这个块中，规定了格式类别、声道号、采样率、缓存估算和数据块对齐方式。在 BWF 中定义了 2 种格式类别，即 PCM 和 MPEG-1。至多有 2 个声道：声道 0 表示立体音频的左声道，声道 1 表示右声道。缓冲估算说明了每秒钟应该传送波形数据的字节数。

　　〈fact-ck〉和〈mpeg-audio-extension〉是 MPEG 的专有模块。除了 PCM 以外，〈fact-ck〉对所有的 WAVE 格式都是必需的。与〈fmt-ck〉的扩展一起，〈fact-ck〉说明了需要确定 MPEG 编码选项的信息。〈fact-ck〉包含有关〈wave-data chunk〉内容的文件依据的信息，对于 MPEG，它说明了数据样本的长度。〈mpeg-audio-extension〉块给出了声音文件的附加信息，如 MPEG-1 音频层和辅助数据长度。在 MPEG 编码的数据中，逐帧描述某种元数据是可能的。这方面包括版权和保护信息。

BWF 文件还包含广播音频扩展块，这个块专门用来定义广播机构间的资料交换，它包括：

- 一个 256 个字符的描述域。
- 创作者域（用于记录创作者或生产者的名字）。
- 创作者参考（应该是一个全球唯一的标识符）。
- 创建日期和时间。
- 时间参考（即序列时码）。
- 相关 BWF 标准的版本。
- 编码历史（用特定参数指出声音的类型）。

还可以增加附加的块，不过这些块是可选择的，不一定所有的应用程序都支持。〈wave-data〉块包含编码音频数据。

# 第6章　内容管理系统架构

内容管理系统是由2个主要部分组成的:硬件基础设施和软件组件,通过一个统一的系统架构来表示。硬件基础设施为内容的存储、处理和传送提供基本资源。但仅仅把这些组件装配起来并不足以对内容进行管理,因为它们只是提供了基础设施,即便加上它们的标准软件,这些软件仍只是系统的基本组成部分。内容管理系统是在这些基本软件和那些能执行特定任务的软件系统的基础上开发出来的。为此,需要一个统一的架构来界定不同的模块以及它们是如何在一个系统环境下互相作用的。

系统架构必须要考虑具有富内容组织结构的用户需求和工作流程(见第2章)。同时,系统架构还必须考虑各内容组件的特点和特征,要能够对素材以多种格式编码,以便在不同环境中服务于不同的目的;应该能对素材的多重拷贝加以管理,虽然有些是非电子版的,但仍是系统的一部分。内容管理系统还应对不同的内容表示方式加以支持。目前还没有标准的元数据模型或被广泛认可的框架。由于具有较长历史的组织均已建立了其特有的工作流和系统,以表示和管理本组织的内容。因此,内容管理系统应该可以集成现有系统或以某种方式将其替换掉。这就要求内容管理系统不仅能为某个信息系统或数据库提供一个标准的元数据表示方案,而且必须能够集成多个系统,并通过统一的界面向用户提供通用的服务。

然而,在今天的内容生产中,仅支持现有的工作流程是不够的。内容处理、生产、传输、存档的新方法变得越来越重要。例如,现在媒体正向全面数字化、无磁带化、基于文件的生产环境发展。目前,有很多具体的实施方案还处在开发阶段,标准的方法、模块或最佳实践方案还没建立起来。即便是自动素材处理等小型开发也还在实验阶段,而自动素材处理对内容管理有着深远的影响。

所有这些,对潜在的系统架构提出了大量的只有当系统具有灵活性和自适应性时才能支持的要求。总之,内容管理系统必须能在异种环境下运行。这不仅是来自用户的需求,对不同系统集成的要求,也是来自作为整个软硬件基础设施组成部分的软件组件和硬件系统的要求。

本章介绍了一个范例性的内容管理系统架构,它在开发中考虑到了现代内容生产与管理的关键需求。首先,介绍了该系统的基本设计原理。然后,给出软件架构模型,并加以详细论述。对不同的模块及其各自功能、特点进行了检验。本章不涉及应用及系统集成的问题,这些将分别在第 8、9 章中介绍。

## 6.1 软件设计原理

模块化是该系统架构的主要设计原理,它提供了对内容管理系统内在的多样性和复杂性加以掌控所不可或缺的灵活性。下面的段落提出了对这些原理的见解,用以指导后面将要介绍的架构的开发。读者很有必要了解这些原理,以便清楚了解为提供必要的支持,在系统的不同部分中,核心概念和需求是如何被实现的。

### 6.1.1 通过分布式实现可扩展性

在企业范围环境中,内容管理系统典型的任务是:服务于大量的用户、管理大量的资产、存储海量的数据,因此必须具有很高的性能和可靠性。若采用大型中心服务器和数据库加以实现,必然会产生瓶颈。因此,企业内容管理系统设计所依据的原则,是通过分布式实现可扩展性,以便在需要提高性能或存储空间时,可以方便地给系统增加资源。

为了实现这一点,系统设计必须满足一些基本要求:

- 架构的每个组件必须能在专用的服务器平台上运行,这意味着所有组件间的通信必须完全基于网络。
- 由于内容管理系统的组件可能被分布到在物理上相隔很远的服务器上,这意味着采用的网络协议应该能够通过广域网实现组件之间的通信。
- 只要有可能,内容管理系统的组件应该被设计成能够同时满足多个请求,并行地运行,通过负载分配提高可用性和性能。
- 只要有可能,内容管理系统的组件不应该有对特定硬件可用性的要求;这些组件应该能在内容管理系统硬件架构中的任何一个服务器平台上运行。
- 内容管理系统的组件应该能在其他内容管理系统的组件没有响应或发生故障时,具有自身的弹性,即它们必须具有作为标准功能模块的多重连接策略和恢复方法。

当内容管理系统满足这些需求时,就有可能在不止一个服务器上为系统安装建立所需的(软件)组件,并依据需要在任何一个附加平台上运行这些组件(如从某个服务器的硬件故障中快速恢复),从而实现灵活的故障应急方案。此方案既能由人工操作实现,也能通过建立先进的集群软件包来实现。

## 6.1.2　服务组

服务是指在整个架构中自身包含的、用于执行特定任务的模块,可加强内容管理系统的功能。这种功能性模块包括上载、输入输出、素材分析、索引、转换、转码、对素材的修剪和拼接等。

总之,服务是面向工作的后台任务,它们存取现有的素材或元数据,修改或新建素材或元数据。为了与通过分布式达到可扩展性和冗余性的观点保持一致,很多服务可以采用如图 6.1 所示的对等服务组概念。在该模型中,一个服务的多个实例加入到一个组中,并通过单一的界面为系统的其余部分联合提供资源,它们看起来就好像是一个单一的服务。

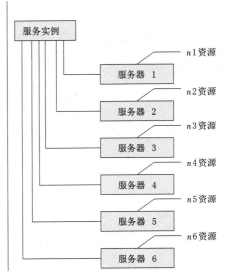

运行在特定服务器上的服务
提供 $ni$ 资源的服务
可重启动的服务
运行在 $m$ 个服务器上的服务
服务组观察外部世界类似于单服务

所有 $ni$ 资源
一个传输安全工作清单
日志功能
一个进程的时间限制
资源保留

这些核心作业的内部组织由服务组管理
每个服务能在服务组上注册和注销
一个服务器充当组里的管理器
如果管理者命名服务失败, 另一个服务器会
自动注册为管理器

**图 6.1　服务组概念**

在一个服务组中,每个服务实例在一个专用服务器上运行。借助服务和服务器平台,服务可提供一定量的资源(即可由它并行处理的任务)。例如,一个安装在专门服务器硬件平台上的视频分析服务实例,可以并发运行 2~3 个分析进程,并仍能比实时处理更快地完成。

服务必须满足特定需求,如它必须能在任何时刻重启一个服务,在发生故障后它必须能恢复到原先的状态。

采用此概念,大量可用的资源通过增加服务实例的数量,可轻易地扩展。依据实例运行所在的服务器平台,每个实例再提供一定数量的资源。所有同类的服务加入到一个服务组,该组以一个单一的服务形式,呈现给系统的其他部分,并且该组内的所有服务的所有资源都可以提供出来。通过这种唯一的界面,该组接受作业,提供对状态信息和事件日志信息的存取,并提供一个界面可以对估计剩余的进程时间进行查询,或对资源进行提前预订。该组本身负责为每个服务器调度工作,管理其内部的通信,并提供如前所述的界面。

从组织角度看,任何服务可以在一个服务组上注册和注销。其中一个服务充当服务组管理者的角色,处理联合界面。管理器一般由第一个通过系统的命名授权(即命名服务)来承担。所有后续启动的服务可通过命名服务识别出管理器,并直接注册到管理器。在管理器负责周期性地核对命名服务的存在性和注册的有效性的同时,其在服务组中的成员也必须周期性地核对管理器的存在性和可用性。

如果命名服务失败,管理器会向另一个已经接管的命名服务实例提出注册请求,如果管理器管理不成功,组内所有的服务将连接到命名服务,再进行协商以便产生一个新的管理器(这里仍采用先来先服务的原则),并再注册到新的管理器上。

该方法实现了对服务的动态添加和移除,从而配置可用的资源,并在系统组件发生故障时保持操作的稳定性,实现对资源和服务实例相关冗余度的灵活配置。

### 6.1.3 代理器—管理器—服务器的概念

内容管理系统应该提供具有对分布式素材设备和数据管理系统进行透明存取的应用和服务,甚至通过广域网对远程资源进行透明存取。也就是说,对于服务用户(可以是一个应用、服务或其他内容管理系统模块)而言,服务被看做一个实例,通过一个统一的标准界面进行访问。为了做到这一点,应采用图6.2所示的代理器和管理器的概念。具体说明如下:

- 在单一服务器层次上,建构对于特定服务组件的多个实例,以达到最优性能和可用性。
- 在组织中的单一位置,建构多存储簇,以达到最大的灵活性和可扩展性。
- 对组织的多位置进行集成,使之看上去像是单个的统一系统。
- 多组织之间的交互,使得它们能够无缝地共享选定的项目。

基于代理器所支持的服务,它们基本上提供2种功能:

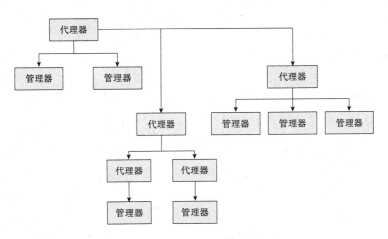

**图 6.2 代理器和管理器**

- 它们可充当分布和收集的节点。数据库代理器是一个例子：
  - ➤接受客户机的查询。
  - ➤通过这些查询把多个系统和现有数据库联合起来。
  - ➤收集这些数据库返回的结果。
  - ➤把合并的结果返回给客户端。
- 它们可充当工厂。流代理器是一个例子：
  - ➤从客户机收到对客户机流素材的请求。
  - ➤从代理器所知道的诸多服务器中选择合适的流服务器。
  - ➤在该服务器创建一个控制界面的实例。
  - ➤向客户机传回界面，随后客户机取得对服务器的直接控制，而不再需要代理器的介入。

代理器复制由管理器提供的界面，由此形成一个由代理器提供的界面。实际上，代理器真正地拥有完整的数据模型或所有可从某一特定设备获得的应用程序接口（Application Programming Interface，API）。无论这些应用访问一个管理器还是一个代理器，它对应用都是透明的，即对它们来说每个访问相当于访问一个提供特定功能的代理器。

代理器可向下一级管理器或向其他代理器传递请求。由此，请求可分布在一个代理器/管理器组成的层次系统中。代理器收集和汇编对请求的响应，并向上级代理器实例提交收集来的应答。这样，一个分布式请求的结果最终被顶级代理器收集汇编，并被提交给提出请求的应用。我们也可以用这样的方式配置响应流程，即所有响应被立刻递交给上一级单元。

## 6.2 软件架构

在讨论更详细的架构之前,图 6.3 给出了内容管理系统的基本组件。这些组件涉及内容管理系统主要的管理方面(即对数据和素材的管理)和对内容的贡献或存取。相对而言,连接是被动的(即素材和元数据不改变),而贡献(内容创造或是文件编制)则是一个活动的进程。作为一个查询和检索的结果,可能会有内容输出,但这个交互活动不会真正改变内容。

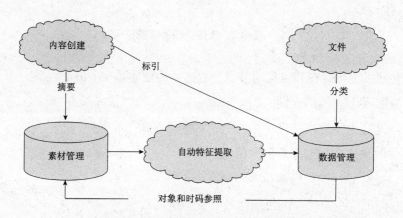

**图 6.3　内容管理系统 CMS 的基本组件**

简单而言,如图 6.3 所示,内容管理系统有 3 个主要的功能:

- 内容创建:包括所有与生产有关的工作,比如节目策划、信号录制、编辑工作、后期制作、编排和播出。
- 文件编制:包括所有手工的编目和索引工作。
- 自动特征提取:这是内容管理系统中非常受欢迎的功能,因为它包括所有直接从素材自动获得索引信息的技术(如影像捕捉、关键帧提取、语音识别、说话人识别及声音分析等)。

有意思的是,内容管理系统倾向于在录制时对手工索引提供实时注释功能(标引),这样可在内容创建的初期阶段就引入编目工作的部分。

除了功能元素外,还有 2 个主要的模块构成了内容管理系统的基础,即素材管理和数据管理。

### 6.2.1　素材管理

素材管理是以对素材存储、供应及操作为主要目的的工作。素材管理的主要组件是：

- 存储管理服务：该服务根据不同的可配置存储策略，自动、有效地将素材项目在存储层次结构中移动。
- 转码服务：该服务提供对文件格式和编码格式的转换。
- 传送服务：如文件传输和流服务，以便上载和供应素材。
- 数据库：其中保存了技术元数据（如格式、比特率、色彩深度等）和管理信息（如位置、文件大小等）。

素材管理系统可管理一个素材对象的多重版本。每个版本服务于特定的目的。例如：

- 原始磁带拷贝：内容管理系统要能够管理原始拷贝，载体通常是传统模拟格式或数字视频磁带，并且在素材管理中必须存在一个该拷贝的引用参照。
- 高品质文件拷贝：原始拷贝的文件版本，信号质量与原始磁带拷贝没有区别，一般是在上载时编码产生，也可作为已经编码的文件输入。如果一个先进的数字压缩视频磁带格式被上载，高品质文件拷贝将保留原始编码格式（如算法、参数、比特率等）。
- EDL浏览副本：中等品质文件拷贝，可在内容管理系统环境中用于剪辑和离线编辑，要求有必需的带宽。
- 内容浏览副本：素材的低品质版本，存在局域网和广域网环境中用于查看和选择。
- 关键帧：静态帧，一般从素材中自动提取。

## 6.2.2　数据管理

作为典型的信息技术，数据管理基本上由数据库和搜索引擎组成，它负责对用来描述素材的元数据进行组织和管理，此描述性元数据是开发节目或内容项的关键。

节目或项与相应的素材之间的关系可以是一对多的，一个节目可存档于几个不同的素材版本中，所有这些版本可共享同样的节目标识和描述。元数据可将节目或项作为一个整体加以描述，或可通过连接时码引用一个部分或片断（参见§4.2）。

不仅数据管理可自己存储和提供元数据，内容管理系统一般还提供专门的应用来支持特定的索引工作流。例如：

- 实时注解：在输入的材料正在被上载之时，对其加以注解。比如，在对实况体育赛事的新闻输入、或连续镜头上载的同时，其内容就被进行了分类。实时注解一般提供一组足以辨识材料的有限的元数据，并使得即便在材料还在录制的同时即可成功地检索,但缺少完全编目的深度。

- 深度编目:一般是一个比实时处理要长的过程。支持深度编目的应用倾向于如同义词支持和合法清单等特性,并通常提供更复杂的用户界面,以提供详细的内容注解。

- 自动特征提取:这些工具是非常新的技术领域。尽管影像捕捉和关键帧提取已经成功地用于视频索引,但语音识别、说话人识别或者音频分类仍然需要完善才能投入有效使用。不管怎样,这种技术具有在不久的将来能实现自动内容分类的潜力。

## 6.3　内容管理系统组件软件架构

与操作系统相比,内容管理系统是提供可集成服务与应用的平台。然而,一个大型的内容管理系统是一个复杂的联合架构,其中可扩展性的关键是分布式。附加的组件可被集成进该平台,从而增加功能并允许附加的工作流。这些附加的组件可以在设计、结构和执行上千差万别,因为内容管理系统架构不能把一个通用设计强行施加给第三方组件。因此,明确说明所有接口并尽可能标准化是至关重要的。由此,每个内容管理系统模块都需要由以下两者界定:

- 完全的接口设计规范(IDS)。
- 详细的功能设计规范(FDS)。

任何代码实现仅需能满足这些规范中提出的需求,就可作为一个模块集成到内容管理系统中。

图 6.4 表示了通用内容管理系统的架构,由组件和模块表示。遵从根据基本功能划分的原则,整个系统被分成 3 个平面,每一个平面主导系统是一个特定的部分。这些系统部分是:

- 核心:主导与内容的管理、相关工具以及设备控制有关的所有组件。
- 服务:包含增强系统功能或工作流支持的所有相关组件。
- 应用:包括所有与用户交互有关的组件。

我们将在后面详细地讨论每个平面主导的特定组件或模块问题。这里需要强调的一点是,这个"分层"的观点与其说是功能的不如说是逻辑的。"应用"可以和"服务"交互,也可以直接访问"核心"组件,对于交互作用,没有特定的方式。因此,这里特意选用"平面"一词而不是"层"。

另外,系统中还有 3 组垂直服务是可用的:

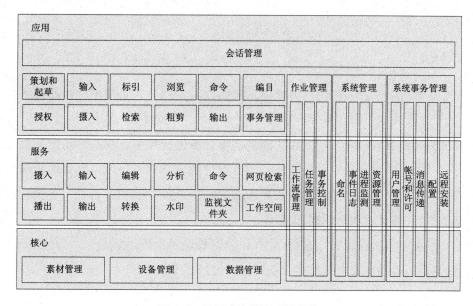

**图6.4 通用内容管理系统架构**

- 作业管理。
- 系统管理。
- 系统事务管理。

　　系统主要以面向作业的方式工作,即客户(可以是应用程序或其他系统组件)请求进行作业处理。系统提供的作业管理功能异步处理这些作业,对提出处理请求的实体得出作业成功或失败的报告。通过采用一个柔性且模块化的作业管理方案,在系统支持下,可以基于基本模块(或基本作业),界定新的复杂作业。由此,系统提供了在处理能力上的可扩展性。除了面向作业的方式外,系统的有些部分(如流服务器、自动化系统)依靠常规的客户机/服务器方式使客户通过对服务器的控制来管理传送过程。

　　系统管理提供对系统的内部监测和管理,这对于分布式内容管理系统非常重要。系统事务管理则处理那些影响整个系统或者系统所有组件的事务。

　　对内容管理系统中几个客户机与服务器组件之间的通信,有多种解决方案。其中之一是公共对象请求代理体系结构(Common Object Request Broker Architecture,CORBA),它是由对象管理组(Object Management Group,OMG)在2002年提出的。CORBA互操作平台后来被ITU接受为标准(ISO/IEC19500－2);完整的CORBA框架也被提交给ISO以成为标准。可用于此处的其他通信方法还包括运行于微软Windows平台的微软 DCOM(1996年提出)和远程过程调用(Remote Procedure Call,RPC),后者可用于所有的通用硬件平台。

## 6.4　核心

核心平面(或核心层)提供内容管理系统的核心功能。它实现了对存储设备的控制,是基于磁带或基于磁盘的 2 种解决方案。此外,它还对输入、输出、传送设备(如磁带录像机)、集线器(或矩阵开关)和其他演播室设备进行控制。核心平面的其他任务包括:内容输入、内容查找以及向其他与内容管理系统有关或使用内容管理系统的服务组件输出和传送内容。但其主要任务还是对内容的永久性存储(存档),包括对内容及其基本组成(即素材和元数据)的组织。

核心平面基本上是将实际素材、设备和数据管理子系统封装成一个"黑匣子"中,并且将内容输入、输出及控制外部设备的接口也封装于其中。

### 6.4.1　素材管理

素材管理负责在一个分布式存储环境中存储、管理和提供素材对象。它从客户端获得请求,管理所有在处理这些请求时必要的队列,并对请求提供关于请求被处理的情况、被处理的方法以及被处理的时间等统计信息。素材管理可处理以下内容:

- 通过对存档管理服务器的引导,存取海量存储系统。
- 通过控制存档传输服务器,在在线和近线存储之间转移文件。
- 在存档中创造素材文件的多个备份。
- 通过对缓存服务器的引导,处理在线存储系统的内容和完整性。
- 通过将客户端连接到流服务器,将内容传送至客户端。
- 通过连接到传输服务器,从远程存储系统接收素材或向其传送素材。

素材管理涉及到系统中的许多任务。比如,它可以提供对流服务器的访问,可以通过从服务器到客户端的远程通信,播放预览品质的副本和图像。为了音频或视频的流媒体化,内容管理系统应能够集成由各供应商提供的,由客户端组件控制的第三方流服务器。在这种配置下,客户端可以使用由各流服务器提供的所有功能(如读写同时进行、音频分割编辑、多重重放速度等)。不论备份的格式如何,素材管理保证一个内容对象的不同备份之间的时码同步。

素材管理除了支持这种连续媒体流之外,对结构性数据流也同样支持。素材管理也可用此功能在服务器和客户端之间传输图像集,比如关键帧集。

为了支持新闻操作中的工作流,素材管理必须在工作流被上载时就允许访问该流。在这个环境中,重要的一点是使等待时间保持最小化。这个能力使得其他系统组件在工作流被录制的同时就能够对流进行操作。

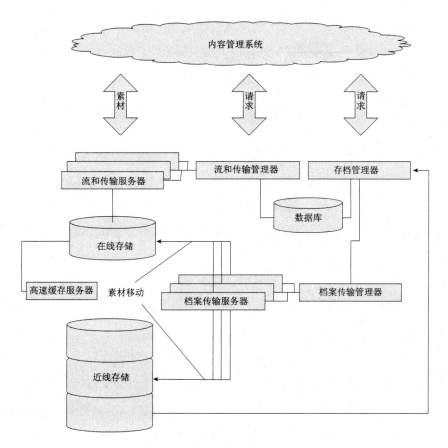

**图 6.5　素材管理**

如图 6.5 所示，素材管理的基本构建模块为：

- 存档管理服务器。
- 档案传输管理器。
- 档案传输服务器。
- 高速缓存服务器。
- 流和传输管理器。
- 流服务器。
- 传输服务器。

这些组件共同提供了人们希望素材管理器具备的所有功能，每个组件处理一个特定方面。下面我们将逐一描述这些组件的功能。

### 6.4.1.1 存档管理服务器

在大多数情况下,内容管理系统的海量存储系统的核心是近线存储系统。这种系统的一个例子是和一个或多个基于硬盘的上演区域(在线存储)相连接的机器人磁带库。近线系统的存储介质是数据磁带。另一种常用的近线系统是基于串行 ATA 等技术的硬盘系统。达到一定的规模后,这些系统的经济性可与基于数据磁带的系统媲美。

存档管理服务器是素材存档管理部分的"大脑"。它跟踪海量存储系统(如磁带和磁带池)或磁盘池中的所有存储单元。它从内容管理系统接收到对文件加以存档或恢复的请求。就基于数据磁带的近线存储系统而言,存档管理服务器执行命令移动磁带位置,将磁带移动至磁带库。当海量存储系统准备好执行存档或恢复任务时,存档管理服务器将相应的请求传送给存档传送管理器。

当近线存储基于数据磁带时,存档管理服务器还应该提供方法来保证存储在自动编码磁带系统中的数据磁带上的数据的总体完整性。这包括检查磁带上的内容,并在需要时采取适当行动等一系列操作,具体执行过程如下:

- 将刚在一个磁带驱动器上写完的磁带装入另一磁带驱动器中,重读数据,以便减少由于失准或写入单元的其他技术故障而发生写错的可能性。
- 对一段时间没有使用过的磁带进行重绕和重新拉紧,以避免磁带的黏着。
- 按照有规律的时间间隔读磁带,以便检查比特错误率。
- 对比特错误率超过对新磁带给定的安全值要求的磁带,加以拷贝。
- 把到达使用期限的磁带拷贝到新磁带上。判断一个磁带是否到达使用期限,是根据其在受控环境中所待的时间和在受控环境之外所待的时间,两者相加得出总年龄,看是否超过给定的安全年限。在受控环境之外,磁带的老化速度会加快。
- 当新的磁带驱动器被引进库时,把数据迁移至新磁带格式。
- 通过读磁带及将未删除的数据写入一个新磁带,并从原磁带处删除对象,从而释放磁带上的可用空间。这个过程由可配置的水印来调控。

很重要的一点是,系统的配置方式为:这些进程的运行,不会阻碍生产性工作。在内容保存的情况下,其他高优先级任务总是有优先权的。因此,当不影响生产性工作的进程时,这些过程是在后台自动执行的。

使用标准信息技术海量存储解决方案的替代方案是在数据磁带库位置采用自动演播室磁带库,以取代数据磁带库作为高品质资料的存储库。在这个配置中,可以使用一个自动化或媒体管理系统,通过演播室(或视频线)、集线器(或矩阵开关)、路由器把素材从磁带移动至接受设备。在理想状态下,方案中的自动化或媒体管理系统也控制磁带库,但这取决于自动化系统的能力(§8.3.2.1将更详细地讨论演播室自动化和媒体管理系统的集成)。因此,也可以用一个存档管理服务器来控制该库,并对附属于库的录制/重放设备中的演播室磁带进行安装或卸带,这样,媒体管理系统可以专注于素材传送。

### 6.4.1.2 档案传输管理器

档案传输管理器从存档管理服务器接到存档和恢复文件的请求,这些请求实际上意味着在在线存储和近线存储之间拷贝文件。由于从档案传输服务器传到档案传输管理器的请求的数量可能会超过可用的档案传输服务器所能处理的并发请求数量,因此,管理器不得不提供一个事务安全请求队列。在理想情况下,请求队列提供对请求赋予优先级的方法。该队列中所包括的请求在先来先服务(但优先级高者优先)的基础上,被传到档案传输服务器。

### 6.4.1.3 档案传输服务器

档案传输服务器处理近线和在线存储之间的数据移动。一般来说,一个档案传输服务器至少与一个磁带驱动器(可能是附属于一个机器人磁带库,也可能不是)有连接,或和一个存档磁盘池有连接。它将数据从在线存储拷贝到该驱动器中的磁带中,或拷贝到磁盘池中,或者从磁带或磁盘池中读取数据并将其写入到在线存储上。在线存储可以是一个连接到档案传输服务器(本地存储)的硬盘系统,或是一个共享的存储环境(存域网:Storage Area Network,SAN)。进一步讲,它还可以是通过网络(如网络附加存储:Network Attached Storage,NAS)进行存取的存储器,或者是一个通过文件传输协议(File Transfer Protocal,FTP,RFC 959)存取的远程存储系统。磁盘记录仪或视频服务器是典型的通过FTP存取的存储系统。

档案传输服务器在对档案进行写入和读出操作时可提供一定的优化策略。这些策略包括成批写入等。成批写入是收集文件,直到达到一个可配置的文件数量或一个最小量。此外,操作员、档案员或媒体管理者可以选择用于传送的项目。这些可选的集合可用一个文件名称的清单来界定,该清单是用户从合适的应用中选择的。另一个策略是部分文件恢复,也就是只读出存档文件中相关的部分。要注意的是,部分文件的恢复必须由用来存档的素材文件格式加以支持。

档案传输服务器也可以用来将光学的媒介整合进存储策略,或者通过引导磁带库外部的磁带驱动器,使得系统可以存取离线拷贝。然而,档案传输服务器并不适用于通过像 SDI 等演播室的连接来传送素材。

随着可提供更少服务器的数据传输机制——SAN 管理解决方案的应用，我们可以预言，从长期看，档案传输服务器将越来越不重要（尤其是在 SAN 环境下）。

### 6.4.1.4 高速缓存服务器

高速缓存服务器管理在线存储系统，即在高速缓存区的素材可以在线存取。一个高速缓存服务器总是试图使最频繁存取的资料保持在线，因为人们预测这些资料在生产时会被频繁存取。高速缓存服务器会自动地管理其缓存区。根据用户定义的存储规则，高速缓存服务器会决定保存哪些资料，清除哪些资料，以便使缓存区可装入新的内容。尽管根据定义的规则，有些内容并未被频繁地使用，但因为内容可能是关联的，所以应用或服务必须能够在存取期间把素材锁定在在线存储器中。高速缓存服务器必须遵守这一锁定，以防止数据从缓存中被不必要地释放掉。这种锁定可以是即将到来的和可预见的事件，如周年纪念日、体育锦标赛等。用户可以将资料准备好，并提前放在高速缓存器中，以保证当需要时，相关内容可以立即取得。

高速缓存服务器提供了能够在线访问的素材的位置信息。一个永久性的管理策略是：存贮的数据量是在高配量和低配量之间的值。因此，当超过高标位时，缓存服务器自动地从在线存储中删除一些素材，直到到达低标位。当选择要删除的素材时，至少应考虑以下条件：

- 该素材必须已经被成功地转移到近线系统。
- 该素材没有被某应用或服务锁定（即它不可处在正在被使用的状态）。
- 优先删除最长时间没被使用的素材（即"最长不被使用的素材优先删除"）。
- 优先删除占用大量磁盘空间的素材（即"最大的素材优先删除"）。

另外，应该可配置不同的附加选项，比如给一个特定的对象类做标识，使之不可被删除，或规定一个最小时间帧，在此期间内使上载的素材保持在线。

### 6.4.1.5 流管理器

因为对内容流的并发请求的数量可能超过一个流服务器所能处理的流的最大数量，因此内容管理系统应允许安装可以共享存取同一内容的流服务器组。在这样的配置中，流管理器被用来选择合适的流服务器，来执行到来的请求，并协调客户端与被选择的流服务器之间的连接。

根据负载情况以及客户端与服务器之间的物理和逻辑上的接近度，选定一个合适的流服务器。物理接近度是指客户端和服务器之间的位置和连接特性（即服务质量参数，如带宽、信号抖动、延时等）。逻辑接近度基于所请求的内容已经服务于其他客户端的情况,因此,可利用协同来提供服务。

### 6.4.1.6　流服务器

流服务器能对媒体内容进行流式存取。在大多数情况下,流服务器建在一个已经存在的、有效的音频或视频服务器周围,此视音频服务器必须能直接对存取素材进行在线存储。流服务器在一个客户端和该流产品之间协调、建立连接。

流解决方案通过流服务器存取位于在线存储系统上的素材,并将其以流形式传送至客户端。如果有必要,通过一个档案传输服务器,将素材从近线存储磁带上传到在线存储中。多流服务器可以共享在线存储器,这样可以通过增加附加的流服务器来使所需的磁盘容量最小化。当几个流服务器共享同一个在线存储时,其中一个流服务器充当此流服务器组的管理器的角色,它为该组提供了一个单访问点。

流既可以采用与受控带宽(包括专用的连接)的连接来实现,也可以采用尽力策略或缓冲的策略。实际的传输既可以是同步的和受应用(如实时视频播出)控制的,也可以是异步的。异步流通过流协议采用尽力下载策略,但不受应用的任何控制。与标准下载不同,素材仍然是流的形式,而不是通过文件转移来传输。

在同步的情况下,采用低于或等于最大可分配带宽给该连接(可优先预留),但在异步的情况下,带宽可能等于最大可分配带宽(但不一定都被用上)。这使得流服务器的性能在一定程度上是确定性的。

关键帧服务器是一类特殊的流服务器。关键帧服务器将关键帧以流方式传送至客户端。但内容(尤其是连续的媒体内容)流一般是实时或接近实时的过程(类似于音频或视频重放)。相反,在关键帧的这种情况中,用户想要尽快看见结果,但并没有固有的时间限定。因此,关键帧服务器总是通过使用最大分配到的带宽来流化素材,这可以和下载过程相比。

### 6.4.1.7　传输管理器

如同流请求,对内容的文件传输并发请求的数量可能超过单个传输服务器所能处理的最大传输数量。因此,内容管理系统应该允许设置可共享存取同一内容的传输服务器组。传输管理器被用来选择合适的传输服务器来执行到来的请求。

比如流管理器,把客户端和服务器之间的物理和逻辑的接近度,以及服务器的实际负载状况作为候选服务器的选择标准。

### 6.4.1.8　传输服务器

在与不受内容管理系统管理的远程内容服务器交换文件时,应该使用传输服务器。这样一个内容服务器可以是任何一种提供或接受内容或素材的系统。例如编码器、解码器、制作系统、媒体自动点唱机、盒式磁带机、播出服务器或非线性编辑系统。

传输服务器可被用于输出或输入过程中的物理文件传输。比如,当内容要被放入非线性编辑系统上进行修改时,非线性编辑系统就会被当成输出目标。这个例子中,被选择的材料可用于在预生产过程中进一步的生产。当内容在被修改后返回系统时,非线性编辑系统是输入源,此步骤可包括一个形成版本的过程。另一个可能使用传输服务器的例子是,通过文件转移在没有集成的内容管理系统实例之间进行文件交换。这是在单个组织中实现系统之间信息交换的一种有效方法。

传输服务器软件组件既可安装在内容服务器本身,也可安装在一个对内容服务器有着合适的控制并与之有媒体交换联系的代理服务器上。传输服务器软件组件提供一个适合于内容交换控制的 API,另外它们还为内容提供网络传输机制,以便媒体对象之间的物理交换。

## 6.4.2　设备管理

设备管理可以通过专门的设备服务器控制外部设备,该服务器对系统赋予了基于信息技术的连接,否则只能通过 RS-422 等专用控制连接来存取系统。如图 6.6 所示,其基本建构模块是设备管理器、一个或多个设备服务器簇、大量专门设备服务器(每个都专门用来管理一个特定的设备)。

以这种方式集成设备的例子是自动化和媒体管理系统、专门的存档系统、非线性编辑、播出服务器等。我们在这一部分将讨论设备管理器的原理,在§8.3 中将讨论在内容管理系统环境中有关特定第三方工具的集成以及系统自动化和非线性编辑。

### 6.4.2.1　设备管理器

设备管理器是在服务或应用需要对外部设备进行直接控制时,与内容管理系统交互的实体。这样一个外部设备的物理控制接口是由一个专用的设备服务器实现的。所有提供设备控制接口的设备服务器都在设备管理器处注册。这个注册包括控制各自设备所需的所有参数。设备管理器在发出请求的实体与设备之间建立连接,并管理该连接。设备管理器应支持常用的控制协议,以便将所支持系统的范围最大化。

当对延迟和帧精确度的要求不是很高时,内容管理系统可通过设备管理器,采用各自的设备服务器,远程地直接控制演播室设备(即通过 IT 或控制网络)。如从存储在演播室磁带上的视频产生一个具有精确时码的预览拷贝。这里,内容管理系统准备了一个 MPEG-1 编码器,在接收到一个特定的时码后就开始编码,并向 VTR 发出

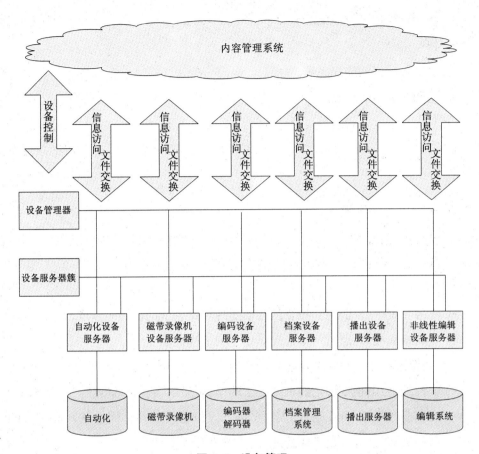

**图 6.6 设备管理**

一个"从时码处开始重放"的命令。从发出命令到开始重放之间的等待时间不是主要考虑的问题,结果才是所需要的。

在响应时间很重要且等待时间会造成操作问题(如在一个调度的记录中,或在通过一个传送清单工作时)的情况下,设备管理器可允许对演播室自动化系统或媒体管理系统进行访问,此媒体管理系统对各自的设备有直接控制联系,以便调度特定的作业。在这个方案中,自动化系统会负责控制演播室设备,并通过设备管理器从内容管理系统的相应的设备服务器中接受其作业。

与操作系统中的设备驱动器相比,设备服务器是用于与外部设备(如演播室设备)接口的软件组件。设备服务器一般需要对每一个由内容管理系统提供支持的新设备进行定制。

为了支持设备管理器,设备服务器从一个设备专用的控制协议中提取一个用于特定设备类的统一的控制协议。这种设备类的例子是:

- 视频磁带记录仪或播放器。

- 音频磁带记录仪或播放器。
- 视频磁盘记录仪。
- 自动化或媒体管理系统。
- 编码器、解码器等。

采用该方法,设备管理器可通过界定良好的标准接口引导设备,目的是通过设备管理器实现对第三方设备的集成。但如果是更紧密的集成,则可能要包括其他组件,如数据管理器等。

### 6.4.2.2　设备服务器

设备服务器向各类外部设备(如磁带录像机、磁盘记录仪、视频服务器、档案管理系统、演播室自动化系统或外部文件系统)提供统一的控制接口。这些接口及其功能分别为:

- 文件系统接口:通过直接文件存取实现对设备上的资产的存取。
- 设备控制接口:通过网络实现对设备的远程控制。
- 库存管理:用于对资产进行存储及提供元数据和状态信息。
- 事件处理:可根据特定的事件触发动作,如显示、删除、改变资产的状态等。
- 高速缓存管理:可在高水位、低水位之间保留用过的存储空间,以识别每个资产的辅助条件,如设备的最高、最低寿命及状态。

设备服务器应该是一个完全的自包含系统,也就是说它应该能管理它所接驳的设备,而无需由内容管理系统提供信息。此外,它应该提供必要的接口,以便使内容管理系统可以接管对设备的控制、对设备中呈现的信息加以检索或修改、对设备进行资产的输出和输入以及从设备上删除资产等。

图 6.7 给出了一个设备服务器的架构。根据这种设计,设备服务器具有一个可为文件层存取和设备控制提供接口的核心,因为与每个设备服务器接驳的设备可能有不同的(且经常是专有的)方法来实现这些接口。在后面的 §8.1 中,将介绍系统集成的原理。在使用设备服务器的情况下,2 种最相关的集成形式是通过协议(或数据交换)和应用程序接口 API。协议层次的集成包括文件层次的存取,比如通过 FTP、共享的文件存取协议,如网络文件系统(Network File System, NFS)或通用互联网文件系统(Common Internet File System, CIFS)。另外,设备服务器还可以提供设备控制功能,如视频磁盘控制协议(Video Disk Control Protocal, VDCP)、网络磁盘控制协议(Network Disk Control Protocal, NDCP)或视频文档控制协议(Video Archive Control Protocal, VACP)。由于有多种可行的方法来交换信息和内容要素,因此将

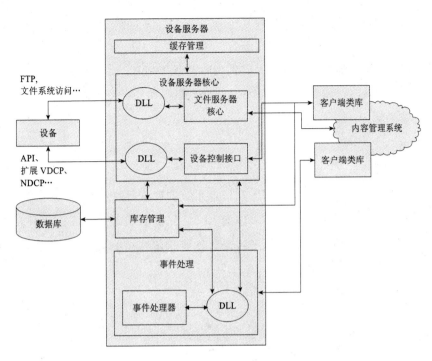

**图6.7 设备服务器架构**

这些实现的方法作为设备服务器的插件加以封装是有意义的,如动态链接库(Dynamic Link Libraries,DLL)可以使用户轻松地对设备服务器进行定制,以支持新设备。

库存管理保留有关资产的元数据,这些元数据可能超过设备自身所能提供的元数据(如附加的状态信息)。通过使用数据库对库存管理加以支持是合理的,因为该数据库应该与设备持有的每个资产的实际元数据保持同步,设备服务器核心应该提供方法,使库存管理能从设备中检索关于剪辑的信息。

事件处理器可与库存管理器或设备服务器核心通信,以便识别某个变化的发生能否算作一个事件。然后,由一个可执行处理该事件所需的动作的插件来处理这个事件。

高速缓存管理器根据特定的规则,管理设备上可用的存储空间。其典型规则是:

- 允许删除超出最大寿命的内容对象。
- 不允许删除还未达到最小寿命的内容对象。
- 不允许删除具有特定状态的内容对象。
- 优先删除大的内容对象。
- 优先删除最久时间未被处理的内容对象。

- 当到达高标位时,开始删除。
- 当到达低标位时,停止删除。

最后,为了便于设备服务器能集成到内容管理系统中,设备服务器的实现应该由一个软件开发工具包(Software Development Kit,SDK)来完成,该 SDK 提供 API 描述和必要的客户库。

### 6.4.3　数据管理

数据管理用来处理对所有数据库和信息系统的存取,数据库和信息系统中储存着描述性元数据或可在检索时被用于辨识的内容。元数据既可被服务自动引入,又可通过应用程序手工输入。图 6.8 给出了一个数据管理集成分布式异构信息系统的可行架构。

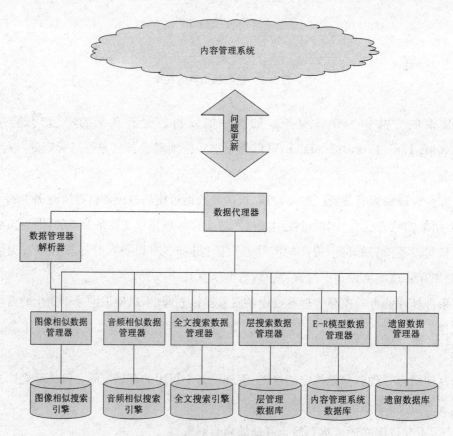

图 6.8　数据管理架构

该数据管理的主要建构模块是数据库系统。内容管理系统不应构建在单个信息系统上,而必须能集成多个数据库和元数据信息系统。特别当内容管理系统是在一个企业范围的环境中实施时,它必须能够为了特定元数据组件而使用专门的、有针对性的数据存储。总体而言,那些必须被集成的信息系统应包括通用数据库、遗留系统和专用数据库。通用数据库被用在内容管理系统内部,用于管理未在任何其他系统中存储的基本元数据。遗留系统包括现有的、预定的编目系统等在大多数情况下已经在使用的数据库。权限管理系统也可被当作遗留系统看待。这是遗留系统和第三方系统集成的一部分,将在§8.2中作进一步描述。专用数据库提供专用的编目功能,如分层的文件编制。

内容管理系统也经常集成不同种类的搜索引擎,如全文搜索引擎、图像相似搜索引擎或音频相似搜索引擎。这些搜索引擎支持特定的搜索,并利用特定的媒体特征实现选择性的搜索,或使不熟练的用户可以与系统交互。

### 6.4.3.1　信息系统

**遗留数据库**

在许多情况下,计划引入内容管理系统的组织已经有了文件系统或在组织内广泛使用的目录。这些系统存储了描述组织中很大一部分甚至全部内容对象的元数据。不能期望组织在引入内容管理系统时会立即替换掉这些系统。因此,它们需要连接到主数据库并经常被当成主数据库。其他可能包含有价值元数据的系统是:

- 新闻工作室系统,保存详细分析、手稿等。
- 支持策划和草稿的系统(大纲、故事等)。
- 各种制作系统的管理系统(EDL、标题、描述等)。
- 演播室自动化系统(播放清单、运行日志等)。

所有这些信息系统,包括既存的目录,在这里被称为遗留数据库。

内容管理系统需要与这些遗留系统交互,并有可能会把这些系统中的一部分当作主数据库。数据管理器的任务是透明地提供这种功能并将遗留系统集成到整个内容管理系统的解决方案中;而处理元数据在各数据管理器之间的分布,是数据代理器的任务。数据管理器一般分为2个主要的部分,即系统的专用部分和通用部分。前者实现遗留系统的专用接口,以便查询、更新、删除数据集;后者实现提供给内容管理系统的标准 API。

有2种方式可以将遗留系统集成进内容管理系统。一种可能性是将遗留系统中数据模型的相关部分映射到内容管理系统的内部数据模型上。这个数据模型可以是一个覆盖大部分甚至全部内容管理系统有关业务流程的企业范围的数据模型。在这个方案中,当处理有关请求时,数据管理器必须知道与之接驳的数据库中的哪部分数据模型在工作。有了数据管理器，遗留系统就可作为覆盖全部数据模型的特定子集的本地内容管理系统数据库之一，并且对内容管理系统的访问自动地联合到遗留系统。这个方法看起来相当精致，但在实施中可能会造成相当大的额外开销，将引起严重的延时。

第二个可能性是使标准的数据管理器适应遗留系统，以便支持一组预定义的查询和报告以及一组预定义的命令，其中每一个命令都有一个在系统范围内一致的语义。在这种情况中，虽然集成的范围被限定在该公司数据模型的一个相关的子域中，但是它仍然在内容管理系统的范围内有着一致的意义。遗留系统可作为一个标准信息系统被引导，并在这个范围内传送信息。这种方法使得内容管理系统可以指定特定的信息系统去传送特定的信息集（如专用权限数据库，针对视频、音频或静态画面的专用目录，或者印刷品数据库）。在这种情况下，唯一必需的是一个特定系统能提供一致的信息规范。

考虑到这一点，遗留系统可用于存储由内容管理系统管理的部分元数据，或可表示独立的信息源。在任何情况下，每个遗留系统都需要一个专门的数据管理器实例。因此，数据管理器经常需要专门定制。

**内容管理系统数据库**

表示一个公司数据模型的标准方法是开发一个实体关系图来描述数据模型，并用一个标准关系型数据库管理系统（Relational Database Management System，RDBMS）实现该模型。这种公司数据模型的一个很好的例子是 BBC 的标准媒体交换框架（Standard Media Exchange Framework，SMEF），它也被引入到 EBU P/Meta中（见 §4.4.1）。

由于这些数据模型在各组织之间有极大差异，并且应用于这些数据模型上的工作流也非常不同，因此，内容管理系统是不可能用非常合适的标准定制数据模型进行工作的。因此，典型的内容管理系统项目包括对所需要的数据模型以及工作流程进行定制，这意味着，相应的数据管理器也需要被定制。

为了持久存储，用户可能使用单个数据库或多个联合的数据库。物理执行的情况是完全透明的。内容管理系统会通过数据管理器存取该数据库，因此它不依赖于数据库中有关元数据物理表示的特定知识。

**全文检索**

内容管理系统所用的数据模型中有一个用户可自行的配置的属性，这组属性可以用来为全文检索建立索引。全文检索能力既可通过一个单独的全文搜索引擎来提供，也可以通过数据库自身的全文检索能力加以提供。如果使用单独的全文搜索引擎，可由全文搜索引擎直接存取数据库并对属性加以索引,或者是通过数据库把选定的属性作为数据库报告写入结构性文件,这些文件被置于文件系统中的保护区域中。之后,全文搜索引擎对这些文件建立索引。

上述2种方法各有不足。如果全文搜索引擎直接存取数据库表,则必须建立和维护在数据模型映射和搜索引擎索引者之间的强耦合。在使用数据库报告的情况下,数据库就必须负责保持报告和数据库内容之间参照的完整性。

应该用哪个引擎,主要是由所请求的功能和语言来决定的。将一个全文引擎集成到一个内容管理系统中,应该很容易做到,这同样意味着需要一个清晰界定的接口。

应用中的某些需求可能会限制我们对这些全文搜索引擎的选择。搜索引擎应提供以下功能:

- 一个可配置的词法分析程序。
- 支持基于属性的检索和分类。
- 支持将搜索限制在一定数量范围内。
- 对于某些国家的内容管理系统应用,支持 Unicode 编码。
- 一个合理的 API,被授权访问检索功能和重要信息。

根据所选全文引擎的能力,内容管理系统可提供模糊搜索、评级以及其他高级检索特性。考虑到查询算法的不断更新,将全文检索与数据库分离可以提供更好的扩展性,从而发挥全文搜索引擎的卓越性能。

**图像相似搜索**

在一个内容管理系统中,视频对象一般是由一组关键帧来表示的,这些关键帧都是图像对象。除了关键帧,其他图像可存储在素材管理中。图像相似引擎为图像查询与检索提供了一个可选择的方案。图像对象不是通过查询基于文本的元数据来检索的,而是通过比较图像特征,从而找出与标本图像相似的图像。

需要注意的是,基于图像相似的搜索,经常会返回预期不到的结果。例如,一个用户要搜索关于某个人的图像。该用户提供此人的一个面部照片作为标本,要求得到相似的图像。大多数用户此时期望找到所有关于这个人的图像:近照和全身、正面和侧面、戴眼镜和不戴眼镜以及戴帽子和不戴帽子等。但他们得到的可能是许多与此人相似的其他人、动物或甚至与人相似的物体的图像。由于这不是他们所期待的,未经培训的用户往往会对搜索结果失望。

然而,这个技术在其他一些应用情境中是有用的。一个可能的应用是:不是寻求图像相似,而是寻求图像相同(或高度相似)。例如,一个用户在检索时发现了一个有趣的剪辑,但它太短了或者其中有插入物,使得它不适于在新的制作中重利用,因此,用户想要对系统进行查询,以便找到比这个剪辑更长一些的或没有插入物的版本。为实现这一点,该用户可以从剪辑中选取一个有特色的图像或关键帧,并对所有的关键帧进行查询,以得到非常相似的图像(通常是相同的)。通过查询得到的关键帧,用户可以找到由这些关键帧所代表的剪辑,从中得到他所需要的剪辑。在这种情况下,查询结果符合用户期望,技术有了用武之地。

以关键帧作为图像相似检索的主要来源,其主要问题是可扩展性。让我们考虑一个平均的含有 100 000 小时的视频资料的存档。平均而言,可选择大约 1 000 幅关键帧来代表 1 个小时的视频。这意味着,为了找出所有与所提供的样本图像相似的图像,我们必须把一张图像与 100 000 000 张图像做比较。如果我们假定最大响应时间应该低于 10 秒,很显然这个功能是相当费时的。

鉴于技术的快速进步,可能很快就会有这个问题的解决方案了。因此,一个可以使图像相似搜索引擎集成进内容管理系统框架的清晰的接口描述,在任何时候都是需要的。

### 音频相似搜索

另一类高级搜索功能是音频相似搜索。用户向搜索引擎呈现一段声音剪辑,搜索引擎返回包含有与所呈剪辑相似的声音元素的音频对象。由于音频对象可以是一个视频对象的音轨,因此这个搜索适用于视频和音频内容。

这类搜索引擎目前仍然在研究阶段。然而,如同图像相似搜索引擎需要对庞大数量的图像进行比较一样,音频相似搜索也有类似问题,随着技术的不断发展,相信会在不久的将来找到解决方案。与前面相同,一个可以使音频相似搜索引擎集成进内容管理系统框架的清晰的接口描述,在任何时候都是需要的。

### 6.4.3.2 数据管理器

数据管理器被用于将信息系统集成进整个内容管理系统架构。对每一个必须包含的信息系统,必须提供一个专门的数据管理器。

一个数据管理器可分成 2 部分,系统专用部分和通用部分。系统专用部分是信息系统的外包装,而通用部分则提供内容管理系统的接口。数据管理器负责向任何请求信息的模块(如服务和应用)提供一个面向存储元数据(而非素材)的信息系统的统一接口。需要特别指出的一点是,数据管理器必须从特定的数据管理系统的查询语言和物理数据存储特征中完全抽象出来。数据管理器既接收查询,也请求创建、更新和删除数据对象。作为响应,它传送命中清单和细节报告等。

所有在数据管理器与客户端(可以是一个应用、一个服务或一个数据代理器)之间传送的消息，应该按 XML 等标准交换格式进行编码。为了对属性进行唯一的附注，可以使用 SMPTE 335M（元数据字典结构）（电影与电视工程师学会：Society of Motion Picture and Television Engineers，SMPTE），以及 SMPTE 推荐规则 RP210。属性可以根据 SMPTE 336M 加以编码（键－长度－值协议：Key-Length-Value Protocol，KLV）。为了将 KLV 映射到 XML，消息的文档类型定义（Document Type Definition，DTD）应该遵循由高级制作格式（Advanced Authoring Format，AAF）协会指定的格式。

数据管理器将送来的查询请求转换成相应信息系统的本地查询语言，并将该信息系统（比如 ANSI SQL 关系型数据库）提供的响应映射成为标准响应消息。如有必要，数据管理器可在内容管理系统数据模型、数据管理器接口的信息系统的数据模型与数据存储表示之间，作为中介。

从本地数据模型中进行提取的一个可行的方法，是采用"被标记的查询"的概念。一个标记是在信息系统中对一个任意的属性集进行特定查询的标识符。标记需要有一个贯穿整个内容管理系统的一致的语义含义，但这取决于相应的数据管理器的配置，以及由标记引导的相应的信息系统主导数据模型的部分。这种标记的例子包括："什么"、"何地"、"何时"等。

数据管理器接收一个带有许多属性参数的查询作为标记，从查询清单中选择由标记所标识的查询，并将这些属性映射到该查询中，从而产生由数据管理器连接的信息系统的本地查询语言所表示的一个完整的查询。查询达到一定复杂性后，该方法甚至可使得同一个被标记的查询与大量的数据管理器联合。这很重要，因为用户（尤其是不熟练和临时的用户）都期望得到一个单一的结果清单。由此，使用了标记的查询可允许对在大量信息系统中都有的一个共同概念进行特定搜索，并从具体系统的实现细节中抽象出来。

通过标记或高级结构（如用 XML 进行编码），数据管理器可引导内容管理系统的数据模型的一个子集，该子集一般是一个公司范围的数据模型（如 BBC 的 SMEF）。该子集的大小由数据管理器所接口的数据库系统的容量来限定，它可以提供单个对象的特定属性及整个数据模型。

### 6.4.3.3　数据管理器解析器

数据管理器与任意的信息系统集成，此信息系统授权存取用于内容对象或资产（若 IPR 受到管理）的某部分元数据。其他元数据可位于另一个信息系统，此信息系统与另一个数据管理器接口。最有可能的，每一个信息系统都采用其所拥有的唯一的

ID 在自己的域内标引资产。因此,可能需要将各自专有的 ID 映射到一个系统范围唯一的 ID,该 ID 可在内容管理系统域内代表资产。这个工作可由一个数据管理器解析器来实现。

数据管理器解析器基本上是一个简单的映射表,包括:

- 每个已知资产的所有已知 ID 构成一个数据行。
- 一个存储每个资产在内容管理系统范围的 ID 数据列。
- 一个为每个数据管理器存储其所接口的系统中的相应对象的 ID 数据列。

对该映射表的查询使得当用户知道数据管理器和相应本地 ID 时可以找到一个对象的内容管理系统 ID,或当用户知道内容管理系统 ID 和相应数据管理器时,可以找到给定的信息系统中的一个对象的本地 ID。

由于数据管理器向内容管理系统提供统一的接口,完全从相应的信息系统中的信息中抽象出来,因此由数据管理器存取数据管理器解析器。这个机制使得用户可以查询由内容管理系统 ID 所标识的内容管理系统内容对象,并发送这些内容对象作为查询结果。

### 6.4.3.4 数据代理器

当一个查询需要与一个以上的数据管理器联合时,内容管理系统必须能在所涉及的数据管理器中间分发该查询的一个实体,并从这些数据管理器处接收响应。进一步讲,它必须将这些响应融合为一个统一的响应集,必要的话还可通过再次向特定的数据管理器就查询结果集中的每个对象请求附加信息,丰富结果属性等。

该组件称作数据代理器。它执行在元数据层之上引入代理管理器方案。数据代理器为内容管理系统提供唯一的查询、更新和删除接口,这样内容管理系统组件就不需要确切知道数据管理整体上是如何构造的。数据代理器向已在代理器上登记的数据管理器提交请求(查询和数据库维护指令)。因为数据代理器本身可以作为一个分布式的实体,它也会向已知且可连接的其他数据代理器传送请求。数据代理器在接收到它所调用的所有单元的结果后,收集响应,并将这些响应提交到请求的单元。这个过程取决于所选择的调用深度和选择的代理器。

## 6.5 服务

服务扩展了内容管理系统的范围和能力。如同操作系统中的后台程序或服务,内容管理系统的服务一般是后台进程,可从客户端(如一个应用或其他服务)接受作业,并可访问核心，以便执行各种存取素材、元数据或设备的任务。在接下来的部分我们将讨论人们公认的对内容管理系统有用的、在企业范围层次上管理内容的许多服务。内容管理系统可以包括这些服务，但既不要求也不局限于提供此书所描述的服务。

### 6.5.1　上载

上载服务负责向内容管理系统导入视听信号。信号可能是来自卫星或有线网络的输入，或来自演播室设备（如磁带、数字录音带或 CD 播放设备/录制设备）。信号通过合适的编码器被数字化转换为多重格式，并写入一个在线存储区域。

上载服务的主要任务是：

- 识别与要上载的素材相关联的对象（如果可用的话）。
- 在必要时，产生唯一的标识。
- 实施对最小元数据的输入。
- 对编码过程加以监管。
- 识别和处理由编码工作产生的文件。
- 在记录素材的同时，在素材管理系统上登记素材。
- 向数据管理中引入相关的元数据。

### 6.5.2　播出

播出服务用于在信号层次重放视听信号。它采用合适的解码器或视频服务器来完成该任务。尽管内容管理系统一般不直接涉及无线传输过程，但可能有许多工作流，例如对来自信号的浏览版本进行重新编码，或将存档的素材转为磁带播出，需要对基于文件的素材作为基带信号来提供。因此，播出服务处理所有的不是内容处理过程固有部分的流请求。

### 6.5.3　输入

只要当一个应用或工作流处理器请求将资产输入内容管理系统时，输入服务就会被调用。输入服务应该既允许输入单个对象，也允许输入批量控制的对象集合。为完成一个输入过程，所需要完成的工作完全取决于工作流需要、应用于该设施的业务规则以及被输入的资产的状况。

图 6.9 给出了一个输入服务的架构，它足以灵活地处理可能应用于输入的多种多样的需要和状况。输入服务包括一个管理输入过程的工作流处理器和一组可以被当作插件加以添加的处理器集。这组处理器中的每一个处理器均可按照工作流的顺序

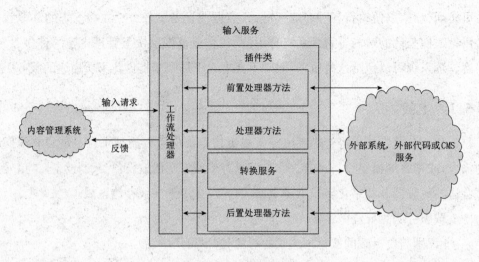

图 6.9　输入服务架构

被调用,并且每个处理器可再次使用外部系统、外部代码或内容管理系统服务,以在输入过程中完成特定任务。一个可能的输入工作流有以下的步骤:

- 工作流处理器处理一个进来的输入请求,并将该请求递交给前置处理器。
- 前置处理器评估此请求,并执行一些特定的任务,以准备执行全部输入工作。这些任务中的一部分是检查所有成功输入的前期条件是否全部满足。由此,前置处理器决定输入是继续还是中断。如果输入继续,前置处理器将责任归还给工作流处理器。
- 工作流处理器创建输入过程清单,并为每一个要输入的对象调用处理器。
- 处理器为每一个要输入的对象执行特定任务,包括创建或更新元数据和移动文件等。在完成这些任务后,处理器将控制权归还给工作流处理器。
- 如有需要,工作流处理器可调用转换服务以便进行格式转换。当业务规则有此需要时,在输入时应注意:
  ➢对象应该转换为标准存档格式。
  ➢应该创建其他格式,如供浏览或互联网用的副本。
- 工作流处理器调用后置处理器,以执行结束全部输入工作的任务。在成功地完成输入工作之后,后置处理器将控制权归还给工作流处理器。
- 工作流处理器通过向最初的请求者提供反馈,从而结束任务。

### 6.5.4　输出

只要当一个应用或一个工作流处理器请求全部或部分地将资产从内容管理系统

输出到一个外部系统,输出服务就会被调用。输出服务应该既允许输出单个对象,也允许成批输出多个对象。与输入过程相比,输出过程完全取决于工作流的需要、业务规则及不同目标系统的特定需求。

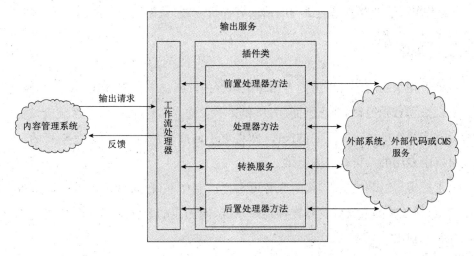

**图6.10　输出服务架构**

图6.10所示的输出服务的架构与输入服务的架构非常相似。对工作流处理器、前置处理器、处理器、转换服务和后置处理器的使用,应该提供足够的灵活性,以便处理不同种类的输出方案。此外,每个处理器可再次使用外部系统、外部代码或内容管理系统服务,以便在输出过程中完成特定任务。一个可能的输出工作流有以下的步骤:

- 工作流处理器处理收到的输出请求,并将其递交给前置处理器。
- 前置处理器评估受到的请求,并执行一些特定的任务,以准备执行全部输出工作。这些任务中的一部分是检查所有成功输出的前期条件是否全部满足。由此,前置处理器决定输出是继续还是中断。如果输出继续,前置处理器将责任归还给工作流处理器。
- 工作流处理器创建输出过程清单(按来源材料进行排序),并就每一个要输出的对象调用处理器。
- 处理器为每一个输出对象执行任务,包括检索元数据等。在完成这些任务后,处理器将控制权归还给工作流处理器。
- 如有需要,工作流处理器可调用转换服务以便进行格式转换。当业务规则有此需要时,可在输出时要求:
  ➢将对象转换为目标系统所支持的格式。

➤可被转换引擎所处理的部分输出。

- 工作流处理器调用后置处理器,执行任务以结束全部输出工作。在成功地完成输出工作之后,后置处理器将控制权归还给工作流处理器。
- 工作流处理器通过向最初的请求者提供反馈,从而结束任务。

### 6.5.5 编辑

内容管理系统应该可以将内容当作汇编好的片断加以存储,但也可将内容拆分成基本的视频和音频剪辑、静止画面、图片和文本素材。因此,内容管理系统应该可以将内容分割成更小的成分。反向的操作(即将更小的成分加以组装)也是需要的。这个功能可以由专用的编辑服务来提供。

为了把剪辑组装成素材,编辑服务可与生产制作系统、视频服务器或流服务器联合工作,选择相关的素材并将其转移到该系统,向相应的系统提供一个组装清单以便自动组装或播出。

为了拆分,编辑服务应该能够自动地执行简单的编辑功能,如对特定的已知素材类型进行剪切、修剪、复合和反复合。该功能可用于将一段新闻分割成单个的条目,从一个记录中消除无关的部分,或将一个连续的记录分割成与逻辑的内容对象成分相同的单位。

这类操作并不像看起来那么直接。在这种情况下,必须要考虑的 2 个主要问题是:(1)所有素材拷贝的编码格式和时码准确度;(2)内容对象的版本。如果一个编码格式使用帧间编码(如 MPEG‐1 和 MPEG‐2),将不可能在每一帧对视频进行分割。一个新的段总是必须从一个 I 帧开始。因此,编辑服务必须选择前面最近的 I 帧,以进行用户选择的剪切。在理想状态下,选定的帧前面的帧集应该保持对用户的不可见性。这个功能不仅依赖于编辑服务,也依赖于向用户呈现视频的视频播放器。另一个解决方案是,对被编辑的段进行部分的重编码,第一帧被当作一个内编码的帧被编码,所有其他的直到第一个常规 I 帧的帧,也应该被重编码。这是一个非常费时的过程,但是可以让任何标准播放器的视频得以回放。

无论如何,帧和时码的准确度必须加以保证。重要的是,在已经完成编辑的素材的所有拷贝中,应保持所有时间引用的一致性和完整性。

### 6.5.6 转换

转换服务为内容管理系统提供在不同的媒介格式或文件格式之间进行转码的能力。在富内容组织中,有许多编码格式被使用,其范围从标准格式(如基于 MPEG 或

DV 的格式)到专有产品。转换服务使得可以在这些格式之间进行转换,而不需要每次都经过一个重新录制的过程。然而,在内容管理系统内执行所有可能的转换是不合理的(在专有格式的情况下甚至是不可能的)。因此,应该为转换服务提供一个精心定义的框架,从而使得大家认可的第三方产品能够容易地集成到内容管理系统中。这样,系统便可利用专家的专长,并在可获得相应的工具时,集成其他的格式。

转换服务的一个重要应用领域是在不同生产品质之间的自动转换。例如,在一个不仅仅依赖于一种格式的组织中,可能需要在 MPEG-2 4:2:2P@ML 和基于 DV 的格式之间进行转换(反之亦然)。另一应用领域是在线性音频和 MPEG-1/2 二层音频之间转码。还有一个可能频繁使用转码的领域,是从高品质存档材料中自动产生浏览用的副本,这包括从生产品质的 MPEG-1 视频,产生出低比特率的 MPEG-4 简单概略视频,以便在互联网分发时使用。对于音频,一个类似的过程是从线性音频转换到流行的 MPEG-1 三层版本。

除了编码格式转换,转换服务也支持文件格式转换。这包括 OMFI、GXF、MXF、AAF 文件格式之间的转换,以及 WAVE 和 BWF 文件格式之间的转换。

转换服务的其他应用领域也不难实现,但需要第三方工具。

## 6.5.7　分析

分析服务封装高级素材处理工具,用于分析媒体、过程元数据(包括关于内容结构的信息)和视听摘要。分析服务接受素材作为输入,并使用该素材自动产生附加信息。我们可以想象出大量的分析功能,且市场上有趣的相关技术也在不断涌现,只要该服务遵守关于 API 和结果输出的特定需求,内容管理系统就能够集成这些技术。因此,与转换服务相似,分析服务也提供了一个框架,以集成许多相关的技术。下面将讨论在当今内容管理系统中可以找到的一些分析技术。

### 6.5.7.1　视频分析服务

在一个视频被预先处理的环境中,视频分析服务可以有力地支持编目者的工作、提供有关内容对象的附加视频信息。它有助于处理数量不断增长的视听材料,并使其文档化,使检索更加高效。

基本的视频分析服务既支持镜头捕捉,又支持对关键帧的选择和提取。基于这个信息,在关键帧选择的过程就可以选择有代表性的关键帧集,可用最少数量的帧完整地囊括视频图像内容。这些帧是对视频的初始故事板进行的一种重构,每个关键帧引用视频流中的一个特定的呈现时码。

有许多选择关键帧的方法。最简单的选择工具是根据关键帧的时间位置（如每2.5秒一个关键帧）对它们进行选择。然而，这并不是合适的分析，因为没有考虑视频的语法和语义。总之，一个视频分析服务应该只有在图像内容有显著变化时才选择关键帧。对于选择哪个帧作为关键帧集的一部分，通常有以下几个原因：当它是视频中的第一帧或最后一帧、或是一个镜头中的第一/最后一帧时；或是它可以代表一个摄像操作或一个转换；还有一个原因是用户可能会选择他/她认为最适于表示一个特定片断的一帧。

一个视频分析服务在选择和提取关键帧时，可支持几种粒度水平。较高的粒度水平意味着有较多的关键帧将被提取出来去表现图像内容较小的变化。采用这些粒度水平，应用程序可影响所有呈现给用户的帧。

一个更高级的视频分析服务能够提取关于摄像作品的信息，如变焦、摇镜头和倾斜，并可试着识别过渡。支持摄像作品的分类应该至少有摇镜头、变焦和倾斜。

过渡可以被进一步分类。在编辑过程中，过渡经常被用作艺术元素。过渡有许多种，并不是所有的过渡都能够被自动检测出来。例如，非常长的渐淡就很难检测到。一个视频分析应该支持以下类别：

- 剪切。
- 淡入。
- 淡出。
- 交叉淡出和淡入。
- 其他。

作为一个高级特性，视频分析服务可提供镜头群集的方法。每个镜头的关键帧可与下一个镜头的关键帧做比较，使下一个镜头和看起来类似的镜头可被选入同一个群，这有助于识别对话场面，也可被用作是对一个由人控制的场面群集的输入。

视频分析服务所能提供的功能取决于有哪些可用的技术。然而，能实时工作及对标准设备采样的技术也是很重要的。任何耗时较多的方法都不能用于操作系统中，因为它不能够应付当今内容生产的工作负荷。因此，重要的是，用于视频分析服务的技术已经达到了成熟和稳定的状态，并可以在操作要求给定的范围内操作。

### 6.5.7.2 音频分析服务

音频分析服务用于分析音轨、添加附加的元数据，或是被用于索引的目的。音频分析已经研究了许多年，可以自动提取出一些不同的特征。可用的分析工具既包括简单的音频分类，也包括创建一个副本等。总之，目前的音频分析工具应包括以下特征：

- 对包含音乐、讲话或其他声音的段落进行分类。

- 语音识别，以获得副本或至少一个供全文检索用的文本。

- 说话人识别。

- 关键词识别。

音频分析服务应该具有能依据应用的需求而整合所有这些工具的能力。在这种情境中，能管理用户的期望，并且使用特定的合适的工具是很重要的。依赖于环境，语音识别工具可达到 95% 的识别准确率。这种准确率对于很多应用都是不够的，如新闻中的姓名特别重要，而语音识别工具经常不能准确识别。因此关键词识别可能更适合于这个情况。总之，由基于目前技术的音频分析服务所提供的数据只能作为辅助性数据，需要由用户自己来进一步加强，以获得完整的文档，或与其他元数据共同使用，以获得充分的准确性。

如同视频分析那样，音频分析服务中所使用的技术必须能在标准计算机设备上实时工作，以成为一个可行的可选方案或能对手工文档提供支持。

### 6.5.7.3　其他分析服务

还有许多其他技术可以允许对媒体的某些特征进行自动分析和检索。例如，对屏幕上的文本进行光学字符识别（Optical Character Recognition，OCR）。图像和视频自动索引技术应用的另一个有趣选择是面部识别，从而能识别人。

当今正在涌现出越来越多的有趣技术，而内容管理系统必须做好准备，当这些技术逐步成熟、可用时，将其集成进来。

### 6.5.8　水印

水印服务能处理媒体对象认证方面的事务，以及节目资料交换中的安全事务。关于水印，至少可以考虑 2 种方法。一种方法是插入一个可见或可听的水印，这样仍允许接收者欣赏内容，但澄清了所有权并限制了重复使用的可能性。第二种方法是插入不可见或不可听的水印，借此建立了所有权，拒绝对内容未经授权的重复使用。在这 2 种方法中都很重要的是，水印的保存要贯穿几代或几个生产周期。

现在，该领域中几个有希望的技术正在开发之中。由于这些技术很有可能会对未来涉及内容交换或传送的电子商务活动产生重要影响，因此内容管理系统应该在涉及这些服务的可用解决方案的时候，保持对它们的开放性。

在水印服务的情境中，水印这个术语不仅表示目前正在开发的水印技术，还包括所有种类的内容认证技术，即对所有权的保护。与这种需求相关的其他技术还有指纹认证等。这种技术是分析视听材料的唯一特征，并将其存入数据库。该数据与被涉及的材料的数据相比较，以查明内容是否被使用过，以及是用何种形式/方式被使用的。因此，水印服务代表了所有对内容加以认证的服务。

### 6.5.9　订单管理

在企业范围的内容管理系统运行的背后，是"信息就在你指尖"的意愿，表明每个人应该能够在"任何地点"、"任何时间"找到并获得和存取"任何东西"。实际上，通常要注意以下几种情况：

- 有些用户实际上对能找到他们想要的资料的内容管理系统并不在意。他们只是通过电话或传真联系资料室，让资料室人员帮他们找到材料，并将材料提供给他们。例如"我需要一些关于飞机坠毁的图像，用于我下周二的特别节目。请替我找些播出不太频繁的材料"。这种定购资料的查询，是很多企业的一个标准工作流。

- 用户可能希望资料在特定的时间传送到到特定地点。例如"请将此资料于下周三发送到 7 号编辑室，上午 8 点之前要能够拿到"。这种约时传送在很多企业中都非常普遍。

- 用户经常并不具有权限，也不了解材料可以送往的位置，这就需要有一个机构管理员，由他来决定在一个给定的时间，对于一个特定项目，哪个新闻工作室是可用的。因此，此管理员需要被列入传送链中。

- 很常见的一个情况是，所请求的材料可能伴随有特定版权，不允许在特定的情景或时间加以使用，如果使用可能会引起严重的法律问题，也有可能是因使用某些资料而涉及可观的费用，从而超出对特定生产制定的预算。

- 有可能无法将材料传送至预期的地点。例如旧的材料可能只有在传统的存储媒介上才可以获得，那就需要数字化或仍用传统的传送方式。

显然，这需要内容管理系统提供一个附加的服务。在本书中，我们称此种服务为订单管理。订单管理至少应该支持资料室人员对请求进行间接深度查询，即内容管理系统的用户应该能要求资料室管理人员处理存档，内容管理系统能响应这些请求，并将这些请求输入系统。这种查询可能更有效，因为资料室人员了解文档和系统的结构与细节。内容管理系统被用来查询和传送，但也必须提供对发出请求的用户的反馈渠道。

订单服务必须要做到既能允许通过订单对资料以传统的方式传递，也允许通过定单由内容管理系统应用程序对材料进行传递。这些订单包括可作为完整文件、传统载体或以剪辑列表的形式（通过提供一个粗剪 EDL 来定购）来被传送的资产。处理这些请求的人必须能够存取定单指令中每一个单独的元素，检查版权和费用，并决定是否传送。在这种情况下，处理者可引发附加的过程，如数字化或对传统载体进行拷贝。而且当要传送的材料来自一个与所请求的来源并不共享相同时码的其他来源时，必须能够修正粗剪 EDL。例如可能会有一个资产已经在一个新闻节目中播出了，而用户请求了这个节目的一个剪辑，但与当初从制作系统直接被存档的该节目的时码并不匹配，因此 EDL 需要调整以适应这些时码。

同样，订单管理还应该能够改变目标位置（例如用户可能已经请求所有的材料要以文件形式传送到 7 号编辑室，但是其中的一项材料他必须从 3 号编辑室以传统载体的形式获取），并能向发出请求的用户提供反馈，包括已修正的 EDL 以及关于传送位置和传送时间的更新。最后，需要支持发送调度和授权，即每个被资料室授权的传送行为，都被调度到一个特定的传送时间，但机构管理员可以选择改变调度安排，并修正最后的传送地点。

显然，满足一个组织对订单管理的需求是一项具有挑战性的任务。重要的是，要在订单管理的设计中考虑足够的灵活性，从而实现对各种不同工作流的定制。

## 6.5.10 监视文件夹

监视文件夹（Watch Folder）服务允许触发显示文件的后台处理进程。一个监视文件夹服务对具有给定后缀的文件作出反应，并执行一个可配置的"行动"。这个行动可以是一个复杂的工作流，它可包括由第三方系统执行的操作，也可包括向其他监视文件夹传递任务以使工作流持续。监视文件夹服务可以作为一个插件，从而在特定文件出现时，能够执行相应的活动。

监视文件夹在输入情境中非常流行，在该情境中任何第三方上载工具可以创建一个新的对象并将其投进这种监视文件夹，由此触发向内容管理系统的自动输入，但监视文件夹可提供更多的功能。为了充分了解监视文件夹的实质，让我们来解析一个更详尽的例子：一个广播台的客户服务接收到一名观众的请求，他想要得到一个已播出节目的 DVD 拷贝。该节目的拷贝可在资料室得到，但是资料室是以特定的存档格式（如 DVCPRO50）保存的，而不是 DVD 所需要的格式（如 MPEG - 2 long GoP）。又如资料室位于总部，而客户服务位于 30 英里外的远处。在所有这些例子中，监视文件夹可密切追踪请求的执行和请求状态。

图 6.11 表示了一个与监视文件夹有关的可能的工作流，它允许客户服务以所需要的格式检索资料：

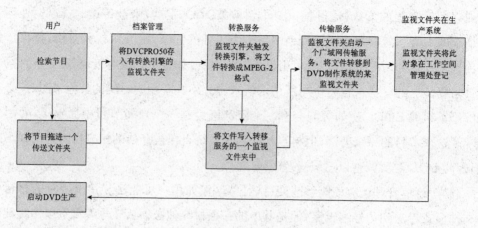

**图 6.11 监视文件夹支持的工作流**

- 用户采用标准查询应用从资料室检索所需的节目,该应用可由网页检索服务提供。

- 然后,用户把节目从命中清单中拖到一个传送文件夹,该文件夹由工作空间管理提供。

- 工作空间管理解释这个拖动事件,并将一个传送指令文件写入存档管理的一个监视文件夹。

- 这个监视文件夹启动传送操作,将存档对象传送到一个具有合适转换引擎的监视文件夹中。

- 这个监视文件夹触发转换引擎,将文件转码为与 DVD 兼容的 MPEG－2 格式,并将文件写入某个转移服务的监视文件夹中。

- 这个监视文件夹启动一个广域网传输服务(如通过 FTP),将转码后的文件转移到 DVD 制作系统的某个监视文件夹中。

- 然后,这个监视文件夹将此文件输入到 DVD 制作系统中,并将此对象在工作空间管理处登记注册。

- 现在,用户可以请求该对象了,他可以创建所需的 DVD。

尽管以上描述不一定如实际操作那样准确,但该例子应该有助于我们了解监视文件夹所带来的灵活执行的可能性。

### 6.5.11 网页检索

网页检索服务提供对内容的基于网页的存取。例如,它可提供一个基于网页的界面,提供简单或高级查询接口,并通过任何一个台式机上的标准网页浏览器显示检索结果,如命中清单、元数据及关键帧等。

针对发出访问请求的客户机的网络连接的情况,网页存取服务可提供各种品质的流媒体的存取。个人客户端能以 1.5Mb/s 速度存取一个 MPEG－1 预览视频,而有的通过互联网来连接的客户端却只能存取低码率视频代理、低码率音频流,或仅仅是关键帧。只要能显示关键帧,就能够提供基于关键帧集的粗剪功能。

另一个网页检索服务的应用例子是提供对存档内容的公开存取。将其与电子商务的应用结合起来,可以是一种将内容向第三方做广告和营销的合适方法,这扩大了存档内容的增值潜力。出于安全原因,将电子商务建成独立的实体,并将选中的内容在其中复制是明智的,该实体可以通过输入和输出过滤器与核心内容管理系统集成起来。

总之,网页检索服务应提供与基于网页的用户界面的观感有关的高度灵活性和可定制性。很多供应商和客户可能想在自己的应用中使用这种集成在内容管理系统中的服务。因此,网页检索服务应该满足以下需求:

- 每个由网页检索服务提供的视图应该可以通过一个专用的 URL 获得,从而使第三方应用可单独地连接到每一个功能。
- 网页检索服务应提供通过 URL 存取资产状态信息的方法。
- 网页检索服务应具有用户管理支持,从而允许为每个用户组独立地授予使用或禁止每个功能的权限。
- 用户界面应该易于配置,理想的情况是通过对 XSL 格式表的修正来实现。
- 该服务应该在多平台上易扩展和易分布,以便支持大量的并发用户的操作。

## 6.5.12　工作空间管理

工作空间管理服务可以对用户日常工作的多个方面(如组织资产和查询、存取数据库以及浏览文件系统)提供唯一的接口。其他必须支持的任务包括:对设备进行扫描及在设备间移动文件等,这也可与存取系统功能(如输入、输出、分析等)一同发生,而且当文件夹中出现一个对象或文件时,还要能自动触发某个活动。还有一个重要的功能是支持对等用户之间的交互,包括共享信息、发送请求和接收请求,以及提供一个通用通信平台来为通信提供环境。

工作空间管理服务管理着文件夹的结构。每个文件夹属于相应的文件夹类,文件夹的类别可界定此文件夹所提供的功能。每个文件夹类被打开时,执行一类特定的操作,如读硬盘上物理目录的内容、执行特定的数据库查询,或从一个设备读取数据集。拖拽操作启动特定的过程,如启动一个输出、输入或文件传送,或触发一个过程(如格式转换或视频分析)。特定的文件夹(所谓的监视文件夹)识别某个特定类型的文件何时出现在文件夹中,并执行一个预定义的操作,作为对该事件的响应。这种操作的一部分,是向一个分配清单发送一个电子邮件,其他文件夹可与一个聊天环境接驳,由此提供 P2P 通信。这些文件夹也可以具有在适当时候被用作默认值的属性(元数据)。

下面的例子强调工作空间管理在一个典型工作流中的可能的应用情况。对于一个新项目,一名编辑人员在他的私人文件夹空间中创建一个与项目有关的文件夹。他对兴趣点击的查询,可通过将其拖拽进一个特定的子文件夹中而加以存储。在另一个文件夹中,他通过从命中清单中拖拽,来收集对媒体对象的引用,这些媒体对象稍后可能会在他的工作中被用到。在项目过程中,他可以创建脚本和进度安排,并可同样将其存储在项目子文件夹中。在特定的时候,他采用信息收发功能,向存档部门递交一个存档查询请求。他在一个专用文件夹中收到一个命中清单,同时还收到产生该结果的查询。他将这些命中一起放入他的项目文件夹,并将存档查询结果添加到他自己的结果中。他也把此查询保存在他的查询文件夹中,以便于以后可以再次发出此查询,由此来检查存档中是否有了新的感兴趣的资料。

接着,他存取自己所收集的资料,并创建一个 EDL 初稿,也将其存储于他的项目中。他将 EDL 拖拽到一个共享文件夹,以便使团队的其他成员(如剪辑人员)在作进一步处理时可以存取到这个作品。另外,他通过将 EDL 拖拽到收件箱文件夹或权限管理部门,可提交这个 EDL 以使他打算使用的片断得到许可。版权部门对要使用的材料元素逐个进行授权。由于他正在生产的项目将会以改编后的形式在以后的节目中重复使用,所以他与负责创建这个版本的人共享项目文件夹。最后,他把 EDL 拖放到一个代表制作系统的文件夹中,通过输入必要的附加元数据(如所要求的传送时间),发出指令将材料传送到制作系统中,或请求资料室发送磁带上选定的内容。

这个场景,虽然只包括一个特定编辑日常工作的一小部分,但强调了通过使用工作空间管理而引发的可能性。当文件夹被执行,显示数据管理中所有具有特定状态的对象时,甚至可以通过让这些对象出现在特定的文件夹中——直到特定任务被完成并且对象获得新的状态,从而支持工作流。

图 6.12 描述了一个工作空间管理的可能架构。它区分了由 SOAP 服务器提供的对文件夹结构和文件夹内容的管理,并通过一个展示服务器,将整个树、文件夹内容、文件夹中实体的细节呈现出来。

SOAP 服务器通过 SOAP 协议传递消息,并通过同样的机制接收处理指令。对于一般的收集文件夹,这样一个 SOAP 服务器可包含一个数据库(该数据库中存储了文件夹的层次结构以及文件夹中对象的引用),以及一个插件集——例如实现文件夹的

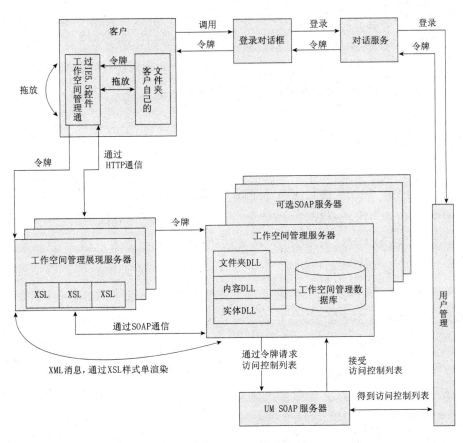

**图 6.12　工作空间管理架构**

功能(打开、关闭、创建、删除等)并允许存取文件夹中的内容(创建目录列表)。它们能够访问文件夹中的对象细节。

用户可以将新的文件夹类型作为插件,添加到工作空间管理中。例如提供相应的动态链接库或一个可选的 SOAP 服务器,直接通过 SOAP 传送必要的 XML 消息给工作空间管理展现服务器。

为了创建图形用户界面,展现服务器应该能接受用来描述各 XML 消息是如何被提交给特定布局的 XSL 格式表。当使用动态 HTML 时,可使用相关的技术来把最终的 GUI 放到每个桌面上,而不需安装任何本地组件。

文件夹类型包括任意对象的集合、与设备服务器的文件系统接口相接驳的文件夹(由此允许对设备的内容进行浏览,并向设备传入或传出资产),以及与服务相接驳的文件夹。后者允许通过将特定对象拖拽到文件夹上,从而为该对象而调用服务,并显示被服务所处理的任务的当前列表。也可以有这样的文件夹:允许收集对数据管理的查询,并允许收集如编辑决策清单这种复合对象。另外一组文件夹集执行对数据管理的预定义查询,如"打开文件夹"指令,使得可以提供如"有什么新数据"这种文件夹,这样可执行显示所有新添加(比如在过去 24 小时中)到系统中的对象。

很重要的是,工作空间管理支持用户对每个文件夹的存取权限,因此可以定义哪个用户组有使用、移除、添加甚至查看某个文件夹的权限。

## 6.6 应用

应用是下述人员用来访问内容管理系统所提供的功能接口,这些人员包括在富内容组织中,每日业务所涉及到的内容生产者、内容分配者、内容编目者以及其他用户群。这些工作流的重要元素的例子包括策划和起草、上载、输入、日志、编目、检索、浏览、粗剪、输出、清除以及事务管理。显然,这一系列可能的应用永远是不完全的。当内容管理系统被引入组织中时,会对必须支持的新工作流和应用元素进行识别。在许多情况下,组织自身甚至会想要在内容管理系统上面建立自己的应用,或使已有的、可连接到内容管理系统的应用丰富化。

由此,内容管理系统提供一种构造这些应用的工具箱是必要的,并且此工具箱应建立在可复用的组件以及灵活布局的机制上。采用这种方法,用户可容易地修整应用,如在需要时添加或移除功能,并且可根据新的客户需求配置新的应用。

这种方法的一个经典应用是将内容管理系统集成进用户常用的新闻工作室系统的用户界面中(见 §8.3.2.3)。目前,新闻工作室解决方案的主要供应商均支持将客户端 GUI 集成的插件机制集成进它们的桌面应用中。因此,采用基于组件的方法实现内容管理系统应用的一个合理的途径,是以插件方式提供所有相关的用户界面,以支持应用 GUI 框架的集成,将其在适用的地方集成进基于 XML/XSL 的框架。

由于应用在内容管理系统中起到如此重要的作用,它们的设计和主要应用组件的功能将在第 9 章单独讨论。本章详细讨论了架构中考虑的例子及其特点和特征。本段落着重讨论内容管理系统应用模块的架构。

所有的组件应该运行于与网页环境可比的框架中。但当没有专用的应用时,必须有一个实体运行在用户的桌面上,该实体将所有这些组件整合起来,因为客户端组件的简单集是不具有应用情境的。因此,要提供一个对话管理器,由它界定客户端的状态,以及所有作为客户端用户界面的一部分而运行的应用组件的情境。

在客户端工作站上,可能会建立/安装相当数量的客户应用或 ActiveX 控制等客户组件。因此,需要一个单独的内容管理系统实体运行在客户机上,代表所有这些客户和组件,管理与内容管理系统的对话。这种单个实体对于用户管理的认证和内容管理系统功能的授权来说,是非常需要的会话管理器在这种情境下管理用户对话,并使客户和客户控制器之间能够通信。

为了启动一个会话,会话管理器必须接受一个登录名和一个口令,并通过用户管理来验证这一登录信息。在成功登录之后,对话管理器持有对内容管理系统的存取标记,并进行用户管理。当客户端检查一个用户访问由它们提供的某种功能的权限时,它们会使用对话管理器的界面。

对话管理代表了内容管理系统的应用框架,该框架能够主导所有相关的内容管理系统应用组件,它允许根据角色、权限和用户爱好,对应用视图进行定制和配置。

## 6.7　支撑性服务

有许多与其他架构性平面呈正交的支撑性服务,它们可被核心、服务和应用平面使用,因此需要在整个系统内可用。通常,支撑性服务可被分为作业管理、系统管理和系统事务管理。这一部分,介绍此类情境中最重要的服务。

### 6.7.1　作业管理

作业管理服务是垂直服务,无论何时涉及到作业处理,它都对内容管理系统中所有的组件和工作流加以支持。作业服务包括工作流管理、任务管理和事务控制。

#### 6.7.1.1　工作流管理

工作流管理不应该将特定的工作流强加给用户,而是应该允许通过配置让复杂的任务有顺序或并行地执行简单作业。因此,如果执行像上载那样的复杂作业,应该将其拆为更多的简单(原始的)作业。每一个作也既可通过内容管理系统的一个服务来执行,也可通过内容管理系统核心自行完成。它有益于将一个任务管理服务作为附加的简单作业添加到被频繁使用的工作流架构中,并由此提供最优化的方法。

工作流管理可与状态机相对比。一个作业可承担的状态由工作流管理来处理,而状态之间的变换是通过调用简单作业来完成的。因此,工作流管理需要提供用基本作业来规定复杂作业的方法(如一个脚本语言),并能将被执行的基本作业提交给被请求的队列中的各内容管理系统组件。

另外,工作流引擎需要提供说明用户工作流的方法,监视工作流的过程,并允许对这个工作流中的对象状态进行评估。这可以通过提供状态标志、批准某步骤的结果加以实现。

通过标志监视工作流的一个例子：采用完成上载、完成注册、选中存档资料、完成形式化编目及完成完全编目等标志，从而跟踪一个要被上载的素材。另一个例子是，使用已计划、已批准、可用素材、完成粗剪、完成视频编辑、完成色彩校正、完成音频编辑、完成形式化编目及完成完全编目等标志，来跟踪一个生产过程。

为了对工作流管理进行事务管理，需要提供一个事务管理界面，除了支持配置和标准维护外，还应该支持对作业和作业参数的修正、对作业过程的监视以及对作业的移除等操作。

### 6.7.1.2　任务管理

任务管理服务是内容管理系统的一个调度和作业处理的设施，它提供附加的简单作业。它基本上是一个工作流处理器，允许对频繁使用的工作流进行硬连接，因此允许使用代码优化以达到更好的性能。

任务管理需要支持对一次性作业和周期性重复作业的调度。另外，它对准备处理的作业进行排队，并提供一份报告来说明在其控制下的作业状态和进展。它负责的主要任务之一是，将作业分发到处理它们的内容管理系统组件。这些组件可以是核心模块（如不同的素材管理器组件），也可以是某些系统（如视频分析服务）。

为了对任务管理进行事务管理，需要提供一个事务管理界面，除了支持配置和标准维护外，还应该支持对作业和作业参数的修正、对作业过程的监视对作业的删除等操作。

### 6.7.1.3　事务控制

事务控制确保跨越几个服务器和服务的分布式事务的安全。许多用于远程通信的中间平台已经指定了一个合适的事务处理机制。一个标准分布式事务处理（Distributed Transaction Processing，DTP）机制的例子是 X/Open 标准（2003 年，Microsoft 公司提出），该标准形成了几个通信平台的事务服务实施的基础。其他的通信基础设施方案如 CORBA，也提出了类似的概念。

事务控制的功能很重要，因为基于组件和基于作业的方法在很大程度上依赖于所有任务的完满执行。否则，系统或被处理的内容对象可能会因为处理过程的任何一部分的失误而造成不一致的状态。系统中没有组件或模块能够发现一系列相关的作业未被准确地完成，并因此会将一个不一致的状态留给系统。

## 6.7.2　系统管理

系统管理服务是在系统管理层次上支持内容管理系统的垂直服务。典型的系统管理包括命名管理机构、中央事件日志设施、分配过程监视器以及资源管理设施。这些是系统内部的管理任务,仅涉及系统过程,不涉及与用户的交互。在正常情况下,系统管理服务只为系统管理员所知道和可见。由于系统管理服务在很大程度取决于实施的细节,所以系统管理可能在不同的系统之间会有很大的不同。然而大多数系统都具有一些相似的功能,因此在各个内容管理系统中都存在提供这些功能的组件。下面将介绍一组基本的系统管理服务。

### 6.7.2.1　命名

命名服务是内容管理系统的核心命名权力所在,允许识别内容管理系统服务、组件及对象坐落在系统的什么位置。命名服务既可用于本地,也可用于远程服务。基本上,命名服务与内容管理系统中所使用的通信中间件平台联合运作。它的功能和特征可与典型的互联网域名服务(Domain Name Service,DNS)相比较。

内容管理系统的每个组件都需要在命名服务处登记注册。在这一过程中,进行登记的实体提供信息,以允许其他组件对它定位并联系上它。一旦注册了,该组件必须能够在任何时刻检查其注册登记的有效性,并可升级或更新信息,它还可以从命名服务处撤消注册以中止运作。

### 6.7.2.2　事件日志

事件日志服务是内容管理系统用于管理系统内部消息(如通知、警告、错误信息)的设施。它应该支持这些消息的多种严重级别。该服务可被分布并可与不同的核心和服务模块协同,也可以对每个物理服务器使用一个事件日志服务,或使多种事件日志服务分布到整个系统中——事件日志服务充当从其他服务及核心组件处得到消息的服务器。事件日志服务的结构和设计在很大程度上取决于系统的实施,可以采用不同的方法来组织事件日志服务,例如从分层的客户端/服务器端设置到类似于P2P的基础设施等。

然而,内容管理系统的每个组件都需要能够用一个事件日志服务的实例来登记,以便在任何时刻检查其注册登记的有效性,并升级或更新其注册登记的信息。事件日志服务的主要目的是记录来自其他内容管理系统组件的消息。因此,其他服务或核心组件必须能够打开一个登记渠道,以使这些组件能将消息写入事件日志服务,切实将消息写入该渠道并关闭所打开的登记渠道。另外,当一个组件停止运行时,它必须在事件日志服务处撤消登记。

### 6.7.2.3　进程监测

进程监测器是内容管理系统的内部监测器。它始终控制所有系统进程的状态,并重启发生失误的系统。进程监测器也提供手工启动、停止和重启服务的界面,系统管理员或内容管理员通过该界面来进行维护工作。进程监测器的一个可能的实现,是在每个内容管理系统服务或核心组件的服务器上运行服务的一个实例。在这种情况下,进程监测器应该作为后台任务,只使用处理器的空闲时间。采用此方法,进程监测器不会干扰内容管理系统的生产性进程。

内容管理系统的每个后台组件(即核心和服务组件)需要能够在进程监测器处登记、能在任何时刻检查其登记的有效性,并在必要时升级或更新其登记信息。一个登记了的进程必须向进程监测器提供关于如何启动、暂停、继续、关闭、自行重启的信息。此外,它必须向进程监测器提供关于其运行状况的状态信息,进程监测器或系统管理员用此信息来对故障作出反应。再有,当一个组件停止运行时,它必须能够在进程监测器处撤消登记。

### 6.7.2.4 资源管理

资源管理提供对内容管理系统所提供或控制的所有资源的预约、分配和监测。支持资源预约的内容管理系统服务需要在资源管理上登记它所能提供资源的地方与资源管理接驳。只要资源使用或资源可用性发生变化,内容管理系统服务需报告资源分配的当前状况。

客户端(一个应用或一个服务)可向资源管理查询资源的可用情况。当需要某个资源(或许多资源)时,可以通过提供一个时间范围、一个实际访问该资源的优先权、一个表示对所预约的项目切实需要使用的置信水平来进行资源预约。要注意的是,因为一些事件的发生会有一定的不确定性,所以后者是必需的。

当通过优先次序最后决定谁能访问一个被竞争的资源时,置信水平提供了超量预订资源的可能性,从而优化了系统的使用。在以同样的优先级进行超量预订的情况下,采用先到先服务的方式加以解决。

为了支持任务优先的一些应用,资源管理应该允许服务向每个登记了的资源分配一个最小的优先级。然后,资源管理只能将资源分配给请求该资源的、其优先级至少与设备登记的最小优先级一样高的客户端。

### 6.7.3 系统事务管理

系统事务管理服务是在事务管理层次上支持内容管理系统的垂直服务,包括对用户的事务管理、对软件维护过程的支持以及对使用许可证的管理。系统事务管理服务包括大量与内容管理系统的状态管理不直接相关、而与事务管理有关的服务。系统事务管理服务常包括用户管理、帐号与使用许可权管理、消息传递、配置服务和远程安装。

### 6.7.3.1　用户管理服务

用户管理服务是内容管理系统中重要的垂直服务。所有根据用户权限限制存取的组件，或采用角色分类方案为不同的用户对应用或内容的呈现加以配置的组件，必须存取到用户管理服务。从理论上来说，每个组件可执行其自己的存取控制方案，但这可能会非常低效，并且会考虑不到系统范围内的权限。因此，需要一个在系统范围上区分用户和群的服务。

用户是用户管理服务中的核心元素。与内容操作有关的不同属性，都和用户有关，这个信息是用户管理服务的一部分。加之，一个用户可能是几个组中的成员，因此，除了单个用户的概念，组的概念对用户管理服务来说也是个基本的概念。在此情境中，应该可以配置任意数量的组，并将任意数量的组指派给每个用户。此外，用户管理服务支持组的分层结构也是很有价值的。

特定组的从属关系界定了用户可存取哪些由内容管理系统提供的功能。另外，它规定了该功能呈现于哪种应用。对每个组，应该做到对所有可存取的应用加以界定；对于每个应用，应该做到对可存取的功能加以规定。

除了访问到全部功能，某个群的从属关系还授予或否认对由内容管理系统管理的对象的存取权限。

为了在企业范围内对企业的所有系统所共享的用户和组统一管理，内容管理系统中采用的用户管理系统应能联系上一级中央（即企业范围的）库以进行认证和授权。这种库的例子是基于轻量级目录访问协议（Lightweight Directory Access Protocal，LDAP）的目录服务，以及微软 Windows 主域控制器（Primary Domain Controller，PDC）等专用服务。

由内容管理系统管理的每个应用和每个内容对象都应该有一个相关的访问控制列表（Access Control List，ACL）。ACL 包括与它的属性及可能的使用限制相关的信息，如拥有该对象组的 ID、拥有该对象特定权限组的 ID，以及描述所有用户一般访问权限的一个默认组的 ID。举例来说，与所有的组（包括默认组）相关的权限可包括对内容对象的简单访问权限，如对一个对象的看、读、访问及重放权限。更多高级权限包括允许用户写、编辑、修改、创建、拷贝及删除内容对象。另外，还有一些与组相连的管理权限，比如改变所有者和 ACL。经授权的实体或用户，可以授予或撤销权限。

有一些重要的限制应该加以考虑。所有者组的成员总是能够对所有的组改变其所有者以及全部的用户权限;而一个并非该对象的所有者的用户,尽管该用户是一个有改变用户权限的组的成员,但只能改变该特定组的用户权限。

除了可配置的组,应该有可能配置一些系统专用的组,这些组具有对内容管理系统中所有对象的访问权限,例如,一个对全部对象有完全访问权限的超级用户组。

用户管理应该至少提供下面的功能,并可以通过用户管理事务管理界面进行访问:

- 添加、修改、删除、使能和禁止用户。
- 添加、修改、删除、使能和禁止组。
- 将组指派给用户或将组从用户处移除。
- 将组指派给组或将组从组处移除。
- 将对应用功能的访问权限指派给组,或将对应用功能的访问权限从组处移除。
- 将对资产的访问权限指派给组,或将对资产的访问权限从组处移除。

### 6.7.3.2  帐号和许可

帐号和许可服务负责登记对系统各部分的访问,以及对系统中存储的内容对象的访问,它和其他设施共同确保遵照软件许可条件。该服务采集的数据是状态报告与统计的基础。

支持在帐号和许可服务处注册的内容管理系统组件,需要与该服务接驳,以注册其唯一的标识和位置,并报告对其功能的每一次访问,也报告该访问的用户 ID、访问日期和访问时间。另外,任何对内容管理系统中内容对象的访问,都需要将内容 ID、用户 ID、访问日期和时间以及访问类型(即,读、写、修改、删除等),报告给帐号服务和许可服务。

基于提供给帐号和许可服务的数据,可以产生使用统计的信息,组织内的各使用部门可以知道内容管理系统服务的使用情况。而且它有助于通过识别瓶颈或优化高速缓存策略来优化系统。

另外,帐号和许可服务要能够解决在包含多个供应商解决方案的系统中出现的软件许可问题。

### 6.7.3.3  消息传递

消息传递服务提供在内容管理系统中客户到客户的通信设施。该服务的功能包括发送和接收电子邮件消息、聊天时的直接 P2P 通信以及即时的通知消息。该服务在内容管理系统环境中运作,因此,通过消息传递服务交换的信息,可以直接涉及内容对象、项目或系统中所管理的其他任何组件。

消息传送服务用以下方式使得在工作组内外可以进行信息交换和协同工作：采用即时通知以提醒用户另一个用户已经提供了一些应该加以注意的信息或内容、允许非同步的工作流分支（如请求一个存档搜索作为离线进程）、在未指定的时间来传送结果、为了新的生产请求一个剪辑层次权限许可，在一个未指定的时间被答复、或提交方案要求审批和接收答复。

消息传递服务也可被用于在系统组件之间提供有保证的消息传送。

### 6.7.3.4 配置

配置服务持有全部系统过程的配置参数以及与用户相关的、全部的客户端配置数据的配置参数。作为内容管理系统的一部分服务，应只在本地保持最低限度的配置信息。这些信息用来成功引导服务，以及识别命名服务以便在其上注册并检索注册信息。

在大多数情况下，对一个服务来说，唯一需要在本地保持的配置信息，是命名服务的网络标识符和一个系统标识（如果一个命名服务管理不止一个内容管理系统实例的话，需要系统标志），其他的配置信息应该从配置服务处读取。在配置服务中，所有的改变都是集中控制的，从而使得系统维护变得简单。配置服务的结构可以是分布式的，或也可能是层次结构（如类似于代理器管理的概念）。

### 6.7.3.5 远程安装

远程安装服务提供自动安装和更新设施，将使分布在多平台上的内容管理系统的服务和核心组件的安装与更新所涉及到的事务管理总费用降到最低。这样一个服务应该能从一个安装库下载、安装这些组件，并自动执行必要的配置步骤。如同进程监测器，这样一个服务应该运行在每个服务器系统上，并仅用处理器的空闲时间进行工作。

# 第7章 内容管理系统的基础结构

第6章介绍的系统体系结构是与整个结构（即系统框架）、系统功能和提供这些功能的不同模块相关的。这一章将介绍内容管理系统的基础结构，即硬件和软件组成，以及在企业范围内建立内容管理系统所需的通信子系统。系统基础结构是在物理系统层次上的，包括服务器、编码器、存储系统和在富媒体环境中运行的各种通信网络。这些不是纯粹的硬件系统，在某些情况下也要运行它们自己的软件，但该软件必须是由内容管理系统整合的。素材档案管理器和档案传送服务器与近线存储的软件控制系统进行了整合。标准的IT服务器服务于不同的内容管理系统组件并可被看做是硬件组件。因此，系统基础结构为内容管理系统提供了平台。

对内容共享访问的需求、比实时更快的传输、第一代生产、快速转码等，要求基于文件生产、传送和归档环境的多种不同的传递渠道。这样的环境还必须提供管理快速增长的节目容量的方法，必须能够管理不断增长的内容片段，必须支持从传统渠道和非传统网络到可单独寻址的兴趣小组的内容分配。这些问题必须在系统结构和系统基础设施中加以考虑。

传统的基于磁带的媒体和广播工具不能够满足这些要求，唯一可能的解决方案是应用基于IT的技术并通过内容管理系统进行管理。基于IT的解决方案具有所要求的灵活性，能提供快速的改进成本绩效率（cost-to-performance）。为了更好地利用基于IT解决方案的快速发展循环，围绕标准的IT产品设计系统基础结构非常重要。特殊领域系统的接口增加了复杂性和成本，因此，只要可能就应该避免这样的设计。在需要特定接口时，必须对它们进行明确规定，而且，维护和再次投资策略必须重新考虑和修正，以便充分利用IT开发周期。

本章将介绍基于IT系统的最重要的组成部分，为分布式内容管理系统提出一种硬件结构，讨论诸如迁移选择和成本驱动等一些重要的问题。在与前面一章所介绍的系统结构衔接时,本章提供了对内容管理系统结构和组成部分的全面描述。这 2 章都是本书的核心,涉及内容丰富的内容管理系统的功能和设计。

# 7.1　基础结构:基本原理

当为组织范围的内容管理系统设计基础结构时,必须要考虑到 2 个基本点,即系统组成部分和某些设计原理。前者提供内容管理系统建立的平台,这些组成部分及其子部件构成了一个完整的系统。然而,由于要考虑的因素和参数很多,所以并没有实施这样一个基础结构的蓝图。例如,运行和组织结构就是要考虑的重要因素。我们可以采用一些基本的原理来帮助设计一种基础结构,该结构用以支持内容管理和内容管理系统的最佳运行。

## 7.1.1　基础结构组成部分和子部件

所建议的内容管理系统基础结构主要基于 IT 技术,包括整个硬件设备的范围,从低端的 PC 平台到高端的基于磁盘的存储系统。在典型的基于 IT 的系统中,基础结构的标准硬件组成部分提供下列几种服务:

- 服务器:运行系统软件的计算平台。很多标准的服务器都运行流行的操作系统,如微软的 Windows 或 UNIX 的某个版本。
- 存储器:指的是基于磁盘或磁带的可被服务器访问的海量存储系统。在大规模的内容管理系统中,光学系统并不流行。
- 网络:指的是在服务器之间的通信连接(局域网、广域网)或在服务器和存储器之间的连接(存域网)。

此外,一个系统还可能包含其他具体解决方案的组件,如编码器、解码器、矩阵开关等。客户计算机(典型的是 PC 机)也是系统基础结构的组成部分,并且是标准的"离架"产品。任何基于 IT 系统的子组件可能包括:电源和风扇、网络适配器、内部磁盘、内存(RAM)等。

既然存储对企业范围的内容管理系统极为重要(存储系统可采用不同的技术来实现),下面将对存储进行详细的讨论。通常,存储可通过服务器附加存储(Server Attached Storage,SAS)、网络附加存储(Network Attached Storage,NAS)和存域网(Storage Area Network,SAN)来实现。除了这些概念,还有海量存储系统(也叫近线存储),如磁带库和自动光盘阵列,这些低成本的存储方式可以转换成在线存储。系统采用这种折中方案,当需要取得资料时会有一段延时时间(所谓的升级过程)。然而,在线存储的资料总是在线的,近线系统必须查找到期望的对象,将包含对象的存储介质(如磁带或 DVD)装载到驱动上,然后将其放到基于磁盘的升级区域。因此,我们要对不同的存储系统分别进行讨论。但在 SAN 的情况下,近线海量存储系统可以是 SAN 基础结构的一部分。

在设计基础结构时,必须要考虑不同的网络类型,这是由于要将各种信息技术和广播组件进行互连。除了数据通信网络,还有广播连接(例如 SDI 和 SDTI)或机器连接(例如光纤通道和 SCSI)。而且,内容丰富的组织通常分布在不同的地理位置,因此,必须支持 LAN 和广域网技术。

## 7.1.2 通过硬件冗余增加系统的可靠性

内容管理系统将会成为内容丰富的组织的一个重要组成部分。内容的有效和系统的持续运行(每周 7 天,每天 24 小时)是至关重要的,尤其是在广播电视系统,停工将会造成严重的经济损失。因此,必须做好充分准备来防止系统出现故障,或者一旦出现了问题,能以某种方式进行补救,避免由于系统的问题而造成任何损害。在这种情况中,采用硬件冗余是一个主要的原则。

硬件冗余意味着要添加附加的硬件到系统或者系统组件中,以此来提高这些系统的可用性。通过添加冗余的子组件,将冗余应用于系统组件中,如冗余的电源、冗余的网络接口、镜像系统磁盘等。这种程度的冗余减少了无备份硬件系统完全失败的风险。例如,为了增加基于磁盘的存储系统的可用性,可通过将许多单独磁盘分组组成独立磁盘冗余阵列(Redundant Array of Independent Disks,RAID)来实现。

一种将硬件冗余应用于服务器的良好方式就是群集。群集用于支持具有高水平可用性的软件,如数据库。在大多数基本配置中,群集包含许多与共享存储设备相连的服务器,该群集配有专门的群集软件。在某些配置中,这种方式由专门的硬件连接来支持。如果某个服务器出现了问题,第 2 个服务器会自动接替并提供与前者相同的资源和连接,因此从外部看来,服务器仍然是可用的。对于一些更高级的应用,通过群集软件解决方案,允许对多个服务器实行独立于平台的群集,甚至不需要共享存储。

为了增加冗余,某些软件应用程序能够运行于服务组或者分布于多个服务器上。在这种情况下,每个服务器都为应用程序提供的服务增加了资源。万一某个服务器失效,所提供的服务仍能继续进行,只是它缺少了由失效的服务器所提供的资源。在某种指定的质量水平上,通过增加更多的服务器来提供服务,这种服务具有容错性,可以允许一个或多个服务器失效而不损失服务的质量。

增加冗余的另外一种方式是增加热备用服务器。由于应用程序支持热备用,当运行在热备用服务器上的应用程序检测到主服务器的失效事例时，备用服务器立即替换主服务器。

最后，还可以通过添加冷备用服务器来增加冗余。实际上这意味着要向系统添加一个备用服务器，但该服务器并不运行。当主服务器失效时，由该备用服务器运行应用程序。这种被动的事例是通过手工切换到备用服务器上的，因此在短时间的停工后，系统才能继续运行。

采用哪种冗余方式取决于系统可接受的失效率以及对结构、性能和成本的考虑。总的来说，上面所介绍的方法能为系统提供高水平的可靠性。硬件的冗余是否需要？如果需要，采用什么形式？这些问题需要在实际应用时加以评价的。

## 7.1.3　硬件设计和配置原理

为了从基于 IT 的基础结构中受益最大，在为一个整合的企业范围的内容管理系统设计和配置基础结构时，应用一定的原理是十分必要的。这部分就探讨在这样的环境中的一些相关原理。这些原理既可用于系统的设计过程，也可用于对系统提议的评估。这部分所介绍的规则应该有助于系统的设计过程及评估可选择的设计提议。

然而，这些规则不应被看成是原则，它们只是建议，是在具体项目环境中要加以考虑的因素。其他的指标如成本、可操作性和用户需求等也是要考虑的因素。

### 7.1.3.1　确定服务器的配置

一个典型的内容管理系统包含大量的不同种类的应用，这些应用需要相互接口。每种应用提供内容管理系统所有功能的一个子集，并且对应用服务器的配置有一定的要求。如果每个服务器都被设计成只符合各自的应用程序的要求，那么整个系统最终很有可能成为一个具有不同硬件和软件配置，甚至具有不同操作系统的服务器的大杂烩，这样的系统是很难维护和运行的。

基于 IT 系统的优点之一，就是在一定程度上，服务器和存储设备能服务于不同应用系统。因此，建议考虑应该将各种应用程序运行于不同的服务器上，并且尽量明确在这些系统要求中是否具有共同点。不同的服务器应被分成类，例如"应用服务器"、"SAN 服务器"、"数据库服务器"等。随后应用程序被分成类，那么服务器的最终配置就可以确定下来了。

下面的规则概括了服务器的配置：

尽量配置最少数目的不同服务器。为了实现这一点，尽量根据共同的需求来给服务器分类、给应用程序分类，从而得到所需的服务器配置。

### 7.1.3.2 决定冗余

当考虑内容管理系统的基础结构时,认真地在可用性需求和成本之间进行平衡是很重要的。在许多情况下,通过对重要的子组件增加冗余度能增加系统组件的可用性(如上面所讨论的),例如增加子组件的电源、冷却风扇、系统磁盘、网络和主机总线适配器。应用下面的设计原理是明智之举:

要为不同系统组件的子组件添加冗余,尤其是在电源、冷却风扇、系统磁盘、网络和主机总线适配器方面。

请注意,增加网络和光纤通道适配器的冗余也要求增加各自主干网的端口数量,这种做法的结果可能极大地增加了整个硬件的成本。

通过在服务器的群集上配置所有的系统组件,就能取得高水平的可用性。然而,不是所有的应用都能采用群集,因为采用群集的成本很高。因此,建议采用下面的设计原理:

只有在需要支持非常敏感的应用可用性时,才使用服务器群集,并要确保这种应用是能够群集的。

数据库就是受益于群集应用的一个范例,其他的应用可能对服务组的概念更适合(如视频分析过程的例子)。

对服务器环境添加冗余而又节约成本的一种有效方式是使用热或冷备用服务器。通常,为其他的大量服务器添加一个单个服务器作为系统的备用服务器,以满足整个系统高水平的可用性和低成本的服务质量。当要采用某种冗余时,有必要考虑这些应用是否能在热备用或冷备用模式中工作。

添加有限数量的备用服务器到整个结构中。在选择这些备用服务器的数量和配置时,要考虑到应该安装在这些服务器上的应用程序的要求。

### 7.1.3.3 决定存储设备

考虑到企业范围的内容管理系统在电视和电影生产中的性能要求,存储系统应该配置成类似于 SAN 的方式。理想的情况是,系统被配置在交换光纤通道结构的顶层。

只要可能就使用光纤通道存储设备。将这些设备整合到采用交换光线通道结构的 SAN 中。

采用硬盘存储设备构建成的 SAN,可以通过 SAN 文件系统使硬盘存储设备在不同的服务器之间进行共享,通过引入适合的归档管理方案来整合基于磁带的设备。

对每种内容,都需要提供不同的分辨率和比特率的在线存储作为快速访问的缓存,你要决策的是这些档案究竟应该放在磁盘上还是放在数据磁带库系统中。生产质量的视频和电影具有平均的比特率,它们不使用磁盘作为文档存储媒体,因为成本太大了。然而,基于磁盘的存储系统将逐渐变得可以支付,对于浏览或因特网质量的视频以及生产质量的音频,将其归档存储在大的硬盘系统中已具有经济可行性。采用硬盘存储的优点很明显:快速的内容访问和较短的检索时间。基于磁盘的系统也是非常容易维护的,因此在选用存储设备时,要考虑下面的原理:

只要可行就采用基于硬盘的海量存储作为文档系统。仅对由于经济原因或为了备份而不能使用磁盘归档的内容,采用数据磁带库存储。

### 7.1.3.4　设计网络

在配置 SAN 时,至少要采用 3 种不同的网络来实现:

- 光纤通道网络:用于在 SAN 中海量数据的传输。
- SAN 通信网络:用于在附属于 SAN 文件系统的服务器和单独的文件系统服务器之间的元数据的通信。
- 内容管理系统通信网络:用于实现内容管理系统内的组件互联,并将内容管理系统连接到企业网络上。

如上所述,光纤通道网络应该配置成可转换的结构。当需要覆盖更大的范围时,采用光纤是个很好的选择。

SAN 通信网络应该是一个无路由的私有网络,只能由连接到 SAN 文件系统的服务器进行访问。请考虑下述原理:

互联所有的服务器,这些服务器共享没有路由的私有网络中的 SAN 文件系统。SAN 文件系统服务器应该通过 1 000baseT 连接到该网络上。

在设计内容管理系统通信网络时,了解服务器所能提供的应用程序是很重要的。某些应用主要要求的是处理能力,提供这样应用的服务器将作为计算节点,而不用它通过网络传送海量数据。对这些服务器,不需要为网络接口做特殊的配置,标准的 100baseT 连接就足够了。其他的应用还有:视频服务器、关键帧服务器、Web 服务或传输服务、传送海量数据给客户或在存储系统间迁移海量数据。在这里,应该考虑配置 1 000baseT 网络接口的主机服务器。

在设计良好的系统中,迁移海量数据的服务器也要连接到 SAN 上,因为 SAN 是海量数据存储的地方。因此,可以应用下面的基本规则:

不迁移海量数据的服务器没有必要连接到 SAN 上,通过快速以太网将这些服务器连接到内容管理系统通信网上就已经足够了。迁移海量数据的服务器应该被连接到 SAN 上,这些服务器应该通过 GB 以太网连接到内容管理系统通信网络上。

除了服务器,其他那些需要一定服务质量的硬件组件也要连接到网络上。例如实时编码器、显示系统或要求确保最小传输率的系统。这些种类的系统要求网络上有一个最低限度的带宽。通常通过私有的点到点的连接或通过 V-LAN 连接这样的系统是明智的选择。

当一个组件必须连接到一个要求有最低限度带宽的内容管理系统上时,只要可行就要考虑采用私有连接。

除了这些 IT 连接,内容管理系统可能也包括演播室连接如串行数字接口(Serial Digital Interface,SDI)和串行数据传输接口(Serial Data Transport Interface,SDTI)连接。这些点到点的连接用于连接演播室设备,如 NLE 和播出服务器,许多这样的设备都配有 IT 和广播通信连接。根据设置的不同,内容管理系统可能要通过这些不同的通道协调通信。

### 7.1.3.5　隔离的接口

广播和媒体制作系统在涉及到实时性能或具体领域的接口时通常会有特殊的需求。另外,整合专有系统如遗留数据库可能需要定制的接口。

为了能从基于 IT 的基础结构中更多受益,重要的是要尽可能地避免使用专门领域的技术或支持专门领域的接口。然而在很多情况下,内容管理系统是广播和 IT 界的桥梁,因此需要提供某种功能将两者统一起来。一种选择就是将所需要的接口隔离出来,在具体的系统组件上实现接口的功能。然后通过内容管理系统基础结构即所谓的接口服务器系统来分别完成这些功能。

接口服务器的一个范例是磁盘记录器或视频服务器。专业磁盘记录器是一种广播设备,典型的有 SDI 和 AES/EBU 输入和输出端口,支持 LTC 和 VITC 时码,允许通过 RS－422 连接器和标准设备控制协议进行外部控制,它是帧准确的,能实时操作。然而,磁盘记录器也有许多 IT 设备的特征。例如,它在内置硬盘上记录,并从内置硬盘中播放,将素材存储在这些磁盘上作为文件,而且,它有标准的 IT 连接允许文件传输(通常通过 GB 以太网或光纤通道)。因此,这样的磁盘记录器能被用来作为接口服务器,连接基于 IT 的内容管理系统和用于控制生产和传送环境的广播技术。以一种类似的方式,连接到其他系统的接口可在专门的接口服务器上分隔出来,该接口服务器形成了在内容管理系统和其他系统之间的网关。

只要可能,可利用接口服务器作为内容管理系统和其他系统之间的网关来隔离专门领域的接口。

## 7.2　存储系统

近年来,存储系统已经得到了很大的提升,人们已经设计出了许多方法来构建、组织和访问物理存储设备(即磁盘空间和相关的存储媒体)。最初,这些系统主要被放置在可存储大量结构化数据且可靠、安全(如保险和金融数据,科学的应用程序和安全系统)的存储地方。因此,可靠性和安全问题是这些系统首要关注的。这些存储系统在网络环境下的使用和用于多媒体内容的管理是近些年才开始的,在此需求稍微有些不同。除了可靠性和安全性,时间、带宽和吞吐量也至关重要,这是由于数据和操作种类所决定的。为了检索多种生产质量的视频文件(存储 MPEG-2 或基于 DV 的格式最高到 50Mb/s),高的负载要放置在存储系统的 I/O 接口上。理想的情况是,检索文件也能比实时的更快,因此,系统的 I/O 吞吐量没有一个真正的上限。

在考虑内容管理系统的不同存储选项时,要考虑到这些需求。除了其操作特征要能被容易地整合到系统体系结构中,内容管理系统的基础结构也是评估具体项目中的存储子系统合适与否的重要标准。

### 7.2.1　服务器附加存储(SAS)

过去,以服务器为中心的体系结构曾经是主要的 IT 基础结构。这种方式的最大缺点是存储系统取决于服务器的操作系统,服务器也要对文件的处理负责。在这种结构中,服务器是作为主控的,而相关的存储系统处于从属的状态,即服务器附加存储

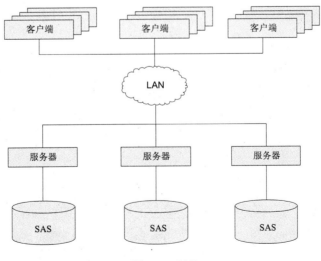

**图 7.1　SAS**

(SAS),如图 7.1 所示。多种用途的服务器必须同时完成许多任务,如服务应用程序、执行数据库的读/写操作、提供文件和印刷服务、执行通信任务和数据整合检查等。客户对数据的需求要和服务器提供的其他服务竞争。随着连接客户数量的增加,服务器响应的时间相应减少。而且,服务器和存储设备直接的相互连接要受到连接长度和低带宽的限制。局域网(如令牌环网、FDDI 或以太网)会使操作系统忙于通信任务。现今的技术发展和经济需求已经使得 SAS 过时了。目前,SAS 主要用于操作系统的安装,或者用于安装本地应用程序。它们作为与内容存储相关的平台可用于较小单元的范围内(如在部门水平上的内容服务器)。在这种情况下,SAS 能提供低成本的存储转换到大规模的存储解决方案,因为它们能被较容易地整合到较大的内容管理系统基础结构中去。

### 7.2.2 网络附加存储(NAS)

随着应用服务器数量的增长和 LAN 连接的工作站的动态增长,网络服务已经变得越来越重要了。为此,人们开发出了与 LAN 相关的磁盘组的特殊服务器,它们被称为网络附加存储(NAS),是为诸如文件服务和数据库管理这类任务专门优化设计的。因此,存储和文件管理是独立于其他服务器任务的,其他服务器任务仍然是用"传统"服务器来完成的。图 7.2 通过一个可能结构的例子阐述了 NAS 的原理。

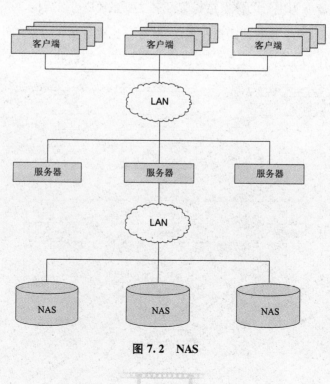

**图 7.2 NAS**

NAS 背后的基本思想是以文件为中心的 IT 范例。它定义了一个专门的文件服务器作为在 LAN 内拥有文件和数据的 NAS 应用设备，它是在文件水平的 I/O 命令基础上操作的。NAS 设备可被作为 LAN 中的即插即放的共享设备来安装，而没有对应用服务器的停播和重新启动的要求。将一个 NAS 引入到操作中，只需要分配一个 IP 地址，并且通过设置权限控制和访问参数让 LAN 识别 NAS。方便的文件共享协议如网络文件系统（Network File System，NFS）或公共网络文件系统（Common Internet File System，CIFS）允许不同种类的 NT 和 UNIX 客户间的文件共享。因此，NAS 可直接从文件水平的客户机而不是通信水平的客户机访问，即允许在内容管理系统中使用不同的客户系统。注意，这些客户机可以是运行视频分析服务或素材管理器模块等服务的机器，如缓存服务器或归档传输服务器等，可以为每个服务选择最适合的操作系统，而不用考虑 NAS 的存储子系统。

NAS 是基于多层网络的，它使用了网络协议。客户机传输文件水平的 I/O 命令通过 LAN 使用 TCP/IP 或 IXP 协议传输到服务器。TCP/IP 是基于承认数据接收的通信协议的，因此提供有确认的数据传输。IP 负责通过网络的路由数据，而 TCP 为数据安全提供控制机制。

在内容管理系统的环境中，这种方式也有一些缺点。对于视频流的持续高数据率的需求，LAN 的带宽很快就会出现瓶颈。而且，NAS 在 QoS 的传输优先权、路由可靠性、安全水平和执行过程中遇到了一些局限性。这是由于 TCP/IP 最初并没有优化，也没有考虑存储应用的特殊需求，如大型数据文件或连续媒体所要求的传输。将数据分别放到小的 IP 包和 LAN 中所带来的高访问量（来自于大量的客户机）会导致延迟和执行效率的降低。在应用方面，NAS 已达到了它的执行极限，而 SAN 能提供一种更易于升级和灵活的解决方案。

### 7.2.3　存域网（SAN）

SAN 是一种专门的高速存储网络，大的数据容量可在不同种类的服务器和存储系统中高速传输。图 7.3 显示的是一个 SAN 结构的例子。SAN 是最新的存储技术，已达到了成熟的水平，完全可以将它们应用于行业和商业中。

SAN 基础结构是基于标准的光纤通道多层网络体系结构，它支持多种传输协议，具有可转换的光纤通道网络和为各种连接距离优化的服务类型。由于 SAN 使用单独的网络，客户机和应用程序服务器（一般用于 LAN）间的各种冲突都可避免。基于光纤通道的 SAN 结合了高速 I/O 通道和远距离通用网络连接的优点。第一代光纤通道提供了 100Mb/s 的带宽，这相当于大约 3 个 SDI 流（每个大约有 270Mb/s）。最近，

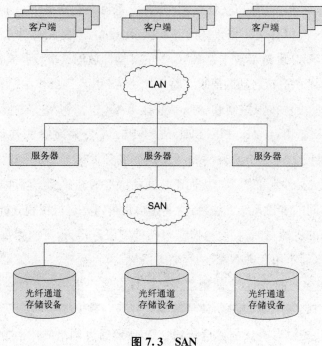

**图 7.3 SAN**

下一代光纤通道设备的可用带宽已经被增加到了 200Mb/s。

比较 SAN 和 SAS，SAN 通过共同分担和资源共享提供了实质的节约潜力，如 SAN 允许由多个服务器或应用程序提供更少的、更有效的存储系统的开发。与 NAS 体系结构相比（它以 LAN 协议和文件水平的 I/O 为中心），SAN 体系结构以数据为中心，依赖于数据访问模块 I/O 的通道协议。

SAN 的硬件结构包括 3 级：

- 第 1 级：服务器和客户机系统。
- 第 2 级：SAN 的结构，包括网关、路由器、集线器和转换开关。
- 第 3 级：存储设备，如硬盘、磁带和磁带管理系统。

所有 SAN 的组件都通过光缆相互连接，在不同组件之间提供灵活的通信路径，即服务器到服务器、服务器到存储设备和存储设备到存储设备的通信。

每个设备都通过唯一的 ID，即所谓的世界范围端口号（World Wide Port Number，WWPN）进行标识；存储设备也可以提供细分有效的存储，为这些部分分配逻辑单元号（Logical Unit Number，LUN）。对不同的访问设备（也就是不同的用户）要授予区别的访问权限。通过对 WWPN 和 LUN 授权访问或拒绝访问，能够配置设备之间的访问关系。

SAN 为通信提供了新的选择。取决于所用光缆的类型，SAN 可以覆盖大约 80 公里的范围(大学或城市覆盖范围)。

许多现代存储设备都配备了光纤通道连接,因此很容易整合到 SAN 体系结构中。传统的基于 SCSI 的存储系统能通过使用现存的 SCSI-SAN 结构转换器整合到 SAN 中。

服务器和存储系统通过 SAN 相互连接会有许多优点。例如 SAN 提供的高带宽能确保 QoS 和非模块访问。安全操作和高有效性通过容错得到了保证,多路径是 SAN 的核心特征。还有,SAN 在涉及不同距离互联时具有可升级性和灵活性。

企业水平的 SAN 的核心是基于光纤通道的转换开关及相似结构的连接。因此,SAN 的体系结构很适合在线交易,如大型数据库、视频应用和流数据中的大容量数据传输。在这种情况下,要注意执行的参数,NAS 和 SAN 的单个体系结构要为特殊的需求进行优化。实际上,它们是相似的而不是相互竞争的。

基于这样一种光纤通道的硬件体系结构,大量不同的应用可以被实现和支持,如磁带和磁盘系统的共同分担和资源共享。另外,还有用于备份和存档(包括远程镜像)的 LAN-free/sever-free 应用、高可用性的集群,以及 NT/UNIX 和 SAN 之间的数据共享。

### 7.2.3.1 SAN 管理

SAN 管理通过统一的图形用户界面(Graphical User Interface,GUI)对所有地理分散的组件和互联组件提供集中控制和管理。SAN 中的状态信息应该通过标准协议提供,如简单网络管理协议(Simple Network Management Protocol,SNMP),可以按照 SAN 的拓扑结构进行可视化显示。

在 SAN 系统中,错误信息、警告和用户自定义的错误都要被显示出来,以便采取合适的行动。SAN 管理方案必须允许对不同供应商提供的 SAN 组件进行监控和重新配置。不同供应商的不同种类的存储系统的磁盘管理选项应该被包含在 LUN 的管理中。而且,基于策略的文件系统的监控应该被支持,当超过某个阀值时,能够自动分配附加的 LUN。

### 7.2.3.2 基于 SAN 的备份

传统的 C/S 环境中的备份可通过以下 4 个步骤完成:
- 执行目标服务器和要备份的源服务器之间的元数据交换。
- 从磁盘中读取用户的数据传输到源服务器。
- 通过 LAN 将数据从源服务器传输到目标服务器。
- 保证连接到服务器的带库系统中的用户数据的安全性。

　　SAN 的执行提供了一个更加有效的解决方案,如图 7.4 所示。开始的 2 步是按上面所描述的那样执行的,但数据接下来就通过高容量、高速度的 SAN 连接直接从服务器迁移到存储设备中。因此,步骤 3 就去掉了,用户数据在单独的系统中传输。这里,可考虑 2 种选择,即 LAN-free 的备份和 sever-free 的备份。在前面的情况中,数据不再通过网络传输,它通过源设备经由 SAN 结构传输,在那里再通过 SAN 结构传到备份设备。在 sever-free 的备份中,数据直接从源设备传到备份设备。在这 2 种情况下,备份过程的管理存在于网络中的任何服务器上。

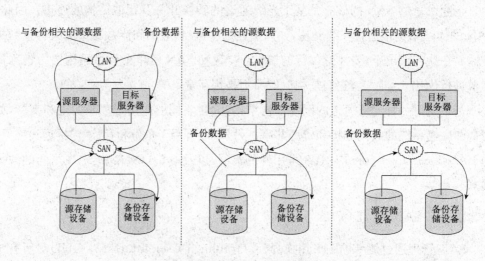

图 7.4　基于 SAN 的备份

### 7.2.3.3　内容管理中对 SAN 的需求

　　SAN 能够分解或减少在内容生产中,尤其是电视生产中,基于文件生产、归档和分发的许多问题和限制。这些生产环境要求数据具有时效性,并可以高速传输和符合所定义的质量标准。为了满足这些要求,在内容生产和电视应用中采用 SAN 不仅能够符合,甚至能够超过分布式视频生产的一些需求,如必须能够实时传输海量数据或者比实时传输还快。而且,要确保 QoS,在保证高的系统有效性的同时,还要保证及时的数据传输。在这种环境中配置 SAN,能实现内容的共享和并发访问。一个关键的要求是要能提供绝对的数据安全性和完整性。理想的情况是,SAN 应该能在生产过程中区分具体的应用程序的优先次序。最后,SAN 应该能整合不同供应商的存储产品到整个系统中。

　　在数字内容生产中,依赖于 SAN 的主要应用有:

- 在分布式文档中(本地的或远程的),对音频文件、视频文件和元数据的归档和访问。

- NLE 应用的文件共享。
- 实时播放或传送的本地或远程控制,远程视频流的现场投稿。
- 节目交换。
- 视频传送的视频点播或电子商务解决方案。

为了在内容生产环境中使用 SAN,必须将其设计成这种方式,即能够将生产、编辑、播放和归档进行整合。它们也可以进一步被连接到版权管理和执照管理中,这些管理可以由本地的或地理上分散的区域来完成。在定义的时间内,通过 SAN 可使处于不同位置的内容都被能有效地用来实现整个生产过程。

# 7.3  大规模存储解决方案

尽管芯片技术的不断发展减少了在线存储的成本,但在内容丰富的组织中要将所有的内容都在线存储也是不可行的。以中等规模的视频文档为例,大概要有 10 万小时的内容。为了存储大约 4Mb/s 的广播格式,需要 180TB。如果文档资料要以较高的比特率存储(如 25Mb/s),必须另外附加 1.125PB,另外还需要 68TB 的 MPEG－1 浏览副本。因此,与在线存储系统一起还应该有一个节省成本的大规模存储系统,能够访问存储在它上面的内容而不需要较长的时间延迟。

基于磁带的大规模存储系统仍然是处理视频归档中所需要的最经济的大容量解决方案。将视频考虑进去有 2 种主要的选择,即对标准录像带格式和标准 IT 存储设备的技术支持。目前,录像带仍被用于内容生产链中,有各种磁带库用于支持这些磁带格式和匹配记录器。例如,相关的 IT 存储设备有数据磁带、光存储设备和硬盘,也有大量的机器人技术来支持这些设备。2 种方式都有它们各自的优点和缺点,正如接下来的部分所描述的。

## 7.3.1  基于录像带的系统

视频带库管理系统(video Library Management System,LMS)被看成是一种广播设备组件。一般这些组件是由广播公司提供商供应的。一些供应商建议使用能够以 50Mb/s 处理 20 万节目小时的存储系统,导致了 4.5PB 的存储容量。在这样的系统中,由磁带机器人技术整合的录像机数量决定了同时播放和记录的数量。这样的 LMS 的整体执行效率可与基于数据磁带的大规模存储系统相比。然而,在一个广播环境中,LMS 也有其他的优点,例如实时 LMS 输出流可在当前的生产中直接使用;而且,时码控制的视频、音频和元数据的部分检索也能够很容易地完成。如果使用视频压缩,甚至可以达到比实时更快的传输。

不过,LMS方式仍然有很多局限。由于在库中使用了标准的VCR,解决方案实质上是与库中安装的记录器所支持的格式连接的,因此这种方式缺乏灵活性。而且,由于解决方案实质上是为视频设计的,因此与音频和数据文档不兼容,它们都需要各自的解决方案。因为只使用VCR技术,所以只支持流媒体而不支持文件传输。随着内容数量的增长,能自动检查数据的完整性、将内容从一种格式转换成另一种格式(或从一种存储媒体到另一种存储媒体)是必须的,而目前可用的LMS还不能够提供这种功能。因此,LMS提供了一个巨大的存储池,但是没有足够的操作支持。另一个缺点是广播媒体格式不被主流IT行业的产品所支持。

最近几年来,与传统的LMS一起建立了数据磁带库。从基于视频的载体(磁带)到数据磁带载体的迁移已被看成是开发现代自动归档系统的一个必要步骤。这样的迁移过程会花若干年的时间,因此,在这样的环境中建立内容管理系统,必须能够同时管理传统的录像带和新的数据磁带,这在整个迁移阶段中都是必须的。即使在将来,录像带仍然可能是一种存储选择。对于完全整合的、基于文件的数字解决方案或者其他更有效的、基于IT的大规模存储系统,LMS的方式是一种有效的中间步骤。

## 7.3.2 基于IT的大规模存储系统

基于IT的大规模数据存储系统(Mass Data Storage System,MDS)已经成为传统IT界的行业标准。MDS的主要优点在于它灵活的体系结构和有效的管理工具。这些工具能够实现从旧的存储格式到新的存储格式的后台自动迁移。而且,通过对媒体进行标引能够保证迁移数据的完整性,并采取一些预防性的措施。这种方式也允许对新技术及时和自动的适应,新技术是用来控制文档的物理大小和利用改进达到竞争优势的一种方式。MDS还提供至少2~3代以前技术的兼容性。

由于这些存储技术能保证对内容有更加完整的保存方式,因此那些易受攻击的元数据的完整性也能够被维护。基于IT的存储系统是与格式无关的,即它们能以各种格式和不同的数据率来接受内容。它能够在一个较大范围的存储体系结构内管理不同的存储媒体。

与只支持流的LMS相比,文件传输模式是MDS的本质特征。MDS能够应用缓存适应不同的网络带宽和传输要求,因此,既支持流也支持文件传输。然而,经由SDI的流并不是标准特征设置的部分。

后一点已经指明了在广播环境中使用MDS技术的一个主要问题。上面所提到的优点只有当 MDS 系统的订制与广播生产环境接口时才能完全开发出来，而标准的 IT 系统并不提供这些接口。市场的开发带来了一些具体的归档管理解决方案。这些解决方案是添加了相关功能的软件系统。这些功能有基于时码的部分文件恢复、广播行业相关文件格式的支持、版权制作系统的接口以及大规模数据存储系统供应的接口。

基于 IT 的大规模数据存储解决方案的主要优点在于其灵活的存储体系结构，在涉及成本、容量、产出、访问、功能、生命周期等方面时，能用某种存储媒体（数据磁带、磁盘驱动、CD-R 及 DVD 等）的特殊属性来满足用户的需求。因此可以订制这样的存储系统来满足特定的应用，如用于在线归档、近线归档和深层归档等。

### 7.3.3　长期存储的存储设备

当为大规模存储系统选择技术时，很重要的就是将存储技术的快速发展考虑进去。硬盘存储密度的提高和所期望的可记录光媒体性能的提高，在较长的时间内将为除了数据磁带以外的大规模存储提供另外一种选择。尽管硬盘和光盘目前并不如磁带节省成本，但它们确实比磁介质的数据磁带更具有优势，即大大缩短了访问时间。

接下来的部分将探讨长期大规模存储的存储设备的选择问题，这包括对 LMS 基础结构部分的录像机（VTR）的讨论。

#### 7.3.3.1　录像机

将 VTR 记录输入的视频信号写到录像带上，这个过程不要求数据透明。如果采用视频压缩，数据率就能减少，但这会导致不可逆转的信号衰减。衰减量主要取决于压缩算法和结果比特率（见 3.2）。

选择回放一个节目片断，要参考磁带上与材料相关的时码，时码用于起始和结束点。在回放过程开始时，磁带跳到片断的开始处，从所选择的视音频或元数据片断的具体帧的位置开始或停止回放。回放能否实时或快于实时地进行要取决于 VTR 的属性。数字视频和音频通过 SDI 或 SDTI 接口以固定的数据率传向目的地，在那里直接用于生产过程。

在某种程度上能通过 VTR 处理错误。漏检字节错误率要在 $10^{-11}$ 范围内。如果错误纠正过载，视频和音频中的隐藏机制被用于减轻主观错误。这些隐藏机制会导致图像或声音质量的衰减，但不会导致信号传输的中断。由于通过 SDI 的流视频或音频不允许数据的重传，所有的帧都要按顺序传输，这样才能保证收看或收听的体验不被削弱。因此，设计隐藏机制是为了保持流动性，尽管这种方式会带来信号的衰减。

### 7.3.3.2 光盘驱动

目前适合内容归档的光盘格式有 CD 和 DVD 产品家族。与企业范围的内容管理系统相关的是 DVD 的。目前 DVD 的容量和吞吐量限制了它在近线存储中的使用,浏览质量的视频和音频流设备要有 1.5Mb/s。这使得 DVD 目前只能适用于 EDL 浏览质量的视频或未压缩的 PCM 编码的音频。因此,它只能被用于特殊的应用类。而且经验表明,通常的光盘阵机制不具有企业范围的内容管理系统的超负荷访问能力。在考虑到大多数据都要处在 24×7 的环境中时,这的确是个问题。尽管有这些缺点,但在部门水平的具体环境中(如在无线电广播中),将 CD 和 DVD 作为近线存储的选择仍是值得考虑的。

### 7.3.3.3 数据磁带驱动

数据磁带驱动可用于存储数字媒体,它是用文件的格式来存储的。它与基于 VTR 的近线存储(如 LMS)的主要区别是数据磁带驱动并不提供广播流接口,如 SDI 或 SDTI,所有的存储操作都是基于文件的。当传输内容时,是以包含元数据和不同素材组件的封闭文件格式进行的,完整的文件包含所有的元数据和处理信息,它被看成一个单元进行整体存储。对于系统来说,存储在上面的数据是完全透明的,它会被作为一系列的字节进行解释。

数据磁带可以以很高的数据率进行记录和播放,但是当数据磁带以预定的常量数据率接收和传递数据流时,其工作效果最好。持续不变的数据率与输入、输出对数据率的不同要求可以使用快速缓存来消除。例如 SAN 中的高效磁盘系统。数据从缓存到磁带可以通过一个专门的传输协议来保证传递,即保证所有的字节被接受并正确地写到磁带上。

对于数据检索,控制系统首先要定位内容的编码磁带,找到驱动来回放磁带,然后找到磁带上所选文件的开始提取位置。完整的包含在文件中的有效载荷的检索将以与本地驱动相同的数据率进行。没有修改的基于 IT 的磁带库通常是对文件和字节级的操作。检索操作有一定的上下限,但是对检索时间没有保证。在大多数情况下,数据并不是被连续读出的,而是同时从磁带读出的,这取决于磁带持续不变的数据率、缓存尺寸以及网络数据率限制间的关系。如果要通过重传纠正只读错误,还会发生进一步的延迟。因此,缓存或高速缓存必须将流出文件的传输速度调整到符合用于传输文件的网络(如 GB 以太网或光纤通道)要求。漏检字节错误要限制在 $10^{-17}$ 的范围内。然而,这里没有隐藏机制。

标准的 IT 解决方案没有提供对广播文件内容的时码的准确访问。对文件的局部检索依赖于字节偏移量的操作方法。与标准的 IT 解决方案不同的是，对视听文件的局部检索需要能够按照时码进行访问。因此，为了提供数据磁带库内的这种文件检索，内容是以文件的形式存在于数据磁带库中的，在文件中所包含的时码信息或索引表需要使片断的位置和逻辑文件的结构相关联。这就意味着，即使只有某些要素（如视频或所选的音频磁道）要被恢复，也要能够对整个数据结构进行访问。基于时码的文件局部检索需要有专门的软件模块在数据库的环境中才能进行。这个组件要能够解释内容文件（如第 5 章所介绍的）并使用相关的文件结构和素材编码来映射时码到各自的字节偏移量上。这种功能通常由专门的广播文档管理解决方案来提供。

实际上，所有现代基于 IT 的存储格式都提供一个磁带内存（Memory In Cassette，MIC）来优化上下载时间和文件访问，并为性能监控提供数据。

## 7.3.3.4　基于硬盘的在线存储

在机器人技术中，硬盘不作为存储设备，但也被放置在 SAS、NAS 或 SAN 系统中。这里讨论硬盘有 2 个原因。第一，硬盘是大型存储体系结构的一部分，正如在 SAN 中所看到的，这些体系结构对于使用它的内容管理系统正在变得越来越透明；第二，对于低带宽媒体（如浏览音频和视频）的长期存储，硬盘是一种较为节省成本的选择。

对基于硬盘的存储结构来说，数据安全是通过在 RAID 模式中安装硬盘来实现的。从完全磁盘镜像到子集的复制，目前已经开发出许多不同的 RAID 模式。硬盘技术的发展正在以突飞猛进的速度进行着，它也开始变得比其他存储技术更具有竞争力，甚至达到了若干 TB 的存储容量。

## 7.3.3.5　结合性的技术

各种硬盘种类和基于磁带的机器存储选项可以结合起来达到更优的功能，同时能节省成本。在结合不同的存储选择时，使所选择的组件、网络和结合架构没有控制、带宽或其他方面的瓶颈是非常重要的。各种存储方案持续不变的数据率能够相互兼容是非常重要的，如果不能做到，就必须提供措施以保证过载时不会丢失数据。

实际上，结合不同的存储技术能够提供一种较好的方式，在统一的系统环境中整合和解决对存储子系统的不同需求。然而，必须保证结合的系统是完整的，没有对系统结构的改变。结合性的存储技术可能会导致个性化的解决方案，以至于难以支持和维护。任何这样的解决方案都要加以避免。

## 7.4　以基准系统基础结构来支持工作流

大规模的内容管理系统不是异乎寻常的产品,因为它们必须适应使用它们的组织的特殊要求。因此,没有能够让所有的系统作为设计依据的基础体系结构蓝图或标准体系结构。然而,在为大规模内容管理系统设计特殊的技术基础结构以前,考虑一个总的基准硬件基础结构是十分必要的。这个基础结构包含内容管理系统基础结构所有的相关要素,它也考虑了重要的设计原理(如可扩充性)以满足容量、有效性和执行的增长需求。这个基准基础结构允许具体的内容管理系统能够识别所需的组件,评估升级的潜力及所需的成本。我们在本节提出了这样一种基准硬件基础结构,并将组件放到体系结构的环境中,还将探讨体系结构所覆盖的工作流。

### 7.4.1　一般的系统设计

组织内的基础结构及素材和元数据采用了一种基准硬件基础结构,而此结构的处理方式是工作流和执行程序得以进行的基础。图 7.5 描述了为满足功能和可升级需求所设计的内容管理系统的一般基础结构的一种可能的执行过程。这个基础结构可被用来管理系统组件的交互及通过不同网络的素材和元数据的流动。

所给出的基础结构支持标准工作流中的下列操作:

- 录入、存储、编辑和播放各种格式的高码率资料。
- 低码率资料(如浏览副本和关键帧)的创建和存储。
- 元数据的生产、存储和修改。
- 自动索引。
- 高级检索功能。
- 以合适的质量从分布式工作站访问元数据和素材,改善整个工作流。

与上面的设计规则一致的是,有 3 类服务器被用于建立内容管理系统基础结构,即集群数据库服务器、应用服务器和 SAN 服务器。在本例中,应用服务器只有快速以太网接口,而 SAN 服务器有快速以太网、GB 以太网和光纤通道接口。而且,接口服务器可将基于 IT 的系统连接到广播环境中。

下面简要介绍所建议的基础结构的各种模块。为了达到最大限度的可升级性,某些服务必须分散在多个服务器系统中。很显然,在图 7.5 中,每种服务只是显示在一个服务器上,怎样升级系统和组件在下文都有描述。

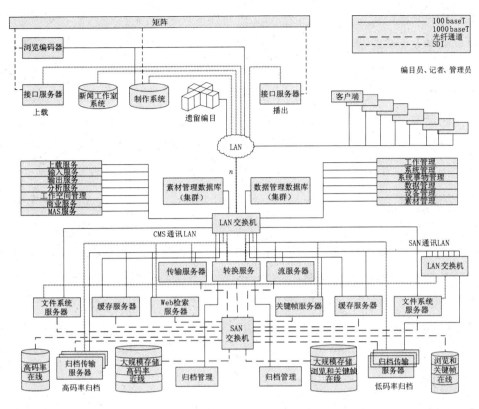

图 7.5 基准硬件体系结构

## 7.4.2 投稿和上载

在处理内容的组织中,有许多可以获取资料的方式,如通过各种格式的磁带、各种规格的胶片、光纤传输、卫星下行线和使用文件传输网络。

当素材通过信号(从磁带、胶片、光纤和卫星)上载到系统时,信号通过矩阵开关,使用 SDI 或 SDTI 选择记录设备。矩阵开关、转换控制器和所有连接的记录设备都由标准协议(如 RS－422)进行控制。典型的记录设备是磁盘记录器或如§7.1.3.5 所描述的作为接口服务器的视频服务器。

文件传输时,素材并不通过矩阵开关路由,而是通过标准的 IT 网络。目标系统可以是内容管理系统中任何适合的 IT 设备;一个很自然的选择又是接口服务器,因为它能立即提供文件形式的素材和矩阵开关的信号,因此也适合标准广播基础结构。

## 7.4.3 上载控制和记录

如上文所描述的,输入的素材被默认记录到接口服务器上。接口服务器将素材编码成标准的制作格式。在 SDTI 传输或文件传输的环境中,素材被直接写入到接口服务器的磁盘上。通过 IT 网络的文件传输将记录的素材从接口服务器送到内容管理系统中。注意,在大多数情况下,广播设备并不在内容管理系统的唯一控制下,因为它们也被其他组件(如演播室自动控制系统)所使用。

编码设备(接口服务器)的选择主要依赖于生产和归档格式的要求。当使用磁盘记录器作为编码设备时,让若干或所有的磁盘记录器共享一个 SAN 是明智之举。SAN 能使磁盘记录器将 SAN 作为一个本地磁盘进行寻址,从而能避免不必要的材料迁移。然而,这样的结构对 SAN 的执行有较高的要求,不能在录入过程有丝毫失败。这对于现场记录有一定的难度,因为这样的记录不能重复。

定义一种共同的交换文件格式用于素材的记录是很重要的。这样一种标准的文件交换格式的成功例子是媒体交换格式(MXF)或高级制作格式(AAF)(见第 5 章)。如果一个接口服务器不支持这样一种标准的文件交换格式,必须要有文件格式转换器将不兼容的文件格式进行转换。当素材编码格式相同,但不同的制作设备使用不同的格式时,这种转换是必须的。文件格式转换器可以直接访问接口服务器或 SAN,或者也可以访问内容管理系统中以高码率在线存储的文件。

录入和平行记录成多种目标格式是通过向自动或广播控制系统输入命令来处理的。自动控制系统控制所有参与记录的设备。

当信号、用于浏览目的的低码率副本录入时,应该在将引入流送入低码率(浏览)编码器(如支持帧准确记录的 MPEG - 1 编码器和 SMPTE 时码)的同时进行记录,并将编码的流写入内容管理系统的低码率在线存储域(在线 SAN 的浏览和关键帧域)。

在传送的过程中,当传统的以视频为中心的操作仍处于主导地位时,按照用于节目交换的专业磁带格式提供用于室内制作和播出的磁带副本是很重要的。

## 7.4.4　生产质量素材的传输

许多组织有现存的 SDI/SDTI 基础结构,可用于从传统生产到基于文件的生产中的高码率质量内容的传输。由于 SDI 是点到点的协议,这些网络要求经由矩阵开关(即路由器或交叉开关矩阵)的信号路由。在这种环境中的接口服务器(磁盘记录器)整合了 SDI 基础结构和 IT 基础结构,如图 7.6 所示。文件传输可用于从接口服务器到基于文件的制作系统(如 NLE)中的素材拷贝,而同时记录仍在进行中。

最终的目的是将所有的生产和传输过程迁移到文件访问和交换中。在此,高效的网络连接(如光纤通道或 GB 以太网)是首选的技术。

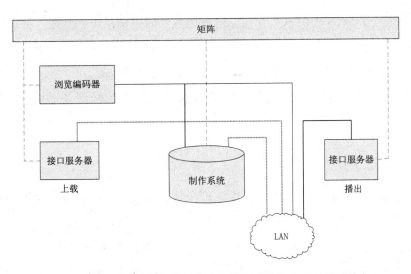

**图 7.6　通过接口服务器整合内容管理系统和 SDI 基础结构**

### 7.4.5　对浏览副本和关键帧的访问

在内容丰富的组织中，成百上千的桌面工作站可以经由标准的共同网络访问和重放浏览质量的内容。为了可升级和最小化内容的复制（这种复制会增加存储的成本），本章所介绍的体系结构将多种浏览流服务器连接到单个的 SAN 上，如图 7.7 所示。通过引入适当数量的流服务器来升级目前有效浏览流的数量。所有的服务器共享同样的磁盘空间，因此避免了在线存储内容的复制。

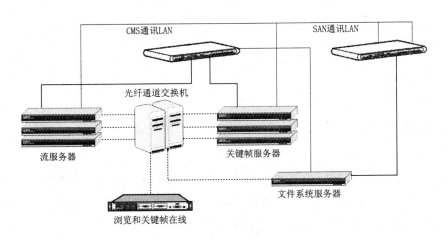

**图 7.7　多个流媒体和关键帧服务器共享 SAN**

有些时候，在给用户快速总览视觉内容方面，选用键帧甚至是一种比浏览视频更好的方式。快速访问关键帧是内容管理系统的重要特征，因此，应该保持所有关键帧在浏览和关键帧 SAN 中的永久在线。这能避免近线存储系统在阶段性处理过程中引入的潜在危险。为保证可升级性和减少成本,在处理上千个并发用户的请求时,采用的策略是使用多个关键帧服务器,共享 SAN 以保证负载平衡。

图 7.7 显示了基于"SAN 服务器"的流服务器和关键帧服务器(被连接到在线 SAN)。

### 7.4.6 实时分析和注释

在录入过程中,内容管理系统应该提供元数据实时产生的选项。在这种环境中,元数据的产生可以是自动的或手工的过程。前者与辅助数据(相关说明、ANC 数据等)的自动提取、自动视频分析(镜头发现、关键帧提取等)、自动图像分析(面部识别、屏幕 OCR 等)和自动音频分析(关键字定位、语音识别、简单音频分类等)同时发生。手工注释被称为标引,它是个实时的过程。

自动分析过程在涉及处理容量和计算时间时非常需要。要想比实时更快地完成处理过程就要有功能强大的处理器。因此,为了按比例决定并发分析处理过程的数量,就必须尽可能地使视频和音频分析服务分布在多个服务器上,如图 7.8 所示。这种设置也添加了冗余,增加了有效性。

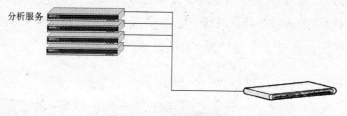

分析服务

**图 7.8 一组分析服务器**

如果分析服务使用流服务器访问内容,那么分析服务可以驻留在应用服务器上。如果分析服务必须在文件层面上访问素材,则分析服务必须连接到 SAN 上。在这种情况下,分析服务就属于 SAN 服务器。

除了自动产生元数据,系统应该提供接近实时的手工注释(标引)的用户界面。在标引的过程中,用户需要在记录标引时访问浏览副本。理想的情况是,在实际的记录和资料的察看之间有个很短的(即几秒的时间)时间延迟。

典型的情况是,素材分析结果可以是时间编码的文本,也可以是新的素材(如关键帧)。手工注释创建了文字的元数据,关键帧被存储在关键帧服务器上,元数据可以分散在各种数据库中,如数据管理系统的数据库或现存的编目系统。与素材相关的元数据(如文件的位置、编码格式、文件大小等)被保存在素材管理数据库中。

### 7.4.7 归档

素材的关键帧、高码率和低码率的副本在大规模存储系统中要进行永久性的归档。图7.9显示了支持归档的基准硬件基础结构的相关部分。根据要求的存储数量，大规模存储系统的核心要么是自动数据磁带库系统(在生产质量的视频和胶片的情况)，要么是基于硬盘的存储系统(可应用于生产质量的音频、视频和音频浏览副本及关键帧)。当视频和音频素材以生产质量(包括音频浏览副本)作为近线副本存储，并根据需求放在各自的在线存储SAN文件系统中时，音频浏览副本、网络质量的素材和关键帧通常在线存储。对于这些素材格式，大规模存储系统是作为备份设备服务的。

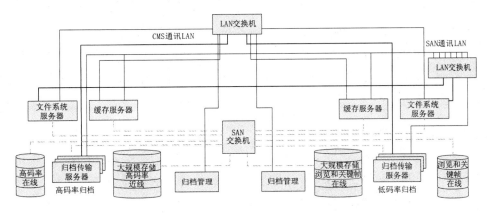

**图7.9 归档基础结构**

数据从SAN文件系统到数据磁带的传输是通过高效数据磁带驱动来完成的。现代磁带驱动的吞吐量是相当可观的，传输率大于30MB/s。处理这些传输率，系统设计仍然采用分布式处理。每个磁带驱动都要连到光纤通道开关上，因此它们是SAN上的有效资源。大量的传输服务器都要连到SAN上，因此从一方面看是数据磁带驱动，从另一方面看是SAN文件系统。理想的情况是，每个归档传输服务器应该主要访问一个专门的磁带驱动器。根据磁带驱动和服务器的性能，在某些配置中是有可能通过一个归档传输服务器使用2个或更多个磁带驱动器而不降低性能的。

SAN体系结构允许一个磁带驱动器被分配给一个以上的服务器，用于增加方案的有效性。在这种情况下，一个归档传输服务器的失效不再意味着相关磁带驱动的丢失。当超过需求的更多的归档传输服务器被添加到方案中操作磁带驱动时，一个归档传输服务器的失效甚至不会影响服务的质量。

归档传输服务器直接在 SAN 文件系统与磁带间传递内容和回传。由于所有的单元都被连接到 SAN 上,当一个服务器或磁带驱动失效时可进行资源的重新分配。归档传输服务器也被用于在在线 SAN 和基于磁盘的大规模存储系统间的文件传输。根据所采用的软件解决方案,归档传输服务器也能将文件拷贝到接口服务器或从接口服务器将文件拷贝过来。

大规模的存储系统是长期的归档设备。在线 SAN 只是高速缓存,它能对文档内容进行优化的快速和直接访问,即存储在这些组件上的内容是随时可用的。文件经由归档传输服务器(见§6.4.1.3)在在线 SAN 和大规模存储系统之间迁移。

需要一些附加的服务来管理这样一种基础结构。首先,对于库索引的需求,要知道所归档的内容和在哪里能找到这些内容。而且,这个索引要接受归档、检索和内容删除的请求(所谓的文档管理服务器)。第二,当采用一些归档传输服务器时,必须要从相应的整体上来决定由哪个归档传输服务器来处理哪个引入的请求。这就要将这些请求排序,并根据优先权和资源的有效性将它们分布到有效的归档传输服务器上,这个组件就是文件传输管理器。最后,在线 SAN 的有效存储容量和所管理的接口服务器需要具有可设置的不同程度的水印功能。这是由高速缓存服务器来完成的。在提到硬件体系结构时,这些服务必须被放在单独的服务器上或分布在多个服务器上(取决于系统负载)。文档管理服务器和文档传输管理器都要运行在应用服务器上,而高速缓存服务器要运行在 SAN 服务器平台上,因为缓存服务器要访问 SAN,以便能够监控有效的存储空间和删除文件。

### 7.4.8 查询和检索

内容管理系统所提供的标准查询界面应该是基于 Web 的。Web 检索服务提供的这种界面是由一个或多个服务器系统来控制的。这种方式能够分散负载,使系统更容易升级。

Web 检索服务可以运行在具有高带宽网络接口平台的应用服务器上,尤其是在需要将大量的关键帧提供给用户时。在安装中,嵌入的视频或音频播放器被用于播放运行在 SAN 上的视频或音频文件。

内容管理系统使用内部数据库来长久存储处理信息,以及描述性与素材相关的元数据等。为了确保最大化的容错性能和执行,这些关键数据库所在的服务器应被设计成服务器集群。图 7.10 显示了用于数据管理和素材管理的 2 种数据库服务器集群。

查询是通过数据管理的各种组件来处理的。在现实的应用程序中,这些数据管理组件会在不同的服务器上运行以分散负载。典型的情况是,这些服务器与具体存储所有元数据的子系统数据库接口,或与它们固有的或具体的搜索引擎接口。数据管理通

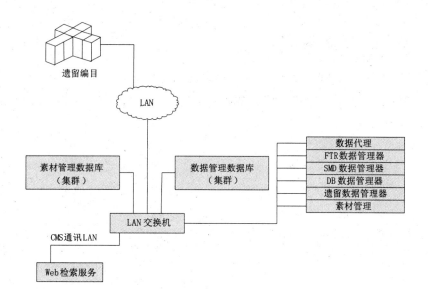

图 7. 10　数据库服务器

过多种数据库进行联合搜索,综合的结果单由数据代理提供。由于这些服务对访问素材没有要求,在大多数情况下,它们的主机就是应用服务器。

应用分布式的概念到数据管理的单个功能组件上也是可以的。一个例子就是应用多种全文本搜索引擎(每个引擎都运行在一个专门的服务器上)来分散查询负载。这些全文本搜索引擎要么直接从数据库表中索引属性,要么索引运行在共享存储媒体上的文档。对后一种情况,这些全文本搜索引擎就应该运行在 SAN 服务器上。

除了传统的搜索性能,内容管理系统还可以提供先进的检索功能(如图像相似性检索)。这些搜索引擎通常有大量的执行要求,因此应该通过分布式服务器系统给予支持。下面简单的例子强调了这个问题:

考虑每小时 1 000 个关键帧的视频,10 万小时的视频会产生 1 亿个关键帧。为使用户能够接受图像的相似性查询,将一个图像和所有存储的关键帧比较,应该在 10 秒以内响应。

这种要求对搜索引擎的执行是个很大的挑战。由于这类高级检索系统的有效性还要在真实世界中建立(尤其是对于大的广播组织),评估利益和费用是很重要的。

素材管理过程要求有与素材相关的元数据(如格式、时码、期限、文件大小、位置等)。素材管理过程访问素材管理数据库,但是同数据管理一样,只处理数据不处理素材。因此,素材管理过程能运行在一个或多个类型的应用服务器上。

### 7.4.9 制作和播出的界面

基于检索和粗编过程做出的决定,制作素材从高码率的归档中传输到一个制作系统中。制作系统可以是单独的编辑系统或是支持多个编辑共享同样内容的基于服务器的编辑方案,如图 7.11 所示。

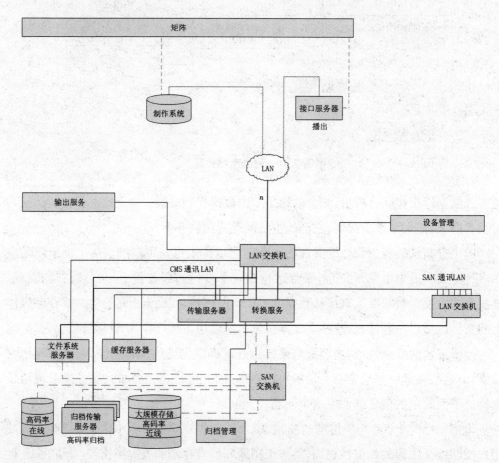

图 7.11 制作和播出的接口

素材从归档到编辑设备的传输可由 3 种不同的方式来完成:

• 基带视频经由标准演播室 SDI 连接的实时流。根据内容管理系统和广播控制自动操作间的共享方式,可选择下面的方式执行传输:

➢内容管理系统传送文件到接口服务器(播放服务器),然后根据人工请求,在编辑设备的控制下完成到编辑设备的传送。

➢内容管理系统传送文件到接口服务器(播放服务器),然后由广播控制的自动操作完成到编辑设备的传送。

> ➤广播控制的自动操作传送文件到接口服务器,并控制编辑设备的播放。

- 本地压缩的视频以实时或快于实时的流经过 SDTI 连接。这种传输可以用 SDI 传输同样的方式管理,主要的区别是信号质量。典型的 SDI 传输包含解码到基带和重新编码到目标系统的压缩域,这会导致信号质量的衰减。SDTI 传输允许在压缩域使用 SDI 连接交换数据,其信号质量不会损坏。

- 从 IT 网络(首选光纤通道或 1 000baseT)拷贝。这种传输直接由内容管理系统管理,可能会需要通过文件格式转换器对文件封装格式进行转变以适应私有的文件格式。当制作系统与不兼容的编码格式协调时,往往需要这种转换。

从基础结构的观点看,内容管理系统处理经由传输服务器的,在归档和接口服务器或制作系统之间的文件物理传输。由于这些服务器要与 SAN 连接,它们必须成为 SAN 类服务器。过程的控制涉及到要与接口服务器、广播自动控制系统(设备管理的组件)和传输过程管理(输出服务)的连接。作为控制的组件,这些系统组件能够运行在应用服务器类的主机上。如果需要格式转换,转换服务器也要参与。理想的情况是,转换服务器被安装在 SAN 服务器上。

在制作系统,资料被编辑和组合成一个新的完整的节目。当节目在编辑工作站得到最后确认后,内容可以被传输到播放系统。这种传输可以用文档到生产环境同样的传输方式来处理,或者可以使用由制作系统自己提供的传输功能。播放本身是完全由广播控制系统来管理的。

制作完成的资料的浏览副本可以通过将资料移动到接口服务器上、使用实时浏览编码器产生,或者通过使用转换服务器的软件转码来产生。

已完成的稿件可以使用相同的传送功能从制作系统传送到归档系统进行永久保存。

## 7.4.10 编目和归档

用于永久存储和归档的资料应由专业的归档员进行深度的编目和索引。编目人员从他们的台式计算机上访问和操作浏览副本、关键帧和元数据。在编目中的主要任务是提炼元数据的质量,其结果必须是整个组织按基于 IT 的访问协议来访问。关于硬件基础结构,所有包含支持这些任务的系统都已做过了描述。

## 7.4.11 管理

系统管理员用他们的桌面计算机监控和管理内容管理系统。为了维护和监督系统的顺利执行,管理员必须能从自己的桌面访问所有系统。

## 7.5 操作方面的考虑

在引入内容管理系统以后,必须能够对基础结构和软件进行操作、管理和维护。对基于 IT 的组件,在这种环境中所执行的是标准的维护程序。大多数计算机设备在 3～5 年后才会折旧,在到达使用期限后就要被替换或更新。软件的维护是一个不断持续的过程,软件的更新通常是维护协议的一部分。因此,一般的 IT 规则和协议也可用于内容管理系统。

在一定的范围内,操作、维护和替换是非常重要的,即对大规模存储系统和它的数据载体的维护很重要。有规律的检查数据的完整性和在数据有丢失危险时采取行动是很关键的,设计具体的迁移战略必须确保没有数据的丢失。理想的情况下,这类维护应该是后端的自动处理过程而不需要人的介入,甚至不被用户所察觉。

另一个要考虑的方面就是数据管理和迁移过程的成本。考虑到在内容丰富的组织中所要管理的数据量是相当可观的,因此,数据维护和迁移策略不仅仅取决于技术参数,也和成本因素有关。接下来将会介绍有关载体维护和迁移的技术问题及成本问题。

### 7.5.1 迁移

对于数字的、基于文件的归档的一个关键问题就是创建能够维护长期数据完整性、独立于存储技术和媒介变化的外部数据集。这种保证显然不能轻易实现。IT 硬件技术仍在快速的发展着,例如存储密度和计算能力,还有相关媒体软件技术的性能如压缩等也在快速发展,而且新的编码格式也在不断地出现。在传统的媒体生产中,这些格式要受到物理载体(如磁带)的局限,新的数字格式是独立于物理媒体的。

然而,编码的发展和进步要求迁移成为内容管理系统的内在设计范例,以保持数字归档技术能够与时俱进。这种环境中的迁移有时甚至要求改变初始的数据集。由于技术的进步和发展是不断的,迁移也不会是一次偶然的事件,而要成为数字归档系统完整操作的一部分。这和§8.2.2 所要讨论的从录像带生产的迁移是可比照的。因此,连续自动的迁移必须成为内容管理系统的一个内在功能。

#### 7.5.1.1 使用自动磁带库

数字数据文档必须能够保证数据的永久完整性。这意味着存储媒体的物理衰退不会影响所存储的数据的完整性。磁带格式(不管是录像带或数据磁带)是很容易产生物理衰退。因此,数据磁带文档必须能自动检测存储媒体存在的危险,并可执行自动恢复程序,自动磁带库是达到这样目的的很好的方式。自动磁带库是这样的系统,它能够控制磁带和磁带驱动在槽和驱动间的自动迁移,控制驱动中磁带的装载和卸载。

这样的磁带库在被用于大规模媒体系统高码率媒体的永久存储时,可由软件控制和自动的执行来维护数据的完整性而无需人的介入。因此自动磁带库不仅适合于作为近线大规模存储媒体,也可以通过自动迁移过程方便内容的保存。

### 7.5.1.2 监控载体的完整性

监控载体的完整性是检查数据序列是否被正确地传送到存储媒体或载体的关键要素。而且,检查载体的"健康状况"是否已经衰减到预先确定的范围以外也是很重要的。如果这种情况发生,预防性的措施就是通过自动数据传输来重建新的载体。

当从数据磁带中读数据时,磁带中数据完整性的一个判断指标是位错误率(或由磁带驱动供应商提供的一个等价指标)。

了解数据序列中发生错误的地方和什么会使数据块上产生错误是很必要的。一个典型的数据块包括:

- 地址。
- 同步字或同步块。
- 数据包。
- 校验字或校验以及用于传送块的差错保护。

既然同步块中的错误会导致整个块的丢失,就要引入附加的错误保护机制,使用多个数据块信息来产生所谓的产品代码。使用产品代码,同步块中的错误就能被调和。一些供应商也使用正移技术将错误保护分布在多个数据块以及他们各自的产品代码中。

为了真正了解某个数据磁带上到底发生了什么,内容管理系统必须完全了解单个数据磁带驱动解决方案所支持的错误保护的执行方式。这很具有挑战性,尤其在考虑到快速的产品发布周期和供应商想要保护他们的竞争优势时。

然而,内容管理系统确实需要关于某个磁带或磁带驱动是否已经衰退和是否可靠的较早的指示。这意味着必须能够有效地获得大量的信息来建立错误的分类、错误的频率和错误随时间增加的情况。例如,当突发错误发生在某个磁带上时,可能是该磁带本身的问题所致;而单一的错误出现在多个磁带上时,就可能意味着一个具体驱动的写探头的衰退。

为了保护商家的竞争优势和最小化内容管理系统所需要具备的关于错误保护算

法具体执行的知识,可以应用交通灯系统。不同灯的解释可以是这样的,第一个灯指示在给定时间范围内的最大错误率,第二个灯指示在给定时间范围内的所有错误率的整体情况。

时间范围是系统具体的常量值。例如在螺旋状的扫描记录情况下,合理的时间范围应该是写一个磁道所需的时间。应该将交通灯定义成:

- 绿灯——设计参数内正常。
- 黄灯——接近设计参数,仍然可恢复。
- 红灯——不可恢复的错误发生了。

为了以这种不同颜色的交通灯的方式传递结果,需要由商家将内部的错误统计与具体商家的正常值相联系。而且,应由一个独立的组织测试和证明所传送的结果是否合格,以保证其兼容性。

然后内容管理系统要负责记录信息、存储信息、执行必要的统计评估和采取合适的行动以保护整个数据序列的完整性。

错误率或错误指标的统计指示了目前载体和磁带驱动的健康状态以及其状态随时间发展的情况。根据经验模式或从商家提供的应用信息中提取一个载体可能的生命周期,这样的附加信息是很有帮助的,如某个载体的最大承载数量和写的次数。而且,商家也可以根据经验提供某些参数,例如载体在可控环境中理论上工作的最大生命周期。在这种环境中,载体在可控环境之外的工作时间也要加以考虑。载体的剩余工作时间可从最大理论生命周期中得出,但是载体在不可控环境中工作的生命周期往往会更短。而且,根据公司或组织政策得到的任何生命周期的日期应该是具体的和可执行的。

如果把数据磁带归档作为机器人大规模存储解决方案中的首选,那么负责管理的系统必须给每个磁带保留下列可追踪的信息:

- 最大容错率。
- 最大承载数。
- 最大读出量。
- 最大写入量。
- 服务程序间最大可容忍的间隔时间。
- 磁带的最大有效生命周期。
- 用户选择的结束日期和时间。
- 为了获得磁带的寿命,第一次记录的日期和时间。
- 为了跟踪由于某个记录设备的技术问题而导致的系统失败,记录设备的 ID。

- 最后读出访问的交通灯统计。

- 当前载入数。

- 当前读出数。

- 当前写入数。

- 下次服务计划的日期。

- 状态。

基于这些信息,可以获得载体的完整情况,如果有必要的话,存储在载体上的数据可以迁移到新的载体。为了保证数据磁带载体的完整性,有许多任务需要自动完成。例如,这些任务包括 1 秒内磁带驱动写入的磁带,为减少由于探头的未对准或写入过程中的其他技术错误可能造成的写入错误,不同的磁带驱动和重读数据。而且,对一定时间未访问过的磁带需要定期地进行倒带和重装,以避免磁带的粘连。为了检查比特错误率(或磁带健康状态的等价指标),在一定的周期间隔内读磁带也是必须的。如果查出问题(即超过任何具体的参数)要立即采取行动,这包括拷贝比特错误率超过给定安全比特错误率的磁带到新的磁带上,及拷贝超过生命周期的磁带到新磁带上。当磁带在可控环境中使用的时间超过给定的安全时间时,它就达到生命周期了。

在内容管理系统基础结构设计时必须要考虑这些过程。尽管对存储媒体和迁移过程的检查是在后台进行的,但要确保检查能够定期进行。

### 7.5.1.3　载体替换和退役方针

载体从机器人库退役和丢弃主要有 2 个原因,即载体到达生命周期并将数据迁移到替代载体上了,或引入新技术使得原有载体过时了。后一种情况需要将资料迁移到基于新的存储技术的载体上。然而,在这 2 种情况下,内容管理系统都要负责将被替换载体的内容迁移到新载体上。迁移完成以后,旧的载体就能退役了。

退役是个自动的过程,由管理系统完成:

- 从保留在机器人库中的空闲序列中选择一个空闲载体。

- 将要退役的载体放在回放设备中。

- 将所选的空闲载体放在记录设备中。

- 从要退役的载体中读取数据并将它写到在线系统中。

- 将数据从在线系统中读出并将它写入新载体。

- 卸载 2 个载体。

- 在机器人库中分配一个槽给新载体。

- 将新载体传送到这个槽中。

- 传送要退役的载体到机器人库的排出物口，将该载体从机器人库中去除。

在这个过程中，人介入的唯一因素是提供在机器人库中足够数量的空闲载体以及将退役载体从库的出口清除。

## 7.5.2 成本

成本是围绕企业范围内是否引入内容管理系统的争论焦点。本书并不处理内容管理的经济问题。在引入内容管理系统之后有许多有形的和无形的益处，通过在内容丰富的组织中实施内容管理系统可以弥补成本问题。迄今为止，无论是收益还是成本都未完全形成。由于有大量的参数和因素要考虑，所以这个过程正在进行之中。然而，主要的成本因素已经确定了。这些成本因素是大规模存储系统、重新排列商业过程的内部成本和操作过程中的系统迁移成本。

最初，内容管理系统项目中的成本因素是对大规模存储系统的初始投资成本。在部署过程中，重新排列商业过程和使用户接受系统的内部成本则属于最大的成本因素。在操作过程中，为了满足不断增长的需求，系统进行升级造成的迁移成本和用新的系统组件替换达到生命周期的系统组件是最大的成本因素。

正如本章所描述的，使用基准硬件基础结构获得评估相关硬件成本的模型是可能的。在说到内部成本时，真正的成本因素只能这样确定，就是在组织内部做一次彻底的商业过程分析。下面要对一些最常见的内部成本因素加以讨论，并提出最小化成本的方法。

### 7.5.2.1 初始成本

通常，内容管理系统项目的初始成本分布如下：

- 近线存储（磁带库和磁带驱动）：　　　　20%～35%。
- 在线存储（SAN,NAS）：　　　　　　　　20%～35%。
- 服务器：　　　　　　　　　　　　　　　10%～20%。
- 混杂的（网络交换机、架子、光纤等）：　　1%～2%。
- 软件执照：　　　　　　　　　　　　　　10%～20%。
- 服务（项目管理、设计、安装、支持、培训等）：　10%～30%。

另外，如果单位安装的 PC 不能满足某个内容管理系统应用的技术要求，还要对桌面 PC 投资。

由于存储成本典型的变化范围占整个初始项目成本的 40%～70%，因此大规模存储系统很可能是减少项目成本的最重要的杠杆。这意味着重新考虑存储系统的性能和绩效需求能够有效地控制初始的费用,这包括素材(尤其是视频)的存储,以及经过压缩和未压缩资料的存储。以 50Mb/s 的格式存储视频素材和以 270Mb/s 的完全码率 ITU601 存储比较,前者能减少大规模存储系统的近线存储部分大约五分之一的成本。在这个环境中其他成本因素是有关访问时间和有效性的要求。如果对有效性和访问时间的要求比较低,就可以降低对性能的要求,从而使用较便宜的硬件组件。

接下来,将内容录入到新系统的环节也会严重影响系统的成本。这些成本再次与大规模存储系统休戚相关。有些选择可以减少这个过程的成本,例如通过分析现存需要永久归档资料的数量来得到实际的存储容量是可能的,因此得以最小化成本。而且,以这样一种方式设计大规模存储系统的容量是明智的,就是使它能够存储大致 2 年内所要录入的内容。根据摩尔定律,近线存储系统通过引入新一代的(如磁带驱动)技术,大致每 2 年可扩大它的存储密度为原来的 2 倍。因此,迁移是个标准的内容管理系统操作,使用新一代的存储系统更新硬件,使用新的技术执行数据迁移,这些都能帮助增加存储密度,同时保持归档内容的稳定性。因此最节约成本的方式是在技术周期内根据归档的需求来设计存储能力。最后,要记住系统刚开始时是空的,系统的主要设计标准是能够每年上载最大量的内容。

这些考虑能帮助定义大规模存储系统所需的初始容量,由于能避免系统过大,从而立即对初始成本产生影响。

另一个重要的问题是部署环节。对不同的应用选择不同的容量并分阶段实施,这可帮助减少成本。我们可以考虑下面的指导方针:

利用不断降低的存储成本:系统容量更新得越晚,成本越低。

阶段性引入:考虑什么时间、什么地点、哪个功能是真正需要的,谁需要访问。

鉴于这些,考虑到硬件成本的不断降低,原则上是要将初始成本分摊在一个时间段内。尽管阶段性的方式对专业服务增加了成本,但与不断降低的硬件成本所获得的收益相比,在大多数情况下,还是获得的更多。

### 7.5.2.2　内部成本

重新排列商业过程和使用户接收新系统的成本占了整个项目成本的一大部分。这是通常会被低估的一个事实。

首先,引入内容管理系统会改变工作流和工作说明。对于组织来说,计划引入这样一个系统,能帮助设计新的工作流并使用户能在新的环境中工作是至关重要的。如果终端用户不参与到项目中来,由于不了解用户的想法,也没有对用户的需求进行适合的描述,系统因可用性差而被拒绝的风险是很大的。这通常会导致不必要的重新设计,推迟系统进入生产使用的时间,增加组织的内部冲突。

这里要考虑下面的指导方针:

- 来自不同部门和工作组的关键用户要参与系统开发。用他们的专业知识来获得系统的需求。
- 对目前的工作流和过程要有清楚的认识,决定在哪里改进能节省时间和金钱。
- 定义改进的工作流和过程,使其与内容管理系统融为一体。新的工作流要能够识别内容管理系统。对现存产品做大量修改的项目会非常昂贵,会导致专有的解决方案。
- 让关键用户参与到重新排列过程的定义中来。
- 利用关键用户激发他们所在工作组的热情,这样能减少冲突,容易得到用户最大程度的接受。
- 在组织内寻找到乐于创新的用户组的支持,他们最愿意成为新系统的第一批目标用户。首先为这个乐于创新的用户组部署系统作为试点,获得反馈,在可应用的地方将反馈引入系统的设计或修正过程。
- 设计一个广泛的培训项目。考虑从培训基本计算机技术开始,像使用鼠标进行一般的图形用户界面交互,而不是直接使用新系统的细节。

这些建议背后的原因很简单:让人员参与,倾听他们的需求,让他们理解新系统是他们的新系统,并以这种方式使内部成本最小化。

### 7.5.2.3 操作成本

内容管理系统操作的 2 个主要成本因素是支持、维护成本和迁移成本。典型的支持和维护成本占初始系统价格的 15%～20%,这是经过历年分析得出的,通常包括软件更新和硬件维护。然而,支持和维护成本不包括达到生命周期的单元的替换成本或为了满足有效性和增加的执行需求而另外部署单元的成本。这些成本在迁移成本中描述,属于要认识的主要成本因素之一。

在这个具体环境中的迁移是指替换过期技术的解决方案或在升级系统时添加组件。由于 IT 技术的发展快于广播技术,组织将不得不适应 2～3 年的革新循环。这意味着不仅在每个循环中有大量的执行方面的改进,也意味着对生命周期之后旧有产品的维护变得很昂贵。因此,向新技术的迁移会从提高的性能中获得效益,同时将维护和支持成本控制在合理的范围之内。

迁移可以逐渐发生,是一个逐步的过程。它涉及到向新一代数据载体和数据记录器的迁移,如数字数据磁带和磁带驱动,它们能提供更大的容量和更快的传输率。增加基于数据磁带大规模存储系统的存储密度和保持技术的革新性是必要的。而且,基于磁盘的存储系统也需要定期更新或被替换以跟上磁盘驱动系统的技术革新。对服务器的更新能使它们提供更高的性能来满足不断增长的需求,或增加功能以获得更多的性能,这也是迁移过程的一部分。

一个智能迁移方案试图将新技术的引进与引入更多的必要资源相结合,以满足系统增长的需求。接下来的部分将讨论一个可能的策略,它涉及企业范围内内容管理系统的迁移。这个策略也描述了整个体系结构的一些有代表性系统组件的可升级性。

下面的研究基于这样的假设:对内容管理系统所提供资源的需求(更多的用户、更多的功能)是线性增长的,而且假设摩尔定律是有效的,即技术的进步是有规律的。

在此基础上,采用一个直接的方法来得出迁移方案中成本的合理指标。

### 7.5.2.4　案例研究:近线系统

基于数据磁带的数字近线系统(占整个大规模存储系统大约一半的成本)最可能与所安装的磁带驱动数目和所用磁带的数目一起升级。每个磁带有一定的存储容量。

为了做出近线系统随时间变化的成本模型,这里给出下面一些假设:

- 每季度有大约 2 500 小时的资料要录入近线系统。
- 使用 50Mb/s 的归档格式。
- 第一代磁带的净容量为 50GB。
- 每 2 年新一代的磁带驱动提供的净磁带容量增长一倍。
- 当新一代磁带驱动可用时开始迁移。
- 每 2 年引入一种新的磁带驱动技术。
- 出于迁移目的,平均 2 个磁带驱动用于读访问,一个用于写访问。
- 该模型开始于 2000 年。

为了与新的磁带驱动的有效性相匹配,当第二代磁带驱动可用时开始第一代的迁移。为保持 2 年发展周期的步伐,每 2 年要进行一次新的迁移步骤。迁移时,2 个驱动读,一个驱动写。

这种方式得出的保存在磁带库中的磁带的总体数目与时间的关系如图 7.12 所示。如果不迁移,所要管理的磁带数量呈线性增长,每季度以 2 500 小时的速度线性增长。使用上面介绍的迁移策略,带库所要保存的磁带数量在 2 年后达到最大,在 4 年后稳步减少。

这意味着以这种方式设计近线系统就足够了,它能够保留所需的磁带用于存储前 2 年录入的所有资料,加上根据需求确定的一定水平的冗余度。因此,近线系统(即磁

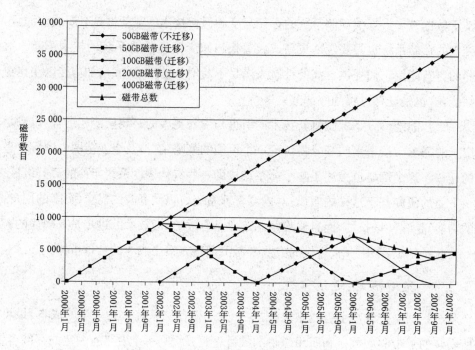

**图 7.12　磁带库中随时间变化的磁带数目**

带数量以常量增加)的一个成本因素得到有效地减少。另外的一个好处是数据磁带在库中停留的时间被清楚的定义了,即最少 2 年,最多 4 年。这能最大限度地降低由于载体年限造成的数据丢失。因此,保证数据完整性的可能附加成本是最少的。

采用这种方式意味着磁带要频繁的交换和丢弃(退役),因此这种迁移带来了购买所有这些磁带的附加成本问题。为了对此研究,我们做了一个额外的假设:

- 新一代兼容磁带驱动的初始成本大致与上一代磁带引入时的成本一样。

旧的磁带的生产价格可能比下一代磁带引入的价格要低,但从长远来看它会变得更贵,因为对这些磁带的市场需求会减少。因此我们假设,不论是哪一代磁带,平均每一盒磁带的价格基本一样,尽管它们的存储容量不同。

图 7.13 显示了随时间需要购进的磁带数量。如果我们继续使用第一代的磁带驱动和相匹配的磁带来增加文档存储的容量,引进的磁带数量随时间线性增加。非常有趣的是,使用迁移方式能保持引进磁带的数量总是在或低于线性情况的水平。从长远来看,与不迁移的情况相比,迁移解决方案还具有所需购买的磁带数量减少的优势。

应用磁带价格不变的假设,磁带的整个成本并不会因迁移而增加。而且,长期来看甚至还有净利润。因此,当使用所建议的迁移方案时,我们可以总结如下:

- 近线系统中所要存储的磁带的数量在 2 年后达到最大,这个数量可被用作磁带库大小的初始设计标准。

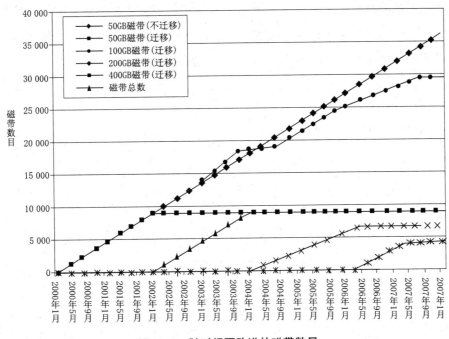

**图 7.13 随时间要购进的磁带数目**

- 迁移方案并没有增加载体(数据磁带盒)的额外成本,即从长期来看,要购买的磁带盒的数量甚至在减少。

- 库中的数据磁带不会超过 4 年。因此保持磁带的有效使用时间在 2 年以下是可能的,这对长期保存的数据完整性是非常有帮助的。

为了利用这一点,这里建议设计近线系统的一些指导方式。首先,要选择合适的数据磁带驱动族来满足初始的容量、装载时间、查找时间和传输率的需求,并且要能提供一种与迁移方案一致的观点。后一点意味着对容量和传输率的增加应该有一个可信的发展方向。而且,所选择的数据磁带库要支持所选的磁带驱动族,并且在槽的数量和可安装的磁带驱动的数量方面能充分地扩充。所选库的大小要能满足最初 2 年输入的需求。要有一些防备不可预知事情的措施,包括附加的容量用于对不可预知的输入增加所产生的内部冗余。而且,需要一些备用的磁带来保证存储的完备性管理。

近线系统成本中要考虑的最后一点是磁带驱动的成本。为了评估驱动牵涉的成本,先要做一些假设。设最初系统安装 4 个磁带驱动,而且随着系统应用的普及,系统资源的需求会随时间而增加。为了满足这种需求,有必要每年再增加 4 个磁带驱动,磁带驱动在 3 年后才到使用寿命。最后,磁带驱动的平均成本总是以一个"会计单元"来估计的。

图 7.14 显示了随着时间可并发访问的总数。并发访问的数量直接与磁带库中安

装的磁带驱动的总数匹配。另外,图中指示了在某个时间点安装的是那一代磁带驱动的数量。上面描述的模型是基于这样的假设的,所安装的最新一代磁带驱动总能满足增长的需求,到达生命周期的单元用最新一代的驱动替换。

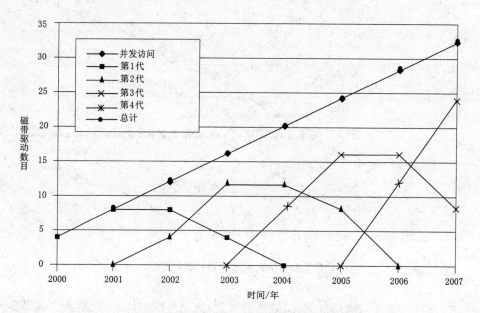

**图 7.14  磁带库中随时间需要安装的磁带驱动数目**

采用这种方法,系统随着需求的增长而成长,同时保持技术总是跟上最新的发展。由于对旧系统的支持容易随时间而变得昂贵,因此这种方式能最小化维护和支持成本。

为了评估这种永久重新投资方案中的成本,可应用上面所给的假设得出磁带驱动的平均成本。

图 7.15 显示了这种方法的结果。基本上,迁移系统的不断升级支持了增长的需求,但会导致每年的固定投入。利用这种方法可以评估每年需要重新投资的费用,依此结果来计划财务资源。

### 7.5.2.5  案例研究:在线系统

在线存储系统占了内容管理大规模存储系统大约一半的成本(即存储成本平均被分成在线和近线存储),它直接与在某个时间点所需的存储容量大致一起升级。为了做出随时间变化的在线存储成本的模型,假设在线存储系统是作为 SAN 的解决方案配置的。

为了简化,假设 SAN 的解决方案被分成某些子系统,称为 SAN 单元。一个 SAN

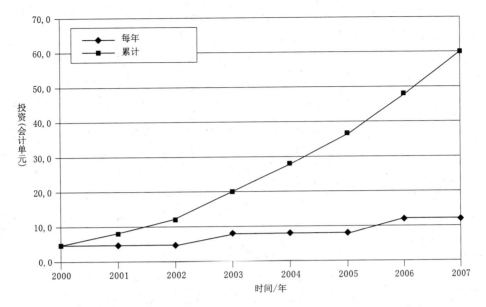

**图 7.15　磁带库中随时间需要安装的磁带驱动的每年的成本和总成本**

单元可以是一系列含有必要外设的磁盘。为了简化模型，假设只能增加或替换（更新比照，它只能由交换或添加磁盘来处理）完整的单元。另外，还要做出下面的假设：

- 第一代 SAN 单元应该能够存储 1TB。
- 最初，系统应该使用其中一个 SAN 单元，因此它能在线存储 1TB 数据。
- 由于这样配置的系统的需求会随时间的增加而变得越来越受欢迎，为了满足这种需求，每年增加 1TB 的存储容量是必要的。
- 存储技术的发展意味着每 2 年就会有新一代的 SAN 单元提供 2 倍于以前的存储容量。
- 一个 SAN 单元在 3 年后将达到生命周期。
- 一个 SAN 单元，平均总是耗费一个"会计单元"，而与第几代无关。

图 7.16 显示了随时间并发安装的 SAN 单元数量的一个总览，以及某一代 SAN 单元所需部署的指标。很明显（甚至与不断增加的需求比较），随着时间的变化系统的物理尺寸在减小，累计到一定时间后单元的数量会减到一个。这意味着，从长远看整个系统的复杂性会降低。这当然会对运行成本（总成本）产生积极的影响。

图 7.17 所示为这种方法中涉及的成本。基本上，迁移方案（系统不断更新以支持增长的需求）导致每年固定量的投资。从长远来看，投资甚至可能减少。依据现实项目的情况，使用这种方法可以评估每年需重新投资的费用，并将结果用于计划财务资源。

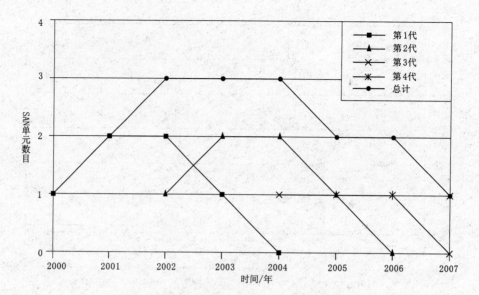

**图 7.16　系统中随时间部署的 SAN 单元数目**

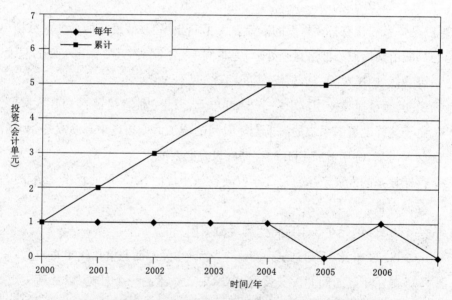

**图 7.17　SAN 系统中随时间变化所需的每年投资成本和总成本**

### 7.5.2.6　案例研究：浏览服务器

本章所描述的基准硬件体系结构利用分布式服务器来传送每个服务所需的资源到系统中。作为这种服务的一个例子，这一部分给出了对浏览服务器成本的案例研究。

浏览服务器所提供的服务是给一定数量的用户提供流媒体浏览质量的视频。

依据浏览服务器的性能，每个服务器能处理一定数量的并发流。如果请求的处理多于一个服务器能处理的并发流（或有对某种水平冗余的需求），就必须安装附加的服务器。

为了做出浏览服务器随时间变化的成本模型，这里给出下面的假设：

- 第一代服务器能处理高达 50 个并发流。

- 最初，系统能支持 50 个并发流。

- 不考虑冗余的选项。

- 随着系统变得越来越受欢迎，对它的需求也随时间增加。为了满足不断增加的需求，每年增加性能以再支持 50 个并发流是很必要的。

- 服务器和网络技术随时间不断提高，这意味着每 2 年就有新一代的服务器能够支持 2 倍于以前数量的流。

- 一个服务器 3 年后达到生命周期。

- 一个服务器，平均耗费一个"会计单元"，无论是哪一代的。

图 7.18 显示了随时间变化的实际安装的服务器总量及在那个时间点不同代的服务器数量。该图表明了为了满足增长的需求和替换到达生命周期的单元所需部署的并发单元数量几乎是线性增长的。如果对所需求的线性增长做出假设（每年 50 个流），服务器服务质量水平每 2 年增加一倍（并发流 50、100、200、400 等），在某一点技术的进步将会超过需求的增长。假如那样的话，图表看起来将会与描述 SAN 单元的图 7.15 很相似。

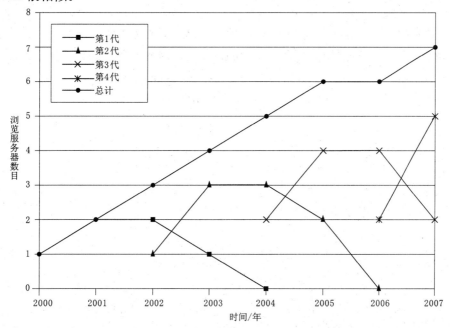

**图 7.18 系统中随时间所要部署的浏览服务器数目**

图 7.19 所示的例子说明,为了满足浏览服务器迁移环节的变化,每年所需的投资几乎是固定的投资额。从长远来看,投资甚至会减少。依据现实项目的情况,使用这种方法可以评估每年需重新投资的费用,并将结果用于计划财务资源。

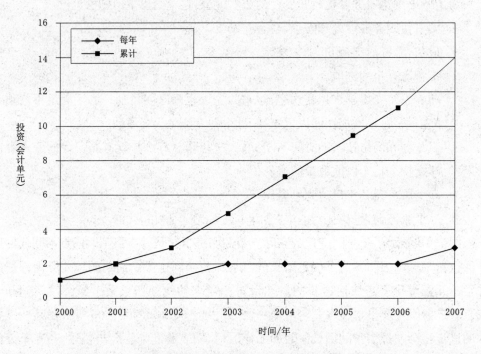

**图 7. 19 浏览服务器每年的投资和总的投资成本随时间的变化**

上面所讨论的浏览服务器的模型,原理上对部署成服务器组的所有服务器都是有效的。因此,获得一个可估计的每年必要的投资来保持整个系统性能的提高以满足不断增长的需求是可能的。这对定义运行整个系统所需的年度预算会很有帮助。

# 第8章　内容管理系统中的系统与数据集成

　　我们通常认为内容管理系统是针对内容的一个基础平台或是集成。在内容管理系统中，素材与元数据会被采集、处理、访问、交换及播放。因此，对于访问内容的应用系统，提供一定数量的接口界面和集成选项是非常重要的。另外，一个内容管理系统通常还要协同大量现有系统组件和管理遗留内容。因而，对于一个开放的、多样化的内容管理系统来说，能够集成或是连接其他系统、系统组件以及现有的内容是极其重要的。正如我们在第6章所讨论的那样，在系统结构中可以依靠设备管理和数据管理来实现这样的功能。然而，基于交互系统层面，还必须通过其他类型的集成来提高这种交互性。

　　具有丰富内容的组织机构，应该能支持所有与内容相关的过程与应用。众多的系统、应用程序与应用程序组件会在内容管理系统中交互。图8.1给出了一个广播系统结构，该结构包含不同内容的管理系统与第三方组件。

　　最底层包含属于不同系统的管理部分。通用的内容管理系统模块被标记为浅灰色，第三方系统与一般构造部分被标记为深灰色。这个例子中的第三方系统的范围，从基于产品的支持与计划工具（例如演播室自动化系统、播出推介系统、播放时间销售、节目策划）的控制系统（例如新闻工作室系统与播出时间计划）到信息系统（权限管理系统与编目系统）。它们通过一个通信中间层和应用控制设备来实现连接。这个例子表明，在一个标准播放系统环境下的多样化系统必须被集成或是连接起来，这些系统中的一部分是现存数据库与信息系统，而本文所说的内容管理系统则通过接口与连接为此提供一个集成的平台。

　　将作为工作流程组成部分的其他系统与具有生存周期的内容相集成，是内容管理

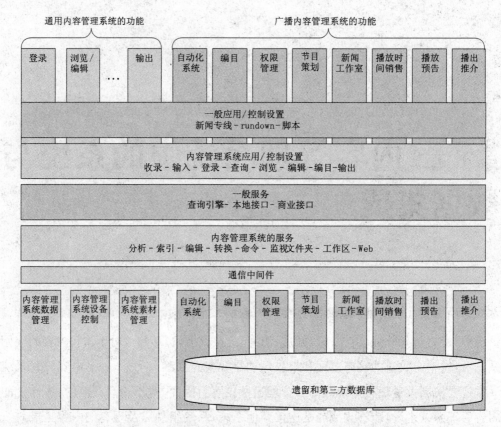

图8.1 广播基础结构中的内容管理系统和第三方组件

系统的一个基本特性。本例中所提到的其他系统有新闻工作室系统、自动化系统、媒体管理系统、制作系统、非线性编辑系统、权限管理系统和企业资源计划(Enterprise Resource Planning, ERP)系统等。内容管理系统与网站和电子商务的关系也变得越来越密切。内容管理系统可以作为一个中央资源存储库,为所有这些系统提供连接,或者在同等级别的情况下,为跨系统交互作用提供连接和工作流程的支持。通过这种集成,可以进行元数据与素材拷贝的简单交换,以及对紧密集成的第三方系统中的相关信息进行直接访问。

对于建制良好的富媒体组织(例如面向公众的档案馆与广播机构),在其遗留系统中的遗留内容与信息是特别重要的。现存的内容是系统运作的重要资源,因此用内容管理系统来整合或管理现存内容是非常必要的。对这样的组织,将现有的素材转换成新的格式并对所有现存的信息进行整合,是成功地导入内容管理系统的非常重要的先决条件。

对于实际的系统设计来说,系统集成是一项并行的工作。因此,集成过程应该和实际系统的设计与实施紧密相连。系统组件在后期集成是可能的,但是应该提前做好准备,并在最初的构架及实施计划中给以充分的考虑。

# 8.1　集成原理

一般来看,集成就是不同(可能是互相独立)的系统或是系统组件之间的组合,以求获得更加综合广泛的功能。另外,集成也是指一个系统内各种信息的整合。通过集成,系统的总体功能可以得到提升。系统集成可以被定义为:

通过有效地连接和检测系统组件来合成它们的功能与技术特性,形成一个综合的、能共同操作的系统。集成的数据系统允许存在于不同系统中的数据跨越功能和系统的边界,实现相互间的共享和访问。

这个定义既强调了系统集成的过程,也强调了其结果。这一点非常重要,但是常常被忽略,因为以往只是规定了接口而没有定义不同的集成步骤。因此,这里强调有2个方面比较重要:(1)通过集成不同系统的组件全面提升功能和特性;(2)集成的过程。与以上定义不同的是,在内容管理系统与第三方系统集成的情况下,强调个别系统组件仍然可以保持其自主性是非常重要的。它们通常在独立的模式下工作,但是在集成的情况下,也能提供一个可以无缝操作的更为综合的特性设置。集成的本质也由系统的物理定位和它们之间的通信连接来决定。即使它们之间的通信发生故障,也必须保证每个系统仍然可以独立工作,这点是很重要的。

在内容管理系统中,由于跨越系统边界的数据共享经常发生,所以数据集成是非常重要的。这种情况尤其发生在部分信息与别的系统内容相关联的时候,例如权限的相关信息被保存在一个权限管理系统中,但是必须从内容管理系统中去访问。在数据集成的情形下,我们必须考虑到信息的时效性和更新的重要性。如果信息频繁地变化,那么就必须保证被集成的信息是最新的,并能对数据进行直接访问。另一方面,如果数据是相对静态的,并且暂时的不一致性可以被接受,那么对这样的数据,仍然可以在不同的系统间进行交换,并在每个系统里做冗余存储。

## 8.1.1　集成的类型

系统间集成的类型与深度是依据功能、特性以及不同的集成系统间的共享数据设置而变化的。此外,系统内的某个组件的作用影响着集成的种类,例如,硬件服务器或存储系统与一个新闻编辑系统的自治软件工具相比而言,前者与内容管理系统的结合要更加紧密。为了选择正确的集成模式以解决某个具体问题,考虑诸如平台的从属性和某种解决方案的花费与限制等方面因素是很重要的。因此,虽然我们有许多可行的方法以针对不同系统组件的集成,但还是定义了3种集成的基本类型,即通过数据交换的集成、通过应用程序接口的集成以及与应用组件的集成。有时候在一个集成系统中可以包含多种集成模式,例如可以用一条信息来通知另一个系统组件在某个接口处获得数据。

### 8.1.1.1　通过数据交换的集成

采用消息和数据交换的集成是一种松散的系统合成模式。本书中使用了一组交换协议以及 KLV、MOS 和 SOAP 数据编码的标准。在低层协议中,可以使用 FTP、NFS、NDCP 及 VACP 等协议。在不同系统之间,消息可以以各自的格式编码流通。此外,普通文档传输也属于这个群体。不仅可以使用请求/响应模式,也可以将信息推送给对方。

在这种模式下,可以交换素材和元数据。在数据交换集成中,可以实现不同系统之间对数据请求的要求,各种信息可以互相传递。系统间的素材交换,依赖于这些素材的类型与格式,例如,流媒体可以通过 SDI/STDI 或是使用数据网络中相应的流服务器与流协议实现其流动性。以标准通信协议进行的文件传输可以用于连续与非连续媒体的交换。在这种情形下,标准的文档格式(如第5章所阐述的)具有非常重要的作用。

### 8.1.1.2　通过应用程序接口的集成

当使用应用程序接口的时候,系统间的集成程度相对较高。一个应用程序接口可以为其他程序或子程序提供一系列的功能,包括数据库访问客户端/服务器、对等交互和事项(务)处理等。通常来说有2种应用程序接口交互的主要模式,即远程过程调用(RPC)和标准查询语言(SQL)。远程过程调用与标准查询语言的使用提供了紧密的集成。在远程过程调用的情形下,程序间的交流即通过共享缓冲器的过程或任务。在应用程序间的数据共享,通过使用标准查询语言可以实现对普通数据库的访问,这是一个非过程数据访问。使用其他方法直接通过过滤程序访问数据库也是可能的。例如,基于 XML 的接口可用来保持实际数据库结构的明晰,但是仍然能提供对存储数据的直接和细节的访问。

为了较少地依赖平台,并在分布的环境标准中实现运行,可以采用通用对象请求代理体系结构(CORBA)或网络服务。

### 8.1.1.3　应用组件的集成

基于组件的应用开发技术(如 OCX、ActiveX 和 JavaBeans)允许将不同系统中的各种应用组件集成在同一个应用框架内。对于用户来说,这种应用仿佛没有任何可视的边界。在使用消息的前提下,参数与信息可以在不同的组件之间直接通过。在这种应用框架内,每个系统用它自己的应用模式来表现。

这种集成很有吸引力,因为对用户来说,看到的是一个无缝的应用界面,而无须考虑这些信息在它们各自不同的系统中是如何表现的。然而,当不同系统中的信息必须要进行预处理时,将会有一些限制。例如,链接到某个对象的内容涉及到知识产权,虽然可以使用 ActiveX 来提出要求,但如果你没有权限,将实现不了访问。

## 8.1.2 集成过程

以上定义已经表明,系统集成是一个分步骤过程,其中不同的系统组件被连接测试以求最终形成一个综合的可共同操作的系统。通常来说,涉及内容生产和管理的系统集成并不是从零开始设计的,而是在已经存在一段时间的模块基础上进行的。对于一个内容管理系统而言,集成是它的本质,所以从开始设计时就要考虑可能用于集成的接口和界面。进而在集成过程中,对整个系统架构和被集成的系统组件的功能都要给予周密的考虑。内容管理系统的集成过程可以被划分为3个主要步骤:

1.需求研究与组件分析。

2.系统与接口设计。

3.实施、测试和安装。

对于每一个步骤,应该确定各阶段的交付条件和"里程碑"来监督集成过程。依据项目的不同,可能会采取不同的方法。以下的讨论只是给出了任务大纲和每一步集成过程可能的交付条件。

### 8.1.2.1 需求研究与组件分析

在需求研究中,我们获得了用户的需求。在这个过程中,我们分析了现存的工作步骤,包括对以下内容的识别:系统的工作流和文档、工具以及支持它们的组件。用一个相关工作流和所涉及系统的描述来记录所有的分析。

同时进行的工作还有,对所有潜在的,可能成为大系统一部分的组件和系统的评估。这包括对它们的功能、特性、接口以及集成性能的分析。在给出一个特性和接口的列表时会说明每一种选择的可能性,在这一步,可以对不同可选组件进行排序,从而说明哪些组件对某项特殊任务是最适合的。

### 8.1.2.2 系统与接口设计

在系统设计阶段,所有系统结构都已经确定了。输入的是用户的功能请求、技术与环境参数和限制,以及财政与预算限制等。在上个阶段列出的可选择的系统组件清单也要在这个阶段加以考虑。应该选择既能最大程度地满足用户和系统的需求,又能方便地对整个构架实现集成的组件。这个步骤的结果就是通过系统的整体结构确定了不同的系统组件以及系统间的信息流。

随着组件功能和接口的明确,接下来实际的集成任务就开始了。这个阶段要决定不同的组件之间使用何种集成模式。在这个部分,我们要考虑到独立组件和整体系统的性能。为保持系统的易管理性,重要的是不应该有太多不同的协议、编码方案以及API标准。针对每个集成类型,应该有1个(至多2个)主要的标准用来指导组件接口的实施。这也是针对不同组件选择时的标准。

在功能设计规范(Functional Design Specification,FDS)中,每个组件的性能都要有明确的定义。在整个系统内容中,该规范是关于特殊系统组件功能的参考文档。另外还要有接口设计规范(Interface Design Specification,IDS),它规定了一个组件所提供的接口的类型。这些文档和整个系统结构的信息流动图表详细规定了接口的种类和交换信息的类型。但是还需要顺序图表来补充,该图表能准确地陈述产生于不同系统组件之间的事件和交互作用的顺序。

### 8.1.2.3 实施、检测和安装

每个组件的实施都要遵照整个系统的结构、功能设计说明书、接口设计说明书和顺序图表分别进行。起始测试是分开实施的,用来校验每个组件是否能正确运行。在成功完成这个步骤以后,针对每个组件进行交互性的测试。在发生错误的情况下,我们要记录下错误的原因并且针对相应组件进行调整。这可能需要反复进行,直到不同的组件之间达到稳定。但在一个设计良好的系统中,这种反复并不一定需要很多次。

最后,将所有不同的组件在整个系统的框架下进行安装。只有那时整个系统才可以被检测和评估。理论上应该有这样一个阶段,即所有的系统能在离线状态下(例如没有被连接到基础结构的任何生产部分)进行检测。然而在已经建立的运行中,这显得有些不大可能。在这种情况下,有必要采取一种迁移战略,即通过一种逐步的方式将不同的组件导入和连接在一起。在每一个迁移步骤中通过添加新的功能,可以看到所设置的组件间的交互作用有所改变。为了避免不必要的运行中断,在系统失败的情况下,旧的系统状态仍然可以重建是非常重要的。

## 8.2 内容管理系统与遗留系统

内容管理的历史已经有几个世纪了,多媒体内容的出现也有几十年历史了。在内

容丰富的媒体机构中,已经有大量的现存系统存在,而且它们已经承担了处理某些内容管理方面的工作,特别是一些现存的数据库、图片与媒体库、生产工具和自动系统。这些系统支持目前的工作流,也保存着大量与内容相关的信息。为了利用现存系统及内容处理人员拥有的信息和知识,一个内容管理系统必须要集成现存的系统组件。当向一个构建良好的组织机构中引入内容管理系统时,我们必须要考虑到很多因素。

一个首先需要解决的问题就是遗留素材的迁移。保存资料是档案工作最重要的任务之一。在一个全自动的环境下,数字内容管理系统的引入将改变保存工作的方式,例如建立自动过程来保存素材以及对新格式的迁移。然而与格式相关的问题仍然存在,并且如何与何时来迁移素材也不仅仅是技术问题。

另一个重要的方面是存储于现存数据库和信息系统中的信息财富。它们基于的技术与数据模型可能对于现代内容管理系统来说并不理想,然而用新的技术来替换它们通常不一定可行。因此,必须要找到一种方法来将那些系统或信息集成到内容管理系统中。

## 8.2.1　在现存基础构架中引入内容管理系统

目前的媒体与电视生产,正在从模拟技术向着基于计算机和硬盘操作的数字处理过程发展。我们已经可以预知将来的生产过程和存档将不再基于传统录像带的记录模式。基于服务器的电视制作平台必须要和数据存储器连接,特别是大规模数据存储器。当将现存系统迁移到将来的内容管理系统以取代传统的档案管理时,有一个原则必须考虑,那就是可能会引起的许多系统变化,例如从基于磁带到基于服务器的生产,从传统的主机数据库到可以进入各用户组的先进信息系统的迁移,以及对生产、内容管理系统、演播室自动控制系统、新闻工作室系统的内部集成等。

在一个现存基础结构内引入内容管理系统应该实现以下一些目标:

- 在所涉及的组件之间引入基于文件的资料迁移,例如制作平台和归档。
- 把对资料的自动存储和检索作为整体系统的一部分。
- 通过生产和存档过程,从获取的资料中产生和处理元数据。

如果遗留资料必须被转换为新的格式,那么应当注意,在迁移过程中存储于文档化媒介中资料的原始技术质量不能衰减。迁移过程应该得到自动或半自动过程的支持。在现存数据库和信息系统中的任何信息必须能通过内容管理系统被完全访问。这就要求能够在设计阶段所建立的数据模型中得到反映。我们还得确认,当内容管理系统完全建立时,所有的部门和要访问数据的用户在引入阶段就可以访问数据。在新的系统中如何来提高信息的聚集度与流动性,必须要在内容管理系统设计的早期阶段就考虑到。理想情况是,在内容对象生命周期内创建的任何种类的元数据都应该存储在系统中。因此,当我们决定集成或是替换遗留信息系统时,必须考虑下面3个因素:

- 现存的数据库和信息系统,以及如何将它们在内容管理系统中集成。
- 现存的使用和访问权限以及将来如何解决这些问题。
- 用内容管理系统提高元数据和信息的处理能力。

另一个重要的课题就是现存的工作流和工作过程。我们应该对它们进行分析并且在内容管理系统的设计中体现它们。我们要认识到以下问题是非常重要的,即在新技术提供的可能性与已经建好的进程之间可能会存在冲突。在系统设计过程中考虑到所有受影响的用户群体是非常必要的。

### 8.2.2 遗留素材的迁移

素材就是内容对象的物理拷贝,它们代表了实际的信息。在像广播公司这样的富媒体机构中,它们与存储媒体(例如录像带和录音带)有着很紧密的联系,几乎所有的过程都集中在这种内容的物理表述中。直到现在,生产中所采用的新的磁带录制格式主要是由技术和经济情况来决定的。在获取和生产中,新磁带格式的引入也影响了归档格式。如果为了存档而采用另外的格式,花费是很大的,因此存档过程也必须支持这种新格式。归档的任务就是按照某种指南长期存储和保存信息。我们要确保归档的音像磁带几乎能永久地被使用。所以,一旦物理载体开始恶化,我们就一定要采取行动。

随着内容管理系统的引入和基于服务器的生产,内容与存储媒体的耦合得以实现。在现存的环境下,内容管理系统一定要支持这种耦合过程,这表现为素材从传统基于磁带的存储媒体和格式迁移到独立于存储媒体的数字格式。这种迁移过程要与生产和归档的基本结构变化相符合:

- 最初的步骤是引入一个可以容纳传统录像带的自动磁带库系统。素材通过传统视频接口实现数字化,它们可以被记录在服务器上,通过服务器可以连接到其他设备或是用通信网络来传输数据。
- 接下来应该建立一个使用数据磁带的大型数据存储系统。这个系统应该被集成到一个基于服务器的生产环境中。那时,就可以从磁带库的内容到新的存储媒体的自动传输,以及通过网络互联使用文件传输的资料交换了。

有了这种基础结构,现存的素材就可以被逐步迁移到新的平台。然而,在迁移期间必须要同时处理不同的情况。基于磁带格式存储的素材必须能够提供到新的无磁带模式的生产环境中去。因此我们要制定一种策略:哪些素材要迁移、何时及如何处理对尚未迁移的特定资料的请求。另外,那些已经在新的存储设备上存档的素材,一定也要能提供给在传输期间仍然使用磁带进行生产的设备。这些必须要成为开发内容管理系统迁移战略的一部分。

### 8.2.3　现存数据库和信息的集成

如果信息的集成已经存在于富媒体机构中,那么要区分 2 个基本的情况,即将数据迁移到新的数据库(或信息系统)以及将现存数据库集成到内容管理系统的构架与基础结构中。使用哪一种集成方法取决于遗留系统(例如规模、关联性和技术)、内容管理系统的计划程度以及实施战略。在这 2 种情况下,要仔细地评估每种方法的利弊,以决定正确的方法。

#### 8.2.3.1　遗留数据库与信息系统的迁移

当用内容管理系统中的数据库替代现存数据库与信息系统时,所有的遗留数据库一定要转换到新的数据库中。由于数据模型、数据元素及属性可能是不同的,所以这并不是一种直截了当的过程。尽管在内容管理系统数据模型的设计中将会考虑到现存的数据设置,但不会依据原始数据设置一对一的映象。关于内容的看法可能大不相同,但新的内容管理系统通常是以内容为中心的,而旧的系统是以载体为中心的。在前一种情形下内容对象是主体,而后者的主体则是可以保存一定数量内容的载体。在这种情况下,新旧数据模型间元素与属性的映象是其次要考虑的问题,重要的是要寻求一种方法,在新的模型中来表述源于旧数据模型的信息。为了在新的模型中使用某种属性或是为新的元素提供信息,可能要进行数据的聚合以及数据元素的拆解。

我们要仔细地分析新的数据模型是否覆盖了所有现存数据和问题。此外,我们也要确认,是否在原有数据库中的所有应用程序和用户操作也同样可以在新的内容管理系统中应用(或是为其服务)。

通常迁移是针对那些包含明确主题的小型数据库,而且内容管理系统已经表述了这些主题,例如一系列部门的数据库可能被整合到一个更大的内容管理系统数据库中。如果一个机构的主要数据库是基于以往过时的技术,一个总体的迁移计划可能是非常必要的。在这种情况下,内容管理系统的设计与实施中的迁移计划就是个独立的任务。如在 §6.1.3 中所介绍的,一个系统的总体设计应该能将这些数据库集成为数据管理器/数据代理器的基础结构的一部分。这将允许内容管理系统在具体执行工作任务中耦合迁移的特性。

### 8.2.3.2 遗留数据库和信息系统的集成

现存遗留数据库与信息系统可以被集成到采用数据管理器/数据代理器概念的内容管理系统中,允许并行地集成每个系统并且以同样的方式向用户表述信息。基本想法就是通过提供面向其他系统组件统一接口的独立数据管理器来访问每一个系统。一个数据管理器支持的基本查询方式有:

- 纯文本查询。
- 标签查询。
- 本地查询。

纯文本查询就是在下层的数据库或信息系统中的所有的元素和属性之间搜索给定的表述或字符串。在标签查询的情况下,表述了某些一般概念(例如地点、人物或日期)的一组标签被定义下来,这些标签对整个内容管理系统都是有效的。某个特定遗留系统的数据管理器将这些标签映射到特定的元素与属性上。本地查询表现为对遗留数据库的直接访问。对片段的查询仅仅与包括片段概念的系统有关,在大多数遗留系统中没有这样的情况。

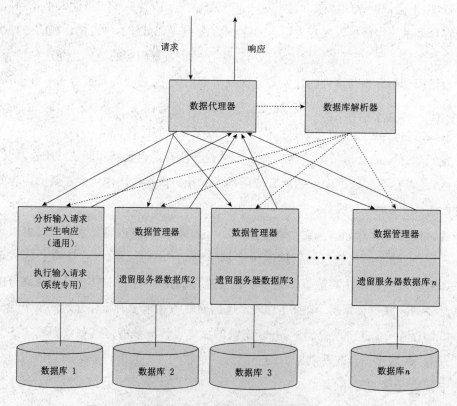

**图8.2 采用数据代理器和数据管理器的遗留系统集成**

图 8.2 表明数据代理器/数据管理器是如何处理请求以及不同的遗留系统是如何集成的。数据代理器接收了一个输入请求并且把它发布到相关的数据管理器中。一个联合搜索仅仅可以执行纯文本查询和标签查询。联合搜索指的是将一个请求提交给多个系统。一个中心处理程序把回复收集起来,删除重复的回复,把它们组织成一个统一的点击列表。在联合搜索的情形下,一个数据代理器把请求传输到数据管理器,接着收集答复并且加工处理它们,然后在一个统一点击列表中作为响应来表述。

每个数据管理器包括一个通用部分和一个遗留系统专用部分。通用部分的任务就是分析输入请求并根据具体的界面产生响应。遗留系统专用部分把请求提交给遗留系统,查询并处理返回的结果。例如,把标签请求转换到本地数据库中查询,在被一个特殊标签表述的数据库中查询所有的元素和属性。通用数据管理部分处理返回值并且把它以标准格式回馈到数据代理器。

对本地查询要区别处理。一个本地查询直接访问专用遗留系统并且被直接传送到数据管理器的遗留系统专用部分。数据代理器只是挑选各自的数据管理器来进行这种查询。只有数据管理器的专用系统部分才会处理这种请求。这种情形下,其他的数据库和信息系统不能使用同样的请求来查询,因此不会有联合搜索。

## 8.3 第三方系统的集成

当一个内容管理系统是一个完全集成的基础设施的一部分时,它才可以发挥全部的潜力。在这样的整体中,内容管理系统和其他跨部门的系统(如企业资源计划系统、版权管理系统等)一起提供了平台。这些平台存在着不同的输出渠道,从传统广播和电视到基于互联网的输出渠道(例如网络广播、网络出版和电子商务)。可以想象,未来通过基于 WAP、SMS 和 UMTS 技术的电子服务,还可以将这种功能进一步提升。

如图 8.3 所示,图中包括了文中所述的不同组件。此外,各种渠道专用工具和系统也应当集成。它们中的一些,在各自的输出渠道内有着相似的功能(例如节目策划),但是由于在应用环境上存在着很大的差异,因此必须要考虑这些系统可以分离的个例。

除了与其他企业范围内的系统跨平台集成外,也有在具体应用环境中完成某种任务的组件集成,例如在广播系统中,存在着演播室自动控制系统、新闻工作室系统或非线性编辑系统。

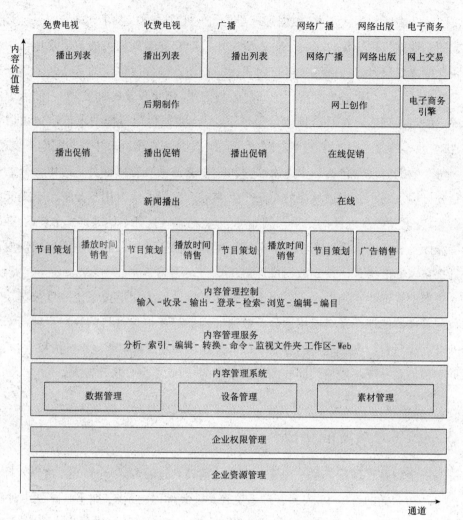

**图 8.3 多通道富内容组织中的内容管理系统**

### 8.3.1 企业内第三方系统的集成

在富媒体组织机构中存在着 2 种企业级重要的主系统,它们是 ERP 系统与数字版权管理(Digital Rights Management,DRM)系统。内容管理系统和这些系统通常是在同一个水平上的,即不存在哪个是主导系统,集成是在同等水平上进行的。每个系统与通常一样继续提供相应的服务,但通过访问这些系统,可以得到更多的信息。

#### 8.3.1.1 与企业资源计划系统集成

ERP 系统是基于特定组织的需要,采用标准商业软件建立的。在这样的系统中,能对所有与商务相关的数据进行管理,包括财务数据及所有与内容、内容生产和开发相关的商业交易等。

　　系统主要是在数据交换的水平上进行集成,也就是将对象或是过程的信息在系统间进行交换。这包括预算信息、发票和购买信息,以及关于内容使用的统计信息等,根据这些信息能计算出企业的支出及收益数据并提供给企业股东。如果没有集成,很多数据是各自保存的,发挥的作用不大。为了严格控制预算,如果让财务数据和在建项目直接联系起来,并让有关人员可以通过内容管理系统访问这些数据,这将是非常有意义的。当需要这种数据时,不但可以通过更新备份内容管理系统中的相应信息,也可以直接向 ERP 系统发出请求。在要求信息必须是最新的情况下,一定要避免系统间的不一致。

　　通过 API 协议或是应用程序组件的集成在目前来看是不相关的。在前一种情况下,2 个系统将在一个普通数据设置上进行操作,由于安全问题这是不可行的;后一种情形由于现实情况而不能实现,这是由于绝大部分商业 ERP 系统并不提供必需的、可以容易地与内容管理系统应用框架集成的应用程序组件。

### 8.3.1.2 与版权管理系统集成

　　当人们关注内容管理系统素材的访问权限时,一个真正的资产管理系统就需要对版权进行管理。然而,版权管理是一个非常复杂的问题,它要求有大量的本领域知识。绝大多数具有丰富内容的组织在它们的法律部门内已经建立了一个基于软件的版权管理系统,由组织来决定哪些信息应该对部门以外的其他用户严格保密。这种情况下,集成既不是所希望的也不是所需要的。然而,越来越多的组织认识到,对内容管理系统的用户提供一些关于内容对象的版权信息是有好处的。这种情况下有必要来选择那些可以被访问的数据种类以及它们被表现的方式。通常来讲,如果提供这种数据的话,那么它只是被用作一种指示。此外,为了确保版权状态是完全清晰的,版权部门的说明是必需的。将来有可能涉及其他部门安全访问版权数据库的情况。在这种情况下,非常紧密的集成是必要的。

　　考虑到以上因素,内容管理系统没有必要提供一个版权管理的本地解决方案。集成解决方法更加适合处理可能发生在媒体生产和分布中的特殊版权情况。内容管理系统应该可以把版权管理解决方案集成到整体框架中。

　　标准的数字版权管理应用出现的比较缓慢,它们基于现代数据库技术(通常使用关系型数据库)构建,并且能够容易地集成应用程序组件。根据不同的集成,大概有 3 种方法可以采用,即消息交换、通过数据管理器集成(也就是 API)和应用程序组件集成。在消息交换情况下,某种关于内容对象中版权情况的通用信息被包含在一个内容管理系统的应用程序中。因此如果用户提出访问请求,内容管理系统首先就要向版权管理系统进行询问,以决定该用户对这部分内容是否有访问权限。在这种情况下,不同系统中内容对象的表示十分重要。如果实体不同的话,那么内容管理系统必须要知道版权数据库的结构才能找到恰当的数据。理想情况下,这种查询应该反映的是关于版权情况的最新信息。然而,为了防止由于频繁的查询而导致系统超载,相关版权信息可能要保存在定期升级(例如通过批处理过程一天升级一次)的内容管理系统中。用户一定要被告知可能会出现的暂时不一致的情况。通常来讲,在这种情形中只有诸如限制、不限制等基本信息会在内容管理系统表述出来,可能这种信息会在内容管理系统的应用程序中显示出来。例如,如果在一个点击列表里的点击是有限制的,那么这个点击就要被明显地标记出来。

通过数据管理器的直接集成为不同系统提供了最紧密的结合。在这种情况下,与版权相关的信息是另一组元数据,该组元数据必须用内容管理系统的应用程序以一种恰当的方式表现出来。集成组件的普通组件为内容管理系统模块提供了一种等同于其他数据管理器接口的标准接口。特殊版权管理部分把来自内容管理系统的查询翻译为对版权管理系统的查询,如果需要的话还应识别内容的不同表示,而查询结果则被翻译为由内容管理系统识别的符号。

通过应用程序组件的集成可以在一个特殊数字版权管理中查看与版权相关的元数据,而查看是在内容管理系统的应用程序部分内进行的。数字版权管理应用程序组件的集成,提供了内容管理系统中关于内容对象信息的视图。在这个例子中,数字版权管理视图可以通过一个有标签的文件夹进行访问,这个文件夹含有一个针对内容对象的详细视图。无论用户何时选择这个视图,只要用户对所需内容选对了该对象的标识符,这个数字版权管理系统的应用程序视图就会被激活,那时,数据的呈现及与应用程序视图的交互将完全处于数字权限管理的控制下。

对这种集成,2个系统使用同样的内容对象表示是非常必要的。例如,如果对象间存在层级的话(例如程序与程序项之间),为了提供连续的视图,这种层级在2个系统中必须是一致的。

## 8.3.2 特殊功能第三方系统集成

特殊功能第三方系统是在内容管理、生产、传输等范畴执行某种特定功能的系统。它们通常关注有关特殊使用情况或是工作流等特殊功能方面的内容,例如广播环境下的自动(或媒体管理)系统、新闻工作室系统和非线性编辑系统等。

### 8.3.2.1 内容管理系统和自动系统/媒体管理系统

自动系统是广播基础结构的一个有机组成部分。它们在不同的演播设施之间(例如服务器、LMS 磁带库、非线性编辑、播放系统等)控制和协调资料传送,控制着中心矩阵开关,并且提供用来记录接收资料和制定播放时间表的应用程序。对内容管理系统而言,它们的功能是互不交叉的,但在某种程度上也存在重叠。一个自动系统的主要操作区是在广播中各岗位的后期制作和传输,但是一个内容管理系统覆盖了所有的机构和工作流,包括制作计划、制作、后期制作、文档等。这些系统必须集成起来,为各部门的用户提供无缝的服务。

2 个系统集成的程度取决于这 2 个系统提供的功能。基本的自动系统控制着服务器和磁带记录器的接收资料记录。这些自动系统移动不同服务器系统间的素材并且负责节目的播出计划表,它使用了一个恰当的资源管理方案以确保及时的播出,所有的主要广播设备都在其控制之下。自动系统的一个主要部分就是保存在它控制下的含有内容对象的元数据的数据库,以及有关计划好的资料移动和节目播出的信息。自动系统提供的应用基本上就是关于记录、资料迁移和播出的一个计划过程的列表。在这个列表中,过程是排序的,资源被预约并给出优先等级。

内容管理系统与自动系统从记录开始时就进行集成。当一个新的内容对象到达时,必须通知内容管理系统。理想状态下,自动系统也将生成一个置于内容管理系统控制下的所接收资料的浏览副本。被交换元数据的变化范围从简单的关键素材在自动系统中使用的标志符,到全部类型的所有可以获得的描述性的和技术性的元数据元素。2 个系统集成的另一个阶段发生在节目资料被编辑或记者粗剪以后。内容管理系统必须提交生产好的 EDL,并且与自动系统合作把高清晰资料传送到非线性编辑系统。节目制作通常是一个反复的过程,制作好的节目的多个版本可能都要由内容管理系统来管理,这种情况下自动系统一定要把正在更新的工作内容发送到内容管理系统。2 个系统间最后的交互发生在节目播出以后。应该保存起来的节目本身及素材和工作样片都要移交给内容管理系统。此外,为了将来的分类和归档,制作过程中收集的元数据也应该移交给内容管理系统。

图 8.4 展示了一个集成的例子,即一个内容管理系统和一个新闻工作室内的媒体管理系统的集成。媒体管理系统控制着大容量的存储记录以及浏览服务器。所有被记录的关于对象的信息都被放置在媒体管理数据库中。通过 MOS 消息通知内容管理系统关于接受资料的信息。通过访问媒体管理系统数据库可以检索到所有与内容对象相关的元数据。一份浏览资料的副本被放置到内容管理系统中。从这个阶段往

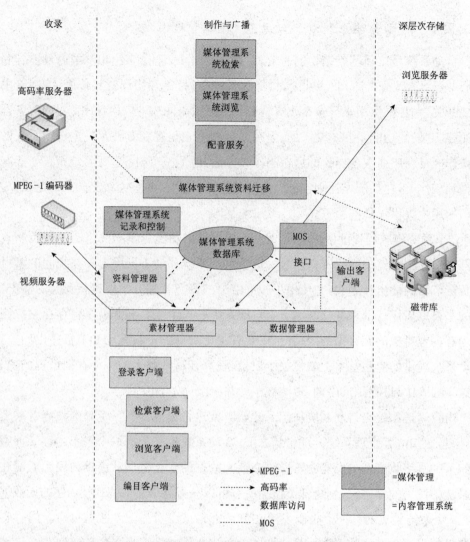

**图 8.4　集成举例:内容管理系统和媒体管理系统**

前,如§2.2 所描述的所有常用工作流程序开始执行。当高码率资料完全由媒体管理系统控制的情况下,在内容管理系统中仍然可以获得浏览影像。在媒体管理系统中通常只有目前和在线的资料保存在这里,而副本可能被删除。但内容管理系统可以从媒体管理系统数据库中输入所有的信息和元数据并且保存在它自身的数据存储中,这可以通过媒体管理系统的 API 来实现。如果在内容管理系统中的资料被确认是用来制作的,随着一个 MOS 消息发送到媒体管理系统,内容管理系统会把深层次存储的内容移动到制作和广播区域,它也可能在媒体管理系统的控制下放回一份元数据和浏览资料的副本,实际的制作是在媒体管理系统控制的范围内进行的。

在这个例子中,集成使用了消息交换和 API 集成。依据系统和工作流的不同,其他的可能性也存在。为了在具体的项目中找到最理想的解决方案,一定要对可能的集成方案进行评估。然而通常来说,这些系统间的交互是与资料的交换、元数据、生产过程的协调以及资料移动等相关联的。

### 8.3.2.2 内容管理系统和非线性编辑系统

非线性编辑系统服务于音频和视频内容的生产。它们绝大多数是基于计算机技术的专门的硬件与软件设备。编辑或是记者根据节目创意或草案 EDL(粗剪),使用数字化的视音频原始胶片、工作样片以及原始文档资料来生产新的节目产品。受过训练的图形或声音编辑们来完成工艺编辑工作,他们拥有必要的技术知识以及艺术技巧。编辑过程也包括视觉和声音效果的创作,例如编辑效果(擦拭、淡入淡出、同时淡入淡出等)。

在一个集成的基础构架中,内容管理系统和非线性编辑系统之间的交互基于资料的选择和粗剪,用户们是在内容管理系统的应用环境下做出这些选择的。为了保证无缝集成,粗剪和资料精选的格式一定要与非线性编辑使用的 EDL 格式相匹配。这也暗示着粗剪中的参考时码一定要与用于制作时的高码率存储资料的时码相符合。非线性编辑习惯于从服务器上自动下载资料,或从磁带上录制资料,以便用于非线性编辑。这要求系统范围内用于高码率资料存储的资料标识符可以明确地识别所要引用的素材。

如果一个自动系统或媒体管理系统是基础结构集成的一部分,它将负责服务器系统、录像机和非线性编辑之间的资料传送。在这种情况下,EDL 被用作不同系统间的协调和信息指令。如果不是这种情况,与非线性编辑系统合作的内容管理系统一定要根据粗剪或是资料精选来确保那些所需的资料是可以获得的。这是一种交互依赖于非线性编辑的能力。对于早期的系统来说,如果资料要被保存在录像带中,内容管理系统必须能够提供服务器上的所有资料并且要模拟录像环境。随着即将到来的基于服务器的编辑,非线性编辑本身将处理资料的传送。在这部分中,内容管理系统只是保证在编辑的时候可以从服务器上获得正确的素材。

在这部分实施的集成类型取决于非线性编辑系统提供的性能与接口。旧的系统是基于消息交换的。如果系统没有通信接口的话,有时它可以采取文件交换的方式,在这种情况下,文档包括了必要的 EDL 形式的信息,而这些文件放置在可以被工艺编辑访问的目录下。同样,素材可能被传送至一个交换区域,例如一个共享的文档系统或是一个可以互相访问的视频服务器。有了更为先进的系统,API 集成是可行的。为了避免产生不必要的负面效应,集成的类型一定要仔细的设计与验证,集成方案一定要作为项目的一部分仔细加以考虑。一个更好的选择可能就是采用应用程序组件的集成来与消息交换建立连接。内容管理系统应用组件(举例来说就是项目文件夹或是搜索点击列表视图)可以被集成到非线性编辑应用中。系统间的信息可以使用标准消息(例如 MOS 消息交换)来进行交换。用户可以采用从内容管理系统应用程序视图到非线性编辑应用组件的拖放式方法来完成相应的操作。

在内容管理系统/非线性编辑的集成中,一个特别的问题就是如何保证工作的顺序与版本的更新。编辑工作通常都是在内容管理系统的控制之外进行的,只是在工作流的某个阶段将内容输入进来,而这个版本就被认为是有效的、最新的项目体现。这种重新输入的过程必须要包括浏览副本的产生以及自动素材的分析。理想情况是内容管理系统应用可以控制编辑过程,这里关注的问题还是内容管理系统内部浏览副本的可获得性。既然工艺编辑使用高码率存储资料,而其在内容管理系统的标准网络基础结构是不可获得的,所以浏览副本一定是要可获取的。

### 8.3.2.3 新闻工作室系统的集成

新闻工作室系统记录和保存着来自新闻部门的新闻条目信息。这包括新闻的文本摘要以及不断增加的、由新闻部门提供的录像、图像和音频资料等视听内容。此外,新闻工作室系统也提供新闻条目制作和新闻节目策划的环境。

新闻工作室系统和内容管理系统的集成主要与对视听资料的管理和对节目制作过程的支持有关。当新闻摘录到达时,它们被记录下来并且生成资料的浏览版本。新闻工作室系统用户一定要获得新闻摘录、手册注解和自动摘要信息。理想情况下,这些资料是可以查询到的并且能与新闻故事以及正在进行的方案联系到一起。因此,在2个系统之间一定要保持联系,这样视听资料就可以与某个新闻工作室方案或项目保持着关联。此外,在内容管理系统管理下的内容应该可以从新闻工作室系统中进行搜索,并且在这里找到的任何信息(文本、视频、音频或视听信息)用户都可以通过新闻工作室应用程序获得。使用浏览器编辑及与其他第三方工具集成的制作过程也应该获得支持。因此,新闻工作室系统中必须有能够访问到提供这种功能的内容管理系统工具。

另一个集成就是素材和节目条目的归档。在一个新闻条目被播出以后,所有的相关信息(包括最终的节目、工作样片、剧本、部门文档等)都应该移交到内容管理系统保存。此后,它就不再处于新闻工作室系统控制之下了。

新闻工作室系统和内容管理系统可以高度地集成,这取决于新闻工作室系统的性能。在新闻部门的应用中,内容管理系统的应用程序组件可以无缝地和新闻工作室系统集成起来。可以通过消息交换来协调交互。针对这种消息交换(见 4.5.3)，相关的机构已经规定了 MOS 协议。在大多数先进的新闻工作室系统中，来自其他系统的应用程序也能够被集成，对于用户来说，等于进入了新闻工作室的部分环境。通常可使用拖放式方法进行交互。

　　然而，在绝大多数情况下对 API 的集成也是有所需求的。例如，如果存储在新闻工作室系统和内容管理系统中的条目进行复合搜索的话，新闻工作室系统一定要可以查询内容管理系统的数据库。另一个例子就是内容对象与部门供给之间的联合，在这部分通常会使用存储这种信息的共享数据库的图表或目录。这表明在这样一种深层次的集成中，3 种集成的方式可能被一个接一个地使用。

## 8.4　内容管理系统和互联网的集成

　　随着互联网的应用越来越普及，与互联网的集成也变得越来越重要。此外，一个建制良好的内容管理系统应该推动电子内容的销售。内容管理系统和电子商务的全过程应该集成起来，提供一种电子商务的服务，从而给内容赋予一种电子商品的特性。

　　与内容管理集成系统相反，网络和电子商务系统把它们的服务提供给外部的广大公众，可以从外部进行访问，所以一定要考虑到安全问题。基于 ActiveX 和 Java 技术的应用程序组件可以很容易地集成到网页或电子商务的应用中，然而把系统的公众访问部分与内容存储和资产管理部分清晰地区分开来是明智之举。因此，与将展现功能作为是其应用的一部分的网络内容管理系统不同，一个企业级的内容管理系统应该以安全的方式提供内容及相关信息。一种可能性就是在网络应用程序和内容管理系统间使用消息交换，一旦为公众准备好了相关内容并且获准在互联网上发布，就可以马上将内容发送到网络上，或放置在一个可以被访问的共享存储区域内。根据工作流的不同，内容可能已经被编码并用于网络发布，或者只是将原始资料包含在网页中。在这种情况下，所提供的内容消息和文档的格式是非常重要的。如果已经把内容编码为可以直接在网络中使用的格式，那么就可以促进集成的进程。

　　在与电子商务集成的情况下，内容管理系统必须要对公众的访问进行保护。此外，对要出售内容的挑选是一个动态过程，并不是内容管理系统中所有的对象都可以在同一时间提供。尽管通过应用程序组件和 API 可以很容易地实现直接集成，但是分离 2 个系统并且使用消息或文件交换作为集成模式可能会更加恰当。与在 §2.3 中讨论的电子商务工作流过程相对应，在内容管理系统和电子商务系统的集成中有 3 种主要的交互方面：

1. 内容信息的传送：内容管理系统提供元数据和待售内容对象的代理描述。所提供的这种信息应该是一种交换格式，该格式可以很容易地被解释和处理，且可包含在电子商务的前端。在一个共享存储区域中，不论消息交换或文档交换都可以使用。

2. 执行请求：执行请求是一条从电子商务系统到内容管理系统的信息，它包括一个内容对象的地址（一定要是 2 个系统中唯一的地址），然后要获得顾客的情况和该顾客的交付地址信息。这里的顾客信息是用来评价该顾客的权利和信用的。在一个富媒体组织中，这种信息保存在企业级属于后端基础结构部分的版权管理系统中。在一个以销售为目的的组织中，版权管理系统可能会置于电子商务的前端，在这种情况下，顾客的信息并非一定要在 2 个系统之间进行交换。

3. 版权的明确：内容管理系统返回一个信息来说明顾客的版权情况。该输入信息是该交易得以继续进行下去的前提。

与这部分相关的另一个接口就是与 ERP 系统的接口，对于这个接口来说，一个关于内容对象的消息（也就是一个执行请求的完成）可以被记入 ERP 系统。此外，ERP 系统要求有一个连接传送系统的接口。在电子传送的环境下，已经获得的内容通过高速网络、卫星等来进行传输。这等同于 2 个企业之间的内容交换，也就是标准文件格式及一部分元数据应该同按要求格式编码的实际素材一起进行传输。

# 第9章 应用程序

　　用户用来与内容管理系统交互的应用程序集是系统最外围的可见部分。虽然几乎全部的系统功能都是由后端组件提供的,但是正是这一部分应用程序集才使得用户可以对系统进行访问。因此,内容管理系统提供的应用程序集能最大限度地支持用户的需求以及与内容管理相关的工作流程,这一点是非常重要的。构建一套全面综合的用户应用程序集需要仔细考虑所有不同的过程和步骤。

　　理想的用户应用程序是为了跟目标用户组进行密切协作而开发的。它们将提供功能需求和操作需求方面的重要数据输入,而这些需求应该引导应用程序的设计。用户的输入也包括例如人机工程学应用这种因专注于技术问题而被轻易忽略的方面。理论上的需求研究不足以使我们能够完全获知用户的实际需求,目前仍停留在非常抽象的阶段,不能为我们提供任何实际可见的系统经验。因此,为了了解用户,我们应该采取一种可以用来提取用户需求的方法,即产生各种不同的原型。最初的原型是通过对当前工作流及用于具体工作环境的工具的研究而产生。

　　本章中所列的应用程序都是经过这种方法考虑并开发出来的,它们是大量的研究和主要媒体制作及传播公司商业项目运作的结果。然而,这些研究与合作所得到的一个重要的结论是:灵活性和可配置性是关键成功因素。几乎所有组织单元都会有非常专门的需求,例如应用程序的布局格式、操作,甚至部分地考虑到功能。除了考虑用户需求,也要考虑整体的基础设施。许多系统被整合起来,内容管理应用系统可能成为别的系统的一部分。因此,不仅要能单独提供一个基本应用程序集,还要能根据用户和整体系统需求提供一个能够整合和灵活配置的应用程序模块的可选集,这一点是至关重要的。基于组件的方法可以理想地满足这些需求。这样的应用程序组件示例将在本章讨论。

　　但是仅仅讨论应用程序控件太过抽象,不能够为第2章所讨论的应用程序捕获工作流提供足够的细节。因此,本章还将介绍支持具体工作流的应用程序示例。这些示例一般是从应用于广播和媒体生产环境的应用程序示例中派生出来的。大量不同的工作流,范围从深度存档、新闻加工到检索,都被考虑到了。其他的应用程序领域可能针对不同的客户而有所改变,但是基本的功能都是相同的。在这样的环境下如何配置应用程序模块集合,取决于基于一个接一个项目评估所获得的专门需求。

# 9.1 应用程序设计原则

应用程序的设计和开发这些年一直在不断变化。过去一个系统只有一个用户界面,通过此界面用户与该系统进行交互,实现该系统的功能,其接口与系统功能部分是缠绕在一起的,整个系统的结构就是为了这些功能的应用。在过去的 10 年中,这种情况发生了改变。最初,客户机 - 服务器系统的出现消除了用户界面与实际运行环境之间的紧密偶合。分布式系统的出现取代了单独在主机上运行的应用程序。分布式系统的发展与基于窗口的应用程序的发展一起产生了一个交互性更强,对用户更为友善的应用程序环境。下一个改变用户与应用程序交互方式的主要发展是互联网的出现,用户界面以网页浏览器的形式出现。信息交换只需通过标准的脚本语言,而不需要安装除网页浏览器以外的任何其他专门的应用程序。用户界面的外观由网页设计者决定。网页应用程序越来越成熟和完善,目前已经能够支持可以在浏览器环境下运行的可下载应用组件。许多用户都已习惯于这种在网页环境下运行的交互方式。

在内容管理系统的设计过程中,我们必须考虑这些发展。另外,还有一些方面,如与实际用户需求同样重要的技术和功能需求。然而,对于怎样设计和实现应用程序没有什么一成不变的蓝图。但我们需要建立某些原则,这些原则有利于设计应用程序并将应用程序与系统或其他系统组件进行整合。

## 9.1.1 应用程序和用户需求

一直以来,推动应用程序设计和界面发展的 2 个主要因素是:(1)为实现新的应用程序和交互模式而服务的技术;(2)应用程序要实现的用户需求。还有第 3 个因素,那就是用户、技术支持和维护,这在大规模应用环境的情况下非常重要。对于一个内容管理系统来说,能够轻松安装、配置和更新应用程序是很重要的。大量潜在的拥有不同角色和权限的用户,他们对内容有不同的认识,考虑到这些方面,内容管理系统必须能够支持个人应用需求。

与其他应用程序组件之间的互用性和整合性也是十分重要的因素,也就是说,在其他应用环境下这些组件也应该能够运行。内容管理系统要能够提供这样的一个宿主环境。为了使这些组件与用户整合后仍具有透明性，内容管理系统的外观应较容易适应各种不同的应用程序布局格式。

在设计应用程序界面的过程中，应考虑用户的需求。这些需求涵盖了所有的操作特性，包括功能方面和非功能方面的特性。工作流分析是一种建立需求的方法。进一步说，在应用和人机工程方面的操作处理是必须建立的一种系统设计参数。能准确获取这些需求，以确保用户能够在一个稳定、持续的基础上高效地操作系统并与系统交互是至关重要的。

就开发应用而言，这些不同的需求可以按照它们的来源和如何确定来进行区分：

- 功能需求针对应用程序的特征和特征集合。它们主要是通过考察现有的或潜在的工作流而得到的。功能需求只是用来说明某个特定的应用组件所提供的功能类型，但并不规定如何展示这些功能类型。

- 操作需求描述了应用程序的操作和使用。相对于功能需求，操作需求所处理的是应用程序运行中的一些动态需求。操作需求可被进一步分成：

  （1）用户－应用程序交互　描述了发生于用户和应用程序之间的实际交互。这其中包括在不同的应用环境下完成一个具体任务所涉及的各种不同的动作和步骤，其目的是尽可能高效地实现某个目标。在这种情形下，就要考虑到人机工程学了。

  （2）应用程序的支持和维护　涵盖关于在大规模多媒体内容组织中对应用程序进行安装、支持、更新和维护的所有需求。

- 系统需求从应用程序存在的系统环境中得到。包括用来控制特定系统组件的具体（系统和用户）界面的定义。进一步说，源于某个具体的系统配置的应用程序之上的所有需求都是系统需求的一部分。这也包括与现有系统的整合及与第三方系统的整合。

尽管在产品整个生命周期内，核心功能需求集的进一步发展相对稳定、持续，但组织与组织间的操作需求却不尽相同，有时甚至在同一个组织的不同部门之间的需求也有所不同。因此应用组件可以使基于个人用户需求的应用配置简捷方便。

用户方代表应该从最初的设计过程阶段就参与进来并一直跟随工作，这包括初始应用程序设计，还有更为重要的是项目中的应用程序引入和配置。

总的说来，应用程序应该构筑于灵活的、可配置的组件之上，这些组件适用于项目实施阶段。应用程序的配置允许按照使用限制和用户需求来定制应用。在应用组件的设计过程中要考虑到功能和操作的需求。

### 9.1.1.1 访问权限和用户角色

在内容管理系统这样的大规模分布式系统中，访问权限具有特殊的作用，它限制了特殊用户或用户组的读取、检索以及更改信息的种类和数量。访问权限不是一个二选一的概念（例如一个用户要么可以访问应用程序和数据条目，要么不可以），而是可以详细地规定哪些内容对象可以由谁访问，访问者被授予了何种访问权限（读、写或二者都授权）。与内容对象交互的类型和形式也是由访问权限决定的，例如某个用户或许获准访问某一内容对象的预览版，但是这个权限不足以使他访问该内容对象的详细资料。不仅可以对单个用户分配权限，还可以将权限分配给用户所属的组。在一家新闻工作室内，某个办公室的所有成员都被赋予权限可观看某个系列节目的原始资料，但是其他办公室的成员则无此权限。因此对于每一个内容对象，单个用户的访问权限和用户组的访问权限都要考虑到。访问控制列表（ACL）就是控制访问数据和资源的传统方式。在内容管理系统的应用环境中，访问控制列表能够得到扩展并且以一种灵活的方式来表述系统中不同成员的权限。

用户在组织中的角色不仅决定其访问权限而且决定其应用环境的配置，例如记者或编辑的应用环境不同于编目员的应用环境。通常情况下，应用程序是安装在确定的机器上的，但是将来大多数应用程序和它们的具体设置应该能够被同一组织中的任何一台计算机访问到，除非该应用程序需要特殊的硬件和装置支持。

因此，权限与用户在组织中的角色有关。用户的角色和权限取决于其信息访问和应用的环境。用户登录文件可用于指定在一个应用环境下的用户角色和权限。在这样的一个用户登录文件中，所有关于用户的相关信息都以计算机可处理的形式保存。用户登录文件中的数据控制着应用表现和信息访问。

扮演多重角色（例如管理员和编目员）的用户需要给予特殊对待。在这种情况下，就要决定用户应该以哪一种具体的角色登录，权限和应用环境应该与不同用户的登录文件相对应。

## 9.1.2 基于组件的应用程序设计

运用模块方式，我们所需要的灵活性和整合性可以达到最佳效果。在这样的系统中，每一个模块都代表着一个具体的功能。在一个应用框架中，模块整合能够构建一种应用。模块的大小和功能是由模块所支持的任务及该模块上所建立的某些第三方组件决定的，例如模块可以是一个 VCR 控件，用于对视音频的回放进行控制。这样的模块可以用于所有需要对视音频回放进行控制的情况下。它在应用程序中的位置是由应用环境、功能和操作需求决定。但通常我们不可能去定义一个独立的 VCR 控件模块。例如,如果采用了将 VCR 控件与播放器相集成的第三方产品,那么它的布局和外观就不能够再更改了。基于组件的设计不仅允许有更好的可配置性,也支持在不同应用程序中模块的可重用性。

模块封装设计的好坏依赖于不同模块在其他应用环境下重用所采用的方法及应用程序配置的灵活程度。此外,不同的模块之间必须产生交互进而形成一个应用程序,例如像信息交换这样的交互。因此,需要在灵活性、可配置性和系统整体性能之间考虑平衡。

近年来脱离功能块或模块来建立系统的思想越来越普遍,大量的技术支持这种所谓的组件式软件的方法。

### 9.1.2.1　内容管理系统应用程序和组件式软件

模块应用设计原理与组件思想密切相关。最初的组件思想是通过将预制的一些组件组合起来提供完整的功能来建立软件系统。在此情形下重要的是组件所具有的功能、它的行为和用来与其他组件交互的接口。组件能够提供一个或多个接口(输出接口)给其他组件,也能够使用其他组件提供的接口(所谓的输入接口)。在系统中组件所具有的不同类型接口之间的接合,定义和规定了组件间的交互和系统的功能。通过在兼容的输入和输出接口之间建立的连接,可建立一个系统(或应用程序)。连接类型通常是静态的,它在开发和整合阶段被确定,在运行期间不会改变。

然而,运用组件和基于组件的方法也不是没有问题。例如,整合过程不总是一帆风顺的,有时要经过复杂的装配工作才能创建一个操作系统。因此,如果组件不能与系统环境很好的结合,在这种情况下创建应用程序是有一定危险性的。我们必须维护庞大的库集合,而且对于集合组件整体系统的一般维护也是一个问题。为了实现组件式方法的灵活性,又避免产生出过于庞大的软件,必须严格控制每一组件的开发进程,按照整体系统的创建计划来执行开发。因此,相对于传统的开发方式,在这些组件的开发过程中,按照用户需求来创建的合适的应用程序所具有的灵活性,或许需要进行更为严格的控制。

许多开发工具和基础设施支持组件式软件的开发方式(比如 OCX 控件和 Java 类)。支持模块化应用程序开发的技术有 CORBA、ActiveX 或 JavaBeans。§4.5 所讨论的那些协议(如 SOAP 和 MOS)也可被用于支持基于组件的应用程序开发。利用 Web 技术或 Web 服务来进行可重用模块的创建是一种非常好的方式,如 HTML 或动态 HTML。以这种方式创建的模块集成在应用程序和网页中,无需在客户端进行任何安装。

## 9.2 可重用应用程序模块

在一个具体的工作流环境下,内容管理程序必须满足用户的需求。为了满足大量来自具体组织部门和环境的需求,基于组件的应用程序开发方式是最合适的开发方法。因此,一个特定的内容管理系统应用程序实际上可能是由许多应用模块组成的。本节所讲述的就是这些作用得到认可的模块,我们把这些模块作为可重用应用程序模块的实例。尽管这些模块无法涵盖一个内容管理系统中所有必要的组件部分,但是这里将介绍每一主要类型的代表示例。

### 9.2.1 播放器

要使桌面应用程序能够进行视音频回放,需要具备播放模块来提供媒体的播放功能。这种播放模块应该具备的功能包括对回放内容进行开始、停止、暂停控制,快进/快退(如速度可选则更为理想)也是此种模块功能结构的一部分。另外,迅速回到首尾内容、慢速和循环播放功能(包括以帧速前进和倒回)也是模块需要具备的功能。播放器控件包括音量控制控件和声音平衡控制控件。视频播放窗口的尺寸也应该是可调的。

如果调用了播放模块的应用程序需要对媒体内容的起始和中止点进行控制或者需要对媒体内容进行定位或标示时,那么播放模块就应该提供标示起点、标示终点、移除标示点和新建内容剪切等功能。另外,设置标示点、移除标示点和更改标示点命名也是必需的功能。

### 9.2.2 修剪表

对于使用媒体播放目录或编辑决策表的应用程序来说,修剪表是一种有用的模块。这种模块所具有的功能包括:

- 添加内容修剪,删除修剪。
- 提供一组可设置的修剪序列属性(如序列名称、持续时间、注释等)。
- 提供一组可设置的修剪属性(如标识起点、标识终点,录制起点、录制终点,持续时间,修剪命名,注释,内容 ID 等)。
- 更改修剪序列和修剪属性。
- 重新布置序列中各个修剪的次序。
- 激活/停止序列中的修剪。

- 激活/停止修剪中视音频跟踪。

实际上可能需要 2 个模块,一个用来存储和管理修剪表,一个用来为修剪表提供图形用户界面。

### 9.2.3　时间线

时间线模块对于任何需要具备粗剪切或编辑功能的应用程序来说都是非常有用的。时间线模块有一些令人感兴趣的功能,比如能够显示每一个修剪起始帧和终止帧的时间标示。时间线模块的另一个有用的功能是能够单独显示音视频的跟踪(选择激活或停止跟踪)。另外,用来标示当前播放位置的指针也是时间线模块应该具有的。时间线模块应该具有能拖动鼠标自由点击定位和拉动定位的功能。在时间线上进行快速定位是时间线模块应该提供的又一功能。我们也可以在当前修剪的光标处插入另一修剪。由于时间线模块需要用于其他应用模块的工作环境下,因此它也应该提供与其他模块进行交互的功能,例如修剪列表模块对各功能都提供了交互的可选项。

显然,大量的附加功能都可以用时间线模块来实现。看看商业上的非线性编辑解决方案,我们就会对应用时间线模块能够完成哪些功能有一个印象。

### 9.2.4　设备控制面板

应用程序或许想要提供对远程设备的控制功能,例如对录像机的远程控制。设备控制面板模块可以对不同设备实现许多令人感兴趣的功能。一般说来,设备控制面板模块要反映相应设备的功能。以 VTR 控制面板为例,它的功能应该包括开始、停止、暂停、快进和快退,更为高级的功能则包括慢放/循环播放。当前时间编码显示功能也应该由设备控制模块提供而且能快进到某个特定时间编码。另外,录制必须包括开始和停止操作。最后一点是,还要能支持放入和弹出磁带的操作。

不同的设备由不同的模块来支持,这些模块所能提供的功能之间的差异可能是非常大的,这完全依赖于相应设备本身的功能。

### 9.2.5　元数据编辑器

对于需要进行元数据录入和更新的应用程序来说,一个很有用的应用模块就是一份易于设置的元数据录入表格。此模块所具有的功能包括:

- 提供模版使之能灵活地为各种类型的数据录入进行布局安排。
- 支持字段默认值。
- 支持字段值以列表形式显示。

- 提供对任意字段的一致性检查。
- 提供字段值的自动计算生成,生成基于规则和/或其他字段的值。
- 拼写检查。
- 定义必选和可选字段。

再一次说明,上述仅仅是元数据编辑模块可能实现的功能集合当中的一个子集。

### 9.2.6 查询接口

提供查询接口的模块也相当令人感兴趣。针对使用者技能的不同,模块既可以提供诸如网络搜索引擎这样的比较简单的查询接口,也可以为有经验的用户提供功能更多的高级查询工具。

因此,全文搜索接口是查询接口提供的最基本的搜索功能。此外,查询接口应该支持设置不同的属性组合来进行过滤查询和层级搜索。为了实现对标签概念的查询,查询接口模块通过对搜索界面进行配置来完成特定标签的寻找。查询接口模块还应该支持布尔操作符、模糊查询及近似查询等,而且支持从下拉列表和词库查找工具中选择值。如果同时还有保存和恢复查询操作的功能就更为理想了。

### 9.2.7 词库查找

当词库被用来保证数据的一致性时,我们需要一种灵活、快速并且容易使用的工具来浏览词库和选择想要的术语。这样的一个工具或者说模块允许我们输入待查的术语(这种输入还具有自动完成的功能)并且让我们以树型结构的方式浏览词库。如果可能,检索出的术语的详细描述可同时被列出。理想的情况是,此模块应该设置成既能访问词库,也能访问授权列表。

### 9.2.8 查找结果列表

因为一个内容管理系统要管理各种不同类型的内容,所以对于如何在查找结果的列表中呈现搜索结果的需求也有明显的不同。这种情况对于不同用户或用户组来说也是非常普遍的,关于查找结果信息的显示,他们的需求是不同的。因此,对于提供查询结果列表的模块来说,应该能灵活设置以完成这些需求。合理的设置选项包括:

- 激活/终止缩略图显示。
- 显示每个查询结果的元数据。
- 从其他信息系统中检索到的次要信息的显示(如内容对象实例的在线可用性、知识产权说明等)。

- 查询结果列表的整体布局。

### 9.2.9　采用关键帧的应用程序视图

在一个内容管理系统的应用程序集合当中,使用关键帧(或缩略图)的应用程序视图得到了广泛的应用,例如编目的客户端显示和检索视图都利用它来实现内容结果的可视化,并且提供一种对内容整体快速浏览的方式。所有以关键帧方式显示的视图都应当具备一些常见的功能:

- 通过鼠标在关键帧上进行选择。也应该支持我们所熟悉的一些快捷方式(例如多选)。
- 可以在被选关键帧上完成任何功能的操作,也可以作为下一个被选关键帧的默认操作。
- 对只拥有部分权限的用户,能够限制其显示。
- 通过点击关键帧(当回放是其默认操作)能够演示或显示预览。
- 如果允许的话,应该能够显示起始和终止时的时间以及持续的时间。

其他的一些特定任务只适用于特定的客户端操作。例如与关键帧操作有关的任何操作都可以单独地成为编目任务的一个部分。

## 9.3　输入程序控制

输入程序关心的是控制内容向系统输入的过程。数据资料可以通过各种不同的渠道进入系统。元数据和必要元素被预先编码并以一种系统内部支持的格式进入系统,这个过程叫输入。在此情形下,输入的数据资料直接与内容目标的 ID 绑定,不用进一步的处理就可以使用。自动处理过程(例如视频分析或语音识别)就可以用来产生附加的信息。不管怎样,经由输入过程进入内容管理系统的数据资料是不用处理就可以使用的。

刚进入系统时,数据资料必须被记录或者信息被提炼,我们将这个过程称为上载。在这个过程中输入项被转换成系统内部可管理的格式。上载过程包括对硬件和软件设备的控制。与此过程同时进行的可能是提取额外信息(通过自动分析)或者用手工方式输入元数据。

### 9.3.1　输入

一个输入应用程序的能力取决于输入服务所提供的功能。输入客户端是一种工具,该工具允许来自各种输入源,特别是输入服务器的文件格式内容的输入。输入源可能是任何一个可以提供类似下载文件内容的外部系统。从这些外部源采集的内容也会输入到内容管理系统,即输入素材到素材管理系统和输入元数据到数据管理系统。输入服务会分析文件格式,并且将素材和元数据从文件中分离出来。此时输入客户端就是一种应用控制组件,它将与其他的内容管理系统组件(如输入服务和输入服务器)互动将资料导入系统中。这种互动和操作过程因系统而不同,比如自动检索附加信息;当资料进入的时候,启动视频或音频分析。在这些情况下,所有进程必须由工作流引擎来控制。这种步进式的进程由任务管理服务完成。

输入客户端有以下一些可能的重要特点:

- 选择数据源系统。
- 选择要输入的素材文件。
- 输入时选择要创建的附加格式。
- 输入时选择要创建的附加代理(例如关键帧)。
- 输入或修改最小元数据集。
- 允许在输入的资料与选定的现有内容对象之间建立关联。
- 允许创建新的内容对象。
- 人工启动或关闭一个输入过程。
- 调度单个输入进程。
- 调度批量输入进程。
- 添加状态信息或其他信息,以便对输入对象进行进一步处理。

另外,输入客户端应该提供跟踪整个输入进程的工具。

图9.1演示了一个输入界面的例子,通过该输入界面可以输入媒体文件以及在输入后对输入对象进行关键帧分析。

当从VTR或其他回放设备输入内容时,素材将被保存到适当的流服务器上。对播放和录制的计划和执行可通过使用内容管理系统的媒体管理功能来实现。以后素材和元数据就可以从流服务器输入了。在这些情况下,元数据还有可能会在播放前、播放中或播放后异步式输入。因此,输入客户端应该允许以下操作:

- 计划输出到录像设备和计划从回放设备手动输入。
- 控制对输入内容进行回放操作的外部设备。

除了传统的输入和输出,内容管理系统应该通过与输出客户端相连的输入客户端,支持对重新修改的内容进行输入和输出检测操作。输入/输出对于不涉及网络连接的2个内容管理系统实例之间的资源共享也是很有用的。

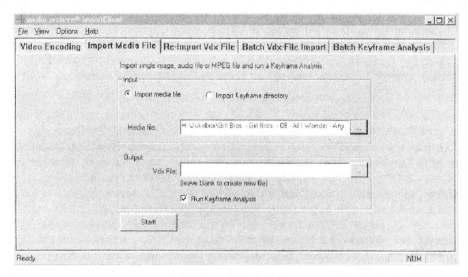

图 9.1　输入客户端

录入人员、编目人员和媒体管理人员通常使用输入客户端。在一个新闻工作室系统范围内，研究助理和初级编辑也要在他们每天的工作中使用输入客户端。

## 9.3.2　上载

如果说"输入"关注的是把已有的文件形式的资产带进系统的话，那么"上载"则意味着要从信号中获得有用的东西。典型的上载包括编码和创建文件。上载客户端是一个支持录制和上载实况信号的工具，比如音频或视频的实况输入，还可以用它来对磁带进行录制材料的控制操作。客户端基本上来说是一个用户接口，这个用户接口用来控制实际的上载过程。整个上载过程由工作流引擎来控制，而整个步骤则由任务管理服务器来执行。

上载客户端包括如下可能的特征：

- 为多通道提供监控功能——你可以看到或听到当前输入到解码器的材料。
- 输入基础元数据，如标题和特定的 ID 等。
- 在数据管理器上创建对象或选择与录制相关联的现有对象文件。
- 提供应急记录功能及"现在开始录制"功能。
- 提供按计划上载功能，即允许在给定时间内通过预先设置，对多个源材料进行多任务的录制（比如安排某一频道从每周一早上 8:00 到 9:00 进行上载，而安排另一频道在明天下午 7:45 到 8:15 进行上载等）。
- 提供事件激活上载功能，即一旦收到给定事件即执行上载，比如 VPS 信号或其他非时间性触发事件。

- 监控所有可用的频道和录制状态。

其他的选项可以很容易想象。在任何情况下,上载客户端都是执行由内容管理系统及其他系统提供的功能的一种控制接口。而且,上载客户端不应该执行过多的工作流支持。

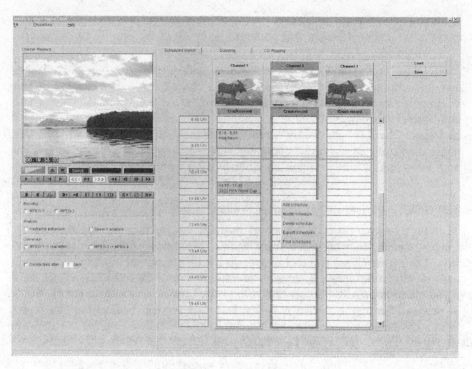

**图 9.2 上载客户端**

图 9.2 显示了一个上载客户端的例子。这个上载客户端有一个起监视作用的视频窗口。这个上载客户端还显示录制过程的时码,这能为该素材的不同副本提供同步点。

如同输入客户端一样,操作上载客户端的将是录入人员、编目人员和媒体管理人员,还有研究助理和初级编辑在日常工作中也会用到该客户端。因为上载客户端支持实况和实时处理,因此必须有一个提供基本控制的、简单易用的接口。

## 9.4 文件应用程序

文件应用程序是支持内容注释的工具,因此,它们是连接内容对象和元数据的基础工具。这些工具同样允许对已有的或自动产生的元数据进行更新。它们通常由受过培训的人员如编目员、档案管理员和录入人员进行操作。很容易区分 2 种文件应用程序,即为快速(实时)内容注释的应用程序和实现深度编目的应用程序。对前者而言,速度是要素,也就是说,它必须能快速地注释进来的素材,使素材在系统内部变得可寻。后者则更多地涉及提供对内容对象的精确、细致的描述。在这个过程中,内容也可能会被选择进行归档。因此,它必须能够标记要删除的内容,从而使之从内容管理系统中移出。

### 9.4.1　登录

登录客户端是针对如新闻这样的正在进入或已上载的资料进行快速在线登录的工具。它通常由所谓的录入员进行操作。录入员的主要工作是过滤进入的资料并对其进行注释。

登录客户端应当可以提供编辑所需要的初始最小元数据集合,以检索进入的内容。通常,这个最小数据集合包括如下正式的数据,例如标题、记录时间和输入日期等。另外,在登录客户端中,对单个片段及题材有特殊作用的信息,例如片段编号、标题、位置、近似长度、摘要、引用时间,也是这个最小元数据集的一部分。在登录的时候,登录客户端应能迅速全面地访问到进来素材的任何部分,而这些素材是已被记录的,且在素材管理系统的控制之下。这意味着这样一个客户端不是在监控信号上工作(监控信号是实时的),而是在已被记录的部分素材上工作。也就是说,只有经过一定时间延时(一般几秒钟)之后,个人登录才可以访问这个资料。对已被记录的部分,个人可以进行暂停、播放、快进等操作。相比于实时的应用程序,该程序在注释方面提供了更多的灵活性。

图 9.3 展示了一个登录客户端接口的例子。为了启动登录进程,用户从一个选择清单中选择一个输入流。那些已被记录或正在记录的素材以及为登录准备的数据流的相关信息均由工作流引擎提供。选择清单还应当允许选择那些迄今为止尚未登录过的目标,并应当提供该对象是否正在录制以及是否可以全部利用的信息。另外,已列入计划但尚未开始的录制也应列在录制清单中。登录客户端可以访问这些信息,并在一个选择清单中展示。从这个选择清单中,用户可以选择想注释的片段。

在源材料来源选择好之后,登录进程开始。被登录对象的视频或音频将被重放。录入员或登录员加入与对象相关的附加元数据。可能的话,输入项应当包括缺省值——它是由设备/记录装置(如日期和时间)自动派生的,或是从输入逻辑(如数据项编号、时码信息)及自动检索信息(如媒体流中所携带的元数据)中自动提取的相关值。录入员操作登录客户端的主要任务是输入相关视频的详细描述。这些描述应与时码相连接。因此,为了允许基于段的文件,登录客户端应允许设置标记。每个机构的注

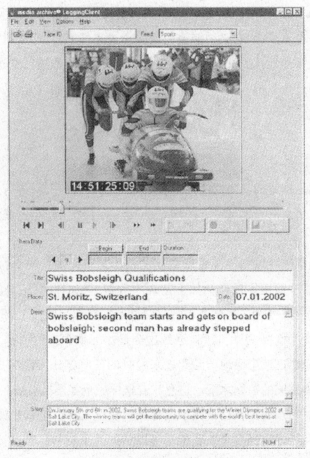

图 9.3　登录客户端

释惯例决定了如何注释数据项。也许有受控词语表可以用于搜索过程。这些词语表也可能被纳入登录客户端并应用于自动的词语完成模式。

使用登录客户端工作的关键因素是时间。理想状态下,应当实时注释所输入的信息。因此,快速、简单的访问和应用程序的直接处理是成功的关键。在人工注释的过程中,键盘快捷键应协助将描述性数据快速、简单地映衬到时间段上。为最大限度地支持录入员的工作,研究人员对录入员的操作需求必须进行细致的研究。一个灵活、自由设置的程序接口是至关重要的,因为构造页面布局或优化热键组合的最佳方法,不仅仅取决于组织的需求,同时还取决于个人的喜好。

登录客户端还应当能根据录入员提供的片段,提供在节目之外物理创建项目的方法。

登录客户端除了提供基本功能外,还要具有配置功能,理想情况是每个控件、输入项以及监控组件都应当能够进行自由独立的配置。

## 9.4.2 编目

编目客户端是一种用来显示分析和索引服务结果的工具,从而可以使用户对自动处理的结果进行修改,也可以用以添加或修改基本的、描述性信息。元数据有可能是内容管理系统数据模式的一部分,也可能是与数据管理器接口相关的其他信息系统的一部分。不仅如此,非内容管理系统数据模式的元数据也可以通过那些能访问相应信息系统的插件程序来进行修改。

这个工具主要由经过训练的编目员或档案员来使用。编目客户端的设计意图,就是对准备长期可靠保存的资料提供支持。这一过程是典型的非实时操作过程,在这种情形下我们经常使用复杂的元数据方案对内容进行详细描述。

在文档的开始部分,用户必须选择将要进行详细注释的内容对象,因此,该客户端程序应该提供多窗口来支持选择并进行恰当注释的任务。

有3种方法可以访问内容对象:

- 从标准检索访问中选择将被分类的内容对象。
- 从待处理的列表中(理想状态是由用户自己形成列表),选择将被分类的内容对象。
- 提供对内容的快速浏览功能。

接着,用户可以集中于主要任务了,比如说,关联详细文档到全部或部分选中的对象内容上。在这种情形下,将文档关联到指定对象内容的特定方面或关联到整个对象是很重要的。因此应支持文档分层及提供对不同层次时间和空间分段的支持。编目客户端必须为与对象相关或分段相关的元数据的输入项提供不同的视图,尽管与对象相关的元数据通常只是纯文本格式,而与分段相关的元数据则通常可获得视听代理的支持。因此,除了纯文本文档,编目客户端还应该允许在内容管理系统中对有关内容对象的所有信息进行修改。这包括:

- 添加、删除或交换关键帧或代理。
- 修改从分析服务器派生的镜头结构(比如通过添加、删除或移动镜头边界)。
- 修改语音识别结果并将修改结果反馈给识别引擎来改善分析结果。
- 添加、删除或修改各个层次所有的文本信息。
- 添加、删除或修改任何属性值。

关键帧操作和视窗界面包括:

- 修改关键帧属性。
- 通过点击操作添加或删除关键帧。

- 通过使用浏览客户端添加关键帧。
- 通过拖放操作添加、移动或删除镜头，或者层次边界。
- 添加基于编目和演示目的的可设置的层次数目。

不仅如此，应该有正式的数据可视界面来显示和修改文本元数据，并可根据不同类型的模板描述来组织数据的显示。

视频、视听以及文本导航工具或界面，应该适用于对内容对象的导航。例如在界面上能显示媒体对象本身（例如通过点击关键帧）。这包括音频或视频对象浏览版本的播放，或者是低清晰度图片的展示。

此外，通过对媒体对象的抽取做成若干层级（例如多级关键帧），让使用者一眼就能对资料有整体的了解，这也是一种支持导航过程的好方法。

对编目客户端而言，能根据用户需要定制用户界面是很重要的。这个用户界面有可能是程序外观布局的静态设置，但也应该可以根据需要提供动态的界面设置，比如说分层的种类和数量应该得到显示。总的来说，编目客户端所提供的全部功能应该是易于访问的，比如可以通过使用菜单栏、滚动栏、鼠标和键盘快捷方式，或通过可选的外部控制设备来操作。状态栏应该能在操作中提供相关的反馈信息。

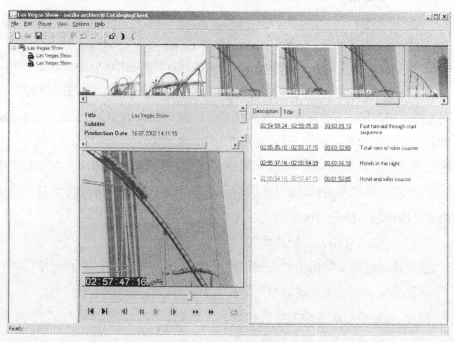

图 9.4　编目客户端

图 9.4 是一个编目客户端的视窗样图。这个界面在顶部显示了与选中的多个层次相关的关键帧，以及注释区和播放窗口。在屏幕左边是内容对象的层次结构显示

（例如节目系列—节目—项目），这样就可以通过点击鼠标操作来进行快速导航。

对编目客户端的要求还远远不止于此。有时候可能还需要编目客户端提供对象的专利属性、合法列表、类型定义等项目。有可能还包括提供一些规则，这些规则要求针对某一特定元数据，其值的变化取决于别的元数据值的变化。编目客户端可能还要针对元数据的取值不同而设定不同的限制。所有这些都说明，编目客户端程序在与内容管理系统的交互过程中以及在对业务规则的支持方面必须非常灵活。

## 9.5　检索应用程序

检索应用程序可能是内容管理系统提供的最重要的用户界面。通过检索界面，用户可以向系统形成和提交查询，通过命中列表可以获取结果集合，还可以浏览系统为每个对象提供的细节。通常，检索界面可以允许调用其他应用程序对检索到的对象进行操作。检索界面还应该允许访问工作空间管理，由此可以进行为项目收集材料的操作和执行某些系统功能。

检索操作包括所有与搜索、展示和内容准备相关的应用程序视窗。在这种状态下，内容既不会得到丰富，也不会得到改变，即不能添加、删除或修改元数据或者素材。尽管如此，内容展示的视窗界面和细节仍可以根据用户要求来进行定制。

各种不同的用户群，包括非熟练用户、熟练用户及专业内容管理专家，都可以运行检索程序。因此，不同的用户都应该可以获得与自己相适应的输入、搜索和操作模式的支持。检索操作可以分为3种，它们是搜索与演示、浏览与粗剪以及采集与排序。

### 9.5.1　搜索和展示

主要检索工具是与搜索和展示搜索结果相关的。它允许用户筛掉和选中查询返回的结果以备进一步的检验。检索客户端是提供如下功能的重要工具：

- 通过和元数据管理器的交互，向包括被选中的或全部的数据库及信息系统的内容管理系统发出查询。
- 以命中列表形式显示结果。
- 用各种细节显示评估命中质量。

信息查询和搜索还包括其他的第三方系统。在这种情况下，查询请求将被发送到使用信息交换整合的所有系统中。根据选中的整合模式的不同，查询的结果可以作为总的命中列表的一部分来显示，也可以在一个分开的视窗里显示（参看§8.1.1）。

由于大部分用户都要使用检索客户端，因此，将基于网页的界面形式提供给用户是必要的。这样,检索客户端就是一个页面浏览器,而这个页面浏览器是与后端的内容管理系统进行交互的,这被称为网页检索服务。让我们考察一下对这类客户端最重要的需求吧。

命中列表应该能提供所有必要的信息来使用户对命中的结果有初步的估计。命中列表不仅包括文字信息,而且还包括内容对象的视觉显示。通过总的命中列表,用户应该可以直接进入列表中每个内容对象的细节信息的浏览。这些细节演示可能包括各种各样的代理演示。如果涉及到 IPR 和权限,那么检索系统就必须提供与权限部门的交互界面,例如这种交互操作可以是基于简单邮件交换的行为,或者是直接对权限管理系统的查询。版权信息的设定应该在镜头级。

检索工具应该还包括对用户和内容组织之间的交互支持。因此,检索工具也应该支持包括内容对象的参照和用户选项的消息系统。

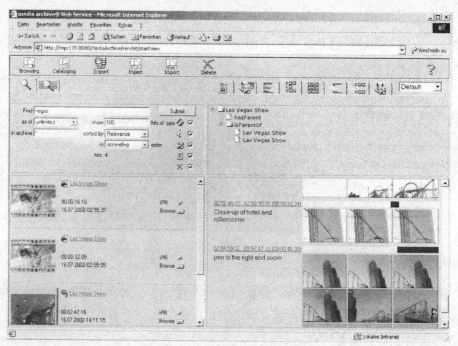

**图 9.5　基于 Web 的检索界面**

图 9.5 就是一个包括如下功能的检索界面的例子:

- 一个简单查询界面。

- 包括缩略图、选中的元数据、IPR 状态的额外信息,以及在线可获得的浏览代理的命中列表。

- 可以显示选中对象与其他对象之间关系的视窗。

- 在独立区域显示文字和与段相关的关键帧的内容对象的情节视窗。

选择性的搜索界面和细节演示视窗可以通过点击图表实现。另外,工具栏可以允许调用其他程序。当其他程序启动后,这些程序将会自动地加载到选中的内容对象上。

### 9.5.1.1 搜索和查询

查询系统是一个非常重要的部分。由于不同用户的技术和角色不同,因此对于搜索和检索的要求也不尽相同。有些用户喜欢简单的查询界面,只对全文查询的单行。因此,应该提供一个与互联网搜索引擎相差无几的,可以搜索全文的单行的简单搜索界面。这样的查询操作可以支持包含和不包含词和词组运算符。另外,查询条还应该设置有搜索时间范围的选项和指定显示命中的最大数目。通过拖放操作可以把常见的查询存放到工作空间管理的某个文件夹中。

对于高级用户来说,用户界面应该允许使用由数据管理提供的标签查询。这种界面甚至允许创建一系列标签查询,通过布尔值操作符把它们组合成查询表达式。这种查询可以允许从可用列表中选取特定标签,也可以选取操作符,还可以在搜索区域输入搜索条目。不仅如此,这种界面还应该允许用户从可用操作符列表中选择"非"、"与"或者"或"来构造搜索表达式。

其他用户可能想利用复杂的搜索机制,在他们的搜索中限定全文搜索的范围及访问数据库的模式属性等。对于更有经验的用户来说,可能希望有更精细的查询界面,这样可以允许他们指定特定属性值,可以用布尔值操作符连接基于属性的查询表达式。这种查询界面能利用到最根本的数据模型,因此这在很大程度上取决于公司所采用的特定模型。内容管理系统必须能根据正在使用的数据模型来提供查询界面。

所有的用户都会对段落的查询感兴趣,从而可以使用那些处在不同层次上的文档。因此,检索客户端所提供的用户界面应该有足够的灵活性和可配置性,比如提供可设置的搜索界面以满足所有用户。检索客户端所支持的主要查询模式包括:

- 对存储在内容管理系统的全部文本信息进行简单全文查询。
- 通过标签进行简单全文查询,并支持所有查询功能,比如模糊查询、相似性查询、使用语义网络、跨语种查询等。
- 基于属性的查询,通过布尔操作符连接属性值,并且支持值中出现的常规表达式。
- 段落查询,即全文查询的分层查询。

上述的每种查询类型(或者多种查询类型的结合)应该可以通过布尔值操作符进行组合。对每种查询而言,它应该可以从由数据管理器给出的系统列表中选择要查询的数据库。

对如上所说的查询选项来说,还应该可以通过按钮来提交缺省查询。一个很好的例子就是"新增内容"按钮,用户一按这个按钮,马上就能知道内容管理系统在一定时间内增添了什么新内容。通常来说,这可以是一条由数据管理器提供的对已存储内容的查询之一,通过单击操作就可以由用户界面显示出来。

### 9.5.1.2　显示查询结果

查询结果显示在命中列表中,该列表可以通过相关等级来进行排序显示。每条命中项(在命中列表中出现的内容对象)所显示的属性都可以由用户进行更改。命中列表应该显示相关元数据元素或者代表这个对象的关键图像。除了动态图像之外,对于其他媒体种类而言,其他关键帧可能被选来作为命中或是段落的参考,如视频对象的缩略图、音频对象的一小段声音或是文本对象的简短摘要。

命中列表应该可以设置成显示与查询相匹配的所有片段。对于视频对象来说,这将是查询与图像内容描述相匹配的所有片段的列表。在这种情况下,片段能够得以播放,以此来展示图像内容描述和所有片段的关键帧。这种视图提供了针对查询的快速视频反馈。

此外,某些特性(例如使用或限制不同素材格式的可用性)可以在命中列表中以图形的方法描述出来,例如可以用彩色的记号来表示内容的权限状况——绿色:自由使用;黄色:可以阅读新闻;红色:受版权保护;灰色:权限情况未知。这个基本的权限信息可以是内容管理系统组成的一部分,也可以由一个被查询的集成权限管理系统来提供。另外,用户可能想知道目前是否可以在线获取资料,这也可以通过图形的方法来说明素材是否处于在线、传输中、近线、离线或不可获取的状态。

命中列表应该也允许把对象拖到工作空间管理的文件夹中,而且它还应该允许从元数据的浏览中以及内容管理系统提供给对象的其他信息中选取。

命中列表的设置以及它实际显示的数据种类应该完全取决于实际用户的需求或组织机构的政策条例。在后一种情形中,桌面与应用程序标准决定了应用程序的外观以及提供何种信息。如果在一个机构中存在这样一种标准的话,人们一定要能够配置相应的信息查询界面以及命中列表内容。

### 9.5.1.3　详细内容对象的展现

命中列表仅仅是用来提供一个概要,允许选择特定的内容对象来进行更加详细的检查。依据内容对象和媒体类型的特性以及它在系统中的表示,可以提供几种视窗。最基本的视窗就是表述文本元数据的界面。有一些界面能显示所有格式的数据或关于素材可用的格式信息,而另一些则是可以从档案中借出的载体。其他还有一些可显示更详细的界面,例如内容对象关键帧的表现界面,或者将元数据与视听信息结合在一起显示,例如在情节串联图板中显示分层文档(见图9.5)。通过显示与所给片段链接的注解及展现该片段的关键帧,这样的视窗等于是在叙述一个故事。对视频对象而言,用表格式的视窗显示一个选定对象的所有关键帧是很实用的(见图9.6),它提供了一个对象的图像内容的全貌,让使用者一目了然。此外,嵌入播放器的视窗提供了预览和试听,这种加强的功能也是很有用的。

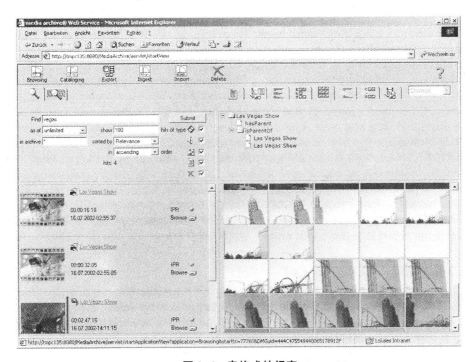

**图 9.6　表格式的视窗**

理想情况下,还应该有能够显示片段版权信息的界面,这实际上是依据内容管理系统和权限管理系统之间的集成类型来决定的。如果信息是可获取的话,它将得以用图标解析并将与内容对象的视听表示结合起来。

对于某个用户或用户群体来说,可获取的视窗类型应该是可配置的系统选项。这主要是依据被表现的材料类型、可获取的信息、访问权限以及用户角色而定的。可以想象,内容管理系统能够根据用户的需求设置不同的视窗,提供一个灵活的技术平台,这点非常重要。

一个内容对象可能是一个层次结构的一部分(例如系列节目－节目－片段)或者与其他资产有关联。因此,在信息查询中所使用的用户界面应该具有对这些层次结构和关联关系的导航方法。

### 9.5.1.4 高级检索客户端特性

检索客户端是一个支持所有与内容搜索、表现和选择相关的用户/系统交互的普通工具。检索客户端还可以提供大量其他而又有趣的功能。例如,它可以提供一个提交间接搜索请求的接口,也就是说搜索请求应该被传递到一个描述期望的内容对象细节的档案中。在用户间也应该可以互换命中列表,这不仅可以向某用户显示中间检索结果,还可以实现用户协作。

检索客户端还能支持权限确认过程。因此,它应该能够把所选内容条目的列表提交到权限部门来确认。系统应该把结果反馈给提交查询请求的用户,并且应该在用户的工作空间实现图形可视化。

此外,在项目文件夹中应该可以创建到达任何对象的链接。另外,应该能够允许同级别的用户共享那些表示检索、命中或是项目的文件夹。为了支持检索人员的工作,能在一个消息环境下发送信息也是非常重要的。请注意,这和用通常的电子邮件方式交换信息是不一样的,这里的信息交流是在一个给定的内容管理系统环境下进行的。为了支持这种功能,客户端一定要与消息服务有接口。

然而,通过关键帧来表示内容对象的信息检索和浏览只是第一个步骤。检索客户端还必须提供对象的低码率备份,例如通过点击关键帧启动一个外部播放器的方法来显示内容。在这个过程中,如果能带有智能化将是很有帮助的。举例来说,当点击关键帧启动一个外部播放器时,播放器能够从关键帧表示的时码开始播放。

此外,把视听代理的粗剪作为前期制作的第一个步骤应该是可行的。然后,还有独立应用程序单元提供的一些高级功能。最后,应该做到能容易地调用其他应用程序,例如用鼠标单击某个应用程序的按钮将启动该应用程序,接着把对象装载到这个应用程序中。

### 9.5.2 浏览和粗剪

为了播放视听代理,播放器要具有与标准录像机及软件实现的视音频播放器相同的功能。这项功能由授权访问视听内容对象的浏览客户端提供。浏览客户端显示视频和影像并且播放视音频对象。在播放音频和视频对象的时候,客户端一定要提供播放器随机定位的方法并且应该提供标准特技模式常用的导航控制,例如:

- 播放、停止、暂停、快进、慢动作、快退、慢退。
- 选择前进或是后退的播放速度。

- 在媒体资产中跳跃的几个档次。
  - ➢通过所给帧的数目。
  - ➢通过所给秒或毫秒的数目。
  - ➢对于视频对象来说,向前或是向后跳过一帧是非常普通的功能。
- 慢进/来回移动。
- 通过滑动条实现当前位置的自由选择。
- 跳到素材对象的开始或是末尾。
- 跳至时码。
- 设置标记或是定位器。
- 跳至标记。
- 显示时码。
- 只切换到左或右声道(这在电视中选择原声道和混声道是有用的)。
- 左右声道的声音平衡控制。

此外,提供允许变换速度地播放视听对象的设备。这样,我们就可以依据需要自由选择向前和向后播放的速度了。对于音频和视频的表现来说,在广播环境下的用户已经习惯了某种操作模式、设备和功能。模拟常规录像机的控制或是使用标准的控制设备是可行的。控制音频和视频播放器的选项有:

- 通过标准鼠标的操作(也就是点击)来进行控制。
- 使用键盘快捷键来快速简便地控制视频的播放。
- 包括例如前后移动等功能的独立控制板。
- 使用鼠标或是光笔进行示意控制的设施。

浏览客户端主要应用在专业媒体生产环境。这暗示着它一定要提供在这个领域中的用户比较熟悉的复杂特性集。因此在这个部分中,标准的基于计算机的视频播放器是不够用的。然而,一个浏览播放器还是具有许多性能的,如运行快、工作流畅、提供对命令的快速反馈、直观易用等,这对于某些场合来说是很重要的,这样,用户可以将注意力集中于媒体资产上而不是应用程序上。

### 9.5.2.1  粗剪

除了可以播放和对视听内容对象进行导航外,也可以选择内容条目和相关片段,继而可以把编辑决策列表(Edit Decision List,EDL)里的片段组合起来,用于下阶段生产。粗剪客户端是浏览客户端的一个扩展,它提供对粗剪设施的访问、预选感兴趣的资料和对资料的重新编排。这可以在内容管理系统的应用程序环境中形成一个新节目的纲要。此外,这个重新编排的序列应该被翻译成可以存储和重载的 EDL。它应该可以播放原始创作的 EDL。为了支持后期生产过程,粗剪客户端应该允许把内部 EDL 翻译为各种各样的 EDL 格式,这样的话它可以在专业非线性编辑系统中使用。

这是前期制作中一个重要的步骤,编辑可以在电脑桌面上通过粗剪客户端来完成。帧的准确性是一个非常重要的问题。为了确保帧在预览和后续资料间的准确同步,粗剪客户端一定要提供与在内容管理系统中表示出来的默认的母版拷贝(也就是素材管理)自动同步的能力。此外,也应该支持选择母版拷贝的手工同步,而这个母版拷贝是被素材管理掌控的。通过人工输入对母版拷贝的时码偏移量和参考信息,可以提升同步的性能。

粗剪客户端并不是要用来替代非线性编辑,它并非是一个与离线编辑器相对抗的简单工具,它专注的是从内容管理系统中选择片段以及对它们重新编排,这是计划好的新节目的第一个草案。因此,它的功能被限定为一系列基本功能,包括:

- 设置标记的起点和终点。
- 为编辑做注释。
- 显示当前 EDL(包括媒体对象标题、时码、注释)。
- 当前 EDL 的操作(包括上下调整条目和激活或停止激活)。
- 允许在多个播放器窗口中访问共享 EDL。
- 从多个媒体播放器中汇编一个共有的 EDL。
- 显示不同播放器和记录监视器的选项。
- 在一个可视时间线上显示和操作播放顺序的选项(可能包括视频轨迹的图标和音频播放的波形)。
- 播放 EDL(仅仅是那些被授权的条目)。
- 在本地和共享的工作空间管理中保存和恢复序列。
- 以各种形式(例如 AVID ALE)输入/输出 EDL。

这些功能中的一部分只是适用于视频粗剪,其他功能则适用于视频和纯音频剪辑过程。针对某种用途,给客户端多加入哪怕是一点点的功能也是有意义的,这些功能可以使用户在编辑步骤中引进提示和线索,例如:

- 分离音频编辑,提示在新节目中音频和视频轨迹的预想关系。
- 当声音结束时候,允许在记者的电脑里录制一段音轨。
- 将 SMPTE 擦去模式的标记作为对编辑预想效果的指示。

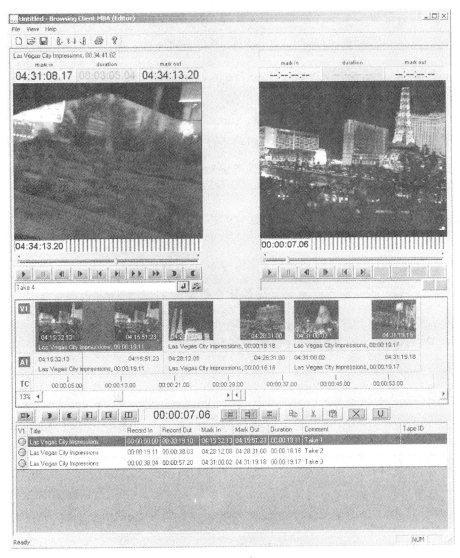

**图 9.7 粗剪客户端**

用和浏览客户端同样的控制设置来控制粗剪客户端是可行的。图 9.7 描绘了一个粗剪客户端的例子。它在左上角显示了一个资源监视窗口，同时在右上角显示了一个记录监视窗口。在每个窗口上都有进出标志和资源片段的长度，同时还显示了组合顺序，在每个监视窗口下都有各自的控制按钮工具栏。应用程序的底部提供了一个可视时间线以及能实现编辑、放大缩小和定位功能的滑块及按钮。

对这种客户端的要求可能会因为不同的机构而大不相同，而且即使在同一个机构中的工作组间也会有所不同。比如，一个组可能只关注于收集片段而并不关心类似于编辑的其他功能，另一个组可能要在粗剪时更详尽地预备生产。因此，应用程序应该提供良好的可配置性来与各种用户需求的接口匹配。此外再重申一下，对粗剪客户端最重要的就是使用简便、快速响应及应用程序的平稳运行。

### 9.5.3　收集和排序

在信息查询中不仅要可以搜索、检查和选择恰当的内容对象，还要能够方便地对搜索结果进行组织。提供文件夹的层次结构就是一个很好的方法，这样用户可以将查询结果拖放到这个工作空间。这种文件夹层次结构应该提供把多个文件的内容同步为一个文件夹的方法，从而消除重复并强调在目标文件夹中新出现的元素。这个文件夹层次结构在信息查询客户端可以是独立的视窗，也可以在应用程序层中一个完全集成的窗口。

虽然这个文件夹中的信息对它的用户来说是私有的，但是，它应该可以将一些特殊的条目、文件夹或项目信息共享给其他用户或用户群。当然，在这里一定要考虑访问权限的问题。

在大型机构中，素材的传递通常涉及到某个实体（通常是档案室），该实体需要检查媒体资产的请求是否涉及到知识产权或其他不允许传递的法律约束。此外，还要检查在计划部分中是否存在着其他可能限制内容对象使用的权限并确保资产能在预想时间以预定格式传递到预定的位置。这可能包括格式转化、磁带的数字化或播出等。顺序管理支持这个功能，并且用户接口可辅助安排顺序和管理顺序，这使得顺序管理的功能可以比较容易访问。

把排序过程集成为工作空间管理的树形显示是可取的。把一个新的序列创造为一棵树中"有序"区域的子文件夹，是个容易理解的概念。可以直接通过拖放操作把资产或 EDL 加入到这个序列中来，也可以通过存有当前顺序的文件夹菜单选项来提交顺序。如果顺序管理保持着每个顺序的状态信息，那么无论何时产生状态变化，文件夹应该改变它的图标，从而给安排顺序的用户提供直接的反馈。因此，对于资产的排序，可能并不需要考虑该资产是由哪个客户端提供的。

然而，处理顺序的人员确实需要有与上传用户的接口界面。他们需要决定是否将资产以文件或磁带的方式进行传递，他们可能会创建一个子顺序来触发源自 EDL 中所收集磁带的创建，或是将资产从磁带到文件的数字化等其他一些工作。顺序管理的功能已经在§6.5.9中作了描述。为顺序管理提供的交互界面一定要能以一种高效的方式在桌面上实现。

## 9.6　输出

内容管理系统中的资料一定要能与其他系统中的资料进行交换，甚至在脱机状态下也可以输出资料。输出客户端是一种输出工具，它可以安排内容以多种文件格式从内容管理系统中输出到各个目的地。输出客户端的能力主要依靠于输出服务提供的功能。目的地也可能是任何一个外部系统，这个外部系统可以接受作为文件上传的内容。从内容管理系统中输出的内容，上载到这些外部目的地，素材来自于素材管理，元数据来自于数据管理。输出服务使用素材与元数据创建文件格式，这是其工作过程的一个部分。

一个输出过程可能包括其他内容管理系统的组件，其中包括输出服务器和输出服务。在这种情况下，所有的过程都要在工作流引擎中设置和控制，并由任务管理服务一步一步地实施。输出过程的重要特征包括：

- 选择要输出的素材。
- 选择通过模板与素材一起移动的元数据，包括：

　　➢添加/修改描述性元数据。

　　➢添加以下内容，即状态信息和指导对输出对象进一步操作的其他特性（例如在工作空间管理中某些文件夹内输出内容的外观）。

- 选择目标系统。
- 人工启动/停止一个输出进程。
- 调度单个输出进程。
- 调度批量输出进程。

为了把内容输出到录像机或类似的线性记录设备中，要把素材先送到合适的流服务器上。接下来使用内容管理系统的媒体管理功能调度播放和录制以及执行操作。输出客户端应该可以为向演播室设备的输出制定时间。

内容管理系统除了要通过输入和输出客户端来支持基本的输入和输出外，还要能登记再版内容的输入输出。在没有外部网络连接的情况下，输出/输入对内容管理系统间的资料共享是很有用的。

通常是由输入人员、编目人员或媒体经理来操作输出客户端。在编辑办公室范围内操作的系统中，研究助理或编辑助理也会在他们的日常工作中使用到输出客户端。

## 9.7　系统管理

对于一个内容管理系统来说,系统监测和管理是非常重要的。这项通常在后台运行的工作,就是内容管理系统的管理和日常的支持与维护。由于一个模块化的内容管理系统包括许多可能的、分布于许多服务器的服务,因此要有一个应用程序工具来让管理员和媒体经理完成这项管理工作,这些人都是技术熟练的用户,熟知系统环境和实际结构。管理客户端就是他们用来实现系统监控和维护任务的工具。管理客户端应该提供的功能包括:

- 在各个服务器上开始、停止以及重新开始每个单独的服务,或是把以上操作应用于某个服务器或整个系统。
- 监控每个服务,包括服务的活动访问、访问一个服务提供的内部自我检测过程、访问依赖树(一个服务可能依赖于其他的服务才可以实现它的任务),并且可以访问协议与日志文档,这些服务在它们的主服务器上可以进行本地创建或是更新日志文档。
- 设置规则和水印,例如针对高速缓冲存储服务器。
- 定义模板,例如针对上载或分析。
- 修改数据库结构。
- 管理用户和群的权限。
- 引入系统组件和远程代理。

在图形用户界面中应该把系统状态表示出来,我们使用例如交通信号灯和树形结构等简单易懂的图表来实现这种表示。

图9.8显示了一个系统监控应用程序的例子。左边的树显示了所有的系统组件,一组交通信号灯似的符号(绿色:正常;红色:有问题)指示组件的状况;右边的表格允许访问被选择组件的特性,也允许用户评估这个组件对其他系统组件的依赖程度,并且执行对选定组件的系统检测。

基本来说,管理客户端应该是对大量客户端进行控制的平台,每一个控制都设置成可以监控和配置内容管理系统的某种服务或服务器组件。因此,任何添加到内容管理系统的组件都需要提供一个定义明确的管理接口来进行客户端控制,这样,管理员就可以使用这个接口来执行监控、配置和维护操作。在配置服务中,被监控的组件要负责更新自己的配置信息。

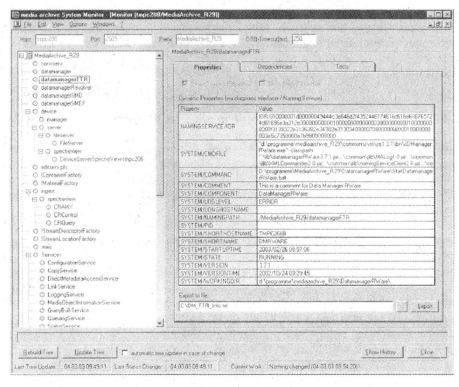

**图 9.8 系统监视器**

## 9.8 其他应用程序组件

除了上述这些重要的应用程序外，还有许多功能更强的应用程序，这些程序都是媒体生产和管理所需要的，它们有时是由其他的第三方系统提供的。因此，内容管理系统一定要提供某种可能与这种工具集成的视窗或是提供某种基本构架，在这种基本构架中，这些工具可以在内容管理系统环境里得以运行。

### 9.8.1 媒体生产准备

内容对象的创作过程起始于一个草拟的创意并且已经提交了预算，接下来就是拟订计划和制订方案，以及将新项目提请审批。在这部分工作中，可能用到的应用程序就是拟订计划和制订方案客户端程序以及审批客户端程序。

#### 9.8.1.1 拟订计划和制订方案

在新项目提交审批前，至少包括2个先行步骤：拟订计划和制订方案。例如，对于一个广播电台来说，拟订的计划包括一个全年广播时间表的粗略计划，这种计划给出每周星期几的什么时间播出什么类型的节目（例如每天 19:00 播出 20 分钟的新闻，每个星期一 20:15 播出 45 分钟的政治杂志等）。然后，再给出更详细的计划，进一步具体到每季、每月、每周和每天。这些时间计划都应该得到一个应用程序模块的支持。

最终的节目计划和时间安排表中包括一些为特别节目留下的空档，这些特别节目需要临时进行制作。这就是制订方案的由来。制订方案意味着制作人要对可以填补这个空档的节目有个提议。这项工作包括创建一个大纲以及为节目制作提出预算。

这 2 个过程都可以并应该得到内容管理系统的支持。如果是这样的话，则可以在内容创建过程的一开始就抓住元数据。从应用程序的角度来看，所涉及的应用程序不仅仅只是来解决元数据，还需要有满足后端研究的信息查询功能。这里也需要工作流的支持，也就是一定要将这个节目的方案提交审批，而且要反馈审批结果（赞同或是被拒绝）。

因此，拟订计划和制订方案客户端是一个工具，它以拟订计划和制订方案的过程来作为前期生产过程的一部分：

- 可以在数据管理中创造一个新的对象。
- 不会往这个对象中添加核心素材。
- 可以添加最初形式化的元数据，例如工作标题、预期持续时间、支出预算、格式说明以及对单个项目或系列项目的说明。
- 为了创建大纲或是详细说明，需要为说明的撰写提供支持，这相当于一个文字处理器。
- 需要有一个到消息服务的接口，这样可以提交和接收审批的结果。

这个工具应该支持最初的制订方案，这是提交审批前的一项准备工作，而在通过批准后，这个工具又要能支持详细说明的撰写，从而开始进行生产过程的计划阶段。

### 9.8.1.2 审批

从应用程序的角度来看，审批是一个很明确的任务。所有提交审批的方案应该能被列出，审批者可以访问各个提案，进行阅览，从而决定是否批准这个方案。

如果一个提案被通过，就应该给该方案分配一个预算和生产编号，那么生产就可以"继续向前进行"。由于成本管理并不是内容管理系统的任务，所以我们显然还需要一个企业资源计划（Enterprise Resource Planning，ERP）系统和内容管理系统之间的接口。

因此，审批客户端是用来支持审批者决定是否一个提案可以通过从而获得资金的。这需要有一个与消息服务的接口来获得收到新提案的通知。接下来审批客户端应该允许浏览提案的列表。所以，审批者一定要能够获得在制订方案阶段所有的相关元数据。

为了支持审批者决策，一定要能够创建附加的元数据，例如资金明细、生产编号等。因为这个过程与ERP中的财务数据关系密切，所以就应该有一个针对组织机构财务系统的接口，这样就可以为新的项目建立账目以及根据账目产生生产编号。

此外，还需要支持审批者形成决议的文件（接受或是拒绝的决议、审批者的身份等）。为了传递决议，有必要用一个到消息服务的接口来返回审批应答给提案人。理想状况下，这应该是在内容管理系统的环境中实现的而不是通过普通的电子邮件，从而可以使它与计划项目直接联系起来。

### 9.8.2 权限明确

IPR问题与权限管理在制作、播出和工作流中是非常重要的。正如上面我们已经讨论过的，在工作流中的多个节点上，内容管理系统应该与权限管理系统同步。权限明确客户端是由权限管理部门使用的一种工具，它可以对新制作的剪辑进行逐个的权限明确，这是基于粗剪决策列表来进行的。这个客户端应该支持权限部门的有关人员从内容管理系统以及权限数据库中检索到足够的信息，这样就可以对剪辑逐个地明确权限，再通过整合在内容管理系统内的信息服务，将权限信息返回给相关请求人。

# 第 10 章 未来趋势

　　内容管理作为一项工作,存在已经有些年头了。传统上的档案馆和图书馆一直在做着这项工作,但在它们的内容管理通常是(并且仍然是)物理载体(如书、文件、电影胶片和录像带)的大量添加和保存工作,并一直使用传统的归档方法。近些年来,对内容的处理和管理的需求发生了较大的变化,主要原因是多媒体内容数量的迅猛增加和对内容生产与传播的速度上的要求。对于后者,能重新利用现有的内容变得越来越重要了。另外,不同的媒体格式的种类以及内容输出渠道的数目也有所增加。因此,现在有更多的、以不同格式存在的内容需要被管理。此外,内容的再利用周期变得越来越短,内容管理正在成为内容生产和传播过程的核心部分,而不仅仅是收尾工作。

　　伴随着新的数字编码技术和压缩格式的出现、电子媒体空间的拓展(主要是互联网和万维网)以及相关技术的进步,内容管理将提供各种方法来应对所有这些需求和变化。刚刚出现的内容管理系统是基于多媒体技术的系统,它利用这种技术的优势处理数字格式,并且可以高效地处理海量信息。

　　尽管内容管理系统这个术语已被广泛使用,但到目前为止还没有一个关于内容管理系统通用的特性和功能的定义。例如有的认为内容管理系统这个术语只是指对网页进行管理的一些基于 IT 技术的系统,其他一些内容或资产管理系统主要是管理文档,或者是指更先进的、可以对连续媒体提供或多或少支持的系统。但本书的着眼点是在媒体生产和传播过程中的专业内容管理系统。这种类型的内容管理系统可以管理大量的内容对象(用大量不同格式的素材拷贝和一系列元数据来表示)。此外,内容管理系统可以与特殊的生产以及广播系统进行连接,并且也可以与许多其他现有系统进行整合。

　　因此,内容管理系统这个术语包含了丰富的含义与多种表示,具体的要依据使用时所处的环境来判断。目前专业内容管理系统还没有朝着更为普通的 CMS 发展的趋势,所以很难预测任何关于内容管理系统市场和技术的发展趋势。该领域市场的发展也还没有达到期望。事实上,目前为止还没有出现过有关内容管理产品的市场,内容管理系统还只是不同领域特殊市场的从属市场,这些市场包括网络出版技术、文档管理或是媒介生产以及播出空间。由于这些部分的需求是大不相同的,因此要采取不同的技术方案。虽然这些技术主要基于普通信息技术产品,但是还没有一个中间产品或是平台来满足内容管理系统的不同需求。因此,既不存在一般概念的内容管理系统市场,也没有一项通用的内容管理技术可以为普通内容对象的处理提供普遍的支持。

由于内容管理领域也一直在变化,这使得预测该领域的未来趋势更为困难了。人们预测 IT 技术和广播技术将实现融合,电信网络将用于内容、数据的传播以及实现人际间的交流,并且娱乐业将成为互联网的一部分。但到目前为止,虽然变化正在来临,但这些事件并不像预测的那样真正地发生,因此,目前我们并不可能明确地认识到内容管理的未来发展趋势。

尽管如此,还是有一些对此感兴趣的团体、一些关于内容管理的初始标准,以及一些与内容管理相关的议题出现。本章将讨论一些选出的案例以展示多种与这些内容相关的方法。为与本书的主题保持一致,选出的例子主要是与专业化企业环境中的内容管理有关。这组案例并不完全,但是它们很好地说明了这些内容在相关范围内的进展情况,包括 MPEG-21 标准、EBU 和 SMPTE 中涉及内容的相关探讨和关于内容管理的议题,以及 IETF 中关于内容传递网络的进展情况。我们选择后者来说明未来基于互联网的发布平台是怎样的,是如何在网络的基础上架构内容管理和放置内容资料的。本章(也就是本书的结束部分)将基于迄今为止所积累的经验进行探讨并对未来的发展进行展望。

## 10. 1　MPEG-21:多媒体框架结构

活动图像专家组(Moving Pictures Expert Group,MPEG)已经认识到定义一个框架结构的必要性,这个框架可以描述内容管理的不同元素如何协调起来,从而提供一个宏伟蓝图。这就引出了 MPEG-21 多媒体框架结构的规范定义。MPEG-21 涉及到一个完整的(完全电子化的)工作流,即数字多媒体内容的创建、传递和交易。它的目标是覆盖与多媒体内容的交互并且为各种内容类型和多媒体资源的透明使用提供一个框架结构,这些资源存在于由大范围网络连接的多个设施上。

MPEG-21 包含 7 个关键元素:

- **内容处理和使用**　是一个接口说明,它覆盖内容价值链中所有的工作流程,价值链包括从内容的创建、操作、搜索和存储到它的传递和再利用。这个框架结构的主要技术和战略于 2001 年 9 月被定义并且正式通过审核。

- **数字项声明**　是一个通过一组标准化的、抽象的术语和概念来声明数字项的解决方案，即指定素材和内容对象（叫做数字项）的组成、结构和组织。数字项不仅可以是视听对象，也可以是包含链接的网页以及脚本命令。

- **数字项标识**　是一个标识和描述实体的框架结构，但并不关注它们的属性和来源。它对于描述方案已存在的部分或领域，不再指定新的标识符，例如关于声音录制的 ISRC。

- **知识产权管理和保护**（Intellectual Property Management and Protection, IPMP）　是在所涉及的设备和网络中处理 IPR 管理和保护工作的。在这部分中，不同系统间的可操作性是非常重要的。它包括远程查询 IPMP 工具的标准方法，也包括 IPMP 工具之间或 IPMP 工具与终端间的消息交换。它还可以用来认证 IPMP 工具。此外，它可以根据权限数据字典和权限表述语言整合权限表达式。

- **终端和网络**　处理异构网络以及设备间的功能可操作性。实际网络与终端的设置和管理以及实现问题对于用户来说应该是透明的。这有利于网络和终端资源在被需求时的供应，从而形成多媒体内容创作和共享的用户社区。我们可以使用描述符适配引擎和资源适配引擎来实现以上设想，由它们一起提供数字项适配。

- **内容表示**　是说明如何表示媒体资源。

- **事件报告**　定义了 MPEG-21 系统中的行为和事件报告的结构。

图 10.1 描述了一个与 MPEG-21 相兼容的系统的使用与事务，以及这些操作是如何对 MPEG-21 的关键元素支持的。从它最基本的层面来看，MPEG-21 提供了一个用户与其他用户进行交互的基础框架，在这里交互的对象是一部分内容（在 MPEG-21 中叫做数字项）。这些交互包括内容创建、内容提供、内容归档、内容分级、内容增值和传递、内容集结、内容传递、内容联合、内容零售、内容消费、内容订购、内容调整以及实施与调整以上可能发生的事务。

MPEG-21 标准化工作起始于 1999 年后期，但是由于这项工作涉及的方面多、工作量大，目前还是处于一个初期的阶段。目前人们在 IPR 管理与保护问题上投入了大量的精力，这包括所有涉及到的法律方面的内容。

MPEG-21 是以信息技术驱动的创新，极力关注 Web 环境下的内容管理，它把 Web 作为一个开放式的分布网络并拥有因特网提供的特性。由于它极力关注与版权

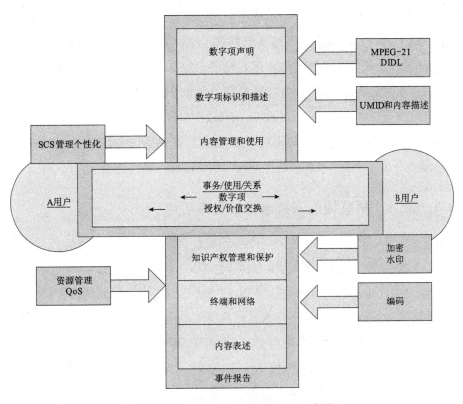

**图 10.1 7 个关键元素支撑事务的用户模型**

相关的问题,因此在这样一个开放式的环境中,它有利于贸易和电子商务交易。机构内的内容管理过程并不是 MPEG－21 的主要目标。MPEG－21 框架的适用性以及能否充分满足本书中所讨论的各种专业内容管理系统的需求,至今仍然是一个公开争议的议题。这里关注的并不主要是内部过程,更重要的是内容交换和贸易。因此对于MPEG－21 来说,能否跟广播和媒体生产领域的其他标准(例如 SMPTE 元数据字典、P/Meta 和 UMID)紧密合作是非常重要的。正如我们在此所介绍的内容管理系统,它们将会使用元数据模型、字典和全球唯一标识方案,进而以 B2B 模式或 B2C 模式来交换或销售内容。只有当主要的内容所有者和零售商都参与到标准化过程中并且将产生的标准应用到未来的系统中,MPEG－21 才会获得成功,这还需要与此环境下各自领域使用的其他标准紧密结合起来。MPEG－21 的标准化过程仍然有很长的路要走,它是否会带来一些影响我们将拭目以待。

## 10.2 相关广播电视领域的创新

有关的团体和标准化组织开展广播电视领域的内容管理研究已经有一段时间了。

从 20 世纪 90 年代中期开始，电影与电视工程师学会（Society of Motion Picture and Television Engineers，SMPTE）与欧洲广播联盟（European Broadcasting Union，EBU）就已经开始研发相关标准和实用编码了。为了制定节目资料交换比特流标准，他们建立了合作团队，并定义了内容的术语。这个领域已经在研讨的其他相关标准还有：SMPTE 数据字典（见 §4.4.3）和 P/Meta，P/Meta 是 EBU 中为普通数据模型进行标准化的一个标准。为了让更多的人了解内容管理系统在广播电视领域的影响，EBU 已经在开展一个叫"未来电视档案库"（P/FTA）的项目。

### 10.2.1　欧洲广播联盟的未来电视档案库项目

这个项目组是由欧洲广播联盟生产管理委员会建立的。该项目组负责提供一个关于未来电视档案库可选技术实现的纵览，它考虑到了现存的技术，并且提出一些迁移的方法，即从目前基于遗留体系的保守、静态内容的生产迁移到新的生产框架中，这个新的框架可以不断调整以适应技术迅速发展的步伐。

P/FTA 保证它所做的工作是与 EBU/SMPTE 合作团队提出的最终报告的要求是一致的，它定义了在未来网络电视的生产、存储以及发布环境中需要的新的技术元素。它在报告中所描述的新系统的概念主要包括以下目标：

- 增强生产、后期制作与内容传播的灵活性。
- 提高操作效率和提升整体的生产率。

P/FTA 已经提供了一个内容丰富的环境，以支持与新系统所包括的大量复杂问题之间的对话。参与到该项目讨论中的有 EBU 的成员、专门研究有关档案问题的顾问和档案保管机构，例如 FIAT/IFTA、INA、AMIA、国际广播机构、SMPTE 以及大量与电视网络生产与存储相关的产品制造商。

人们讨论了相关的工作流、媒体格式、内容表示，以及把相关元数据模型和信息系统结合成一个由企业范围的内容管理系统所管理的数字格式的电视档案库。人们还讨论了软件结构框架和硬件基础设施，这些可以被用做电视和广播中的内容管理系统的参考模型。

在 P/FTA 中的讨论，明确提出了以下结论：

- 对于不断增加的制作量需求、更大的节目吞吐量、长期的内容整合以及对内容灵活的操作所带来的问题，都是以视频为中心的生产技术所不能解决的问题。
- 我们需要建立一个新的系统构架，在此档案库将成为未来网络生产环境整体的组成部分，该系统构架由软件控制的自动化的内容管理系统支持。
- 由于节目生产变得越来越灵活且更加注重成本效益，因此对构建新系统结构的投资是明智的。这将帮助作为内容提供者的广播电视台变得更加具有竞争力，从而在较长时间里确保他们的生存。

P/FTA 坚信只有在引入一个基于信息技术的内容管理系统后才可以解决这些问题，首先是通过使用基于文档的操作来实现对大量媒介格式、记录格式和载体的同时管理。

P/FTA 最终报告的核心部分，概述了这样一个内容管理系统所期望的结构、服务和功能。它并没有试图使用新的技术来重新定义目前的业务模式，但是它需要建立新的业务过程，并且可能会带来新的商机。在实施一个内容管理系统之前，我们必须要对有关的政策、技术、内部管理方式等问题作出决定。只要可能，P/FTA 的决议都将受到 SMPTE/EBU 最终报告附录的支持，如下所列：

### 内容知识产权状态的明确

为把内容转变为资产，一定要建立一个安全的法律平台，以便允许广播与多媒体内容在一个可预知的技术平台上进行开发和交换。这些交易所需的法律信息要以这样一种方式来构架，即能以自动的方式进行权限的处理，并给所有权人回馈。在声音广播中已经建立的方法应该是我们的目标。

### 内容生产和开发

在节目生产的各个阶段中，资料库的内容越来越频繁、广泛地被使用，这就表明，为保存和管理内容，我们需要投资于技术工具的升级。一些开发利用电影档案库的广播公司所获得的成功很清楚地表明：即使在出品了几十年以后，有趣的内容依然会吸引观众。新主题频道的开发也是一个有效的方法，它可能是迈向成功的第一步。将来新的发布方法将允许观众按照需求从广播公司管理的资料库中提取内容。授权大众对元数据和供内部使用的内容目录所进行的访问可以获得额外的收入，这些可以通过基于 IP 的文档传输把所选定的内容传给观众，或者是允许符合身份的客户进行内容或内容片段下载的方法来实现。

### 一个定义品质潜力、目标受众和每个独立产品的可开发利用生命周期的商业计划

我们很快可能会发现，通过传统显示技术生产的消费内容将不能被新的播放技术（PDP、DLP）支持。获得授权的新的打包媒体可以提供高质量的显示潜力。多媒体内容在存储和播放技术上惊人的发展与广播电台所提供的服务和质量已经完全超越了。为了支持长期的内容开发利用，我们要调节数据量和存储的相关费用以及生产量，这样才能够提供高数据率来保持最初的质量和存档内容的后期生产潜力。

### 工作人员资格和较短投资周期

快速进步的新消费技术驱动着大众期望的变更，这将使得对于质量与功能的参考

指标不断更新。在竞争越来越激烈的环境下,受众对质量的选择越来越难以满足了。保持竞争和操作灵活的最低要求之一就是要对新的客户需求及时做出反应,通过确保系统投资和遵循创新周期而进行硬件更新,以此为广播电台制定摩尔法则。这就要求可预测的年预算要分配用来购买存储媒介、维护和更新系统的硬件与软件。这些操作将建立新的业务过程,带来新的工作内容。在某些情形下,这些新的工作内容将要求把传统技术与计算机知识以及网络系统的经验结合在一起。

### 元数据的产生、发布和开发利用

必须建立与内容产生、存储、操作及开发等各方面相关的元数据,这是无须任何人为的干预就能够对内容进行剪裁和家庭消费的先决条件。与内容相关的元数据应该尽可能地可以自动获得并且得到获取、生产和存储的硬件支持。

### 创建低码率内容代理

现代技术提供了多用户以不同方式对内容的访问,例如高码率或低码率、基于关键帧或文本,这为产品多样化以及增大节目吞吐量带来新的机会。为了节目汇编和重新使用,需要对现有的节目内容进行裁剪组合,如果在搜索和编辑时采用低码率影像模式,可以大大地节省时间。创建低码率的内容也将进一步允许利用已有技术通过传统网络进行操作,这已经在音频中得到实施。在互联网发布网页时,如果在图像允许的质量界限内,选择低码率和编码算法,也会取得更好的经济效益。

### 在内容存储中引入自动化操作

将电子媒体的内容存储到自动化的资料库,就能始终保持存储媒介处在被控制的环境下,从而保证对原始内容的严密控制。这样被授权的用户就能对内容进行远程访问,再也不用到现场查找磁带。这也将防止存储媒介的丢失,并且省去备份多个拷贝的需求。新的接口允许在质量无损失的前提下以原始形式传输内容,或复制、存储内容用于进一步制作。我们已普遍认识到,电影胶片的物理和化学性能以及它的高质量潜力,需要在生产和保存时进行特殊的处理。

### 对内容的操作、交换和存储采用基于信息技术的平台

通过将内容操作、存储、传输平台分开,许多弊端可以最终得以克服。包括频繁地选择记录格式、花费大量的时间传递内容、质量下降,以及被个别厂商的产品所限制等。把内容做成公认的标准化的文件结构进行传输,将带来一个充满竞争的存储产品市场。将电视的应用整合到大量基于信息技术存储平台的通用应用范围内,将是一个长期的系统规划,并将有助于促进存储产品的向后兼容,提供与应用最为匹配的存储技术的选择以及能够在单一平台处理不同存储媒介的系统管理。通过提供更有效地使用存储容量的方法,通过在跨平台、分布式和多变的环境中更快地传送内容,新的存

储系统管理概念就能够适应不断增长的需求。由软件控制的定时后台迁移操作和对内容完整性的自动监控将会允许控制内容资料库的各个层面,并且在迁移到新存储媒介时能够提供无间断的操作。

**系统开发与维护**

为了保障在系统中的前期投资,应该选择模块化的、存在厂商竞争的设备。此外,在设备中使用的接口与协议的技术指标必须是已经公开的,并且最好不是专利产品。

在这部分中非常有利的事实就是这个群体已认识到了从线性节目生产链到以内容为中心的生产模式的发展趋势,其中内容管理系统作为归档的一部分已经成为所有内容相关过程的中心。在这种模式中,为了管理与交换,内容被放置于由基础构架支持的业务过程的中心。开发内容的业务过程包括生产前、生产中、生产后、发布和销售。在前期生产阶段,内容以创意、脚本、生产计划文档等形式而存在。这些信息在参与部门间进行交换并且作为元数据的一部分进行存档。在生产期间,内容被制作出来并且添加到内容池中。后期制作是指对内容的编辑和表示过程,在广播行业,这就是一个实际的音频和视频的编辑过程、添加特殊效果和图像并且为发行做准备的过程。尽管广播行业有着自己的见解,但是他们也认识到了面向消费者的信息发行过程正在变得越来越多样化了。十年前,这种多样化对广播来说,还只是局限在有线电视、卫星广播电视等,但现在通过互联网、数字电视等传播渠道,内容的数字化传输也已经实现了。

采用新的管理与平台技术并以内容为核心的集成过程模式,其优点在于减少了内容保存的费用,并且更便于内容的管理和访问。在前期生产阶段,现有的内容可以更加容易地被考虑进去,新的创意、脚本等都可以在生产开始之前就被集成到系统中。在生产期间,支持这种模式的新技术允许我们更快、更简便地访问实际内容。所有相关部门可以观察到生产处理的进展并且可以提前为接下来的工作步骤作准备。

我们期待新的发行渠道将为传统的媒体公司和传播机构开辟新的市场。当新技术使得广告、访问与内容发布更加简捷时,可以期望媒体销售(它目前只是传播行业收入的一小部分而已)将会欣欣向荣。由于新的渠道不仅仅是服务于新产品,我们预计B2B 的交易额将会有大幅度增长。因此,档案馆的作用将今非昔比,可以期待他们将成为更加重要、更具核心力也更能获取利润空间的部门。

针对以内容为核心的过程和档案库模式,P/FTA 的最终报告提出了一种集成技术方案,通过它可以认识协同作用的潜力和经济规模,这与本书所引入的概念非常相似。本书与 P/FTA 报告的相同之处在于,二者都是主要基于到目前为止从这个领域大量项目中所获得的经验。

## 10.3　IETF 关于内容发行网络和内容发行互联网的创新

IETF 内容发行网络（Content Distribution Networking，CDN）和内容发行互联网（Content Distribution Internetworking，CDI）的创新主要涉及到内容发行，并没有把内部的内容管理当作它们的目标。然而，既然 CDN 和 CDI 需要对发行内容进行管理，因此在这部分中所产生的概念是非常有趣的。但这些概念和协议在被使用时，不会是一成不变的。它们为一个更具交流化的模式和发行方法提供了一个很好的视角。

万维网的出现引发了因特网的使用变革。然而在此之前，因特网主要还是用来进行电子数据的传送，现在它越来越多地被当作信息资源库并实现内容的交换。IETF 已经认识到了这一点，从而提出内容发行网络（CDN）和内容发行互联网（CDI）的创新，而内容发行互联网（CDI）的创新已经引发了 IETF CDI WG。CDN/CDI 致力于为内容的提供者发布内容提供服务平台，而内容的提供者无需管理整个基础设施。有关 CDI 的工作仍然处于需求阶段，目前，它关注的是用网页来进行内容发布。工作组正在研究的问题包括关于 CDI 模型、结构、发行式需求、CDI 身份认证与计费（Authentication Authorization and Accounting，AAA）等需求。这部分内容的核心就是定位、下载以及在 CDN/CDI 中的内容使用轨迹。

内容网络系统可以被认为是覆盖网络系统，它运行于实际通信子系统的顶部。它使用高级协议，例如 HTTP、RTP、RTSP 或是正在发展的通信协议，例如 SOAP。因此，CDN 利用已有的构架，在现有的基于 IP 的网络和协议上运行。CDN 处理路由问题，并对内容提出请求和反馈。CDN 试图解决的基本问题就是允许内容需求者找到感兴趣的内容，并且把它传送给内容的需求者。内容条目（特别是视听内容）可能体积非常大，因而需要足够的带宽和存储空间，CDN 就是要解决在 CDN 内负载的分配机制，包括高速缓存、服务器群、与网络条件及载荷有关的路由机制、在 CDN 内产生副本等。

服务器群是一个对外显示为单一地址的服务器群体。内容的多个副本可能存储于一个服务器群的不同服务器中。用户对某个内容的请求，可以由服务器群中的不同服务器来提供服务，这就可以在所有可用资源上实现平衡负载。服务器群还能在其中某个服务器发生故障时绕开此故障点，在某种程度上减少损失。在 CDN 中，服务器群的配置通常被置于代理占据机构中，以此来管理内容的副本。这些结构被称作代理服务器。发行机制考虑到网络状态的动态信息，将内容从最初的服务器移动到代理服务器。根据网络情况和负载信息，用户的请求被发送到最合适的代理服务器。

CDN 中的计费基础结构，可以跟踪和收集路由上的请求信息并发布和传送内容。通常 CDN 服务提供者代表着内容出版者，为他们产品的发行提供基础结构（包括计费基础结构）。一个 CDN 可能拥有来自于多个内容出版者的内容。提供 CDN 服务者的获利点是服务于不同内容出版者的规模经济，而内容出版者将因此而拥有日益增加的观众。

按照惯例，一个 CDN 是由单一的服务提供者操作的（也就是在单一的网络环境中）。为了改善 CDN 的可度量性及增加 CDN 可以到达的范围，人们提出了 CDI 的理念。CDI 将允许在多个网络与多个内容提供者之间进行跨网络资源共享。在这种架构中，每一个加入的 CDN 仍然可以对其他的 CDN 隐藏其内部的详细资料，并且可以保持对内容定位和内容传送的独立决策。因此，某一个 CDN 对与它相邻的 CDN 来说是一个黑箱。CDN 间的互联网络的工作主要是三个方面：内容广告、内容复制以及信号。

因为 CDN 的主要目标是内容的放置和处理，所以从 IEFT CDN/CDI 的创新内容中发展出来的概念与协议是和内容发行管理相关的。虽然协议主要是针对网页内容而设计的，但有些概念是与专业内容管理相关的，针对的是一个更加分散、更加非中心化的内容管理系统。例如部门的内容管理系统可以考虑使用以 CDI 技术互相连接的 CDN，当然还要采用存储以及其他的技术。如今仍然存在着大量不同的概念融合的研究工作，然而考虑到使用基于 IP 技术的进展和应用，可以预计，这些新的研究成果将会很快被采纳，并且被应用于它们目前尚未涉及的领域（例如专业的企业级的内容管理）。

## 10.4　经验与展望

关于企业范围的专业内容管理系统技术已经到达了一个新阶段，第一批系统已经在日常的操作中得以实际应用了。在这些系统的开发过程中，人们积攒了大量的经验和知识，这将有助于进一步地发展内容管理系统技术。我们现在已经处于这样一个阶段，此时检验一下所获取的经验以及已经出现的主要问题（即吸取的教训）将是非常有益的事情。我们也要关注未来对内容管理系统有意义的相关发展，关注已经改变了的方方面面，关注支持内容管理的各种技术的出现。未来的发展是指那些预期可以丰富内容管理系统特性集合的领域，这些是通过提升内容管理系统的功能或提高它的操作效率来实现的，当进一步开发内容管理系统的时候，很有必要对这两方面都进行充分的考虑。

### 10.4.1　与内容管理系统相关的问题

　　最初对内容管理系统的期望就是使之成为多媒体内容数字化、无磁带生产、管理以及发布的平台。实际的管理应该是高度自动化的,只要可能都应使用计算机化的分析、存档、处理以及管理工具。同时系统应该具有通用性、普遍性,在只有少数或没有人工干预的情况下,对内容对象的所有元素(素材与元数据)方便地实现跨组织机构的交换。此外,系统应该是规模可调的,可以用于各种格式和不同的媒体。这就意味着一定要使用相同(至少是兼容的)的技术。既可以管理相对较少数量的视听、低带宽、低码率的对象,也可以管理世界广播业巨头的资料(包括各种清晰度和多样化的媒体,它们还可能是存储于多个不同的载体上的)。这些内容对象可能是音频、视音频、图像,也可能是网页、文档等等。另外,内容管理系统应该足够灵活地支持和适应各种不同的应用状况和工作流。尽管内容管理系统已经取得了很大的进步,但是绝大部分(至少是部分)期望的要求并没有达到。接下来的一些段落将会略述这部分所涉及的问题。

　　在专业环境下使用内容管理系统的另一个问题,就是基于信息技术的内容管理系统被认为是先天不可靠的。在 24×7 的运行过程中,任何因故障的停工都将带来灾难性的后果。许多系统(例如自动系统或是广播服务器)都已经内建了某些机制来处理硬件和软件的故障。从根本上看,现今的这些系统通常都使用信息技术,并且看起来还是相当稳定的。因此,使基于信息技术的内容管理系统满足特定应用的可靠性需求,是系统设计和正确投资的问题。同时在实施中,还必须要充分考虑到技术的灵活性,以此来保证将内容管理系统成功地引入那些富媒体组织。

#### 10.4.1.1　媒体自动分析与处理工具

　　从上个世纪 90 年代中期开始,视听内容的自动处理就已经取得了很大的进展。同时也出现了处理视频的工具,可以对视频的转换和编辑效果进行检测,可以抽出关键帧和元数据,并且允许对视频对象进行分类。这些过程在很大程度上是基于低层次的录像和图像描述符的分析,例如色彩记录形状与结构的识别以及运动矢量等,可以相对可靠地从这些低层次的描述符中获取信息。国际标准化组织已经认识到了这一点,并且在 MPEG-7 的视频与音频部分中找到了自己的方法。然而,因为绝大多数工具都没有媒体语义的概念,这就存在着对它们可获取的信息种类的限制。因此,它们产生的结果通常是不精确的或不符合用户期望的。例如,如果用户使用图像相似识别来寻找某个对象或是人物,他们期望的图像是显示不同场合下的这个对象或是人物,但他们得到的只是一些数字统计值在某一给定范围内的图像。因此,可能存在一整组图像都与用户的初始查询不相关。这当然会使用户的期望落空,使用户认为这种工具是不可用的。

自动索引并不总是产生 100% 准确的结果。例如网球比赛可以被相对简单地进行分类。然而,一个自动索引工具可能把网球广告分类成网球产品展示。类似的,使用新闻格式的喜剧,却被当成了新闻类节目。

基于音频和语音分析的元数据自动检索,通常也只有 95% 的准确率,甚至更少。因为这种检索试图把所发现的每个片段与已知表述相匹配,这种匹配可能是不准确的,尤其是当文本中使用特殊措辞或专业术语时,那么命中率可能会变得很低。

因此,目前所使用的自动媒体分析与处理工具,还不能没有人工的参与。必须以正确的方法应用它们才能实现用户的期望。对于图像或音频相似搜索来说,通过附加更多的文本信息来建立一个上下文环境可能是有用的。为确保结果的正确性,自动索引编写与自动元数据检索一定要由专家来校订。然而,这些工具可以在内容管理系统中产生积极的作用,它们的功能如果能在一个集成系统中得到正确的应用,那么它们可以为内容管理系统提供增值效应。

## 10.4.1.2　把内容管理系统作为通用的、开放的平台

许多人把内容管理系统视为一个"黏合"不同系统的工具,其中包括媒体生产、传播和归档保存等系统。因此它一定要能够容易地集成所有种类的硬件和软件解决方案、遗留系统以及来自于不同厂商的不同产品。此外,它也应该可以透明地处理所有不同的媒体类型,同时仍然为自动处理或特殊应用程序提供高级支持,但由于产品与设备以及遗留系统的接口常常没有很好定义或是不能打开而进行集成,对它们的集成会要求非常特殊的支持,所以这种要求通常会实现不了。因此,一个内容管理系统(无论它是多么具有灵活性或是开放性)可能不能集成所有的相关系统来充当一个平台的作用,这是因为缺少相关系统的支持。在绝大多数情况下,内容管理系统也只能提供某些特殊集成设备所拥有的功能而已。例如一个视频浏览编码器如果不能支持时间编码的话,内容管理系统也就不能在视频浏览中提供时码标记。另外,每一个新系统组件的集成都可能会需要非常特殊的适配。然而,通过加深理解系统特性以及用户与工作流的需求,就可以达到较高的抽象层次。这就是允许提供集成关联与可被支持的普遍特性集合。在本书中所描述的系统框架已经在这个方向走出了第一步。

尽管在系统中内容对象被当作数字化数据(也就是比特和字节)来处理,但如果没有先进的处理过程支持,那么要对未知格式的媒体进行透明的处理是不可能的。例如

为了传送内容,除了选好合适的传送方法外,内容管理系统还必须要能够处理媒体类型。连续型媒体能否以一定速率传输就是取决于它们的格式。专有格式需要使用专有的工具,因为它们的内部结构是不公开的。内容的表示也要依赖于接收设施的能力。一个高端设施也许可以接收全分辨率、全带宽的视频资料,然而一个移动客户端只能够接收一个非常低码率的浏览版本。对结构化的内容格式(例如网页),要自动选择相关内容部分会变得更加困难。图像在低功能移动设备上的显示可能是有问题的。然而,这些图像可能包含非常有价值的信息,这时即使传输一个低码率的版本也要比仅有附带文字说明强得多。因此,内容管理系统要能为处理数字化数据提供非常基本的支持,也要能提供较为复杂的操作,这些操作要求我们具有内容结构、句法,甚至还有语义学方面的知识。

不同的描述方案和元数据模型通常也会妨碍对内容管理系统的引入。在同一组织内(有时甚至是在同一部门内),可能发现多个互不相容的信息系统和数据库。只要公共的、基础的元数据之间没有达成共识,内容管理系统是不可能解决这种状况的。内容管理系统可以有助于提高不同系统的可访问性,并且可以把它们集成到应用程序内。然而,如何定义合适的元数据集合的问题仍然存在,这只有通过标准化组织和感兴趣的团体来解决,或者至少要内容管理系统项目中的一个机构来完成。

建立一个规模可调的系统,既能满足小型的、部门级的需求,又能满足大型资料库的需求,这是一件非常具有挑战性的工作。前者是基于普通的 IT 结构组成,后者要包括以下系统的集成,即复杂的存储结构、大型数据库、ERP 接口、自动化系统、非线性编辑以及新闻工作室系统等。对上述两种规模的系统,如果使用同样的结构框架,那么对小型系统来说,就是过度了。在这种环境下,对于系统来说,采用同样的应用软件和系统接口会更好一些,而不是采用经过简化的、调整过的后端组件。为了建立系统间的协同操作,一定要慎重选择针对不同系统的技术,既能实现系统的内部协同,还能满足各自的特殊要求。

### 10.4.1.3 对工作流的思考

内容管理系统的主要目的就是在内容的创作、生产、查询和消费过程中给用户以支持。不同的富内容机构、专业团体和个人用户都对系统和与系统间不同组件的交互有着不同的要求。此外,内容管理系统在反映变化的同时,也应该记录和反映已建成的工作流。

开始,系统开发者和用户两个方面对系统的要求和功能缺乏理解。接着,过高的期望没能在操作中实现,使系统的开发者和用户都感到很失望。对于用户来说,内容管理系统显得太过僵化而不够灵活,而对于系统设计者来说,用户的要求又显得不够合理。人们逐渐认识到了解决这个问题的方法,那就是基于组件的方法,这种方法允许建立更加灵活的系统。工作流引擎也为一系列预先定义的工作流提供了支持。此外在实施内容管理系统的过程中,在项目初期就让用户一起参与,这有助于在项目刚开始就能捕获用户的需求,并向他们解释技术的潜力与限制。达成一个对系统什么可为、什么不可为的共识是非常重要的,能让用户了解他们所关注的问题,这将推动媒体专业的工作以及支持其发布。同时要让用户明白,自动过程是不能取代一切的。

## 10.4.2　未来发展

如今内容管理系统已经可以在内容生产、管理、传送以及销售等方面进行实际使用。然而,还存在着进一步发展和提高组成内容管理系统的子系统与组件的空间,尤其是在以下几个方面:

- 更好地支持自动内容处理过程。
- 更好地支持复制海量内容及与内容相关的元数据。
- 满足不同系统类型和请求的更加灵活的基础设施。
- 更好地支持 IPR 管理和保护。

前三点涉及的是内容管理系统的提高与进一步发展,但我们并不期望它们直接就可以提高现有的技术。我们需要新的概念来克服目前所用方法的缺点。后者指的是版权以及版权保护日益增长的重要性。尽管存在着大量的版权管理和保护技术(例如水印技术),但是到目前为止,它们在专业内容管理中还没有一个很高的优先权,即使出现了新的发行渠道以及在公共领域内更多数字化的内容格式。因此,版权管理问题将成为内容管理系统所关注的一个主要课题。内容管理系统最终将成为一个真正的数字资产管理系统。

可以预期,系统设计人员与使用者之间对于不同功能和需求的理解将会更加深入。厂商和用户都已经从经验得知,新技术是利大于弊的,但是新技术也不是万能的。

### 10.4.2.1　自动内容处理的发展

现有的自动内容分析和处理工具,将会基于目前的技术得到进一步的改进和发展。然而,为了满足用户的需求和期望,还需要在低层次的数据处理器的基础上考虑语义分析。如何自动完成这项工作目前仍然处于探讨中。由于低层次数据处理器使用纯技术和数学的方式,语义属性已经超越了单纯的分析处理,进入了知识领域。人们在这个领域已经做了大量的研究工作,但是在内容管理中它还没有能和自动分析工具一起得以应用。

除了媒体的语义分析外,也应该在自动内容处理中考虑输入其他的参数以提高成效。例如,为了促进图像相似性信息查询,不仅仅把图例作为输入参数,也包括用户环境(例如用户的职务、部门和兴趣等等),这些信息可以从用户档案里获得(并不需要用户在搜索时额外地输入)。通过联系关于内容的附加信息以及对照用户档案的相关因素,能提高所找到的相似图像的命中级别。例如,如果一个政治评论编辑使用一个人的图像,那么,这个人物在政治领域的图像将会排在最前面。

另一个例子就是在视频自动分析时,使用一个关于特殊领域预先计算好的信息。例如在体育运动电影胶片中的人群场景就很少包含有相关的信息,但是它们却在关键帧中反映出了图像内容的明显变化,这时需要附加的分类信息用来抑制这种帧,给予它们较低的优先级。

因此,有两种技术可以进一步提高自动内容处理和分析处理,一种是使用环境变量和附加输入参数来进一步提炼自动分析结果,另一种是对低水平的数据描述符使用媒体语义学。前者可能不仅仅是一个工程任务,后者也仍然需要大量的研究工作。由于媒体语义学不能由纯技术方法获取,这就需要有一个交叉学科的解决方法。

## 10.4.2.2 信息与元数据的管理

随着内容数量的快速增长及复杂程度,但描述方案却又不相容,导致了内容管理系统处理大量的信息变得更加的困难。甚至于一个更加详细的描述也并不一定意味着更好的搜索结果,相反,可能更难于对相关的信息进行定位。就是同义词分析、专业化描述、特殊的分类方案也帮不上忙,因为这些只有技术娴熟的用户才会应用。欧洲一家大型传播机构进行的调查表明,当内容被经过训练的编目人员处理以后,编辑们却发现要找到相关内容反而变得更加困难。看来,我们需要一个更为自然的方法来进行内容的表述和定位。

达到以上目的的方法之一就是要把握条目的含义,该条目对内容进行描述并且以自己的表示方式来反映,这种实体法提供实现这一目的的途径。它们有助于描述与特殊主题领域相关的知识,并且可以建立一个网络来描述该类知识的空间。例如,当搜寻关于可以引起特定疾病(例如腹泻)细菌的特殊媒体内容时候,人们并不需要知道该种细菌的确切名称。通过对这种症状的描述,本方法就可以提供相关特殊领域的条目以及详细的解释和相关内容对象的链接。这个过程超越了目前的搜索过程并且包含了一个完整的知识范围,在这个知识范围中来进行相关信息的查询。这也允许获取更加详细的信息或是当找到某个相关的主题时把它探究到底。与万维网网页中的超级链接相反,这些链接并不是按照用户的意愿来设置的而是源于对知识的表述。

由于要求大量的专业领域知识(也包括一般知识),因此创建这种方法将是一个相对劳动密集的工作。这项工作将由自动工具来推动,但仍然需要一些人工操作。这些工作也并不一定要由技术熟练的人员来完成。既然实体法是"生动的和学习中的"系统,它将可以通过自身的使用来得以提高。因此,我们要鼓励在内容管理系统中使用它,这也反映了语言的自然使用与发展。因此从长远看,实体法可能会替换特殊的编目规则和同义词汇编。

如何有效地构建实体法以及如何把现存数据和信息系统中的知识转译到这样的知识网络中,还有待进一步地研究。

### 10.4.2.3 未来的基础结构

内容管理系统将一直都是一个包含极大数量复杂模块的大型系统。不同的设施、服务以及第三方组件将成为这样一个系统的组成部分。此外,我们已经看到内容丰富的机构,例如传播机构可能不会只包含单一的大型内容管理系统,而可能是大量交互的自治系统。不同的内容管理系统间的交互甚至可以跨越机构,因此内容管理系统的结构体系还必须发展。在这里非常重要的两个方面就是如何组成一个内容管理系统(也就是如何组织针对不同模块的接口)以及不同的大型独立系统间的交互。理想情况下,所有这些对于用户来说都是透明的,也就是用户没有必要知道内容存放的位置或它们是如何被访问的。

关于不同内容管理系统模块的构造,目前非常详细的体系结构包括核心元素素材管理器、设备管理器与数据管理器以及大量的服务,以上可能会发展成为一个更加通用的结构体系,其区别只是设备(包括 SAN 作为存储设施)和存放(或是提供)元数据的组件。

设备服务器(如§6.4.2 中介绍)的结构,具有作为一个通用组件所要求的所有特性。它把一个设备看作一个部件,这个部件可以存储素材和与素材对象相关的某种元数据,并且它也拥有存储管理功能,可以提供文档访问和文档传输功能,它也拥有交互特性例如流播放、记录功能等等。这样的一种设备可以用作素材管理专门记录、存储和提供某种素材。在这个广义的特性描述中,"设备"几乎可以是任意装置,例如可以是一个视频服务器、一个存档系统、一个简单的文件系统、一个 FTP 服务器、一个磁盘记录仪、一个录像机、一个装有大量录像带和多个录像机的磁带管理系统等。把这个概念作为一种设计理念将生成一种发行式素材管理,允许任何种类的系统集成并把素材导入总的内容管理系统的概念,共享元数据,对素材进行发行。这种方法的关键,就是通过唯一的资料标识符(例如 SMPTE UMID)来确保每个设备上的素材拥有唯一的身份,对于一个给定的素材,它的所有实例和格式拥有相同的标识符。在这种情况下,通过这个标识符将发行式素材与相关元数据联系到一起。

一个更加抽象的观点是,允许在内容管理系统环境下使各种相关的系统设施能够容易地集成。然而,即使素材管理与设备管理的概念进入到了下一个更加抽象的层次。在本书中表述的基本概念和设计原则(例如服务群和代理管理概念)仍然非常重要。这些原则确保了联合数据库与信息系统的伸缩性和集成。

人们预测系统之间的通信功能将更强,也就是不同的内容管理系统将被链接起来并且在它们之间可以交换内容。这也包括内容管理系统将变得更加分散,它的每个分散的组件控制着内容丰富机构全部内容的一部分。为了实现这个目标,内容管理系统可以构建自主协作系统,每个系统独立控制着素材和元数据的存储与管理。然而,为了增强内容的可用性,在其他的系统可以重复内容,这可以应用前摄或缓冲算法来完成。有协作能力的内容管理系统能够共享一系列公共接口与核心元数据集,这是非常重要的。在这种情况下可以看到相关技术和概念在 IETF 的 CDN/CDI 创新中得以发展。对等原则也提供了令人感兴趣的、适于开发的观点。此外,GRID 的创新一直在发展与内容管理与内容发行相关的概念。

总的来说,将来大规模系统的结构可能是通过使用自主系统的概念,并且要由规则来控制和协调,而非仅仅建立于严格的层次客户端/服务器的拓扑结构上。存储结构可能会构造成基于对等原则的自主存储群,以对等原则为其他组件提供服务。这仍然可以把存储单元看作服务器,只是它们内部并不是按照层级架构组织或控制的。这种想法就是要提供更佳的容错能力以及使用这些系统的恢复能力。

这种自主结构应用的有效程度如何以及它们的潜力何在,仍然是有待研究的课题。使用这些概念也可能会混淆产品和基于数据交流技术的发行系统之间的边界。然而,在与知识产权相关的问题没得到解决之前,这种混淆不会发生。

### 10.4.2.4 知识产权管理与保护

到目前为止,内容管理系统几乎没有(或有一些)为 IPR 的管理提供支持,而只为 IPR 的保护做了一些基本的准备工作(例如水印服务的形式)。通常内容丰富的组织机构中存在一些内部规则,这些规则会阻止与版权有关的内容大规模地对大众公开。既然内容主要是在内部处理并且通过传统渠道来传送(例如陆路传递、电缆或卫星),这些传统渠道中的版权保护问题并不像在新数字媒体空间中那样严重,所以 IPR 保护的工作并没有被要求。

然而人们预测，随着传统传播业的变化，媒体组织将朝着多媒体内容生产、出版和通过多种渠道发行等方向发展，并将变得更加集成，版权管理和保护将成为一个更加相关、更加紧迫的领域。既然可以实现比较紧凑的集成，权限管理将变得相对容易地由现有内容管理系统来完成。

　　存在更多疑问的是版权保护问题。已有的技术还不够成熟，仍然没有达到一个可以在更为广泛的环境中应用的程度。哪一种方法是具有真正的技术性与实践相关性的，目前仍然不是很明确。由于目前还没有什么突破性的方案，水印仍是目前为止最受青睐的技术。此外，计算并把水印植入图像的操作，目前为止还不能够实时完成。在这种环境中，其他的技术例如指纹可能会更加适合。由于还没有设计建设新的发布渠道，近期 IPR 的规范也没有什么重大变化，那么发展相应的技术将显得非常困难。在这个领域中的基础性研究仍然具有开发空间。技术与法规成熟到具有在系统中开发、利用、发行数字多媒体内容的全部潜力，还将有待时日。

# 参考文献

1. AAF Association (2000) Advanced Authoring Format (AAF) Specification, version 1.0, Developer Release 4, AAF, http://www.aafassociatIon-ord.

2. K. Ahmed, D. Ayers, M. Birbeck, J. Cousins, D. Dodds, J. Lubell, M. Nic, D. Rivers-Moore, A. Watt, R. Worden, A. Wrightson (2001) Professional XML Meta Data. Wrox Press, Birmingham, AL.

3. Aldus CorporatIon (1992) 'TIFF-Tagged Image File Format, Revision 6.0, Final', Aldus Corporation. LAmini, S. Thomas, O. Spatscheck (2002) Distribution Requirements for Content Internetworking, Internet Draft (work in progress), 〈draft-ietf-cdi-distribution-reqs-00.txt〉, February 2002.

4. BBC (2002) The Standard Media Exchange Framework (SMEF), http://www.bbc.co.uk/guidelines/Smef/, August 2002.

5. BBC Technology Ltd (2002) SMEF Data Model v1.7: Introduction, Diagrams and Definitions, London.

6. K. Bergner, A. Rausch, M. Sihling (1998) Componentware-the big picture, 1998 International Workshop on Component-Based Software Engineering (CBSE), Kyoto, Japan.

7. P. Biron, A Malhotra (eds) (2001) XML Schema Part 2: Datatypes, W3C, http://www.w3.org/TR72001/REC-xmlschema-0-20010502/datatypes, May 2001.

8. T. Bray, J. Paoli, C. Sperberg-McQueen, E. Maler (2000) Extensible Markup Language (XML) 1.0 (Second Edition), W3C Recommendation, http://www.w3.org/TR/REC-Xml, October 2000.

9. D. Brickley, R. Guiu (eds) (2003) RDF Vocabulary Description Language 1.0: RDF Schema, W3C Working Draft, http://www.w3.org/TR/rdf-schema/,

January 2003.

10. D. Chappell（1996）Understanding ActiveX and OLE-Microsoft Press.

11. J. Clark（ed.）（1999）XML Path Language，Version 1. 0，W3C，http://www.w3.org/TR/xpath，November 1999.

12. J. Cowan（2002）Extensible Markup Language（XML）1. 1，W3C Candidate Recommendation，http://www.w3.org/TR/Xmll 1/，October 2002.

13. G. Davis，S. Chawla（1999）Wavelet-based Image coding：an overview. In Applied and Computational Control，Signals，and Circuits（B. N. Datta，ed.）. Kluwer Academic，Boston，MA.

14. M. Day，B. Cain，G. Tornlinson，P. Rzewski（2002）A Model for Content Internetworking（CDI），Internet Draft（work in progress），〈draft-ietf-cdi-model-01. txt〉，February 2002.

15. DCMI（1999）Dublin Core Metadata Initiative（DCMI），Dublin Core Metadata Element Set，Version 1. 1：Reference Description，http://purl-org/dc/documents/rec-dces-19990702. htm，（see also Dublin Core Metadata for Resource Discovery，Internet RFC 2413，http://www. ietf. org/rfc/rfc2413. txt）.

16. DCMI（2000）Dublin Core Metadata Initiative（DCMI），Dublin Core Qualifiers，http://dulincore. org/documents/2000/07/11/dcmes-qualifiers/，July 2002.

17. DCMI（2003）Dublin Core Metadata Initiative（DCMI）：About the Dublin Core Metadata Initiative，http://dublincore-org/，February 2003.

18. B. Deviin（ed.）（2002）Media exchange Format（MXF）Operational Pattern la（Single Item，Single Package），version l0b，SMPTE and Pro-MPEG，Standard Proposal.

19. EBU Projects Group（2001）Future Television Archives：Report of the EBU Project Group Group P/FTA，Draft Version 1. 00.

20. W. Effelsberg，R. Steinmetz（1998）Video Compression Techniques. dpunkt Verlag，Heidelberg.

21. European Broadcasting Union（1997a）Specification of the Broadcast Wave Format. EBU Technical Document 3285.

22. European Broadcasting Union（1997b）Specification of the Broadcast Wave Format，A format audio data files in broadcasting，Supplement 1：MPEG Audio，EBU Technical Document 3285-Supplement 1.

23. European Broadcasting Union（2001）PMC Project P/META（Metadata exchange standards）. http://www. ebu. ch/pmc_meta. html, Geneva, Switzerland, January 2001.

24. A. Faatz, R. Steinmetz（2002）Ontology enrichment with texts from the WWW. in Proceedings of ECML-Semantic Web Mining 2002.

25. D. Fallside（ed.）（2001）XML Schema Part 0：Primer, W3C, http://www.w3. org/TR72001/REC-xmschema-0-20010502/primer/, May 2001.

26. I. Foster, C. Kessleman, J. Nick, S. Tuecke（2002）Grid services for distributed system integration, IEEE Computer, No.36, June 2002.

27. D. Gilletti, R Nair, J. Scharber, J. Guha（2002）Content Internetworking（CDI）AuthentIcation, Authorizattion, and Accounting Requirements, Internet Draft（work in progress）,〈draft-ietf-cdi-aaa-reqs-00. txt〉, February 2002.

28. M. Green, B. Cain, G. Tomlinson, S. Thomas, P. Rzewski（2002）Content Internetworking Architectural Overview, Internet Draft（work in progress）,〈draft-ietf-cdi-architecture-00. txt〉, February 2002.

29. M. Gudgin, M. Hadley, N. Mendelsoh, J. Moreau, H. Nielsen（eds）（2002）Soap Version 1. 2, Part 1：Messaging, W3C, http://www. w3. org/TR/soapl2-part1, December 2002.

30. D. Hillman（2001）Using Dublin Core, http://dublincore-org/documents/2001/04/12/usageguide.

31. A. Hung（1993）PVRG-MPEG CODEC 1.1, Documentation of the PVRG-MPEG-1 Software Codec, Stanford University, California. ftp://havefun. Stanford-edcu:pub/mpeg/MPEGv1.1 tar. Z.

32. Institute for Telecommunication Sciences（1996）Telecommunications：Glossary of Telecommunications Terms, National Telecommunications and Information Administration（NTIA）, Institute for Telecommunication Sciences（ITS）, http://glossary. its. bldrdoc. gov/fs-1037/dir-036/_5265. htm.

33. International Electrotechnical Commission（2001）Helical-scan digitalvideo cassette recording system using 6. 35 mm magnetic tape for consumer use（525-60, 625-50, 1125-60 and 1250-50 systems）, IEC 61834.

34. International Electrotechnical Commission（2002）Consumer audio/video equipment-Digital Interface, IEC 61883.

35. International Organization for Standardization （1986） Information Processing-Text and Office Systems-Standard Generalized Markup Language，ISO 8879：1986.

36. International Telecommunication Union（1995）Recommendation ITU-R BT 601.5：Studio Encoding Parameters of Digital Television for Standard 4：3 and wide-screen 16：9 aspect ratios，ITU.

37. ISO/IEC（2000）ISO/IEC JTC1/SC29/WG11，MPEG-7 Principle Concept List（0.9），MPEG2000，N3413，Geneva，Switzerland.

38. JPEG （1993） ISO/IEC JTC1/SC2/WG10 Joint Photographics Expert Group：Information Technology-Digital Compression and Coding of Continuous-tone Still Images，International Standard ISO/IEC IS 10918.

39. Microsoft Corporation（1996）DCOM Technical Overview，http：//msdn. microsoft. com/library/.

40. Microsoft Corporation（2003）X/Open Distributed Transaction Processing Standard，http：//msdn. microsoft. com/library/.

41. MOS Consortium（2001）Media Object Server（MOS）Protocol version 2.6，Document Revision WD-2001-08-09，http：//www. mosprotocol. com，August 2001.

42. B. Manjuhath，P. Salembier，T. Sikora（eds）（2002）MPEG-7：Multimedia Content Description Interface，John Wiley & Sons，Chichster.

43. A. Mauthe，W. Schulz，R. Steinmetz （1992） Inside the Heidleberg Multimedia Operation System Support：Real-Time Processing of Continous Media in OS/2，Technical Report no. 43. 9214，IBM European Networking Center，Heidleberg，Germany.

44. J. Mitehell，W. Pennebaker，C. Fogg（l996）MPEG Video Compression Standard. Chapman & Hall，New-York.

45. MPEG （l996） ISO/IEC JTCl/SC29/WG11，N MPEG 96：Coding of moving pictures and associated audio for digital storage media at up to about l. 5 Mbit/s. http：// mpeg-telecomitalialab. com/standards/mpeg-l/mpeg-l. htm，June l996.

46. MPEG （2000） ISO/IEC JTC1/SC29/WG11，N MPEG 00：MPEG-2：Generic coding of moving pictures and associated audio information. http：//mpeg-

telecomitalialab. com/standards/mpeg-2/mpeg-2. htm，October 2000.

47. MPEG（2001）ISO/IEC JTCl/SC29/WG11，Coding of Moving Pictures and Audio，TR 21000-1；2001；MPEG-21 Vision Technologies and Strategies，Part.

48. MPEG（2002a）ISO/IEC JTCl/SC29/WG11，Coding of Moving Pictures and Audio，N4668；Overview of the MPEG-4 Standard，http：//mpeg-telecomital-iaid-com/standards/Mpeg-4/Mpeg-4. htm，March 2002.

49. MPEG（2002b）ISO/IEC JTC1/SC29/WG11，MPEG-7 Overview，Version 8，http：//mpeg-telecomitalulab. com/standards/mpeg-7/mpeg-7. htm，Klagenfurt，Austria，July 2002.

50. MPEG（2002c）ISO/IEC JTCl/SC29/WG11，Coding of Moving Pictures and Audio，N4801；MPEG-21 Overview version 4，http：//mpeg-telecomitalulab. com/standards/mpeg-21/mpeg-21. htm，Fairfax，USA May2002.

51. SMPTE/Pro-MPEG Froum（2002）Media eXchange Format（MXF）7 Parts；File Formats，OP1，DV，GC，Formate GC D10，Mapping，GC D11 Mapping，GC SDTL-CP Mapping，Version 10，http：//wwwg-fors. com/mxf. htm，July 2002.

52. F. Nack，L. Hardman（2002）Towards a syntax for multimedia semantics，CWI Technical Report INS-R0204. Object Management Group（2002）Common Object Request Broker Architecture（CORBA/IIOP），version 3. 02，http：//www. omg. org/technol ogy/documents/formal/corba-iiop. htm.

53. R. Orfali，D. Harkey（1997）Client/Server Programming wifh JAVA and CORBA. John Wiley & Sons.

54. F. Pereira，T. Ebrahimi（eds）（2002）The MPEG-4 Book. IMSC Press Multimedia Series，Prentice Hall.

55. J. Postel，J. Reynolds（1985）File Transfer Protocol（FTP），Internet Engineering Task Force（IETFL Network Working Group，Request for Comments 959.

56. M. Sarlt'Anna，J. Sampaio do Prado Leite，A. do Prado（1998）A generative approach to componentware，1 998 International Workshop on Component-Based Software Engineering（CBSE），Kyoto，Japan.

57. SMPTE/EBU（1998）Task Force for Harmonized Standards for the Exchange of Program Material as Bitstreams-Final Report；Analyses and Results.

58. Society of Motion Picture and Television Engineers（l997a）Universal Labels for Unique Identification of Digital Data，Proposed SMPTE Standard for Television，SMPTE 298M，White Plains，NY.

59. Society of Motion Picture and Television Engineers（1997b）10-Bit 4:2:2 Component and 4fsc Composite Digital Signals-Serial Digital Interface，SMPTE 259M-1997 Television，White Plains，NY.

60. Society of Motion Picture and Television Engineers（1998a）6.35mm type D-7 component format-video compression at 25Mb/s-525&60 and 625/59，SMPTE Standard for Television Digital Recording，SMPTE 306M.

61. Society of Motion Picture and Television Engineers（1998b）6.35-mm Type D-7 Component Format-Tape Cassette，SMPTE Standard for Television Digital Recording，SMPTE 307M.

62. Society of Motion Picture and Television Engineers（1999）Data structure for DV-based audio and compressed video 25 and 50Mb/s，SMPTE Standard for Television，SMPTE 314M.

63. Society of Motion Picture and Television Engineers（2000）Serial Data Transport Interface（SDTI），SMPTE 305.2M-2000 Television，White Plains，NY.

64. Society of Motion Picture and Television Engineers（2001a）SMPTE Metadata Dictionary，RP210.2（including RP210.1）Merged Version，post trail publication of RP210.2，http://www.smpte-ra.org/mdd/RP210v2-1merged-020507b.xls，White Plains，NY，December 2001.

65. Society of Motion Picture and Television Engineers（2001b）Data Encoding Protocol using Key-Length-Value，Proposed SMPTE Standard for Television，SMPTE 336M，White Plains，NY.

66. R. Steinmetz（2000）Multimedia Technologie:Grundlagen，Komponenten und Systeme，3rd edn. Springer Verlag，Heidelberg.

67. R. Steinmetz，K. Nahrstedt（1995）Multimedia:Computing，Communications and Applications. Prentice Hall.

68. W. Stevens（1994）TCP/IP Illustrated，vol.1:The Protocols，Addison-Wesley.

69. M. Stonebraker（1996）Object-Relational DBMS-The Next Great Wave. Morgan Kaufmann.

70. Sun Microsystems (1997) Java Beans 1.01. Sun Microsystems.

71. H. Thompson，D. Beech，M. Maloney, N. Mendelsohn（eds）（2001）XML Schema Part 1：Structures，W3C，http：//www. w3. org/TR72001/REC-xmlschema-0-20010502/structures，May 2001.

72. D. Tidwell，J. Snell，P. Kulchenko（2001）Programming Web Services with SOAP，O'Reilly.

73. J. Ullman (1988) Database and Knowledge-Base Systems，vol. 1. Computer Science Press.

74. G. Wallace (1991) The JPEG still picture compression standard. Communications of the ACM 34(4).

75. WAVE (1991) Multimedia Programming Interface and Data Specifications 1. 0，Resource Interchange File Format，Waveform Audio File Format（WAVE），IBM Corporation and Microsoft Corporation.

76. W3C（2003）Architecture Domain：eXtensible Markup Language（XML），http：//www. w3. org/XML/，February 2003.

北京市版权局著作权合同登记图字:01-2007-3089

图书在版编目(CIP)数据

数字媒体资产管理系统/(德)毛特(Mauthe,A.),(德)托马斯(Thomas,P.)著;宋培义,严威译.—北京:中国传媒大学出版社,2008.5

书名原文:Professional Content Management Systems-Handling Digital Media Assets

ISBN 978-7-81127-212-3/TP212

Ⅰ.数… Ⅱ.①毛…②托…③宋…④严… Ⅲ.数字技术—多媒体—资产管理—管理信息系统 Ⅳ.TP37

中国版本图书馆 CIP 数据核字(2008)第 070093 号

Professional Content Management Systems-Handling Digital Media Assets, edited by Dr Andreas Mauthe, Dr Peter Thomas.

ISBN 0-470-85542-8

Copyright 2004, John Wiley & Sons Ltd, The Atrium, Southern Gate, Chichester, West Sussex PO19 8SQ, England.

All Rights Reserved. This translation published under license. No part of this publication may be reproduced, stored in a retrieval system or transmitted in any form or by any means, electronic, mechanical, photocopying, recording, scanning or otherwise, except under the terms of the Copyright, Designs and Patents Act 1988 or under the terms of a licence issued by the Copyright Licensing Agency Ltd, 90 Tottenham Court Road, London W1T 4LP, UK, without the permission in writing of the publisher. Requests to the publisher should be addressed to the Permissions Department, John Wiley & Sons Ltd, The Atrium, Southern Gate, Chichester, West Sussex PO19 8SQ, England, or emailed to perm-req@wiley.co.uk, or faxed to (+44) 1243 770571.

This simplified Chinese edition is Only for sale in the People's Republic of China, excluding Hong Kong, Macau SARs and Taiwan.

本书中文简体字版由中国传媒大学出版社和 John Wiley & Sons, Ltd 出版集团合作出版。此中文简体字版只限在中国内地销售(不包括香港、澳门、台湾地区)。未经出版者书面许可,不得以任何方式抄袭、复制或节录本书中的任何部分。

版权所有,翻印必究。

## 数字媒体资产管理系统

作　　者　[德]安德列斯·毛特、彼得·托马斯

译　　者　宋培义　严　威

责任编辑　杨歆颖

封扉设计　阿　东

出 版 人　蔡　翔

出版发行　中国传媒大学出版社(原北京广播学院出版社)

　　　　　北京市朝阳区定福庄东街 1 号　邮编:100024

　　　　　电话:86-10-65450528　65450532　传真:65779405

　　　　　http://www.cucp.com.cn

经　　销　新华书店总店北京发行所

印　　刷　北京市梦宇印务有限公司

开　　本　787×1092mm　1/16

印　　张　19

版　　次　2008 年 6 月第 1 版　2008 年 6 月第 1 次印刷

ISBN 978-7-81127-212-3/TP212　定　价　48.00 元

版权所有　翻印必究　印装错误　负责调换